조선 세자빈
실종 사건

조선 세자빈 실종 사건   1

초판 1쇄 찍은 날 ｜ 2015년 01월 01일
초판 3쇄 펴낸 날 ｜ 2018년 08월 06일

지은이 ｜ 서이나
펴낸이 ｜ 서경석

편집책임 ｜ 조윤희

펴낸곳 ｜ 도서출판 청어람
등록번호 ｜ 제1081-1-89호
등록일자 ｜ 1999. 5. 31
어람번호 ｜ 제11-00010호

주소 ｜ 경기도 부천시 부일로 483번길 40 서경B/D 3F (우) 14640
전화 ｜ 032-656-4452 팩스 ｜ 032-656-4453
http://www.chungeoram.com
E-mail ｜ chungeorambook@daum.net

ISBN 979-11-04-90030-3 04810
ISBN 979-11-04-90029-7 (SET)

조선 세자빈
실종 사건

1

서이나 장편 소설

도서출판 청어람

목차

1장
세자빈이 될 소녀

곱고 새하얀 손끝이 제법 야무지게 붓을 쥐고서 새하얀 종이 위를 자유롭게 움직이고 있었다. 뻗어 나가는 선에서 힘이 느껴지는가 싶더니, 어느새 종이 위로 깎아 내려갈 듯한 절벽이 기세 좋게 그려지면서 그 위로 수많은 꽃들이 휘날리며 절경을 이루었다.

가파른 절벽 위에 피어난 꽃은 그 어떤 꽃보다 아름답고 강하게 휘날렸다. 그리고 그런 그림을 그리고 있는 홍의 눈빛도 맑게 빛나고 있었다.

한참 신나게 움직이던 붓이 멈췄다. 그러곤 홍이 고개를 휙 돌리고선 옆에서 자는 척하던 석충을 동그란 눈으로 빤히 바라보다, 이내 볼우물이 깊이 파일 정도로 싱긋 미소를 지으며 살며시 입을 열었다.

"스승님, 괜히 자는 척하지 마시어요. 그냥 두 눈 부릅뜨고 보시면 되지, 어찌 도둑마냥 훔쳐보시어요?"

석충은 홍의 말에 머리를 긁적이며 눈을 떴다.

"아, 그야 네가 신경 쓰일까 봐 그랬지. 이 스승의 마음을 그리 몰라주느냐?"

"너무 제 걱정 하지 마시어요. 전 정말 괜찮으니 말입니다."

홍은 염려 놓으시라는 표정으로 피식 웃었고, 석충은 그 모습에 무거운 숨을 내쉬었다.

곧 간택령이 떨어질 것이다. 하지만 그건 형식일 뿐 이미 내정된 세자빈은 따로 있었다. 바로 영상의 여식 민홍, 그녀였다. 그리 되면 앞으로 이렇게 자유롭게 그림을 그리진 못할 것이다. 그뿐만 아니라 아주 많은 걸 잃게 되거나 포기해야 하겠지.

홍은 다시금 붓을 들고 그림을 그리려다, 이내 먹이 깊이 번질 정도로 종이를 빤히 바라보았다. 어느새 멍처럼 피어가던 먹물이 결국 그녀가 그려놓은 꽃들을 삼키고 있었다.

"스승님."

"어찌 그러느냐?"

"세자빈은 나비라고 한대요."

"나비?"

"예. 겉으로 아름답게 보여도, 언제 어떤 비바람에 날개가 찢어질지 모르는 연약한 나비 말이어요. 궐에 들어가게 되면, 이리 그림을 그리는 것도 쉽지 않겠지요?"

언제나 환하게 웃음 짓던 홍의 얼굴 위로 그림자가 서렸다. 아주 오래전부터 알고 있었던 일이다. 아버님께서 매번 말씀하셨으니까. 넌 이 나라의 국모가 될 것이라고. 그 어느 여인보다 귀하고 귀한 사람이 되어 훗날 왕의 어머니가 될 것이라고. 모두가 부러워했지만 홍은 그것이 두렵기만 했다.

귀하고 귀한 사람. 높고 높은 자리. 그런 자리엔 혼자 가야 하는 것이 아닌가. 무섭고 두려워도 누구 하나 잡아주지 않는 것이 아닌가. 왕은 사람이 아니라고 했다. 하늘이라 하였다. 그런 하늘이 고작 자신을 지켜주겠는가. 곁에 있어주겠는가. 하늘 위를 그저 숨 가쁘게 날아다니는 나비. 홍은 그저 평범하게 살고 싶었다. 지금처럼 그림을 그리면서 감히 바라볼 수도 없는 하늘 같은 서방님이 아닌 저를 아끼고 사랑해 주는 서방님의 곁에서 그저 평범하게 말이다.

"홍아, 네게 줄 것이 있다."

"예?"

사색에 잠겨 있던 홍은 갑작스런 석충의 말에 다시금 눈을 동그랗게 떴다.

그는 품 안에서 뭔가를 꺼내주었다. 그것은 붉은색 안료였다.

"이것은?"

"붉은 안료다. 귀하디귀한 당주홍(唐朱紅)이지. 네게 주는 선물이다."

"이리 귀한 것을 어찌……."

하지만 홍의 눈빛은 그 어느 때보다 반짝거렸다. 왕의 색이라 알려진 붉은색 안료는 구하기가 무척이나 어렵고, 구한다고 해도 그 가격이 어마어마했다.

물론 영상의 여식이 그런 것을 구하지 못할 리가 없었지만, 그의 아버지는 그녀가 그림 같은 것을 그리는 것을 싫어하셨기에 그녀가 이곳으로 오는 것은 항상 비밀이었다.

"너도 알다시피, 적색은 왕의 색이다. 그 적색을 네가 자유자재로 길들이거라. 결코 날개가 찢기는 나비가 되지 말고."

"스승님……."

"네가 그리는 붉은색이 참으로 기대되는구나. 아마 그 어떤 붉은색보다 귀해 보일 것이다."

"스승님, 고맙습니다. 너무 좋아요!"

자신을 위로하는 석충의 한마디, 한마디에 홍은 그저 따뜻하게 웃었다.

아마 궐에 들어가게 되면 그를 만나는 것도 쉽지 않을 것이다. 아니, 어쩌면 영영 보지 못할지도 모른다. 지금은 비록 저 때문에 이곳에 매여 계시지만, 무척이나 바람 같으신 분. 가고 싶은 대로, 발길 닿는 대로 가서 붓끝으로 세상을 옮기시는 그런 분이다. 홍은 그런 스승님이 몹시도 부럽기만 했다.

"아씨! 아씨!"

멀리서 막순이의 목소리가 다급하게 그녀를 부르고 있었다. 홍은 서둘러 자리에서 일어났다. 어쩐지 그녀의 표정이 딱딱하게 굳어지고 있었다.

"스승님, 그럼 저는 이만 가볼게요."

"그래, 가보아라."

"예. 그리고 이 안료, 너무 감사해요. 아주 소중히 쓸 것이어요."

홍은 다시금 눈매를 어여쁘게 접으면서 걸음을 돌리다, 이내 석충에게 다가가 그를 꽉 안아주고서는 얼른 자리를 떠났다. 석충은 그런 홍의 모습에 너털웃음을 터뜨리며, 땅바닥에 새겨진 그녀의 조그만 발자국을 바라보았다. 마치 꽃이 떨어진 듯 보인다. 어찌 저리 작고 어여쁜지. 붓을 들고 그림을 그릴 때면, 사내 못지않은 대범함을 보이면서, 붓을 내려놓으면 영락없는 곱디고운 규수였다. 아니, 그보다 훨씬 사랑스러운.

그는 그녀가 그리고 간 그림을 소중히 쓸어내렸다. 어쩌면 다른 이에겐 연약하디연약한 날갯짓일지도 모르지만, 홍이 저 아이라면 그 날갯짓 하나로 하늘을 뒤흔들지도 모른다. 틀림없이 어디를 가서도 사랑받을 것이라고, 사랑받을 수밖에 없는 그런 아이니까.

�֍

"아씨, 어서요. 어서!"

"가고 있어!"

홍은 치맛자락을 꽉 움켜쥐고서 다급하게 걸어가는 막순이의 뒤를 짧은 다리로 아주 열심히 따라갔다. 하지만 막순의 눈에는 그마저도 답답하게 느껴졌다.

"아씨! 더 서두르셔야 해요. 오늘 공주 자가를 뵙는 날인데……어쩌자고 그곳에서 허송세월을 보내고 계셨던 거예요!"

"하아, 하아. 미안. 나도 모르게 깜빡하고 있었어."

아주 까맣게 잊고 있었다. 오늘 공주 자가를 뵈러 궐에 가는 날이라는 것을. 혹여나 그림이나 그리고 있었다는 것을 아버님께 들키기라도 하는 날에는 정말 크게 경을 칠 것이었다.

"아버님이 오셨을까?"

"안 오셨기를 바라야지요. 대감마님께서 아시는 날엔 정말 전 죽을지도 몰라요."

그렇게 거의 바동거리며 뜀박질을 하고서 집 앞에 도착한 홍은 헐떡거리는 숨을 채 삼키지도 못하고서 얼른 문을 열었다. 그만큼 다급했다. 아버님이 오시기 전에 얼른 옷도 갈아입어야 하고, 공주 자가를 뵐 준비도 해야만 했다.

"유모, 유모!"

그래서 저도 모르게 소리를 높여 유모를 불렀는데, 그 순간 앞마당의 분위기가 심상치 않음을 느꼈다. 홍은 저도 모르게 걸음을 우뚝 멈춰 서고서 들고 있던 안료를 얼른 뒤로 숨겼다. 그리고 마침내, 사랑채의 문이 열리면서 그녀의 아버지이자 조선 최고의 권세가, 영의정 민황이 모습을 드러냈다.

홍은 저도 모르게 움찔하며 한 손으로 헝클어진 치맛자락을 억지로 펴보았다. 하지만 달려오느라고 엉망이 된 모습을 다 가릴 수는 없었다. 황은 그런 딸아이의 모습을 위아래로 훑으며 매서운 눈빛을 띠었다.

"지금 어딜 다녀오는 것이냐."

홍의 머리 위로 서슬 퍼런 목소리가 뚝뚝 떨어졌다. 그녀는 떨리는 손끝을 더욱 꽉 쥐고서 한 걸음 앞으로 다가가 고개를 숙였다.

"아, 아버님."

"오늘이 무슨 날인지 모르는 것이냐? 입궐을 해야 할 모습이 어찌 그리 헝클어진 것이야! 게다가 곧 간택령으로 세자빈이 되어야 할 귀한 몸인데, 대체 처신을 어찌!"

"송구합니다, 아버님. 소녀가 잘못했습니다."

홍은 떨림을 억지로 누르고서, 단정한 음색으로 황의 화를 누그러뜨리기 위해 노력했다. 하지만 황은 그런 딸아이의 모습이 몹시도 마음에 들지 않았다.

"한데."

"예?"

"뒤에 감춘 것은 무엇이냐?"

'일 났다!'

홍은 등 뒤로 숨긴 안료를 더욱 꽉 움켜쥐었다. 궐에 입궐해야 하는 오늘, 얌전히 별당에서 기다리지는 못했을망정, 또 그 떠돌이 화공 앞에서 그림을 그렸다는 사실이 밝혀지면 정녕 그냥 넘어가지는 않을 터.

그녀는 등줄기로 식은땀이 주르르 떨어지는 것을 느꼈다. 그것은 아버님께 혼이 날까 봐 무서워서 그런 것이 아니었다. 이대로 아버님께 안료를 들키면, 당장에 이것을 깨버리실 텐데. 이토록 귀한 안료를. 스승님께서 몹시도 힘들게 구하셨을 안료를.

'절대 들켜서는 안 돼!'

"아무것도 아닙니다, 아버님."

그녀는 씨알도 먹히지 않겠지만 그래도 특유의 서글한 눈웃음을 지으며 고개를 가로저었다. 보통 다른 사람이라면 그런 그녀의 사랑스러운 행동에 슬슬 넘어갔겠지만, 황은 달랐다. 그는 뼛속까지 사대부의 양반으로 한 치의 어긋남도 그냥 넘어가지 않는 사람이었다.

"이리 가져오너라."

"아버님."

"감히 말대꾸를 하는 것이냐!"

"하, 하지만."

"좋다. 네가 올 수 없다면, 내가 가도록 하지."

황은 사랑채에서 벗어나 성큼성큼 홍에게로 다가왔다. 하지만 그녀는 그 자리에서 꼼짝도 하지 못한 채, 안료를 더욱 꽉 움켜쥘 뿐이었다. 어쩌나. 이대로 아버님께 무릎이라도 꿇어야 하는 건가? 제발 한 번만 봐달라고. 하지만 아버님이 과연 그런 제 말을 들어주실까? 하지만!

"아버님."

그때, 그녀의 귓가로 너무나도 낯익은 목소리가 흘러들었다.

"규헌아."

민황의 목소리 끝으로 웬 훤칠한 사내가 서 있었다. 무릎까지 흐트러짐 없이 떨어지는 하얀 도포 자락에 너무나도 잘 어울리는 환한 얼굴. 그리고 빈틈없이 매여진 갓 너머로 홍을 닮은 서글한 눈매와 더불어 부드러운 입꼬리까지. 이 훤칠한 선비는 민가의 맏아들이자 홍의 하나뿐인 오라버니인 민규헌이었다. 황은 규헌의 모습에 슬쩍 풀어진 시선으로 입을 열었다.

"돌아온 것이냐."

"대과가 얼마 남지 않아, 집에서 남은 학업을 마무리하고자 합니다."

"그래, 잘 돌아왔다."

그는 슬쩍 고개를 들고서 곁눈질로 홍을 살폈다. 홍은 오랜만에 보는 오라비의 모습에 반가워하면서도 마음껏 티를 내지 못하고 있었다.

아마 또 무슨 말썽을 피운 것이겠지. 규헌은 집을 떠나면서 다른 건 몰라도 누이동생이 항상 마음에 걸렸었다.

"한데, 홍이는 오늘 입궐해야 하는 날이 아닙니까? 공주 자가께서 무척이나 기다리고 계시겠습니다."

"흠……."

황은 여전히 마음에 들지 않는 눈초리로 홍을 바라보았다. 하지만 규헌의 말대로였다. 계속해서 공주 자가를 기다리시게 할 수는 없는 노릇이었다.

"오늘은 이만 가보아라. 궐에 가서 조금이라도 흐트러진 모습을 보인다면 결코 용납하지 않을 것이다. 잊지 말거라. 간택령이 얼마 남지 않았음이다."

"예, 아버님."

그렇게 홍은 속으로 살았다고 외치면서 오라비를 슬쩍 바라보고선 얼른 막순이와 함께 자리를 떠났다.

그렇게 홍이가 막순이와 함께 멀어지자 규헌은 살짝 아쉬운 눈빛을 띠었고, 황은 걸음을 돌리면서 입을 열었다.

"들어가서 오랜만에 차나 한잔하자꾸나."

"예, 아버님."

홍은 막순이와 별당으로 달려갔다. 어차피 유모가 이미 준비는 끝내놓았을 것이다. 막순은 아까의 일을 떠올리며 생각만 해도 오금이 저리는지 연신 몸을 부르르 떨었다.

"도련님이 아니셨다면 정말 아씨와 저는 대감마님께 크게 혼이 났을 것입니다."

"그러게 말이야. 오라버니가 그때 딱, 하고 나타나다니. 어쩐지 이 붉은 안료가 나한테 행운을 줄 건가 봐."

"그런 소리 마십시오! 고작 그런 것이 무슨."

"고작 그런 것이라니! 이게 얼마나 비싼 것인데!"

"아씨! 아씨!"

그때, 멀리 별당에서 유모인 안주댁이 그녀에게 손짓하고 있었고, 홍은 붉은 안료를 얼른 품에 넣고서 별당으로 빠르게 걸음을 옮겼다.

이제 그녀는 곧 세자빈이 되어야만 했다. 그러니 아버님의 말씀처럼 처신에 신중을 기해야만 했다. 궐은 보이지 않는 눈과 귀가 어마어마하게 많은 곳이다. 특히나 자신을 쫓아다니는 무서운 눈과 귀가. 혹여나 자신이 조금이라도 잘못을 한다면, 어쩌면 가문에 큰 해가 될지도 몰랐다.

입궐 준비를 마친 홍은 서둘러 꽃신을 신고서 손에 쥐고 있던 안료는 다시금 품 안에 숨겼다.

어느새 별당 앞으로 가마가 준비되어 있었다. 홍은 마지막으로 옷고름을 반듯하게 매고서 얼른 가마 위로 올라앉았다. 한 달에 서너 번. 그녀는 공주 자가를 뵈러 궐에 갔다. 말로는 그저 예동일 뿐이었지만, 실상은 예비 세자빈으로서 궐에 익숙해지기 위함이 라는 것을 그녀는 알고 있었다.

"아씨, 도착했어요."

가마가 멈춰 서고 홍은 조심스럽게 밖으로 나왔다. 이미 그녀를 배웅 나와 있던 나인이 천천히 고개를 숙이며 예를 갖췄다. 다른 규수도 아닌 세자빈이 되실 영상 대감의 여식이기에, 궁녀들은 벌 써부터 그녀에게 예를 갖추어 인사를 하곤 했다.

"공주 자가께선 많이 기다리고 계셔요?"

"예, 아침부터 기다리셨습니다."

"공주 자가께 이런 무례를 범하다니. 서둘러야겠네."

홍은 치맛자락을 붙잡고서 종종걸음으로 조그만 걸음을 옮겼 다.

궐 안 굽이진 곳을 깊숙이 따라 들어서니, 멀리 송화 공주가 보 경당에서 두 손을 마구 흔들며 홍을 기다리고 있었다.

"홍아! 홍아!"

"공주 자가."

송화 공주는 체통은 생각지도 않고서 홍에게 마구 달려왔다. 홍 보다 두 살 어린 송화는 세자의 친누이로서 아직은 철이 들지 않 아 궐 안의 말썽쟁이로 유명했다.

"자가, 넘어지셔요."

"헤헤. 어찌 이리 늦은 것이냐? 내가 아침부터 얼마나 기다렸다고."

"송구합니다, 공주 자가."

"아니다. 어서 들어가자!"

그렇게 송화는 홍의 손을 잡고서 보경당 안으로 들어섰다. 막순은 그 모습을 보고서야 안도의 한숨을 내쉬었다. 오늘은 정녕 하루가 너무나도 길었다, 너무나도.

처소에 들어서자마자 송화는 가자미눈으로 홍을 바라보며 새침한 어조로 입을 열었다.

"이제 말해보아라. 영상 대감께 혼나진 않았느냐?"

"예?"

"내가 모를 줄 아느냐? 오늘 여기에 오는 것도 잊고 있었지? 그 스승이라는 사람 만나서 그림 그린다고 말이다."

"아, 하하하! 눈치채셨어요?"

홍은 어설프게 웃으면서 머리를 긁적였다. 그러자 송화는 고개를 치켜들고서 손을 내밀었다.

"그래. 나를 잊고 대체 거기서 뭘 하고 온 것인지, 보여다오!"

"사실 그림은 지금 없습니다. 대신."

그녀는 머뭇거리다 이내 품 안에서 붉은 안료를 꺼내 보여주었다.

"이게 무엇이냐?"

"붉은 안료여요. 명에서만 구할 수 있는 귀한 것이지요. 스승님께서 제게 선물로 주셨어요."

"그래? 그러고 보니 굉장히 붉구나. 적색은 왕의 색인데."

"예. 스승님께서도 그리 말씀하셨어요."

송화는 붉은 안료를 잠시 살펴보다가 이내 홍을 바라보았다. 저보다 두 살 많기는 했지만, 가끔은 저보다 어리게 보일 정도로 아직은 작디작은 아이였다. 하지만 송화는 알고 있었다. 그런 그녀가 붓만 들면 달라진다는 것을.

"궐에 들어와서 세자빈이 되면."

"……."

"아마 지금처럼 마음껏 그림을 그리진 못할 것이다."

홍은 송화의 말에 애써 미소를 보였다.

"하나, 공주 자가의 얼굴을 더 많이 볼 수 있잖아요."

"홍아."

"저는 괜찮아요. 어차피 세자빈이 되지 않아도 저는 여인이기에, 그리고 아버님의 여식이기에 끝까지 붓을 들 수는 없을 테니까요."

그 누구에게도 말하지 않은 소망은 있었다. 이 붉은 안료로 호월산 정상에서만 볼 수 있다는 그 절경을 그리고 싶었다. 물론 그건 그저 소망일 뿐이다.

여인이기에 그리 해선 아니 되었고, 영상의 여식이기에 또한 그리 해선 아니 되며, 더더군다나 그녀는 이제 곧 세자빈이 되어야 하니까.

송화는 괜히 제 말 때문에 홍이 슬퍼하는 것 같아 머리를 굴리다가 이내 뭔가 번뜩이면서 박수를 쳤다.

"그래! 홍아, 우리 오라버니를 본 적이 있느냐?"

"예? 공주 자가의 오라버니시라면. 세, 세자 저하 말씀이어요?"

"그래! 세자 저하 말이다. 이제 곧 네 낭군님이 되지 않느냐."

"제가 감히, 언감생심 어찌 저하의 얼굴을 뵈었겠어요."

그녀는 갑작스러운 말에 당황하여 말을 얼버무렸다. 어릴 적부터 이야기만 들었을 뿐, 직접 얼굴을 뵌 적은 없었다. 궐을 왔다 갔다 해도 역시나 마찬가지였다.

송화는 부끄러워하는 홍의 모습에 저도 모르게 흥미가 발동했다.

"어허! 그런 안타까운 일이. 네가 태어나자마자 정해진 낭군님인데, 어찌 얼굴 한 번 보지 못했을꼬? 물론 우리 오라버니가 무척이나 듬직하고 훤칠한 사내이긴 하지만 말이다. 넌 아주 큰 복을 타고난 것이다."

물론, 그녀도 궁금하지 않을 수가 없었다. 그래서 막순이나 안주댁을 통해 몇 번 얘기는 들은 적이 있었다. 자신보다 네 살이 많은 저하께서는 그야말로 타고난 군주의 재목이라고. 어릴 적부터 그 총명함은 이루 말할 수가 없었고, 학문을 넘어 무예와 예에도 그 조예가 깊다고 하였다. 여색을 가까이하지 않고, 성품 또한 올곧으며, 예의 바르고, 게다가 생김새까지 빼어나 멀리서도 그 빛이 귀하여 옥골선풍(玉骨仙風)이 따로 없다고 하였다.

"김 도령의 소설 속에 나오는 사내들만큼이나 빼어나신 분이다. 우리 오라버니라서 하는 말이 아니라, 정말로!"

"공주 자가, 혹시 그런 소설을 읽으셨어요?"

"아, 아니! 직접 본 것은 아니고…… 구, 궁녀들한테. 그래! 궁녀들이 말하는 것을 들은 것뿐이다."

송화는 제멋대로 튀어나온 자신의 입을 탓하며 얼른 화제를 돌려 버렸다.

"아무튼! 궁금하지 않느냐? 내가 슬쩍 보게 해줄까?"

"예?"

"내가 도와줄 것이다. 그냥 아주 슬쩍만 보면 되지 않느냐."

"하, 하오나……."

"걱정 마라. 매번 해 질 무렵쯤에 오라버니께서 경회루 주변으로 산책을 나오시는데, 그때 나인으로 슬쩍 넣어줄 테니까 잠깐 보면 되지 않겠느냐."

꽤 구체적인 말에 홍은 저도 모르게 흔들렸다. 하지만 그래도 마음에 걸리는 것은.

"아버님께서 제가 너무 늦는 걸 아시게 되면……."

"걱정 말래도! 내가 그래도 이 나라 공주가 아니더냐? 설마하니 영상 대감 하나 속이지 못할 것 같으냐? 내가 시간을 끌어줄 것이다. 어때? 너도 궁금하지 않느냐. 그치? 그렇지?"

송화는 거의 다 넘어온 것 같은 홍의 모습에 좀 더 적극적으로 밀어붙이기 시작했고, 홍은 그런 송화의 말에 이리저리 흔들리다가 이내 저도 모르게 고개를 끄덕이고 말았다.

"그래! 잘 생각했다. 김 상궁! 김 상궁!"

솔직히 정말로 궁금하긴 했으니까. 멀리서 살짝만 훔쳐보면 되지 않을까?

어느새 두려움보다는 묘한 호기심이 발동하기 시작했다.

2장
단언컨대 완벽한 세자 저하?

어스름이 내리기 시작한 시각, 보경당의 문이 열리면서 녹빛 나인 옷으로 갈아입은 홍이 애써 떨리는 숨을 머금고서 천천히 밖으로 걸음을 당겼다.

분명 나인 복색으로 꾸몄는데 워낙 작은 키에 앳된 얼굴이다 보니 생각시처럼 보이는 것이 조금 흠이었다.

"자, 시간이 없다. 이러다 오라버니를 놓치면 모든 것이 수포가 아니더냐."

"하오나 정말 이래도 되는 것인지……."

이미 물은 엎어졌지만 그래도 걱정이 되는 건 어쩔 수가 없었다. 하지만 송화는 거침없이 그녀의 등을 떠밀었다.

"괜찮다, 괜찮아. 다 내게 맡기거라. 어서, 어서!"

그녀는 하는 수 없이 정신을 바짝 챙기고서 나인들과 뒤섞여 걸음을 옮겼다.

그렇게 경회루에 도착한 홍은 탁 트인 호수 위로 붉게 타들어가는 하늘을 품고서 넘실거리는 광경에 저도 모르게 탄성을 내질렀다. 주변으로 보이는 것은 오직 거대한 하늘. 저물어가는 태양 속에 그녀가 좋아하는 붉은빛만이 스르르 스며들고 있을 뿐이었다. 이것은 그 어떤 안료로도 만들어낼 수 없는 붉은색이었다.

어느새 그녀의 표정 위로 두려움은 사라지고 없었다. 문제는 세자 저하까지 홀라당 까먹은 것이었지만. 그때, 붉은빛이 가득한 세상 안으로 다른 이가 걸어 들어왔다. 뒤로 비춰지는 후광이 너무나도 잘 어울리는 사내. 우아하게 뒷짐을 지고서 한 걸음, 한 걸음 내디딜 때마다 흑빛을 띤 용포 자락이 서늘하게 떨어져 내렸고, 조그만 움직임에서 배어 나오는 분위기는 어려 보이는 나이에도 불구하고 시리고 고고했다.

자, 잠깐. 용포라면. 설마? 그때 나인들이 순식간에 고개를 숙이며, 단정한 음색으로 한마디를 흘렸다.

"세자 저하 오셨사옵니까."

홍은 저도 모르게 얼른 고개를 숙이고서 숨을 꾹 삼켰다. 세자 저하. 저분이 바로, 세자 저하. 어느새 그녀의 앞으로 발자국 소리가 가까이 울려왔다. 그와 동시에 그녀의 심장도 빠르게 두근거렸다. 그렇게 그가 그녀의 바로 발아래로 스쳐 지나가자, 그녀의 귓불이 빨갛게 달아오르며 홍은 저도 모르게 슬쩍 고개를 들어 그의 뒷모습을 바라보았다. 자신보다 서너 살이 많다고 들었는데. 저보다 훨씬 큰 그림자와 더없이 늠름한 사내로 보였다.

'저분이 세자 저하. 장차 나의 지아비가 되실 분……'

그녀는 멀리서 호탕하게 울리는 그의 웃음소리에 저도 모르게 싱그러운 미소를 지었다. 처음엔 그저 두렵고 무섭게만 느껴졌는데. 안주댁의 말이 아주 풍은 아닌 듯했다.

'역시 소문대로 멋지시구나.'

✶

담은 경회루를 맴돌고 있었다. 겉으로 보기에는 평소와 다름없는 모습이었지만 담의 표정은 어느 때보다 초조함이 감돌고 있었다. 걸어가는 걸음걸이도 평소보다 느렸고, 특히나 입술이 바짝바짝 마르면서 연신 주변을 살피는 모습이 꼭, 사랑하는 정인을 애타게 기다리는 남정네 같았다. 그런 그의 모습을 대번에 알아차린 박 내관이 쪼르르 옆으로 다가와 고개를 숙이며 입을 열었다.

"저하, 어디 불편하시옵니까?"

"응? 아, 아니다!"

"한데, 어찌 그리 안절부절못하시옵니까?"

"그리 보이느냐? 허허. 박 내관도 참!"

하여튼, 눈치 하나는 끝내준다. 이러다간 거사를 치르기도 전에 들킬 참인데. 아무래도 박 내관을 좀 녹여야 할 필요가 있을 듯했다.

담은 갑자기 걸어가던 걸음을 우뚝 멈춰 섰다. 그러자 옆을 따르던 박 내관도 함께 멈춰 섰다. 하지만 그가 아무 말이 없자, 이내 걱정이 가득 담긴 표정으로 담을 부르려는 순간, 그가 먼저 박 내관과 눈을 마주하고서는 이내 화사함이 듬뿍 담긴 꽃웃음을 지어 올렸다. 그 뒤를 따르던 나인들의 심장에 불이 지펴질 정도로 달콤한 눈웃음이 아닐 수 없었다.

"저, 저하, 어찌 그리 보십니까? 혹여나 소인의 얼굴에 뭐라도……."

그리고 그러한 미소를 정통으로 맞아버린 박 내관은 저도 모르게 벌렁대는 가슴을 움켜쥐었고, 담은 짐짓 다정한 어조로 속삭였다.

"아니, 오늘따라 우리 박 내관 얼굴이 훤해 보여서. 노을빛에 그리 보이는 것인가?"

갑작스러운 담의 칭찬에 박 내관은 감격해하며 더더욱 고개를 조아렸다.

"저하야말로 오늘따라 더 멋있어 보이십니다. 곧 세자빈마마를 맞이하시면 더욱 굳건한 저하가 되실 테지요. 소인, 그 모습을 떠올리면 벌써부터 눈물이 납니다."

"지금도 난 굳건하고 잘난 세자인데, 세자빈을 맞으면 더더욱 그리될 것이라니. 어디 궁녀들이 심장 벌렁거려 제대로 다닐 수나 있을지 모르겠구나."

담의 목소리 끝으로 궁녀들이 키득키득 웃었고, 박 내관은 이미 제 감정에 취해 눈물을 글썽이고 있었다. 뭐, 이 정도면 되었다. 한동안은 저렇게 정신 못 차리고 있을 테니.

그렇게 담이 속으로 시커먼 속내를 숨긴 채 연신 다정한 웃음을 지으며 걸음을 재촉했다.

그나저나, 이렇게 밑밥도 잘 깔아놓았는데 어찌 이리 안 오는 것이냐!

그때, 호랑이도 제 말 하면 온다고 했던가!

"세자 저하!"

어느새 그의 앞으로 다가온 그의 호위무사 무랑은 깍듯이 고개를 숙이며 예를 다하였다.

"어서 와라. 수고했다."

담의 한마디에 무랑은 슬쩍 고개를 들어 눈짓을 하였다. 그것이 신호였다. 바로 박 내관을 따돌리고, 이 궐을 빠져나가 거사를 치를 신호!

✳

홍은 먼발치에서였기는 했지만, 그래도 세자 저하를 본 것만으로 충분하다고 생각하면서 슬그머니 걸음을 뒤로 돌렸다. 혹여나 늦어지게 되면 아버님의 불호령이 떨어지게 될 테니까. 하지만 살짝 훔쳐보았던 세자 저하의 모습은 어린 소녀의 가슴에 뜨거운 불씨를 던지기에 충분하였다. 슬쩍만 보았을 뿐인데도 걸어가는 걸음거리마다 가슴이 쿵쾅거렸고, 멀리서 들리던 호탕한 웃음소리와 더불어 슬쩍 훔쳐보았던 그 잘난 얼굴까지.

　"그 말도 안 되는 소문들이 전부 사실이었을 줄이야. 정녕 사람이 아니신 것인가?"

　그리고 그리 잘난 사내가 자신의 지아비가 된다는 것이 그녀의 조그만 머리로는 도저히 상상이 되질 않았다. 하지만 자꾸만 부끄럽게 두근거리는 풋풋한 심장 소리에 보는 이가 없는데도 쑥스러워 빨개진 얼굴을 꼭 붙잡고 걸어가다, 앞을 살피지 못해 결국,

　쿵―!

　"아윽!"

　찌릿한 통증이 물밀 듯 밀려들면서 그녀는 벽과 부딪힌 이마를 문질렀다. 그러곤 그제야 정신을 차리고서 슬쩍 주변을 살피던 그녀의 표정이 점점 더 하얗게 굳어지기 시작했다.

　어느새 시커멓게 변한 하늘 아래 낯선 담장이 홍의 앞을 가로막고 있었다. 대체 이곳이 어디란 말인가! 세자 저하 생각만 하고 걷다가 그만 되돌아가는 길을 놓치고 말았다!

"어, 어쩌지? 어쩌지?"

홍은 잔뜩 울상이 된 표정으로 치맛자락을 꽉 움켜쥐었다. 일단 되돌아가야만 했다. 이 넓은 궐 안에서 사람 한 명 만나지 못하겠는가? 만나서, 안 되면 제 정체를 밝히는 한이 있더라도 얼른 집으로 가야만 한다. 그렇지 않으면 아버님이! 순간, 아버님의 불호령이 머릿속을 스쳐 지나가면서 홍은 정신을 바짝 차리고는 그대로 조그만 발걸음을 돌리려는 순간!

쿠쿵!

"아…… 읍!"

쿵 하는 소리와 함께 뭔가가 홍의 위로 떨어지면서 그녀는 저도 모르게 악 소리를 지르려고 했지만, 낯선 이의 손이 그녀의 입을 콱 하고 틀어막았다. 순간, 등 뒤로 소름이 쫙 끼치면서 홍은 부들부들 떨리는 시선으로 정면을 응시했다. 저도 모르게 눈물이 핑 하고 감돌았다.

대체 뭐지? 호, 혹시 납치? 궐에 괴한이 든 것인가? 그래서 자신이 납치되는 것인가? 하지만 왜? 내정된 세자빈이라서?

"쉿, 놀라지 말거라. 그러니 소리 지르지도 말고."

그때, 귓가로 나지막한 목소리가 그녀를 달래고 있었다. 하지만 이게 정녕 달래는 것이 맞기는 한지, 목소리 가득 짜증이 묻어 나왔다. 게다가 아직까지도 그녀를 깔아뭉개고 있는 이 엉덩이!

"우우우웁!"

"조용히 하래도!"

하지만 그래도 이 정체 모를 자는 홍의 허리 위에 앉아서는 연신 다른 쪽으로 귀를 쫑긋 세우고 있었다. 그 순간,

"저하! 저하! 세자 저하!"

"하! 저리 소리를 지르면 대체 어쩌자는 것이야!"

멀리서 희미하게 울리는 목소리. 홍은 설마 하는 표정으로 눈을 동그랗게 떴다. 지금 제 위에서 입을 틀어막으며 짜증을 내고 있는 사람이,

'세자 저하?'

드디어 그가 홍의 위에서 내려서면서 틀어막았던 입도 사라졌다.

홍은 멍한 시선으로 슬쩍 고개를 들었다. 그러자 구름에 가리었던 달이 사라지면서, 환하게 쏟아지는 달빛 아래 사내의 모습이 선명하게 드러났다.

짙은 도포 자락이 펄렁이며 떨어졌고, 커다란 갓 그림자 너머로 훤칠하고 말간 얼굴이 들어왔다. 숨기려 해도 배어 나오는 귀한 자태와 너무나도 잘 어울리는 오만한 표정.

조선의 세자, 이담. 그가 엉망으로 흐트러진 홍을 내려다보고 있었다.

"괜찮으냐?"

담은 저 때문에 쓰러진 홍을 일으켜 세울 생각도 하지 않고서

살짝 흐트러진 제 옷자락을 추슬렀고, 홍은 스스로 일어나 황당한 표정으로 그런 담을 바라보았다.

정녕 세자 저하란 말인가? 정말로? 하지만 어찌 이곳에서 저런 차림으로. 분명 경회루에서 흑룡포를 입고서 근엄하게 걷고 계시지 않았던가? 아무리 좋게 보아도 이것은……

'월담하여 도주하는 모습이 아닌가?'

"괜찮냐고 묻지 않느냐. 어찌 꿀 먹은 벙어리가 된 것이냐? 물론 갑작스럽게 나를 만나 말문이 막힌 것은 이해가 가지만."

"아, 괜찮사옵니다."

홍은 행여나 들킬세라 얼른 고개를 숙였고, 담은 그제야 그녀를 머리부터 발끝까지 쭉 살펴보았다. 랑이와 함께 박 내관을 가까스로 따돌리고서 아주 가뿐하게 담을 넘었더니, 이렇게 생각시가 있을 줄은 몰랐다. 하마터면 박 내관에게 들킬 뻔하지 않았던가. 하지만 여기서 이 생각시를 풀어주면 분명 제대로 들킬 것인데. 딱 보아도 콩알만 한 것이 조금만 겁을 주면 죄다 불어버릴 입이다. 반대로 이쪽에서 먼저 겁박을 한다면…….

"저기, 한데 정녕 세자 저하……."

순간, 그녀의 말이 끝나기도 전에 그가 그녀의 손을 덥석 잡았다. 생각보다 훨씬 더 작고 보드라운 손에 조금 놀랐다. 하지만 그보다 더 놀란 홍은 눈을 토끼마냥 동그랗게 뜨고서 입을 턱 하니 벌렸다. 대체 이게 무슨 상황인 거지?

"딱 보니 생각시로구나."

"네?"

담은 홍을 위아래로 훑으며 아주 자신만만하게 말했고, 홍은 그런 그의 시선에 시뻘겋게 달아오른 시선으로 아니라고 외쳤다.

"아니옵니다! 저는 생각시가 아니라 보경당 나인이옵니다!"

"보경당 나인이라고? 송화 공주의 나인이란 말이냐? 하지만 너무 어린데."

그러면서 다시금 빤히 훑어보는 시선에 홍은 기가 막혔다. 어찌 이리 무례하단 말인가! 아무리 제가 키가 작다곤 하지만 공주 자가보다 두 살이나 많은데!

"아무튼 내가 누군지는 알겠지? 그러니 내가 이대로 도망친 것을 들킨다면 같이 있었던 너도 무사하지 못할 것이다."

"그게 무슨!"

"그리되면 내 마음도 많이 아플 것이니, 너도 같이 가자."

같이 가자고 하는 바람에 홍이 잠시 멍하니 그를 바라보다 이내 그의 손길에 이끌려 어느새 걸음을 옮기고 있었다. 잠깐. 이건 말도 안 된다. 어딜 간단 말인가? 이리 늦은 시각에! 그것도 사내의 손을 잡고서!

하지만 담은 홍의 손을 너무나도 태연하게 잡고서 거침없이 달렸고, 홍은 그 걸음을 쫓아가느라 죽을 것만 같았다. 어느새 그녀는 머릿속에 세자 저하의 모습을 말끔히 지우기 시작했다.

체통 없이 월담을 하여 도주하는 세자 저하. 여인네의 모습을 아무렇지도 않게 훑어보는 호색한 세자 저하. 게다가 이리 손도 덥석 잡고서는 남은 전혀 생각지도 않고 무례하게 행동하는 세자 저하!

'역시, 소문은 그저 소문일 뿐! 풍이, 그것도 아주 풍이 많이 섞여 있음이다.'

그렇게 홍의 머릿속의 완벽했던 세자 저하의 모습은 산산조각 부서져 내리고 말았다.

결국 이 어처구니없는 상황에 넋을 잃고 담에게 끌려가던 홍은 점점 더 어두워져 가고 있는 하늘에 정신을 바짝 차리고서 그에게서 벗어나려고 손을 바동거렸지만 무슨 힘이 이리도 센지 꿈쩍도 하지 않았다. 붓만 쥐었다고 하기엔 제법 단단하고 커다란 손이었다. 물론 제 손이 너무 작아서 그럴지도 모르겠지만.

"이 일이 잘 해결되고 나면."

한참 말없이 끌고 가기만 하던 그의 목소리가 정적을 깨뜨리며 홍에게 와 닿았다. 생각했던 것보다 근엄한 목소리는 아니었지만, 그래도 굉장한 울림을 가진 목소리였다. 물론,

"나와 이리 손을 잡았고, 내 얼굴도 실컷 보았다고 나인들에게 자랑하여도 좋다. 그리되면 넌 아마 이 궐 안 생활이 조금 수월해질 것이다."

하는 말은 전혀 굉장하지 않았지만. 어찌 저리 오만하고 뻔뻔할

수 있을까?

홍은 정녕 기가 막혀서는 혀를 내둘렀다.

마침내 목적지에 도착한 담은 그제야 홍의 손을 풀어주었다. 제법 높은 담장. 담은 난색을 표하며 슬쩍 고개를 돌렸다.

홍은 턱까지 차오른 숨을 몰아쉬면서 자꾸만 환청처럼 들려오는 아버님의 목소리에 몸을 부르르 떨었다. 얼른 집으로 가야 하는데!

"저기, 저하. 저하께서 대체 무슨 일을 하시고자 하는지는 모르겠사오나, 죽을 때까지 입을 꾹 다물고 있을 것이니 이제 그만 저를 놓아주시면 아니 되겠사옵니까? 소녀가 이래 봬도 무척이나 바쁜 나인인지라……."

하지만 담은 그런 홍의 말을 들은 척도 하지 않고 담장 너머를 까치발로 연신 살피다, 정 안 되겠는지 신경질을 내면서 아무렇지도 않게 말을 툭 내뱉었다.

"등을 좀 빌리자."

"예, 저하…… 예?"

지금 이건 또 무슨 날벼락이지? 뭘 빌린다고?

"어허! 시간이 없다, 어서!"

"자, 잠깐만요. 제 등을 빌리시겠다고요? 하면 저를 밟고?"

너무 황망하여 상황이 정리되질 않았다. 정녕 자신을 밟겠다는 것인가? 정녕?

하지만 담은 너무나도 당연하게 고개를 끄덕이며 말했다.

"아니면 네가 날 밟을 것이냐? 나인이라면서 어찌 그리 불경한 생각을! 하나 내가 너그럽게 용서하여 줄 것이다."

"예에?"

"그리고 내가 네 등을 밟아야지, 그래야 네 마음도 편하지 않겠느냐?"

"물론 그, 그럴지도 모르지만. 그래도!"

"시간이 없다고 하지 않느냐! 오늘 일이 얼마나 중요한 일인지 알기나 하는 것이냐!"

내가 그걸 어찌 알겠는가! 정말이지 시간을 되돌릴 수 있다면 전부 되돌려서 세자 저하의 얼굴 따위 보겠다고 이런 짓을 하지 않았을 것인데. 괜한 호기심 탓이다. 그리고 괜히 허무맹랑하게 부풀어진 그 괴이한 소문 탓이기도 하다! 천하에 다시없을 완벽한 세자 저하라고? 하! 개똥이다, 똥!

"뭣 하느냐! 시간이 없대도?"

결국 홍은 울며 겨자 먹기로 벽에 바짝 몸을 웅크려 등을 빌려주었다. 물론 눈앞에 세자 저하보다는 못하지만, 그래도 나는 새도 떨어뜨린다는 최고의 명문가 영상 대감 여식의 꼴이 참으로 말이 아니었다.

담은 담벼락에 몸을 웅크리고 있는 홍을 잠시 바라보았다. 일단 급하다 보니 등을 내놓으라고 하기는 했지만, 작아도 너무 작았다. 어찌 저리 밤톨만 하단 말인가. 저걸 제대로 밟았다가는 두 발을 다 올리기도 전에 부서질 것 같았다. 그리되면 나도 다칠 것이고, 저 콩알만 한 것도 다칠 것이고.

'하아. 어쩌다가 저런 꼬맹이와 부딪힌 것인지.'

바닥에 엎드려 있던 홍은 아무리 기다려도 그가 다가오지 않자 볼멘소리를 하며 외쳤다.

"어서 밟으십시오! 시간이 없다고 하지 않으셨사옵니까!"

"되었다. 그만 일어나거라."

"예?"

"아, 되었다고! 내가 아무리 세자라지만 너같이 밤톨만 한 것을 어찌 밟고……."

"야옹! 야옹!"

그때, 담장 너머로 괴이한 고양이 울음소리가 들렸다. 아니, 저건 사람이 내는 소리가 확실했다. 대체 뭐지?

하지만 담은 입술 끝을 씩 올렸다. 아무래도 무랑이 일을 잘 해결한 듯싶었다. 이제 자신만 이 담을 넘어서 가면 되는데.

담은 흙투성이가 된 채 서 있는 홍을 바라보며 혀를 찼다.

"네 나이가 정녕 몇이냐?"

"갑자기 그건 왜 물으시옵니까?"

아무리 좋게 말을 하려고 해도, 홍은 자꾸만 목소리가 절로 퉁명스럽게 흘러나왔다. 그도 그런 것이, 좋은 말이 나오겠냐고!

"송화보다 적은 나이더냐?"

"공주 자가보다 두 살이 많사옵니다."

"하면 열일곱 살이란 말이더냐? 정말로? 대체 밥을 먹기는 하는 것이냐? 아무리 많이 봐도 열네 살로 보이는데. 어찌 이리도 작은지."

제가 작은 것에 보태준 것이 있습니까? 라는 말이 목구멍 끝까지 치솟았지만, 홍은 이성을 붙잡고서 꾹 눌렀다.

그때, 담이 그녀에게 성큼 다가왔다. 홍은 갑자기 제 앞을 가린 그림자에 흠칫 놀라고 말았다. 가까이 다가온 그의 풍채는 역시 귀한 빛이 흘렀다. 다른 소문에는 풍이 많이 섞여 있지만, 자태와 외모에 대한 소문은 거짓이 아닌 듯했다.

"흠. 치마만 아니면 사내아이라고 해도 믿을 것 같은데."

작게 중얼거리는 소리였지만, 결코 그냥 넘겨들을 수 없는 말에 애써 참고 있던 이성이 뚝 하고 끊어지고 말았다. 이건 여인으로서 자존심의 문제였다. 물론 제 모습이 그리 어여쁘다고 생각한 적은 없었지만, 그래도 사내 취급을 받게 되다니!

"그만 가보거라. 정녕 그 입은 다물어야 할 것이다."

그렇게 담은 마치 귀찮은 것을 내보내듯, 손을 휘휘 저었다. 마음대로 데려올 때는 언제고, 이제 와서 이리 짐짝 취급이라니. 홍은 도저히 이대로는 넘어갈 수가 없었다. 이대로 입을 꾹 다물고 넘어갔다가는 화병이 날 것만 같았다.

이미 그녀의 머릿속엔 얼른 돌아가야 한다는 생각은 저 멀리 날아간 상태였다.

"세자 저하."

막 담을 넘으려던 그가 홍의 목소리에 주춤하며 고개를 돌렸다.

"어찌 그러느냐? 어서 가래도!"

"사실, 소녀가 돌아가야 할 시간이 많이 지체되었사옵니다. 분명 마마님께서 저를 추궁하실 것이온데."

"해서?"

담은 갑자기 제 앞을 가로막더니, 이해되지 않는 말을 늘어놓기 시작하는 홍을 짜증이 섞인 시선으로 바라보았다.

"거짓을 고하면 마마님께서 곧장 알아차릴 것이옵니다. 끝까지 제 입을 막을 수 있을지 모르겠사옵니다."

"거짓이라 함은?"

"하늘 같으신 저하께서 월담을 하여 도망치는 모습을 보지 못했다고 해야 하는데, 그럴 수 있을지 모르겠사옵니다. 제가 워낙 세상 물정 모르고 자라서 거짓을 말하는 것이 서툽니다. 결국 마마님께서 다 아시게 될 것이고, 마마님께서 알게 되시면 결국엔 박 내관 어른께도……."

그러고는 동그란 눈동자를 반달로 접는 모습에 담은 말문이 막혀 버렸다. 결국은 겁박이 아니던가! 박 내관에게 전부 다 말할 것이라는! 감히 한 나라의 세자 앞에서 고작 나인 따위가 겁박을 하는 것인가? 하지만 정말 그리되어 박 내관이 알게 된다면 큰일이었다. 박 내관이 알게 되는 것이 문제가 아니었다. 분명 그의 입을 통해 궐 안으로 소문이 돌 것이고, 그것이 돌고 돌아 조정에까지 들어가게 된다면 지금부터 자신이 해야 할 일을 끝까지 숨길 수 없을 것이다.

'그리되면 배후를 놓칠 수도 있다.'

"밤톨만 하다고 방심했더니, 제법 맹랑하구나. 해서, 네가 원하는 것이 무엇이냐? 재물이더냐?"

그는 홍이 뭔가 물질적인 것을 원하고 있다고 착각했고, 그런 것에 관심 없는 홍은 그저 그에게도 자존심에 금이 갈 만한 뭔가를 돌려주고 싶었다.

"어찌 제가 감히 저하께 겁박을 하겠사옵니까? 그저 저도 데려가 주십시오. 그 뒤에 마마님께 제게 다른 일을 시켰었다고 말씀해 주십시오."

"네가 나와 함께 가겠다고?"

"예."

별다른 것 없이 그저 함께 가겠다고 하는 그녀를 빤히 바라보다가 이내 시간이 별로 없다는 걸 깨닫고서 미간을 찡그리며 고개를 끄덕였다. 차라리 데리고 있는 것이 나을지도 모른다. 그리고 여인 한 명이 필요하기도 했고.

"좋다. 마음대로 해라. 대신 함부로 나서지 말아야 한다. 이 일은 그저 단순한 월담이 아니니!"

"예!"

그러고는 담이 다시금 능숙하게 담을 넘으려고 하자 홍이 재빨리 그런 그의 옷자락을 꽉 움켜쥐었다.

"또 무엇이냐!"

"제가 어찌 이 담을 넘사옵니까?"

"뭐?"

홍은 속으로 짙은 미소를 지으며 땅을 가리킨 채 말했다.

"등을 빌려주시옵소서."

순간, 담은 자신의 귀가 잘못 들은 줄 알았다. 그것이 아니라면, 정녕 아니라면 저 아이가 미친 것이 분명하거나.

"뭐라고?"

"등을 빌려달라고 하였사옵니다."

하지만 홍은 전혀 거리낌 없이 등을 빌려달라고 당당히 말하였다. 담은 잠시 넋을 잃은 표정을 짓다가 이내 허한 웃음을 터뜨리며 소리쳤다.

"하하하! 네가 정녕 미쳤느냐? 나보고 뭘 빌려달라고? 등을 빌려줘? 혹, 내가 누군지 모르느냐?"

"어찌 모르겠사옵니까. 세자 저하 아니시옵니까?"

"그래! 나는 이 나라의 세자이니라. 다른 누구도 아닌 훗날 이 나라의 하늘이 될 세자란 말이다. 한데 네가 지금 그 하늘의 등을 밟고 오르겠다?"

　물론 심한 것 같기는 했지만 일단은 **뻔뻔하게** 밀어붙이기로 했다. 처음부터 자신을 건드린 사람은 저쪽이니!

　"저 역시 너무나도 황망하여 차마 말을 이을 수가 없사옵니다. 하나 정문으로 갈 수는 없는 노릇이 아니옵니까? 게다가 제 꼴을 보십시오. 이토록 작은데 어찌 저 담을 넘는단 말입니까. 행여나 잘못하다가는 소녀의 목숨이 날아갈 것인데. 물론 저하께는 소녀의 목숨이 아무것도 아닐지도 모르지만. 예, 그렇지요. 하면 좋습니다. 역시 제가 무리를 해서라도 저 담을 넘어야겠사옵니다. 제가 감히 저하의 등을 밟는 그런 불경한 짓을 저지르는 것보다는 나을 것이니 말이옵니다. 혹여나 소녀가 잘못되거든, 그래도 저하의 백성이라는 자비를 베푸시어 양지바른 곳에 묻어주시옵소서."

　그렇게 홍은 비장하게 말을 맺고서 일부러 몸을 바들바들 떨며, 그의 눈앞에서 눈을 질끈 감고선 담을 오르려고 했다.

　담은 그 모습에 안절부절못하다가 이내 신경질을 내면서 그녀를 끌어 내렸다.

　"되었다! 그만하여라. 네가 어찌 저 담을 넘는단 말이냐?"

　"하오나……."

　아주 인정 없는 이는 아닌 듯싶었다. 하지만 쉽사리 등을 빌려 줄 수도 없겠지. 그냥 이쯤에서 그만할까? 이 정도도 충분한 것 같은데.

어느새 홍의 마음이 조금씩 풀어지고 있었다. 애초에 독한 마음을 먹을 수 있는 성격도 아니었다. 하지만 담은 잠시 생각을 하는가 싶더니 이내 큰 결심을 하고서는 그 자리에 쭈그리고 앉았다.

"그 어느 것이 사람 목숨보다 귀하겠느냐. 게다가 너는 나의 백성이 아니더냐. 자고로 성군은 백성 앞에 거리낌 없이 고개를 숙이는 법이라고 하였다. 하지만 등을 밟는 것은 좀 그러하니, 내 어깨에 타거라."

"예?"

"얼른! 시간이 없다!"

"지, 진정이시옵니까?"

설마하니 정말인가 싶었지만, 담은 미적거리는 홍의 모습에 미간을 찡그리며 억지로 잡아끌어 어깨에 태웠다.

홍은 저도 모르게 눈을 질끈 감고서 그의 어깨를 꼭 붙잡았다. 어느새 몸이 쑤욱 올라가면서 발이 허공에서 바동거렸다.

"눈을 떠라!"

그녀는 그제야 슬그머니 눈을 떴다. 담장 너머가 보일 정도로 키가 쑤욱 자라 있었다. 시야가 탁 트이면서 먼 곳까지 보이는 듯싶었다.

"와아……!"

어느새 그녀는 담의 어깨 위에서 너무나도 태연하게 주변을 두리번거렸고, 담은 그 모습에 기가 막혀서는 볼멘소리로 외쳤다.

"땅바닥만 보다가 하늘을 보게 되어 놀란 마음은 알겠지만, 얼른 담이나 붙잡거라! 이럴 시간이 없다니까!"

"아, 예! 송구하옵니다."

홍은 얼른 정신을 차리고서 담벼락에 매달렸다. 하지만 연신 중심을 잡지 못해 바둥거렸고, 담은 그런 그녀의 모습에 혀를 차며 하는 수 없이 엉덩이 쪽을 잡고 올리려고 했다. 순간, 낯선 이의 손길에 홍이 짧은 비명을 지르며 그를 노려보았다.

"지금 어딜 만지시는 것이옵니까?"

"지금 그게 중요하느냐? 얼른 제대로 담이나 오르거라! 이러다가 내 허리가 부서질 것 같다. 대체 덩치는 밤톨만 한 것이 어찌 이리 무거운 것이냐!"

"무겁다니요!"

홍은 붉어진 얼굴을 훔칠 새도 없이 얼른 담벼락 위로 올랐고, 담은 거친 숨을 몰아쉬며 그제야 손끝에서 느껴졌던 여인의 부드러운 감촉에 얼른 고개를 가로저었다. 여인의 감촉은 무슨. 그저 젖비린내 나는 밤톨일 뿐인데.

그는 홍이 끌어 올려주는 손길에 의지해 어렵사리 담벼락에 올라와 그 너머로 내려와서는 위에 매달려 있던 홍을 안아서 안전하게 내려주었다. 정말이지 땀이 비 오듯 쏟아져 흘렀고, 홍은 그 모습에 슬쩍 미안해져서는 옷소매로 땀을 닦아주었다.

"송구하옵니다, 저하."

"미안하긴 한 것이냐? 일부러 그런 것이지? 날 골려먹으려고? 하여튼 정녕 나인이 맞는 것이냐? 어찌 이리 맹랑한 것인지. 하긴, 보경당의 나인이라면 그럴 수도 있지. 아랫사람은 윗사람을 닮는다더니."

그렇게 궐을 빠져나온 담의 앞으로 무랑이 고개를 숙이며 나타났다.

"어찌 되었느냐?"

"준비는 마쳤사옵니다."

무랑의 짧은 한마디에 담은 묵직한 숨을 내쉬며 고개를 끄덕였다. 홍은 갑자기 달라진 분위기에 정말로 보통 일은 아니라는 것을 느낄 수 있었다.

"한데 저 생각시는 어찌……?"

혼자 올 것이라는 예상과는 달리 담의 옆에 서 있는 어린 생각시의 모습에 무랑은 의아한 표정을 지었고, 그는 너무나도 자연스럽게 생각시라고 말하는 모습에 키득거렸다. 역시 누가 봐도 생각시로 보이는 것이지.

홍은 무랑의 말에 잔뜩 울상을 지었다. 정녕 누가 봐도 생각시란 말인가!

"어쩌다 꼬리가 길어지게 되었다. 하지만 뭐, 조금은 잘된 일이 아니더냐. 어차피 우리 쪽에도 여인 한 명이 필요했으니."

"예."

"시간이 없으니, 서둘러야 한다."

"예, 저하. 이쪽으로."

무랑이 먼저 걸음을 옮겼고, 담은 어느새 잠잠해진 숨을 고르며 제 뒤로 뚱한 표정으로 서 있는 홍을 바라보며 말했다.

"따라오거라."

"한데 제가 가도 되는 것이옵니까?"

"넌 그저 입만 다물고 머릿수만 채워주면 된다."

도통 무슨 말을 하는지 알 수는 없었지만, 일단 홍은 입을 다물고서 담의 뒤를 따랐다. 어차피 지금 집으로 돌아가기엔 너무 늦어지고 말았다.

그를 따라 어느 정도 걸었을까? 다 쓰러져 가는 폐가에 도착한 홍은 호기심 가득한 눈을 굴렸다. 대체 여기가 어디지?

"저하, 이쪽입니다."

멀리서 무랑의 목소리가 들렸고, 담이 성큼 걸어가자 홍도 그 뒤를 따랐다. 그러다가 저도 모르게 몸을 움찔하며 걸음을 멈추고 말았다. 무랑의 옆에 쓰러진 세 명의 사람. 두 사람은 사내였고, 다른 이는 여인이었다. 그런데 그 복색을 보아하니 도화서 다모인 듯싶었다.

"어, 어찌 이들이······."

홍의 떨리는 목소리에도 담은 오직 쓰러진 이들을 바라보고 있을 뿐이었다. 그 눈빛이 몹시도 살벌하고 차가웠다.

얼마 전, 도화서의 귀한 그림들이 밖으로 몰래 거래되고 있다는 정보를 듣게 되었다. 문제는 이러한 일들이 벌써 오래전부터 벌어지고 있었다는 것. 하지만 아직까지 그 배후를 알아내지 못하고 있었는데, 이렇게 어렵사리 조무래기들을 잡게 된 것이었다.

"저하, 서두르셔야 합니다."

사실 이 조무래기들의 입을 어떻게든 열게 만들어서 그 배후를 밝히려고 했는데, 이미 도화서의 그림이 모조리 상단으로 넘어간 상태였다. 그 그림이 내일 새벽 명으로 넘어가게 될 것이다. 그것을 막기 위해 담이 직접 움직이고 있었다.

"저자들의 옷을 벗겨라."

"예, 저하."

홍은 옷을 벗긴다는 말에 놀라 얼른 고개를 돌렸다. 어느새 무랑은 그들의 옷을 담에게 건네주었다. 거기엔 다모의 옷도 함께 포함되어 있었다.

"입거라."

"예?"

"이 옷을 입으란 말이다. 넌 이제부터 도화서 다모이다. 지금부터 가는 곳에선 그리 알고 입을 꾹 다문 채 내 뒤에만 있어라. 절대로 나서면 안 된다. 함부로 입을 놀려서도 아니 될 것이다."

그렇게 말하는 담의 표정이 너무나도 무서워서, 홍은 고개를 끄덕이고서 담이 주는 옷을 잡았다. 하지만 여기서 갈아입으라고?

여기서?

"뭐 하느냐? 서두르거라."

"하, 하나 여기서 어찌 갈아입습니까?"

"볼 게 무엇 있다고 그러느냐. 시간 없다. 그냥 내가 돌아서 있을 것이니……."

"하아? 저하께서 모르시는 것 같아 말씀드리는 것이온데, 비록 제가 이리 작기는 하지만 저도 어엿한 여인이옵니다! 부끄러움을 아는 여인이다, 이 말씀이옵니다!"

홍은 담의 말에 기가 막혔다. 진정 저 사내는 저를 눈곱만치도 여인으로 생각하지 않는단 것인가? 작아도 있을 건 있는 것이며, 수치스러운 것은 수치스러운 것이다!

그녀는 그를 매섭게 노려보고서는 옷을 챙겨 들고서 거칠게 뒤로 걸음을 옮겼고, 담은 그런 그녀의 모습을 힐끔 쳐다보며 한숨을 내쉬었다. 누가 여인임을 몰라서 그러는가? 여인이기 때문에 이리 귀신 나올 것 같은 폐가가 무서울 것 같아 내심 배려를 해준 것인데.

"뭐, 알아서 하라지."

홍은 옷을 잔뜩 안아 들고서 성난 콧방귀를 뀌어대며 폐가 안으로 들어갔다. 어찌나 오래 비워둔 곳인지 먼지가 자욱하여 앞이 제대로 보이지가 않았다. 게다가 하필이면 달빛도 구름에 숨어버렸고, 구멍이 숭숭 난 곳으로 바람이 을씨년스러운 소리마저 내어서 무척이나 기이하게 느껴졌지만, 홍은 두려움을 꾹 참고서 옷을 갈아입기 시작했다.

"내가 정녕 미쳤지, 미쳤어. 이런 것을 사서 고생한다고 하지? 처음부터 공주 자가의 말에 넘어가서는 안 되는 것이었는데."

사실 따지고 보면 이것도 전부 세자 저하 때문이다. 어찌 그리 소문이 부풀어져서는 제 호기심을 건드렸느냐 말이다. 혹, 그 소문도 세자 저하가 낸 것이 아닐까?

홍은 얼른 여기서 벗어나고 싶어 재빨리 옷을 갈아입으려고 했지만 생각보다 쉽지가 않았다. 주위가 너무 어두워 제대로 보이지가 않아 손짐작으로 옷을 갈아입어야 했고, 또한 안 무서운 척하기는 했지만 자꾸만 작은 소리 하나에도 신경이 곤두서서 저절로 손끝이 떨려왔다.

"괜찮아, 괜찮아. 하나도 안 무서워. 하나도 안 무섭다고!"

그러곤 드디어 마지막 옷고름을 매려는 순간!

타다닥!

"악—!"

"무슨 일이냐!"

뭔가가 그녀의 발밑으로 타다닥 스쳐 지나갔고, 홍은 소스라치게 놀라 그 자리에 얼어붙은 채 비명을 내질렀다. 그러자 문이 벌컥 열리면서 담이 안으로 뛰어 들어왔다. 홍은 그런 그의 모습에 저도 모르게 그를 와락 끌어안았다.

"뭐, 뭔가가 제 발밑으로, 발밑으로!"

홍은 눈물을 글썽이며 담을 꽉 붙잡았고, 그는 파르르 떨고 있는 그녀를 다독이며 밖으로 함께 나왔다. 아무래도 쥐가 지나간 듯싶었다.

"괜찮다. 그냥 쥐일 것이다."

"흐흐흡!"

"그러게 뭐 하려고 겁도 없이 혼자 성큼성큼 들어간 것이냐."

담은 여전히 떨고 있는 홍의 여린 어깨를 다독여 주었다. 얼마나 놀랐으면 옷고름도 제대로 여미지 못한 상태였다. 그렇기에 슬쩍 벌어진 저고리 사이로 그녀의 새하얀 속살이 그의 단단한 가슴에 와 닿았다. 그것도 제법 물컹하게.

'물컹?'

담은 저도 모르게 손끝이 뻣뻣해지면서 슬그머니 고개를 내렸다. 그러자 아슬아슬하게 그녀의 가슴이 보일 듯 말 듯 팔랑거리고 있었다. 작기는 작아도 있을 건 있구나. 자, 잠깐. 대체 무슨 생각을 하는 것이야!

"이제 좀 떨어져라!"

그는 저도 모르게 목소리를 높이며 홍을 떼어놓았고, 그녀는 그제야 제 저고리 상태를 보고선 흠칫 놀라며 얼른 몸을 돌려 버렸다. 이게 지금 무슨 추태란 말인가! 낯선 사내에게 속살을 보이다니! 하지만 그는 별로 신경을 쓰지 않는 것 같았다. 홍은 그 모습에 살짝 풀이 죽은 시선으로 옷고름을 여미면서 제 가슴을 꾹 눌러보았다. 없어도 너무 없었다. 저보다 두 살이나 어린 공주 자가보다도 없었다. 이러니 어린애로 보는 것이겠지. 어쩐지 기분이 퍽 상하면서 속상한 마음이 들었다.

담은 여전히 가슴에 남아 있는 그녀의 감촉과 체온에 얼른 고개를 가로저었지만 심장이 미묘하게 뒤틀리며 쿵쿵거리기 시작했고, 온몸으로 희미하게 미열이 감돌기 시작했다. 미친 것인가? 저런 밤톨을 보고 대체 무슨 생각을 한 것인가!

"다 입었사옵니다."

홍의 목소리에 담은 고개를 돌렸다. 마치 어른 옷을 빌려 입은 어린애와 다름이 없었다.

"정녕 자라다 만 것이냐? 영락없이 밤톨이구나, 밤톨!"

"밤톨이라니요! 저하께서만 그리 보시는 것입니다. 제가 키는 좀 작지만 그래도 제법 어여쁜 여인이옵니다!"

홍은 저도 모르게 남부끄러운 말을 내뱉고선 울상을 지으며 먼저 걸음을 옮겼고, 담은 그런 그녀의 뒷모습을 바라보며 아직도 쿵쾅거리는 심장을 꾹 눌렀다.

그래, 그저 놀라서. 조금 놀라서 그런 것일 뿐이다. 그렇지 않고서야 설명이 되질 않지. 아무래도 내가 요즘 너무 여인을 멀리한 것이다. 그래!

점점 더 밤은 깊어지고 있었다. 홍은 아버님 생각에 슬쩍 두려움이 일었지만, 일단은 억지로 생각하지 않으려 했다. 공주 자가께서 알아서 둘러대 주셨을 것이다. 그렇게 믿을 수밖에. 그나저나 대체 어디로 가는 거지? 어쩐지 점점 산속으로 들어가는 것 같은데.

"저기…… 세자 저하."

어느새 담의 옆으로 쪼르르 걸어간 홍은 여전히 시선을 회피하고 있는 담에게 끈질기게 말을 걸었다.

"저하? 저하, 저하."

"……."

"저하? 저하? 저어하!"

"그래, 그래, 그래!"

하지만 그는 여전히 홍을 쳐다보지는 않았다. 안 그래도 머릿속이 복잡한데, 요 밤톨이 옆에 있으니 쓸데없이 더 복잡해지는 것 같아 애써 무시하려고 했다.

"지금 어디로 가고 있는 것이옵니까?"

"모르는 게 약이다. 그저 넌 입만 다물고 옆에 서 있으면 된다."

"그래도 대충은 알려줘야지 입을 꾹 다물어도 눈치껏 다물고 있을 것이 아니옵니까?"

"아, 글쎄!"

무심코 고개를 휙 돌린 담은 동그란 눈으로 저를 빤히 쳐다보고 있는 홍과 단번에 시선이 마주쳤다. 키는 밤톨만 하면서 눈은 어찌 저리 왕방울인지. 자, 잠깐. 이게 아니지!

"흠흠! 좋다. 알려주마. 지금부터 우리는 그림 밀거래꾼들을 잡을 것이다."

"그림 밀거래꾼이라니요?"

그렇다고 이 아이에게 모든 걸 말할 수는 없으니 대충 둘러대는 수밖에.

"저들이 감히 도화서의 그림을 훔쳐서 빼돌리려 하고 있다. 해서, 그 그림을 되찾을 것이다."

홍은 생각보다 무서워 보이는 일에 슬쩍 떨리는 손을 붙잡고서 말했다.

"그런 일을 어찌 세자 저하께서 직접 발 벗고 나서시는 것이옵니까? 그런 일은 한성부나 의금부에서 하는 것이 아니옵니까?"

"제법 똑똑하구나. 원래는 그렇지만 꽤 중한 일이라 내가 이리 발 벗고 나서는 것이다. 하니 존경하여라."

그러고는 더는 깊이 알지 말라고 말하면서 한두 걸음 먼저 성큼성큼 걸어갔다. 홍은 그 모습에 가자미눈으로 그의 뒷모습을 바라보며 구시렁거렸다.

"그렇게 대단하고 존경스러운 일을 하시면서, 어찌 박 내관 어른을 속이면서 월담을 하신 건지."

"다 들린다, 밤톨! 더는 깊이 알려고 하지 말고, 일종의 암행이라 생각하거라!"

"근데 그 밤톨이라는 말 좀!"

순간, 담이 홍의 입술을 꾹 누르며 조용히 하라는 신호를 보냈고, 그녀는 콩닥거리는 심장을 붙잡으며 고개를 끄덕였다.

"다 왔구나."

그의 목소리 끝으로 멀리서 희미한 불빛이 아른거렸다. 어느새 그의 눈빛이 다시금 서늘하게 가라앉으면서, 움직임에서 무척이나 신중함이 묻어 나왔다.

홍은 자꾸만 빠르게 뛰는 심장에 손끝이 떨려왔다. 담은 그 모습에 엷은 한숨을 내쉬며, 그녀의 작은 손을 꽉 붙잡아주며 속삭였다.

"어쩌면 꽤 위험한 일일지도 모른다. 하니 무조건 내 뒤에 있어야 한다. 그래야 내가 이리 손이라도 붙잡고 있을 수 있지."

"아? 예, 예."

그의 손이 한 번 더 홍의 손을 꽉 붙잡고서 스쳐 지나갔다. 그리고 스쳐 지나간 자리로 미묘한 열기가 가득 피어올랐고, 그 열기가 안으로 스며들면서 가슴이 울렁거렸다. 무서워서 울렁거리는 것과는 조금 다른 것 같은. 하지만 홍은 이내 도리질을 치면서 정신을 바짝 차렸다.

먼저 동태를 살피고 돌아온 무랑은 담에게 짧게 시선을 주었고, 그는 고개를 끄덕이고서 묵직한 숨을 내쉬며 걸음을 옮겼다. 홍은 그의 그림자를 연신 쫓으면서, 긴장감에 부들거리는 숨을 연거푸 내쉬었다. 하지만 그의 발목을 잡는 짓은 하고 싶지 않았다. 그러니,

'정신 바짝 차리자, 민홍! 넌 할 수 있어. 할 수 있어. 호랑이보다 무서운 아버님 앞에서도 떨지 않고 웃을 수 있잖아. 그런 거랑 똑같은 거야.'

담은 신경 쓰지 않는 척해도 홍이 영 신경 쓰였다. 연신 괜찮은 척하고는 있었지만 눈에 보였다. 조그만 어깨와 손끝이 떨리고 있음을. 하지만 계속 신경 쓰고 있을 수는 없었다. 그러니.

'조금만 견디거라, 밤톨.'

불빛이 새어 나오는 곳에 도착하니, 그곳은 버려진 암자였다. 무랑이 먼저 한 발을 옮겨 문을 두드렸고, 이내 슬그머니 문이 열리더니 웬 사내가 그들의 모습을 살피며 조심스럽게 몸을 비켜주었다.

"들어오시지요. 행수 어른께서 기다리고 계십니다."

그렇게 무랑이 먼저 안으로 들어서면서 담과 홍이 그 뒤를 따라 들어섰다.

겉으로는 그저 평범한 암자인 줄 알았는데, 안으로 들어가니 꽤 거대한 공간에 갖가지 귀한 물건들이 늘어져 있었고, 낡은 탁자를 중심으로 선 여러 명의 사내들 사이로 꽤 나이 지긋한 노인이 비릿한 미소를 지으며 담을 향해 고개를 숙여 보였다.

"기다리고 있었습니다."

담은 단번에 이자가 이번 거래의 행수라는 사실을 깨달았다. 아마 여기 있는 물건들도 전부 밀수품이겠지. 생각 같아서는 여기를 전부 뒤집어엎어 버리고 싶었지만, 그리되면 도주할 가능성이 있으니. 무조건 도화서의 그림만 은밀히 빼돌려야 했다.

'그리고 놈들을 모조리 잡아 배후를 발본색원할 것이다.'

"시간이 없으니 그림부터 살펴보겠네."

"예, 그러시지요."

행수가 다른 이에게 눈짓하자, 기다리고 있었다는 듯 상자를 하나 꺼내어 담에게 보여주었다. 무랑은 연신 경계 어린 시선으로 그들을 살폈고, 담은 애써 태연한 척 자리에 앉아 상자를 열었다. 그러자 그 안에는 도화서에서 빼돌린 진귀한 그림들이 여러 장 들어 있었다.

담은 그림을 꺼내 들었다. 순간, 행수의 눈빛이 번뜩였지만, 누구도 눈치채지 못했다.

담의 뒤에 서 있던 홍은 아무리 막으려고 해도 막아지지 않는 떨림에 미칠 것 같았다. 연신 입술을 깨물고서 바들거리는 손을 아래로 내려 붙잡다가 이내 등 뒤로 숨기려는 순간, 익숙한 체온이 그녀의 손을 꽉 잡아주는 걸 느꼈다. 그리고 그 손길에 홍은 눈을 크게 떴다.

'세자 저하……'

그림을 살피는 척하면서, 한 손으로는 그녀의 손을 꽉 잡아주고 있었다. 무심한 듯하면서도 다정하게 달래는 듯한 손길. 그러자 거짓말처럼 그녀의 떨림이 차츰차츰 사라지고 있었다.

홍은 그의 손길에 살짝 용기를 내고선, 한 발을 당겨 그의 어깨 너머로 슬쩍 보이는 그림을 바라보았다. 도화서의 귀한 그림을 볼 수 있는 기회가 흔하지 않으니, 보아두면 제법 공부가 될 듯싶어 서였다. 하지만 그림을 바라본 그녀의 눈동자가 다른 의미로 흔들리기 시작했다. 그러고는 저도 모르게 고개를 들어 행수라는 자를 빤히 쳐다보았다. 어쩐지 묘한 표정.

'설마……'

어느새 그녀의 눈빛 위로 두려움이 스쳐 지나갔다. 지금 이건 함정이다, 함정!

3장
나인 같지 않은 소녀

담은 마지막 그림까지 살펴본 뒤, 그림을 내려놓았다. 도대체 누가 감히 왕실의 그림을 빼돌리고 있는 것일까? 분명 이 그림을 통해 어마어마한 자금을 취하려는 것일 텐데. 대체 그 자금으로 무엇을 하려고?

'단순히 재물을 쌓으려고 한다기에는 너무 많아. 게다가 왕실의 물건에 손을 대어 재물을 쌓으려는 그런 미친놈이 어디 있단 말인가.'

물론 짚이는 구석은 있었다. 하지만 담은 애써 생각을 눌렀다.

"어떠십니까? 저희가 무척이나 귀하게 보관하기는 했는데, 어디 흠이라도?"

행수의 목소리에 담은 정신을 차리고서 괜찮다고 말하려는 순간,

"좋은 그림이네요."

팽팽한 긴장감을 뚫고서 담의 목소리 대신 홍의 목소리가 맑게 울렸다. 갑작스러운 그녀의 행동에 담은 당황하여 그녀를 말리려고 했지만, 홍은 태연하게 미소를 지으며 행수를 바라보았다.

'대체 지금 무슨!'

"그렇습니까?"

행수는 갑자기 나선 홍을 빠르게 훑어보았다. 행색을 보아하니 도화서의 다모 같기는 한데. 이상하게 다모가 아닌 것 같았다. 이는 오랫동안 상단 일을 하면서 생긴 눈치였다.

"예, 좋은 그림입니다. 하나, 좋은 값을 받기에는 좀 부족한 것 같군요. 그러니 이제 그만 저희 그림을 보여주시겠습니까?"

"그 무슨……?"

"지금 이렇게 장난치고 있을 시간이 있습니까? 그쪽은 그럴지 모르겠지만, 저희는 시간이 없어서 말입니다. 감히 누구 앞에서 이런 조잡한 짓을 하는지 모르겠습니다."

그녀의 말이 끝나자마자, 이번엔 담의 뒤에 서 있던 무랑도 당황한 기색을 보였다. 담은 굳어진 시선으로 그녀를 바라보았다. 곧게 선 모습에선 아까의 떨림은 느껴지지 않았다. 무섭다고 떨던 그 밤톨이 맞기는 한 건지. 얼굴 위로 태연하게 미소를 지으며 오직 행수를 바라만 보고 있었다. 게다가 그 눈빛이 제법 매섭기까지 했다. 정녕 나인이 맞는 것인가? 어디서 저런 기백이 나오는 것이지?

'넌 대체…….'

그때, 행수의 표정이 흐트러지면서 이내 고개를 깊이 숙이며 입을 열었다.

"역시 도화서 다모 따위가 아니셨군요. 기분 상하셨다면 송구하옵니다. 하나 워낙 중요한 거래이니, 이쪽에서도 확인이 필요했을 뿐입니다."

행수의 말에 담은 움찔하며 다시금 그림을 바라보았다. 순식간에 상황이 이해되기 시작했다. 저 그림은 가짜다! 저들은 우리를 시험한 것이다. 만약 밤톨이 나서지 않았다면 모든 일이 수포로 돌아갈 뻔했다.

한데 저 아이는 대체 이 그림들이 가짜라는 사실을 어찌 알았단 말인가?

"송구합니다. 부디 용서하여 주십시오."

담의 굳어진 표정에 행수는 연신 그를 살피며 사과를 하였고, 홍은 그런 그의 옆구리를 꾹 찔렀다.

"어쩌실 것이옵니까?"

홍이 속삭임에 담은 얼른 정신을 차리고서 행수를 바라보았다. 일단 상황을 잘 넘겨야만 했다.

"아! 그럴 수도 있지. 중요한 일이니, 그런 신중함을 보일 수 있다."

"그리 이해해 주시니 감사하옵니다. 그럼, 저를 따라오시지요."

그렇게 행수가 먼저 발걸음을 돌렸고, 담은 애써 정신을 차리고서 자리에서 일어섰다.

홍은 그제야 거친 숨을 삼키며 후들거리는 다리를 진정시키려고 했다. 행수 앞에서 당당하게 말하던 모습은 온데간데없이 사라지고, 평소 홍의 모습이었다. 정말이지 너무 무서웠다. 괜히 나선 것은 아닐까, 혹시 저 때문에 일이 잘못되는 것은 아닐까 조마조마했었는데. 그래도 잘되고 있는 거겠지? 그랬으면 좋겠는데.

'저하께 조금이나마 도움이 되었으면 좋겠는데……'

그렇게 그들은 행수 일행을 따라 좀 더 깊숙한 지하실로 내려갔다. 홍은 떨리는 걸음을 더듬거리며 주변을 살폈지만, 제대로 보이는 것은 없었다. 하지만 공기는 꽤나 청아했다. 습하지도 않고.

'그림을 상하지 않게 보관하려고 한 건가?'

마침내 그들의 걸음이 멈췄다. 행수는 먼저 고개를 숙이며 등잔에 불을 밝혔다. 그러자 한쪽 벽면으로 빼곡하게 걸어놓은 그림이 보였다. 얼핏 봐도 스무 점은 되어 보이는 어마어마한 양. 홍은 저도 모르게 입을 벌리며 그림을 바라보았다. 대단한 솜씨다. 어느 화공이 그렸는지는 모르지만 정말이지 극찬을 하여도 모자랄 정도로 대단한 그림들이었다.

'이것이 도화서 그림인가?'

담은 무량을 곁눈질로 살폈다. 그 역시 꽤 난감한 표정. 아마 같은 생각을 하고 있으리라. 슬쩍 빼돌리기엔 그림의 양이 너무 많았다. 설사 빼돌린다고 하더라도 저들이 먼저 눈치챌 가능성이 농후했다. 하지만 그리되어선 안 된다. 저들은 끝까지 그림이 사라진 사실을 모른 채 명나라까지 가져가야만 했다. 그래야 그 배후가 눈치채지 못할 터.

'그냥 몇 점 정도였다면 가지고 온 그림과 바꿔치기를 하면 되겠지만, 턱없이 모자라다.'

"이른 새벽에 근처 나루에서 명으로 보내질 것입니다. 거기까지 확인하신 후 돌아가시겠습니까?"

"근처에서 지내다가 나루에서 다시 보도록 하지."

"예, 하면."

담은 마지막으로 그림을 바라보고서 걸음을 돌렸다. 끝까지 긴장을 늦출 수가 없었다.

마침내 행수 일행과 헤어져 암자를 빠져나올 수 있었다. 여전히 주변은 어두웠다. 하지만 저 안보다는 숨통이 트이는 것 같았다.

"하면, 저는 먼저 나루를 살펴보겠습니다."

"그래, 수고해라."

담은 일단 무랑을 보낸 뒤 짙은 한숨을 내쉬었다.

홍은 콩알만 해진 심장을 꽉 붙잡으며 주변을 이리저리 살핀 뒤에야 가쁜 숨을 내쉬었다. 정말이지 죽을 만큼 무서웠다. 그림은 멋지긴 했지만, 두 번 다시 겪고 싶지는 않은 일이었다.

"일단 아까 그 폐가로 가자꾸나."

담의 말에 홍은 고개를 끄덕이고서 치렁거리는 치맛자락을 붙잡고 한 걸음을 옮기려는 순간, 저도 모르게 긴장이 풀린 다리가 휘청거리고 말았고, 담이 재빨리 그런 그녀의 어깨를 잡아주었다. 여린 어깨가 더욱 왜소해 보였다. 아까 가짜 그림을 가려내던 모습이 마치 허상인 듯 느껴질 만큼, 지금 그녀의 모습은 영락없는 밤톨의 모습이었다.

"괜찮으냐?"

"송구하옵니다. 저도 모르게 긴장이 풀려서……."

홍은 얼굴을 붉히며 그에게서 벗어나려고 했지만, 담은 뭔가가 영 마음에 들지 않는 듯 그냥 제게 기댈 수 있게 해주었다.

"저는 괜찮사옵니다."

"무서웠을 것인데, 잘하였다. 밤톨, 네 덕분에 살았구나."

홍은 그의 단단한 가슴에 쏙 파묻힌 채 조금 전과는 다른 의미의 긴장감으로 후들거리는 걸음을 조금씩 떼었다. 하지만 그러면서도 궁금했다, 제가 도움이 된 것인지.

"제가 저하께 도움이 된 것이옵니까?"

어쩐지 기대하는 듯한 목소리에 담은 슬쩍 고개를 숙였다. 자신의 어깨 아래에 기댄 그녀의 모습이 보였다. 게다가 무척이나 커다란 눈망울 속에 제 모습이 슬쩍 비치자, 어쩐지 다시금 머릿속이 복잡해지면서 아래쪽이 울렁거렸다.

"흠흠! 그래, 아주 많은 도움이 되었다."

그리고 그 한마디에 그녀의 뽀얀 볼 위로 볼우물이 더욱 쏘옥 파고들었다.

"한데 어찌 안 것이냐? 그 그림들이 가짜라는 사실을."

홍은 어깨를 조금 으쓱이고서 입을 열었다.

"제가 그림을 좀 볼 줄 압니다. 도화서 그림이라면 분명 귀한 것이니, 좋은 안료와 좋은 종이로 그렸을 텐데 종이의 질감과 안료의 색감 그리고 머금은 느낌이 조잡하기 그지없었고, 그린 지 얼마 되지 않아 번져 버린 흔적도 조금 보였습니다. 하니 가짜지요."

그래서 저들이 지금 함정을 파고 있다는 걸 알 수 있었다. 하지만 무작정 나설 수가 없었기에 틈을 기다렸다. 이리 나서도 되는 것인지 잠깐 고민했던 것도 사실. 하지만 나서지 않으면 저하께서 더욱 곤란해지실 것 같아 미치도록 떨렸던 심장을 꽉 움켜쥐고서 그리 나섰던 것이었다.

"개똥도 약에 쓰일 때가 있다고, 밤톨도 쓰일 곳이 있구나."

한참 좋았던 기분이 순식간에 가라앉으면서 홍은 밉지 않게 담을 흘겨보았다. 하지만 그의 입가에 얼핏 스친 기분 좋은 곡선에 홍 역시 따라 그리면서 새침한 목소리로 속삭였다.

"거참, 그 밤톨이라는 말 좀 하지 마시옵소서!"

그러곤 어느새 그녀는 그의 품에서 벗어나 먼저 걸음을 폴짝폴짝 내디뎠다. 담은 그런 그녀의 모습에 허탈한 웃음을 삼키며, 다소 진지한 시선을 내비추었다. 정녕 보경당의 나인이 맞는 것일까? 한 번도 본 적이 없었는데. 물론 보경당에 그리 자주 가지는 않지만. 특히나 영상의 여식이 드나들게 되었다는 소식을 접하고는 더더욱.

순간, 담의 표정이 살짝 어두워졌다. 그는 이제 곧 세자빈을 맞이해야만 했다. 이미 내정된 자리. 영상의 세력이 제 곁에 있어준다면 아주 큰 힘이 될 테지만, 반대로 그 세력에 먹혀 버릴 수도 있는.

"……."

담은 어둠 속으로 사라졌다가 이내 푸른색 치맛자락을 팔랑이며 손을 흔들고 있는 홍을 눈 안으로 담았다. 눈동자로 스며든 저 아이가 어쩐지 점점 더 깊숙한 곳으로 들어오는 느낌이 들었다. 그리되어선 아니 되는데. 아니 되는데……. 가슴이 이상하게 쓰리고 무거웠다.

폐가에 도착하자마자 홍은 옷이 불편하다며 원래 옷으로 갈아입겠다고 했다.

"하긴, 너 같은 밤톨이 입기엔 너무 여인의 옷이구나. 혼자서 괜찮으냐? 또 무섭다고 소리 지르는 것이 아니냐?"

"괜찮사옵니다!"

홍은 저 밤톨이라는 말을 아예 달고 다니는 그의 모습에 퍽 속이 상해서는 몸을 휙 돌려 버렸고, 담은 그 모습에 피식 웃으며 고개를 돌렸다. 그러자 그의 시선 끝으로 나루에서 돌아온 무랑이 고개를 숙인 채 서 있었다.

"어떻더냐?"

"수상한 기색은 없었습니다. 예정대로 이른 새벽에 배가 도착할 듯합니다."

"하아. 역시 그림이 문제로구나."

"전부 빼돌리면 분명 눈치를 챌 것입니다."

"그리되면 절대로 안 돼. 명에 도착해서야 모든 일이 실패되었음을 알게 해야 한다. 그래야 그들이 눈치채지 못할 것이고, 잡아 둔 조무래기들을 통해 배후를 알아낼 수 있다."

"하오나, 어찌."

난감했다. 차라리 모든 사실을 밝히고 행수를 겁박할까? 아니, 그건 더욱 위험한 패였다. 섣불리 겁박 같은 것을 했다가는 일이 틀어지고 만다.

"정녕 미치겠군."

그때 조그만 발걸음 소리가 들리면서 홍이 담의 옆으로 자연스럽게 다가왔다.

"어찌 이러고들 계시옵니까? 얼른 그림 도둑을 잡아야 하는 것이 아니옵니까? 새벽이면 시간도 얼마 남지 않았는데."

너무나도 쉽게 말을 하는 그녀의 모습에 담은 짙은 한숨을 쉬며 헝클어진 그녀의 머리카락을 뒤로 넘겼다. 하여튼 칠칠치 못해서는.

"그리 말처럼 쉬운 일이 아니다. 생각보다 그림이 너무 많아. 몰래 빼돌린다면 분명 저쪽에서 먼저 눈치를 챌 것이다."

홍은 그의 손길에 엮인 제 머리카락이 살며시 흔들리자 그와 동시에 부끄러운 마음이 밀려들어 저도 모르게 그의 손길을 피해 버렸다.

"하, 하면 빼돌려도 들키지 않게 그만큼의 똑같은 그림이 있으면 된다는 소리지요?"

"그러니까 그게 말처럼 쉬운 것이……."

"제가 그림을 그리겠사옵니다."

태연하게 그림을 그리겠다는 홍의 말에 담은 잠시 멍하니 그녀를 바라보다 이내 버럭 화를 냈다.

"뭐라고? 그게 지금 말이 되느냐?"

하지만 홍은 아무런 문제될 것이 없다는 표정으로 말을 이었다.

"거기 있는 그림을 전부 그려서 바꿔치기하면 되는 것이 아니옵니까?"

"물론 그게 제일 좋은 방법이긴 하지만, 그러니까 그게 말이 되느냐 말이다. 그걸 어찌 전부 기억하고……. 설마, 기억하느냐?"

그는 말도 안 된다는 표정으로 고개를 가로저었지만, 홍은 제법 우쭐해진 표정으로 고개를 빳빳이 세우며 비장한 미소를 지었다.

"얼마 안 되는 재주지만, 저는 한 번 본 그림을 전부 기억할 수 있사옵니다."

"하아?"

그것은 피나는 노력의 결과였다. 그림을 좋아해서 다양한 풍경을 그리고 싶었지만, 스승님처럼 이곳저곳을 돌아다니며 그림을 그리진 못하니 결국엔 이렇게 기억에 의존해야 하기에 그림을 보면 집중해서 머릿속에 새기는 것이 버릇이 되었다. 물론 그걸 이렇게 쓰게 될 줄은 몰랐지만.

홍은 그에게 성큼 다가가 믿을 수 없다는 듯 서 있는 그에게 손을 뻗었다.

"종이와 붓만 챙겨주시면 되옵니다."

"이걸 정녕 믿어야 할지……."

"어차피 별다른 방법도 없지 않사옵니까? 믿어보시옵소서. 감히 어느 안전이라고 거짓을 고하겠사옵니까."

그녀의 입꼬리가 자꾸만 곡선을 그리며 올라갔다. 그도 그럴 것이, 매번 밤톨, 밤톨, 하면서 무시당하다가 어느새 이렇게 없어서는 안 될 존재가 된 것이 아닌가. 그리고,

'저하를 끝까지 도울 수 있어서 다행이고.'

담은 연신 제 눈앞에서 손을 흔드는 그녀의 모습에 일단 시간이 없기에 대충 무랑에게 종이와 붓을 구해오라고 했다.

"정녕 내게는 중한 일이다."

"알고 있사옵니다. 저도 저하께 도움을 드리고 싶으니까요."

홍의 단호한 시선에 담은 잠시 망설이다 이내 살며시 고개를 끄덕였다. 이상하게 믿어보고 싶었다, 저 어린 계집애를.

"하면, 부탁한다."

"예!"

알다가도 모를 일이다. 처음 만난 계집인데, 게다가 고작 나인일 뿐인데 어찌 이리,

'믿고 싶은 마음이 드는 걸까.'

무랑은 무척이나 빠르게 붓과 종이를 구해왔다. 그러고는 그들의 동태를 살피겠다며 자리를 떴고, 홍과 담은 그림을 그릴 수 있도록 함께 폐가로 들어섰다. 안은 굉장히 더럽고 어두웠다. 하지만 제법 공간이 넓어서 좁지 않게 그림을 그릴 수 있을 것 같았다.

담은 대충 불을 밝히며 주변을 정리했고, 홍은 종이를 펼쳐 들고서 붓을 살피고는 역시나 동그란 눈으로 담을 빤히 쳐다보았다. 그 눈길에 그는 어쩐지 불길한 느낌이 온몸으로 스쳤다.

"어찌 그리 보느냐?"

"소녀는 이제 그림을 그려야 하옵니다."

"그렇지."

"하니, 저하께서 먹이 마르지 않도록 계속 갈아주시옵소서. 아주 정성껏 갈아주셔야 하옵니다. 농도가 다르지 않게 말이옵니다."

먹을 갈아달라면서 벼루를 쓱 건네는 모습에 담은 기가 찬 표정을 지었다. 저 아이는 정녕 저를 세자라고 생각하고 있기는 한 것인가? 어찌 나인 주제에 이것저것 이리도 잘 시켜먹는 것인지!

"내가 말이냐? 내가? 밤톨, 네가 자꾸만 까먹고 있는 것 같은데, 난 이 나라의 세자⋯⋯."

"싫으시옵니까? 하나 시간이 없는 것이 아니옵니까? 아니면 여기서 그만둘까요?"

어차피 패는 이쪽에서 쥐고 있었다. 홍은 순진무구한 시선으로 어쩔까요? 하며 여유롭게 어깨를 으쓱였고, 담은 그 모습에 연거푸 기가 찬 한숨을 내쉬었다. 그래, 어쩌겠는가? 지금 아쉬운 건 이쪽이니.

"누가 안 한다고 하더냐! 그냥 내가 세자라는 사실을 잊지 말란 말이다!"

"그것을 어찌 잊겠사옵니까? 저하께서 갈아주시는 먹이니 아마더 훌륭한 그림이 나올 것이옵니다. 소녀는 그리 믿어 의심치 않사옵니다."

그러고는 눈매를 어여쁘게 접으며 싱긋 웃는 모습에 담은 어쩐지 말려든 것 같은 기분을 느끼며 그녀의 옆에 앉아 아주 열심히 먹을 갈기 시작했다.

"한데, 이건 진정 너를 의심해서 하는 말이 아니라 말이다."

"예?"

"정녕 보경당 나인이 맞는 것이냐? 나인이라면서 아는 것도 이리 많고, 게다가 어찌 이리 맹랑하고 겁이 없는 것이냐? 게다가 행수 앞에 나섰을 때는."

진정 어느 반가의 귀한 규수인 줄 알았다고, 담은 차마 그 말은 삼켜 버렸다.

홍은 담의 말에 난처한 표정을 지었다. 사실 일이 이리 커지게 될 줄은 몰랐으니까. 그저 그의 얼굴만 몰래 보려고 했던 것인데. 그러고 보니 이런 추태와 못난 모습만 보여도 되는 것인가? 이제 곧 조강지처의 연을 맺어야 할 것인데. 이러다 훗날 소박이라도 맞으면 어쩌지? 지금도 저를 여인이라고 생각지도 않고 있는데, 본의 아니게 속였다는 사실까지 알게 된다면……. 그렇다고 지금 갑자기 진실을 말하기도 좀 그렇고.

'많이 화를 내시겠지? 미움도 받으려나? 미움받는 건 싫은데…….'

순간, 종이를 정리하던 그녀의 손길이 움찔했다. 저도 모르게 미움받고 싶지 않다는 생각을 하고 말았다. 게다가 자연스럽게 조강지처의 연이라니! 설마, 설마…….

홍은 슬그머니 곁눈질로 그를 바라보았다. 잘난 사람은 어딜 가도 잘났다고, 이 상황에서도 완벽한 자태로 먹을 갈고 있는 모습이 굉장히 멋있었다. 아까부터 연신 한쪽 가슴에서 시작되었던 이상한 울렁거림이 다시금 묘하게 피어오르기 시작했다. 그것도 제법 빠르게 두근거리는 심장. 그녀는 얼른 고개를 가로저었다.

'이건 아무것도 아니야. 그냥, 그냥 저하를 속이고 있는 게 신경 쓰여서. 그래서!'

"어찌 그러느냐?"

"예?"

먹을 갈던 담은 갑자기 가슴을 두드리기 시작하는 홍의 모습에 놀라 그녀와 눈을 마주했고, 홍은 순간 쿵쾅거리며 내려앉는 심장에 놀라 그만,

"딸꾹!"

"하?"

"딸꾹, 딸꾹! 읍! 아니, 이게. 그게 아니라, 딸꾹!"

"혹여 어디 아픈 건가 했더니. 싱겁기는. 역시 넌 밤톨이구나. 물이라도 주랴?"

"아, 아니옵니다. 딸꾹! 딸꾹!"

담은 갑자기 시작된 딸꾹질에 어쩔 줄 몰라 하는 그녀를 보고는 피식 웃으며 다시금 먹을 갈기 시작했고, 홍은 멈추질 않는 딸꾹질에 얼굴이 시뻘겋게 달아올라서는 얼른 입을 틀어막았지만 소용이 없었다.

대체 왜 이래. 민홍, 왜 이러는 거냐고!

담은 여전히 딸꾹질을 하는 그녀의 모습을 슬쩍 훔쳐보았다. 저리 조숙하지 못하다니. 하지만 잠시 후, 조그만 손으로 붓을 쥔 채

집중하고 있는 그녀의 모습은 제법 그럴싸했다.

종이 위로 먹선이 아주 거침없이 휘늘어지고 있었고, 선의 깊이와 굵기까지 자유자재로 움직이고 있었다. 지금 이 순간, 그녀는 어린 밤톨이 아니었다. 눈동자가 아까보다 더욱 생기 넘치게 반짝거렸고, 작디작은 입술이 싱그럽게 말려 올라가면서 연신 꼬물거렸다. 얼마나 집중을 하고 있는지 이마에선 송골송골 땀방울까지 맺혀 있었는데, 그 모습마저도 어여쁘게 보였다.

'하? 이담, 정신 차리거라!'

담은 얼른 고개를 가로저으며 시선을 떼려고 했지만, 뭔가에 이끌리듯 자꾸만 그녀의 움직임 하나하나를 좇고 있었다.

그렇게 시간이 제법 흘렀고, 정말 그 많은 그림을 다 그릴 수 있을까 걱정했던 것과는 달리 정말로 그녀는 거짓말처럼 그림을 얼추 다 그려 나가고 있었다.

"이럴 때 이런 말을 하지."

"예?"

"귀신이 곡할 노릇이라고."

"칭찬으로 듣겠사옵니다. 한데."

연신 손가락을 움직이던 그녀가 난감한 표정을 지으며 붓을 움직이지 못하고 있었다.

"어찌 그러느냐?"

"아까 그림을 보셨지요? 대부분은 먹물로 색을 채웠는데, 몇몇 그림에는 붉은 안료가 쓰였사옵니다."

"뭐, 그런 것 같기도 하고. 하나 여기서 어찌 그 귀한 붉은 안료를 구한단 말이더냐."

적색은 왕의 색이라 하여 만들기도 까다롭고 구하기도 어려웠다. 특히 값이 비쌌다. 하니 갑자기 구할 수는 없는 귀한 안료. 홍은 잠시 고민을 하다 이내 뭔가를 퍼뜩 떠올렸다. 그러고 보니 그녀에게 붉은 안료가 있었다. 그것도 스승님께서 주신 당주홍이라 불리는 최상급의 붉은 안료. 홍은 별다른 망설임 없이 품에 넣어 두었던 그것을 꺼내 보였다.

"이걸 쓰면 될 것이옵니다."

"하? 정녕 볼수록 신통방통하구나. 정녕 네 정체가 무엇이냐? 응?"

"그저 그림 그리는 재주가 좀 있고, 관심도 있을 뿐이옵니다. 이건 스승님께 받은 귀한 안료이고요. 이런 식으로 쓰게 될 줄은 몰랐지만……."

홍은 안료를 꽉 쥐었다. 담은 그 모습이 영 마음에 걸렸다. 그리 귀한 것을 이런 식으로 쓰게 하다니.

"그리 귀한 것이면 그냥……."

"하나, 그래도 저하를 위한 일이 아니옵니까? 적색은 왕을 뜻하는 색이니 저하를 위해 쓰인다면 제자리를 찾는 셈이지요. 어차피 제가 가지고 있어봤자 이보다 높은 일에 쓰이겠사옵니까?"

"그래도."

"저는 괜찮사옵니다."

홍은 괜찮다고 말하며 오히려 그를 향해 웃어주었다. 그러곤 조심스럽게 붉은 안료를 섞어 아까보다 더더욱 신중하고 섬세하게 색을 칠하기 시작했다. 짙은 먹선이 강인한 사내를 상징했다면, 지금의 붉은색은 마치 수줍은 여인의 입술처럼 그림에 생기를 더하여 번져 가고 있었다.

시간이 깊어지고 있었다. 하지만 그녀는 지친 기색 없이 연신 붓을 놀렸다.

담은 그런 그녀의 옆을 지키면서 가끔씩 맺힌 땀을 닦아주고 계속해서 먹을 갈아주었다. 흘러간 시간만큼이나 두 사람이 서로를 바라보는 시선도 깊어지고 있었다.

"저하, 저하."

곧 새벽이 될 시각. 무랑의 목소리에 담은 시간이 되었음을 느끼고서 밖으로 나왔다. 무랑은 걱정 어린 시선으로 살짝 지친 듯한 담에게 말했다.

"괜찮으시옵니까?"

"내가 괜찮지 않을 것이 무엇이냐. 난 그저 지켜보기만 하였는데. 힘든 것은 밤톨이지."

"하면?"

담은 그녀가 밤을 꼬박 새워 완성한 그림을 무랑에게 건네주었다. 그림을 건네받는 무랑의 손끝이 희미하게 떨렸다. 정녕 거기 있던 것과 똑같은 그림이었다. 오히려 더욱 섬세하고 아름다워 보이기까지 했다.

"하아, 대단합니다. 어찌 그 짧은 시간에."

"해서 아깝구나. 이런 귀한 그림을 고작 그런 자들의 손에 넘겨 줘야 하다니."

담은 무척이나 아쉬운 시선으로 그림을 바라보았다. 뭔가 묵직한 무언가가 가슴을 누르는 듯한 느낌. 이것은 미안함이었다.

"넌 먼저 가서 일을 처리하여라. 곧 뒤따라갈 것이다."

"예, 저하."

그렇게 무랑이 먼저 자리를 뜨고, 담은 살며시 걸음을 돌려 다시 폐가 안으로 들어섰다.

안쪽에선 지친 숨을 내쉬며 깊이 잠들어 있는 홍이 있었다.

그는 그녀의 가까이로 다가가 제 옷을 벗어 덮어주었다. 거칠게 꿈틀거리던 숨소리가 이젠 제법 부드럽게 울리고 있었다. 담은 잠시 망설이다 이내 손을 뻗어 홍의 흐트러진 머리카락을 차분하게 정리해 주었다. 부드러운 머리카락이 그의 손가락을 휘어 감으며 떨어졌다. 어쩐지 꽤 기분이 좋아지면서 피곤했던 마음이 차분해 지는 것 같았다.

"넌 참 내게 신기하구나."

사실 담은 이번 배후가 어쩌면 세자위를 노리는 자들의 소행이 아닐까 생각했다. 아니, 거의 확실할 것이다. 겉으로는 장차 보위에 올라 성군이 되어줄 세자 저하라며 받들지만, 뒤로는 하루에도 수십 번씩 암살의 위협을 받고 있었다. 궐 안, 대소신료 중 자신의 편은 그 누구도 없었다. 하나같이 그를 향해 칼날을 숨기고 있는 자들뿐. 하루하루가 고단하고 버거운 자리. 왜냐하면 그가 폐서인의 아들이기 때문에. 그것도 집안이 대역죄로 풍비박산 나버린…….

그렇게 온몸과 마음이 지치고 지쳐 있었는데, 이렇게 이 아이를 보고, 이리 머리카락을 쓸어내리는 것만으로도 숨을 쉬고 마음이 달래지는 것 같았다. 참으로 우습게도. 고작 나인 따위에게…….

"신세를 졌구나. 고맙다. 그리고 너무 수고했다."

그의 낮은 목소리가 잔잔하게 울렸다. 어느새 그의 시선이 텅 빈 안료통을 바라보고 있었다.

"그리고 미안하구나."

머리카락을 쓸어내리던 손길이 점차 아래로 향하면서 그녀의 부드럽고 뜨거운 볼을 스쳐 지나갔다. 미세한 열기가 그의 손가락을 타고 흘러들어 심장이 더욱 빠르게 울렸지만, 그는 이내 자리에서 일어나서는 비틀린 숨을 내쉬고서 그곳을 빠져나왔다.

홍은 연신 잠에 취해서는 입술을 오물거렸다. 하지만 꿈속에서 뭔가 다정한 목소리와 손길에 저도 모르게 기분이 좋아져 어느새 입가엔 배시시한 웃음이 걸려 있었다.

＊

이른 새벽. 나루터에선 몇몇 사람들의 은밀한 움직임이 잡히고 있었고, 곧이어 멀리서 불빛이 번쩍이며 배가 한 척 나타났다. 그 상황을 멀리서 유심히 살피고 있는 무랑의 표정은 지극히 긴장되어 있었다. 그때 그의 옆으로 담이 모습을 드러냈고, 무랑은 얼른 고개를 숙이며 입을 열었다.

"오셨사옵니까."

"그림은?"

무랑은 대답 대신 품 안에서 그림을 꺼내 보여주었다. 담은 그 그림을 조심스럽게 움켜쥐었다.

"무사히 끝났사옵니다."

담의 시선이 나루터로 향했다. 그림은 제대로 바꿔치기하였다. 저들이 가지고 있는 그림은 밤톨이의 그림. 그리고 진본은 여기 이 손에. 아직 눈치는 채지 못한 듯싶었다.

그렇게 무랑과 담이 배가 도착하는 것을 보고서 마지막까지 확인한 후 몸을 움직이려는 순간, 무랑의 눈빛이 번뜩이면서 담을 끌어안으며 함께 엎드렸다. 그러자 바람을 가르는 섬뜩한 소리와 함께 바로 머리 위로 화살 하나가 날아와 꽂혔다. 아무래도 상단의 자객들이 자신들의 위치를 알아차린 듯싶었다.

“저하, 피하셔야 하옵니다.”

“배는?”

담은 고개를 돌려 나루 쪽을 바라보았다. 굉장히 분주한 움직임 속에 황급히 배가 떠나고 있었다. 자신들의 정체는 눈치채지 못한 듯싶었다. 그저 좀도둑이라 오해하는 듯한데, 그럼 되었다. 배가 떠났으면 된 것이다.

“저하!”

무랑의 다급한 목소리에 담은 자신의 칼을 빼어 들고서 날아오는 화살을 가볍게 쳐내기 시작했다. 화살이 날아오는 방향에서 몇몇 그림자가 보이는 듯했다. 무랑과 담은 자리를 피하는 척하다 이내 그림자를 향해 빠른 속도로 다가가 그대로 자객의 복부를 꿰뚫었다. 출렁이는 소리와 함께 칼날 사이로 섬뜩한 피가 배어 나왔지만, 담의 표정은 차갑기만 했다.

“이대로 수가 많아지면 불리하옵니다.”

“목적을 달성했으니 무리할 필요는 없겠지. 조무래기들을 데리고 몸을 피하자.”

“예.”

무랑과 담은 서로 흩어져서 달리기 시작했다. 멀리서 자객들의 인기척이 들리기 시작하면서, 뒤쫓는 움직임이 보였다. 그들은 흩어지는 듯하면서도 서로서로 일정한 거리를 유지한 채 빠르게 뒤쫓아오고 있었다.

그렇게 얼마쯤 달렸을까. 무랑은 반대편으로 도망친 흔적을 만든 뒤 담과 함께 골짜기 쪽으로 몸을 숨겼고, 거칠게 밀려오는 숨을 꾹 누르며 동태를 살폈다. 꽤 끈질긴 녀석들인 듯, 그들의 근처까지 와서는 이내 '저쪽이다!'를 외치며 무랑이 유도한 방향으로 사라지기 시작했다.

담은 그제야 안도의 숨을 내쉬었다. 그러다 순간, 그들이 달려간 방향을 보고서 표정이 굳어지기 시작했다.

"저하?"

무랑은 흔들리는 그의 모습에 의아한 표정을 보이며 그를 붙잡으려는 찰나, 담이 몸을 벌떡 일으켜 세우고선 칼자루를 움켜쥐며 짧게 외쳤다.

"저쪽은 안 된다! 저쪽은 밤톨……. 안 돼!"

"저하!"

그는 무랑의 목소리를 뒤로한 채, 자객들이 향한 방향으로 달리기 시작했다. 저쪽은 폐가가 있는 쪽이다. 혹여나 밤톨이를 발견하게 된다면…….

그의 머릿속으로 끔찍한 잔상이 스쳐 지나가면서, 칼자루를 움켜쥔 손끝이 파르르 떨릴 정도로 진한 두려움이 밀려들고 있었다.

✳

서늘한 오한이 스치고, 홍은 몸을 부르르 떨다가 이내 무거운 눈꺼풀을 들어 올렸다. 그러다 뿌옇게 서리는 낯선 광경에 순간 홍은 몸을 벌떡 일으켜 세웠다.

여전히 먼지가 자욱한 곳. 다 타버린 등불이 더욱 한기를 느끼게 하고 있었다.

"아, 맞다. 폐가에서……."

그녀는 주위를 두리번거리다가 제 어깨에 어설프게 걸려 있는 옷을 바라보았다. 이 옷은 세자 저하의 옷인데. 그러고 보니 세자 저하는 어디 계신 거지?

홍은 놀란 마음에 옷자락을 꽉 붙잡고서 문을 벌컥 열었다. 주위는 아직 이른 새벽기가 남아 있어 살짝 어두웠다. 그리고 세자 저하는커녕 인기척조차 느껴지지 않았다. 설마하니 일이 잘못되었나? 저하는 무사하신 건가?

저도 모르게 불안한 생각이 스멀스멀 피어오르면서, 마치 세자 저하인 양 그의 옷을 더더욱 꽉 끌어안았다. 그때 멀리서 불빛이 아른거리고 있었다.

"세자 저하?"

하지만 그녀의 반가운 목소리도 잠시, 불빛이 점점 많아지더니 이내 낯선 사내들의 모습이 보이기 시작했다. 게다가 시커먼 칼을 든 장정들. 홍은 창백하게 질린 표정으로 슬금슬금 뒷걸음질을 치기 시작했다. 그때, 멀리서 그녀를 발견한 자객들이 손가락으로 가리키며 외쳤다.

"저기 웬 계집이 있다!"

"그놈들과 한패일지도 모릅니다!"

그놈들과 한패라니. 설마 세자 저하. 저하께서 저들에게 당하신 건가?

순간, 심장이 불안하게 뛰어오르면서 주체하지 못할 정도로 몸이 바들바들 떨려왔다.

'세자 저하!'

홍은 저도 모르게 차오르는 눈물을 꾹 참고서 두려움에 얼어버린 발걸음을 억지로 돌려 달리기 시작했다. 달리는 걸음이 어디로 향하는지 알 수 없었다. 그저 계속 달리고 달리면서 저하에 대한 걱정만이 가득했다. 정작 자신이 위험한 것은 생각도 하지 않고. 그렇게 계속 달리다가 산으로 들어간 홍은 숨을 헐떡이며 조금이라도 몸을 숨길 곳을 찾으려고 했다.

하지만 자객 중 하나가 순식간에 홍의 앞을 가로막으며 칼을 들이밀었다. 어린 홍이 감당하기엔 이들은 너무 벅찬 상대였다.

"어딜 감히!"

"하아, 하아, 하아!"

자꾸만 울먹임이 나올 것 같아서 그녀는 입술을 꽉 깨물었지만 제 눈앞에 마른 피가 묻어 있는 칼을 보자 온몸에 힘이 들어가질 않았다. 저 피가 세자 저하의 피면 어쩌지? 정말 어쩌지?

그때, 자객의 손에 쥔 칼이 섬뜩한 울음을 토해내며 허공으로 망설임 없이 치켜 올라가고, 홍은 마지막까지도 그의 옷을 꽉 끌어안으며 눈을 질끈 감는 순간!

'저하, 저하, 세자 저하!'

챙!

칼과 칼이 맞부딪히는 소리가 날카롭게 들려왔고, 홍은 온몸을 바들바들 떨면서 천천히 고개를 들었다. 웬 사내가 칼을 막고 있었다. 처음엔 저하인 줄 알았는데, 옷차림이 달랐다. 굉장히 너덜너덜한 행색에 삿갓을 쓰고 있던 터라 얼굴이 제대로 보이지 않았다. 하지만 몸집이 참으로 태산 같은 사람이었다.

'누구지? 혹 세자 저하의 사람인가?'

"네 놈은 누구, 윽!"

홍은 순간 깜짝 놀라 입을 막았다. 사내의 칼날이 무자비하게 자객의 목을 꿰뚫었다. 그와 동시에 사방으로 뿜어져 나오는 붉은 피. 그녀는 순간 말을 잃고서 고개를 가로저었다.

'저하의 사람이 아니다. 절대로. 그럼 대체……'

그때, 사내가 고개를 돌려 홍을 바라보았다. 그녀는 흠칫 놀라며 저도 모르게 뒷걸음질을 쳤다. 위험한 사내다. 참으로 무자비하고 위험한!

"괜찮냐?"

"……."

"계집아이가 이렇게 위험한 곳에 뭐 하러 혼자 돌아다녀? 죽고 싶어 환장했나?"

뭐지? 왜 갑자기 자신이 저 영문 모를 사내에게 혼나고 있는 거지? 그런데 어쩐지 엄청 위험한 사람은 아닌 것 같기도 하고.

"대체 누구십니까? 혹 저하의……."

그때 섬뜩한 바람 소리와 함께 사내가 홍을 끌어안고 옆으로 몸을 굴렸다. 화살이었다.또 다른 자객들이 벌써 여기까지 쫓아왔다. 홍은 벌렁거리는 심장을 붙잡고서 욕설을 퍼붓는 사내를 바라보았다. 그런데 삿갓 너머로 보이는 그의 얼굴에 그녀의 눈동자가 커졌다.

"회색, 눈동자……."

그녀의 속삭임에 사내가 그녀를 바라보더니 이내 피식 웃으며 홍에게서 떨어졌다. 그러곤 다시금 칼을 빼어 들고서 외쳤다.

"달아나라! 여긴 내가 막을 테니까."

"하지만!"

"얼른! 네가 있어봤자 별로 도움도 안 돼. 내가 원래 남 목숨 구하고 그러는 오지랖 넓은 놈은 절대로 아닌데. 네가……."

"……."

"네가 내 누이동생과 나이가 비슷한 듯해서, 그래서 구해주는 거다. 안 그러면 꿈자리가 사나울 것 같으니까. 그러니까 얼른 가!"

"고맙습니다!"

홍은 잠시 머뭇거렸지만, 그가 정말로 자신을 도와주려고 한다는 걸 깨닫고서 그에게 방해가 되지 않기 위해 달리기 시작했다. 아까 본 그의 솜씨는 정말이지 귀신같았다. 그러니 절대로 죽지 않을 거야. 위험해지지 않을 거야. 회색 눈동자. 참으로 신묘한 사내. 언젠가 꼭 보은을 할 수 있도록, 다시 만났으면 했다. 꼭 다시, 만났으면 했다.

그렇게 홍은 원래 있던 곳으로 달렸다. 혹시 저하께서 돌아왔을지도 모르니까. 하지만 그것은 착각이었다. 더 많은 자객들이 그곳에 있었던 것. 홍은 입술을 깨물고서 몸을 피하려고 했지만 헛수고였다. 자객들이 그녀의 발목을 향해 화살을 날리려는 순간!

"밤톨아!"

그녀를 부르는 낯익은 목소리. 홍은 눈을 번쩍 떴다. 눈가에 고인 눈물이 삽시간에 흘러내리면서 마치 환청처럼 사라진 목소리에 고개를 가로저으려는 때, 환청이 아니라는 듯 다시금 그의 목소리가 강하게 홍을 끌어안아 주었다.

"엎드려!"

그리고 뭔가에 이끌리듯, 그 말에 홍은 주저 없이 그 자리에 주저앉아 고개를 푹 숙였고, 그 짧은 찰나에 화살 하나가 날아와 자객의 가슴을 정확히 꿰뚫었다.

그녀는 가냘픈 숨을 연신 토해내며 조심스럽게 고개를 들었다.

그러자 저 멀리 피를 쏟으며 쓰러진 자객의 모습이 보였다. 하지만 그보단,

"저하……."

그녀의 시선에 담이 활시위를 당기고 있는 모습이 보였다. 그는 망설임 없이 자객들을 향해 하나하나 활을 쏴 목숨을 끊어내고 있었다.

"괜찮으냐?"

어느새 숨을 몰아쉬며 그녀의 앞을 가린 익숙한 그림자에 홍은 두려움이 사라지고 안심이 되었다. 어깨에서 느껴지는 거친 숨소리와 살며시 떨리는 목소리에 기쁘기까지 했다.

자신을 위해 달려와 준 것이라고. 오직 자신을 위해서…….

그렇게 그녀가 담을 살피느라 한마디도 하지 못하고 있자, 담은 그것이 무서워서 말문이 막힌 것이라 여기고는 가슴속 깊숙한 곳에서 진정 분노와 안타까움이 밀려들었다.

"미안하구나."

"……."

"내 뒤에 꼭 붙어 있으라고 하였는데, 정작 내가 앞을 비워서."

"……."

"걱정 마라, 이젠 제대로 네 앞에 있을 것이니."

낮고 깊은 목소리가 홍의 가슴속으로 깊숙이 내려앉으면서, 다시금 돌아선 그의 뒷모습에 홍은 어쩐지 가슴이 아릿함을 느꼈다.

그녀는 저도 모르게 손을 뻗어 그의 커다란 손을 붙잡았고, 담은 잠시 움찔하다 이내 조그만 그녀의 손을 꽉 잡아주었다. 그리고 그 자리에서 필사적으로 자객을 막아냈지만 점점 상처가 생기기 시작했다.

그때, 드디어 무랑이 도착해 자객들의 목숨을 가차 없이 끊어냈고, 자객들은 잠시 주춤거리다 결국 몸을 숨겨 버렸다. 그제야 하늘 위로 푸른빛이 진하게 아른거렸다. 너무나도 길었던 밤. 담은 그제야 안도의 숨을 길게 내쉬며 여전히 제 손을 잡고 있는 홍을 바라보다 이내 조심스럽게 손을 떼었다.

무랑은 뒷수습을 끝내고서 담의 앞으로 와 고개를 숙였다.

"상단이 떠났으니 더는 자객이 오지 않을 것이옵니다. 저는 먼저 마을로 내려가 말을 구해오겠사옵니다. 서둘러 입궐하셔야 하옵니다."

"알았다."

그렇게 무랑이 먼저 자리를 뜨고, 단둘이 남은 담은 홍과 살짝 거리를 두고서 그제야 그녀의 모습을 살폈다.

"다치진 않았느냐?"

"괜찮사옵니다."

살짝 목소리가 떨리긴 했지만, 그래도 말을 해주었다는 것에 담은 안도하였다. 홍은 그의 모습을 가만히 바라보았다. 상처가 난 팔뚝에선 피가 흘러나왔고, 그가 쥔 칼자루엔 누군지 모를 피가 흠뻑 묻어 있었다. 그녀는 자꾸만 그의 피가 아프게 와 닿았다. 그래서 한 걸음을 성큼 다가가자 담은 저도 모르게 뒤로 한 걸음을 물러났다.

"저하?"

"가까이 오지 말거라. 괜히 피가 묻을 것이다."

하지만 홍은 신경 쓰지 않고서 더욱 성큼성큼 다가가 갑자기 제 치맛자락을 쭈욱 찢어냈다.

"지, 지금 뭐 하는 것이냐!"

하지만 그녀는 당황해하는 그의 팔을 꽉 잡고서 이내 상처가 난 부분을 치맛자락으로 꽉 동여매었다. 조그만 손끝이 무척이나 섬세하게 움직이고 있었다.

담은 저도 모르게 바짝 긴장하여 제 팔뚝 위로 움직이는 그녀의 조그맣고 하얀 손가락을 바라보았다. 어쩐지 아래쪽이 더더욱 묵직해지는 것 같았다. 열이 나는 것 같기도 하고……

"저하."

"으, 응?"

마치 나쁜 짓을 하다가 걸린 사람처럼 담은 말을 더듬었지만, 홍은 그런 것을 눈치채지 못한 채, 그저 고개를 돌려 그의 눈동자와 마주했다.

"세자 저하시면, 세자 저하시라면 이런 일에 직접 나서지 마시옵소서."

"……."

"세자 저하시지 않사옵니까. 하면 이리 위험한 일은 무랑에게, 무랑에게 시키시고 그냥……."

저도 모르게 그가 보이지 않는 동안 걱정했던 순간과 감정이 밀려들면서 그녀의 큰 눈망울에서 눈물이 뚝뚝 떨어지기 시작했다. 담은 갑작스러운 그녀의 눈물에 당황하여 어쩔 줄을 몰라 했다.

"그, 그렇다고 왜 우느냐! 이리 괜찮지 않느냐!"

"흐흡, 으흐흑!"

하지만 그녀의 울먹임이 더더욱 커져 가기만 하자, 담은 손을 뻗을까 말까 망설이다가 이내 조심스럽게 그녀의 눈물을 닦아주었다.

"그리 걱정한 것이냐?"

"하면, 안 하게 생겼습니까!"

조금 기쁜 마음에 물었는데 홍이 진정 화를 내며 답하자 담은 저도 모르게 움찔하고서는 그녀의 어깨를 다독였다.

"미, 미안하구나. 내가 잘못했으니, 이제 그만 울어라. 응? 다시는 이런 위험한 일을 하지 않을 것이니."

"흐흡! 약속하셨사옵니다! 지키셔야 하옵니다! 사내가 한입으로 두말한다면 정녕 사내도 아니옵니다!"

"알았다. 꼭 지키마. 그러니 이제 그만 울어라."

덩치는 배는 큰 사내가 조그만 여인의 울음에 어쩔 줄 몰라 하는 모습이 퍽 우습기도 했다.

"밤톨이 얼굴에 생채기 하나 나지 않아 다행이다. 안 그래도 지금 이리 미운 얼굴인데, 생채기까지 났으면 더 미운 얼굴이 될 뻔하였다."

"예에?"

"훗. 참말이다. 지금 네 얼굴이 얼마나 우스운 줄 아느냐?"

"보, 보지 마시옵소서!"

그녀는 그제야 얼굴을 얼른 가리고서 고개를 휙 돌려 버렸다. 그 모습에 담은 저도 모르게 입가로 엷은 미소가 스쳐 갔다.

고작 이 아이가 무엇이라고. 나인 따위가 무엇이라고 그런 약속을 해버린 것일까. 하지만 그녀의 눈물을 본 순간 아무 생각도 할 수가 없었다. 걱정했다는 말이 이토록 설레일 줄은 몰랐다. 정말이지 이 아이를 이렇게 보고 있으면,

'내가, 세자가 아닌 것같이 느껴진다. 해서, 참 편해.'

홍은 폐가 뒤쪽 개울에서 엉망이 된 제 얼굴을 씻어내며 울상을 지었다. 정말이지 주책이었다. 어쩌자고 저하 앞에서 그런 망신 어린 모습을 보인 것인지. 하지만 정녕 그가 너무 위험해 보여서, 그래서 너무 불안하기만 했다.

그러고 보니 그 사내는 어찌 되었을까? 무사히 빠져나갔을까? 다시 그 자리로 돌아가 보니 죽은 자객들의 시신 외에는 아무것도

없었다. 그렇다면 산 것이지.

'참으로 고마운 사내다.'

개울에서 올라와 앞마당 앞에 서니, 어느새 무랑이 건장한 말 두 필을 구해와 서 있었다. 정말이지 저 사람은 못 하는 것이 없는 것 같았다.

"서두르셔야 하옵니다, 저하. 더 이상 박 내관의 의심을 살 수는 없사옵니다."

현재 박 내관은 도성에서 열리고 있는 풍년제 놀이 때문에 담이 몰래 궐을 빠져나간 것으로 알고 있었다. 해서 무랑이 찾으러 다니고 있다고. 하지만 더 늦어지게 되면 박 내관이 직접 움직이게 될 것이고, 그리되면 보는 눈이 너무 많아져서 다된 밥에 코를 빠뜨릴지도 모른다.

"그래. 해가 완전히 밝기 전에 서두르자."

담은 서서히 푸른빛으로 채워지는 하늘을 바라보다가, 이내 조그만 발걸음 소리에 이젠 너무나도 익숙한 듯 홍을 바라보았다. 찢어진 치마가 조금 거슬렸지만, 그래도 새벽빛에 얼굴빛은 더더욱 말갛게 보였다.

"이제 그만 떠날 것이다. 너도 궐로 돌아가야지. 혹여 보경당 상궁이 뭐라고 한다면 내게 말하거라."

"예, 저하."

하지만 홍은 담보다는 그의 옆에 늠름하게 서 있는 말에게 시선을 빼앗기고 말았다. 태어나서 이토록 가까이에서 말을 보는 건 처음이었다. 생각보다 배는 크고 털에선 윤기가 흘러내렸다. 슬쩍 손을 내미니, 손바닥 가득 뜨거운 울림이 가득 느껴져서 기분이 좋았다.

담은 저 같은 건 신경도 쓰지 않고 감탄한 듯 말을 쳐다보는 홍의 모습에 잠시 표정이 일그러지다가, 이내 말 위로 아주 멋들어지게 올라섰다. 그러자 그녀가 눈동자 가득 그를 바라보며 탄성을 내질렀다.

"와아! 정말 멋집니다!"

진정으로 그녀가 박수까지 치면서 좋아하자, 담은 어쩐지 기분이 우쭐해져서는 입을 열었다.

"너도 타보겠느냐? 무서우면 그냥 함께 걸어가도……."

"그래도 되는 것이옵니까? 하면 타고 싶사옵니다. 꼭 타고 싶사옵니다!"

쥐를 무서워하기에 말도 무서워할 줄 알았더니, 저보다 배는 큰데 괜찮은 것인가?

그렇게 그는 다시금 말에서 내려서서는 그녀를 안고서 말 위에 태워준 뒤, 자신도 그 뒤로 올랐다. 어찌나 작은지 제 품에 쏙 파고드는 그녀의 모습에 그는 미묘하게 피어오르는 열기를 삼켰다. 하지만 그런 그의 속을 아는지 모르는지 홍은 여기저기 둘러보며 연신 몸을 꼼지락거렸다.

"좀 가만히 있어라! 그러다 떨어지면 너 같은 밤톨은 바로 세상과 하직하는 것이다."

"아, 알겠사옵니다."

홍은 그제야 조금 조심해서 자세를 고쳐 잡았고, 담은 여전히 마음에 들지 않는 듯 애써 정신을 똑바로 챙기고서 조막만 한 그녀의 손을 붙잡고서 고삐를 당겼다. 행여나 무서울까 봐 말을 좀 천천히 몰았더니, 그것이 영 불만인 듯 그녀가 볼멘소리를 하며 말했다.

"좀 더 빨리 달리면 아니 되옵니까?"

"뭐, 어렵지는 않지만. 나중에 무섭다고 울고 불며 후회하지 말거라."

담은 고삐를 좀 더 세게 당기고서 발을 힘차게 굴렀다. 그러자 천천히 달리던 말이 점점 더 빠른 속도를 내기 시작하더니, 이내 그녀가 날아갈 만큼 힘차게 달리기 시작했다.

홍은 두 눈을 크게 뜨고서 얼굴 가득 함박미소를 지었다. 이토록 빠른 것은 처음이었다. 세상이 제 품 안으로 들어오는 듯, 항상 작기만 했던 자신의 세상이 점점 더 커지고 있는 것 같았다.

"저하, 더 빨리요, 더 빨리!"

홍의 기분 좋은 들썩거림에 덩달아 기분 좋아진 담은 평소보다 돌아가긴 하지만, 그래도 그녀를 위해서 드넓은 초원 쪽으로 말 머리를 돌렸다.

끝이 보이지 않는 초록빛이 출렁이면서, 하늘 위론 아직 새벽기를 머금은 하늘이 시리게 펼쳐져 있었다. 홍은 저 멀리 보이는 하늘에서 눈을 뗄 수가 없었다. 이런 벅찬 기분은 처음이었다. 반가의 규수로서 특히나 영상의 여식, 곧 세자빈이 되어야 할 귀한 몸이기에 항상 몸가짐을 조심해야 했고, 보는 눈을 의식하며 숨조차도 조심스러워야 했다. 그런데 이리 넓은 세상을 보게 되니, 홍은 저도 모르게 가슴이 울컥이면서 소름이 돋아났다.

"바람이 차지 않느냐?"

담은 혹시나 그녀가 추울까 봐 속도를 늦추었다. 그러자 홍은 살짝 붉어진 얼굴로 고개를 돌려 그를 바라보았다.

"저하, 잠시만 보고 가도 되겠사옵니까?"

"무엇을 말이냐?"

"저 하늘이요. 예? 잠시만요. 아주 잠시만. 네에?"

사실 멈춰 서서 구경할 시간 같은 건 없었다. 하지만 그녀가 특유의 커다란 눈망울을 반짝거리며 조르는 듯한 어조로 말하자, 담은 어떤 생각도 하지 못한 채 미혹되듯 고개를 끄덕이고 말았다.

"그래. 하지만 아주 잠시다. 잠시!"

"예! 저하!"

그러곤 싱그러운 미소가 까르르 흘러나오자, 담은 어쩔 수 없다는 듯 함께 웃어버렸다. 대체 왜 이러는 것인지. 자신이 누구의 말에 이토록 잘 넘어가는 성격이 아닌데, 왜 자꾸 저 밤톨이의 한마디엔 속수무책으로 흔들리고 마는 것인지.

'이래선 아니 되는데. 자꾸 이렇게 약해지면……'

그렇게 잠시 말이 멈춰 서고, 홍은 바닥으로 폴짝 내려서고는 두 팔 가득 푸른색을 끌어안으며 제 곁으로 스쳐 가는 바람에 기분 좋게 눈을 감았다. 지금껏 붉은색이 가장 아름다운 줄 알았는데, 아침을 맞이하는 싱그러운 푸른빛도 제법 아름다웠다.

담은 홍의 뒤에서 그런 그녀를 바라보았다. 지금 그의 눈에는 그 어느 풍경보다, 그 풍경 속에서 수줍게 흔들리는 치맛자락을 움켜쥐며 살포시 웃고 있는 그녀의 모습이 더 어여쁘게 보였다.

"무엇을 그리 보는 것이냐?"

담은 슬그머니 홍의 옆에 서서는 제법 차가운 바람을 막아주었다. 홍은 감았던 눈을 스르르 뜨면서 속삭였다.

"하늘이 참 어여쁩니다."

"매번 보는 하늘이 아니더냐."

"그래도 참으로 아름답사옵니다."

그녀의 목소리에 이끌리듯 담 역시 하늘로 시선을 올렸다. 그러고 보니 참 오랜만에 보는 것 같은데.

"그래, 오늘따라 그래 보이긴 하구나."

홍은 곁눈질로 슬쩍 담을 훔쳐보았다. 지금의 모습만 보면 정말 소문처럼 그리 잘난 세자 저하일지도 모르지만, 그녀는 그것이 전부가 아니라는 걸 알게 되었다. 굳건한 것 같지만 그리 보이기 위해 노력하고, 잘난 듯 보이지만 장난기도 많고 약간 짓궂은 면도 없지 않고.

"한데, 세자 저하에 대한 소문은 어찌 그리 부풀어지신 것이옵니까?"

한참 하늘을 보던 담은 너무나도 진지한 홍의 물음에 기가 찬 표정을 지었다.

"그 소문이 어디가 어때서? 딱 맞는 소문이 아니더냐. 잘나고 잘난 그야말로 완벽한 세자 저하."

"자화자찬이 심하시옵니다."

"허, 그럼 넌 나를 그리 생각하지 않는다는 것이냐? 하긴, 넌 가끔 내가 세자라는 사실을 잊는 것 같더구나."

"그것이 아니오라, 왠지 조금 힘드신 것 같아서."

"……."

"위험해 보이기도 하고……."

말끝이 흐려지고, 홍의 표정도 다소 우울한 듯 변했다. 담은 어쩐지 그런 그녀의 모습은 별로 보고 싶지 않았다. 언제나 환했으면 하는 바람. 아무런 걱정 없이, 지금처럼 티 없이 맑은 모습 그대로 그저 밝고 밝았으면 하는 바람.

"모든 이들은 저 하늘을 몹시도 부러워하지. 가장 높은 곳에서 정녕 아무 걱정 없이 평온해 보이니까. 그렇기에 탐내는 이들이 너무나도 많다. 높고 넓은 만큼 미친 듯이 바람이 불어대고, 수많은 것들이 하늘을 위협하려고 하지.”

“저하…….”

“그러니 그런 허무맹랑한 소문이라도 붙잡고 있어야 버틸 수가 있다. 설령 진실은 그렇지 못하더라도 백성들이 생각하는 나의 모습에 기대어 끝까지 버티는 것이지. 또한 그러한 소문이 때론 나를 지켜주기도 하고 말이다.”

그의 어머니 현비는 그리 강한 여인이 아니었다. 교태전에서 쥐 죽은 듯이, 들어도 못 들은 척, 봐도 못 본 척하며 정녕 궐 안의 안주인으로서 어떻게 해야 살 수 있는지는 정확히 알고 있었던 여인. 게다가 세자를 지키기 위해서 숨 쉬는 것조차도 조심했던 그러한 사람. 하지만 피바람은 그녀의 주변에서 항상 떠나지 않았다. 소론이었던 외척이 기세등등하게 조정을 장악하자 기회를 노리고 있던 노론의 음모에 휘말려 결국 대역죄를 뒤집어쓰게 되었다. 계속해서 버티게 되면 세자까지 위험해질 상황. 그 상황에서 현비는 놀라운 선택을 했다. 바로 자신의 목숨으로써 모든 것을 감당하는 것. 그렇게 자결을 선택한 것이다.

“어마마마! 어마마마!”

“도, 동궁…… 동궁. 성군이 되어야 합니다. 이 어미의 죽음은 그냥 잊으세요. 그러셔야 합니다…….”

“싫습니다, 어마마마! 일어나세요. 저를 떠나지 마세요, 어마마마!”

"강건해지세요, 굳건해지세요……. 장차 이 나라의 성군이! 흐흑! 어미가, 동궁을 위해서, 모든 것을 감당할 것이니……. 동궁은, 그 자리를 반드시 지키세요. 흐윽……!"

"어마마마!"

피를 쏟으면서 죽어가던 어머니는 끝까지 세자인 자신을 걱정했다. 그리고 반드시 그 자리를 지켜야 한다고 외쳤다. 죽어가던 소론들은 자신들의 유일한 희망인 세자를 지키기 위해 미련 없이 목숨을 끊었다. 그렇게 피바람이 몰아친 가운데, 오직 세자인 이담. 그만이 살아남을 수 있었다. 가장 소중한 이들과 가까운 이들의 피로써 세워진 자리. 그때부터 사방에서 그를 향해 칼날이 날아왔다. 특히나 노론은 장차 세자가 보위에 오르면 자신들의 목숨이 위태로워지기 때문에 필사적이었다.

그 누구도 믿을 수가 없었다. 심지어 아바마마조차도 믿어선 아니 되었으며, 살기 위해선 백성들에겐 완벽한 세자의 모습을 보여야만 했다. 더 강한 하늘. 누구보다 강한 제왕. 담은 그곳에 올라야만 했다. 누구보다도 자신을 지키기 위해서. 조금이라도 숨을 쉬며 살기 위해서……. 하지만 사실 그러한 삶을 원하진 않았다. 그는 자유롭게 살고 싶었다. 좀 더 넓은 세상을 보면서, 세자가 아닌 그냥 이담이라는 사내로.

홍은 그를 다독여 주고 싶은 마음에 저도 모르게 그의 커다란 손을 감싸 쥐었다. 담은 그런 그녀의 손길에 움찔하다가, 이내 진하게 퍼지는 온기에 편안함을 느꼈다.

그저 작디작은 손. 자신보다 약한 그러한 손인데, 이 작은 손에 한없이 위로받고 싶은 기분이 들었다.

4장
가슴으로 첫정이 스미다

　두 사람은 궐로 돌아가는 가장 빠른 길인 도성 장시 안으로 파고들었다. 하지만 문제는 지난밤 풍년제 놀이의 여파가 남아 있는지, 여전히 사람들이 많이 남아 있어서 움직이는 것이 너무나도 힘들었다는 것이다. 특히나 홍이는 더더욱.

　담은 여기저기 사람들에게 치이고 있는 홍을 바라보다 이내 한숨을 내쉬고선 그의 옷자락을 쓱 내밀었다.

　"꽉 잡고 따라오거라. 너는 밤톨이라 잃어버리면 잘 보이지도 않지 않느냐."

　"그냥 걱정되어 그런다고 말씀하시면 얼마나 좋사옵니까? 꼭 그리 밤톨이라는 말을 붙이셔야 하옵니까?"

　하지만 이젠 밤톨이라는 말에 거의 익숙해진 듯, 홍은 투덜거리면서도 순순히 그가 내민 옷자락을 꽉 움켜쥐었다. 그나저나 이대로 궐로 돌아가선 아니 되는데. 그리되면 자신이 나인이 아니라는 사실을 알게 될 것이고……. 그보단 아버님께 대체 무슨 말을 해야 할지!

'어쩌지? 어쩌지…….'

그제야 걱정과 더불어 두려움이 물밀 듯 밀려오기 시작한 순간, 누군가 홍의 손을 덥석 잡아당겼고, 그녀는 소리를 지르기도 전에 잡고 있던 담의 옷자락을 놓쳐 버리고 말았다.

담은 순간 가벼워진 옷자락에 흠칫 놀라선 고개를 돌렸지만, 그녀가 보이질 않았다. 사람들 틈 속에서 아무리 둘러보아도 그 아이가 보이질 않았다.

"밤톨아! 밤톨아!"

담은 가던 길을 되돌아가면서 미친 듯이 그녀를 찾기 시작했다. 이름을 부르면서 찾아야 하는데, 그러고 보니 지금껏 이름 석 자조차 묻지 않았다. 밤톨이란 별호가 입에 딱 붙어서 이름을 물어보는 것을 순간 잊고 있었다.

"밤톨아―!"

가슴이 답답하게 죄어오면서, 혹시나 무슨 일이 생긴 건 아닌지 그의 표정이 점점 더 차갑게 굳어지던 찰나,

"저하!"

어느새 숨어 있던 무랑이 곁으로 다가왔고, 담은 그답지 않게

조급함을 보이며 소리쳤다.

"랑아, 그 아이가 없어졌다! 어서, 그 아이를 찾아라, 지금 당장!"

무랑은 담의 모습에 애써 침착함을 보이며 그의 어깨를 강하게 붙잡았다.

"찾을 것이옵니다. 하나, 저하께선 서둘러 입궐하셔야 하옵니다. 이대로 늦어지면 주상 전하께서 의심을 할 것이옵니다. 게다가 그 아이는."

"……."

그는 차마 끝말을 맺지 못한 채 담을 바라보았고, 그 시선의 의미를 읽은 그의 표정이 삽시간에 가라앉으면서 씁쓸함이 감돌았다.

"알고 있다, 이래선 아니 된다는 것을. 그 아이는 그저 일개 나인일 뿐이고, 나는 곧 세자빈을 맞아야 하지. 그것도 영상의 여식을. 다 알고 있는데……."

담은 홍이 붙잡고 있던 옷자락을 바라보았다. 그녀의 모습이 눈앞에서 아른거렸다. 웃고 있던 모습도, 토라졌던 모습도, 게다가 울고 있던 모습까지. 짧다면 아주 짧은 그 순간에 그녀가, 그 아이가……. 순간, 그의 눈동자가 흔들리면서 이내 자조적인 어조로 속삭였다.

"그 짧은 사이에, 그 아이를 담아버린 것 같아."

그 아이와 함께 있으면서 내내 울렁거리고 두근거렸던 심장이.

"어찌하느냐, 랑아. 내가, 그 아이를, 밤톨이를 너무 많이 담아버렸나 보다."

이젠 너무나 쓰리고 쓰게 울리고 있었다.

❋

누군가 순식간에 홍을 끌어당겼다. 그러나 끌어당기는 손치고는 무척이나 조심스러웠다. 하지만 새벽에 자객들에게 험한 꼴을 당할 뻔했던지라 간이 콩알만 해진 홍은 혹여나 잔당들일지도 모른다는 생각에 부들부들 떨면서, 그래도 이리 사람들이 많으니 제소리를 들어줄 거라 여기며 비명을 지르려는 순간!

"홍아."

그녀는 익숙한 목소리에 움찔하고서는 그제야 고개를 들었다. 그러자 그곳엔 그녀의 오라비, 규헌이 그녀를 내려다보고 있었다.

"오, 오라버니!"

"하아. 대체 어찌 된 것이야. 그 꼴은 대체……!"

"흐흡, 오라버니!"

홍은 너무나도 반가운 마음에 눈물을 글썽이며 규헌을 끌어안았고, 그는 그러한 그녀의 모습에 창백해진 표정으로 그제야 홍을 연신 살피기 시작했다.

"왜 그래? 혹, 어디 다친 것이야? 안 좋은 일이라도 당한 것이 야!"

다급하고 초조한 그의 목소리에 홍은 얼른 눈물을 닦아내며 고개를 가로저었다. 그러다가 문득 세자 저하를 떠올리고서는 얼른 바깥쪽으로 고개를 내밀었다.

"홍아!"

지금 오라비의 목소리는 들리지 않았다. 혹여 저를 찾아 헤매고 계신 건 아닐까? 그렇지만 지금 이 모습을 들킬 수는 없는데…….

하지만 그는 저 멀리 무랑과 함께 걸음을 돌리고 있었다. 아마도 서둘러 입궐하려는 듯 보였다. 다행이면서도 한편으론 기분이 썩 좋지는 않았다.

'피. 그래도 조금은 찾아주시지.'

그렇게 못내 서운한 감정을 품고서 고개를 돌리자 정말로 화가 난 듯한 규헌이 서 있었고, 그제야 애써 잊고 있었던 앞날에 대한 걱정이 물밀 듯 밀려들면서 그녀의 낯빛이 한순간에 까맣게 변해 버렸다.

"오라버니, 아버님은 화가 많이 나셨을까? 나셨겠지? 엄청 무서우시려나. 무서우시겠지? 오라버니, 내 옆에 있어줄 거지? 그렇지?"

그녀는 커다란 눈망울 가득 근심과 걱정을 담고서 우물쭈물한 목소리로 규헌에게 애원하듯 속삭였고, 그 모습에 그는 짙은 한숨을 내쉬면서 슬쩍 고개를 내려 그녀와 시선을 마주했다.

"그리 잘 알고 있으면서 어찌 이런 일을 벌인 것이야. 이 오라비가 얼마나 걱정했는지 알아? 행여나 나쁜 녀석들에게 네 머리카락 하나라도 다쳤을까 봐, 요즘 기승을 부린다는 명나라 노예상에게 끌려갔을까 봐, 얼마나 조마조마하였는데."

홍은 그제야 하룻밤 사이에 퍽 상해 버린 오라비의 얼굴이 보였다. 예전부터 자신에게는 아주 끔찍했었으니까. 지금은 아버님보다 오라버니에게 더 사과를 해야 할 것 같았다.

"미안해, 오라버니. 하지만 그런 일은 절대로 없었어. 정말이야. 나 하나도 안 다쳤는걸? 옷은 좀 더러워졌지만."

그녀는 슬쩍 제 옷 상태를 살피고는 고개를 가로저었다. 아주 엉망이었다. 도망치느라 여기저기 긁힌 자국과 먼지와 흙투성이가 뒤엉켜 얼룩이 빠질 것 같지가 않았다. 머리 모양은 어떻고. 게다가 나인 복색으로 나타났으니, 오라버니가 걱정할 수밖에.

"어디서 무얼 한 건지는 말 안 해줄 셈이야?"

하지만 그것만큼은 홍도 쉽사리 입을 열 수가 없었다. 이건 자신만의 문제가 아니라 저하와 관련되어 있으니까. 분명 비밀이어야 했기에 박 내관 어른도 속인 것일 테지. 하니, 제가 괜히 입을 놀려 일을 망치게 할 수는 없었다. 물론 오라버니 역시 입이 무겁기는 했지만, 아무리 그래도 한 사람이라도 더 몰라야 비밀은 숨길 수 있는 것이니까.

'저하께 걸림돌이 되고 싶지 않아.'

어쩐지 홍이 난처해하면서 어쩔 줄 몰라 하는 모습에 규헌은 슬쩍 손을 뻗어 흐트러진 그녀의 머리카락을 매만져 주었다. 물론 처음 홍의 모습에 놀라긴 했지만, 그래도 규헌은 그녀가 허튼 짓을 했을 거라 생각하지 않았다. 그만큼 누이동생을 믿고 있었다.

"말하고 싶지 않으면 하지 않아도 돼."

"그게 아니라……."

"괜찮아. 그럴 만한 사정이 있는 것이겠지. 이 오라비는 널 믿어. 네가 부끄러운 짓을 했을 리가 없으니까."

"고마워, 오라버니."

아무것도 묻지 않고서 그저 믿는다는 말을 하며 다독이는 손길에 홍은 살포시 미소를 지었다. 이런 기분이라면 아버님께 크게 혼이 나도 버틸 수 있을 것 같았다.

"어서 가자, 오라버니. 이러다가 아버님이 더 화내실 거야."

"안 무서워? 괜찮아?"

"그럼! 괜찮아. 오라버니가 옆에 있어줄 거지? 그렇지?"

하지만 그래도 떨리는 건 어쩔 수가 없었다. 규헌은 호기롭게 앞장서면서도 어쩐지 파르르 떨리고 있는 그녀의 어깨에 어쩔 수 없다는 듯 웃고는 손을 내밀었다.

"오라버니?"

"오랜만에 누이 손이나 잡아보자. 그리고 옷도 한 벌 사주마. 그러고 가면 보경당에서 지냈다는 말을 아버님께서 믿겠어?"

"보경당이라니. 설마, 공주 자가께서?"

"그래. 공주 자가께서 떼를 써서 네가 보경당에서 하루를 묵은 것으로 되어 있어. 하나, 자가께선 내게 은밀히 널 찾아달라고 하더구나. 해서, 이 일을 아는 사람은 나밖에 없다. 그러니 너무 심려치 말고 그렇게 입을 맞춰. 물론 아버님께서 조금은 화가 나셨겠지만."

역시, 공주 자가께서 둘러대 주실 줄 알았다! 물론 혼이 나긴 하겠지만, 보경당에서 지낸 것을 그렇게 나무라지는 않으실 터!

"물론이지, 오라버니! 얼른 가자, 얼른!"

아까지만 해도 축 처져 있던 어깨가 으쓱 올라가면서 규헌은 그녀의 조막만 한 손을 잡고서 그렇게 장시 안으로 파고들어 갔다.

그렇게 넝마가 된 옷을 새 옷으로 갈아입고, 머리도 곱게 빗고서 그제야 반가의 규수 같은 모습으로 홍은 규헌의 뒤를 슬금슬금 걸으면서 집 안 앞마당으로 들어섰다. 아무리 공주 자가께서 둘러대 주셨지만 그래도 지은 죄가 있기에, 특히나 아버님을 속여야 한다는 죄책감은 쉬이 사라지지가 않았다.

"좀 더 여유 있게 굴어. 그러다 다 들키겠다."

"그렇지? 그런데 이상하게 몸이 말을 듣지가 않아."

역시 죄를 지으면 못 산다고 했던가. 그렇게 숨소리마저도 꾹 누르고서 그대로 슬그머니 별당으로 가려던 찰나!

"아씨!"

멀리서 막순이가 얼굴 가득 눈물, 콧물 범벅이 되어서는 달려왔고 홍은 행여나 막순이의 목소리에 아버님께서 눈치채실까 두려워 끌어안으려는 막순의 입을 꽉 틀어막았다.

"우으으으우우웁!"

"쉿! 조용히! 이러다 아버님께서 나오시면…….."

하나, 쾅 하는 소리와 더불어 그녀의 심장도 덜컹이면서 이내 사랑채 문이 열렸다. 그리곤 그 너머로 이른 시각임에도 불구하고 한 치의 흐트러짐 없이 입궐 준비를 마친 영상, 민황이 서슬 퍼런 시선으로 홍을 바라보고 있었다. 그녀는 얼른 규헌의 뒤로 슬쩍 발을 빼고선 고개를 숙였고, 규헌 역시 헛기침을 삼키며 이 살벌한 분위기에 용기 있게 먼저 입을 열었다.

"기침하셨습니까, 아버님."

하지만 황은 대답 없이 그저 고개를 숙이고 있는 홍이만 바라보았다. 그의 눈빛엔 근심이 서려 있었다. 그리 가르친다고 가르쳤는데 아직도 부족함이 많았다. 저리 빈틈이 많고 어려서야 궐에서 제대로 살아남을 수 있을지. 사실 그는 딸아이를 궐로 보내고 싶지 않았다. 그저 평범한 집안의 사내에게 보내 사랑받고, 그리 살게 하고 싶었다. 하지만 지난날, 주상 전하께서 직접 은밀히 자신을 불러 부탁을 하셨다. 지금 세자의 뒤엔 아무도 없다고. 장차 보위에 올라 위태로운 소론을 다시 일으켜 세자를 지켜줄 사람은 그대뿐이라고. 신하 된 자로서 주상 전하의 명을 거역할 수가 없었다. 또한 소론의 부흥은 그에게도 오랜 바람이었다. 해서 약조를 하긴 하였지만……

'참으로 걱정이구나.'

그렇게 살얼음판을 걷는 듯한 찰나의 순간이 지나고, 황은 그제야 홍을 향해 입을 열었다. 그나마 다행인 것은 목소리가 그리 낮지가 않았다. 아버님이 정녕 화가 나셨을 때는 목소리가 무척이나 낮고 작았다. 그 조곤조곤한 목소리와 기백으로 조정에서 가장 높은 곳에 계시는 분이니.

"공주 자가께 상황은 전해 들었다. 하나! 그래도 함부로 아녀자가 별당을 비운다는 것은 있을 수 없는 일! 특히나 너는 곧 궐의 사람, 세자빈이 되어야 할 것인데. 그 어떤 사소한 것도 흠이 될 수 있다고 그리 말하지 않았느냐!"

"송구하옵니다, 아버님."

"곧 간택령이 있을 것이다. 그때까지 별당에서 몸가짐을 바로 하도록 해라."

결국 별당에서의 근신이 떨어졌다. 그래도 이만한 것이 천만다행이었다. 돌아서는 황의 모습에 규헌은 입궐 준비를 도와드리겠다고 함께 걸음을 옮겼다. 그러면서도 그녀에게 다독이듯 웃는 모습도 잊지 않았다.

그렇게 황과 규헌이 함께 사라지고, 막순은 그제야 참았던 숨을 거칠게 몰아쉬면서 눈물과 콧물로 엉망이 된 얼굴을 닦아내었다. 하지만 아직도 목소리엔 흐느낌이 가득했다.

"아, 아씨, 제가 얼마나 간이 조마조마했는지 아십니까? 분명 보경당에 계셔야 할 아씨가 안 계셔서 혹시나 잘못되셨을까 봐……. 이년이 밤새 한숨도 자지 않고 아씨를 찾았습니다!"

"미안하다, 막순아. 근데 차마 얘기할 시간이 없었다."

"공주 자가께서도 이러실 줄은 몰랐습니다, 이러실 줄은요!"

보경당에 계실 것이기에 마음을 푹 놓았던 것이 이리 사단이 될 줄은 몰랐다. 아씨께서 세자빈이 되셔서 궐에 계셔야지만 두 다리를 쭉 뻗고 잘 수 있을 것 같았다.

"제발요, 아씨. 이년 좀 명줄에 맞게 살게 해주십시오. 아니면 제 명줄이 그리도 짧은 것입니까?"

"알았다니까. 정말 미안해. 한데 공주 자가께서는 괜찮으신 거야?"

계속 듣고 있다가는 점점 잔소리가 늘어날 것 같아서 홍은 적당히 말을 돌렸고, 막순은 훌쩍이는 목소리의 송화 공주를 떠올렸다.

"공주 자가께서도 한동안 보경당에서 근신하실 것입니다. 아무래도 대감마님을 통해서 주상 전하의 귀에 들어간 것 같습니다."

보경당에서 근신이라는 소리를 들으니, 어쩐지 공주 자가께 너무 미안한 마음이 들었다.

별당 안으로 들어온 홍은 순간 아늑함이 물씬 느껴지면서 저도 모르게 온몸으로 힘이 쭉 하고 빠졌다. 살아생전 그리 많이 걸어본 것도, 뛰어본 것도 처음이었다. 심지어 깊은 숲 속을 밤새도록 말이다. 그것도 세자 저하와 함께.

"정말 꿈만 같아."

"아씨, 목욕물을 다 받았습니다."

얼마 지나지 않아 막순의 목소리가 들렸고, 홍은 흐릿한 정신을 챙겨들고서 부엌으로 향했다. 막순이가 도와준다고 했지만 홍은 좀 오래 들어앉아 있고 싶다면서 혼자 안으로 들어섰다. 고작 하루 씻지 못했는데도 온몸이 찜찜했다.

목간통 안에서 뿌연 김이 모락모락 피어났고, 홍은 얼른 저고리의 고름을 풀다가 뭔가가 소매 안에서 툭 하고 떨어졌다. 바로 스승님께서 주셨던 붉은 안료통. 이미 다 써버려서 텅 비어버렸지만, 차마 버릴 수가 없어 가지고 있었는데.

"아……."

그녀는 그것을 잠시 바라보다가 이내 떨리는 손길로 그것을 소중히 움켜쥐었다. 손안으로 미묘한 열기가 꿈틀거리면서, 세자 저하의 모습이 떠올랐다.

무사히 입궐하셨을까? 저처럼 혼이 나시거나 하는 건 아니시겠지? 말로는 괜찮다고 하셨지만 다치신 곳이 많이 아프실지도 몰라. 그래도 그곳은 궐이니까 좋은 의관님들이 잘 치료해 주시겠지.

괜히 쓸데없이 이것저것을 떠올리며, 애써 꿈틀거리는 마음 하나를 누르고 있었다. 그러다가 저도 모르게,

"나를, 기억해 주실까?"

결국 흘러나온 감정의 조각. 하지만 그 조각은 이내 아프게 와 닿았다. 훗날 다시 만났을 때 혹여 속인 것에 마음 상하신다면, 어이없어하시면서 노여워하신다면……

"그리 하시면 어쩌지……."

어느새 목간통 안에 쏙 들어간 홍은 무릎에 얼굴을 묻고서 빈 안료통을 꼭 움켜쥐었다. 뜨거운 온도에 온몸이 붉게 타들어가면서 이내 그녀의 두 볼 역시 붉은 꽃을 피웠다.

어쩌면, 저하와 자신의 인연은 특별할지도 모른다. 얼굴 한 번 보지 못한 채 평생의 지아비로 섬겨야 한다고 했을 때는 그저 두렵고, 세자빈이라는 자리가 무섭기만 했는데, 지금은 그날이 기다려질 정도로 심장이 빠르게 콩닥거렸다. 그분의 아내가 될 수 있다고, 그분의 여인이 될 수 있다고, 평생을 저하의 곁에 있을 생각을 하니 몸이 아니라 속까지 뜨거워지는 기분이 들었다.

"화가 나시면 풀어드리면 돼. 그래도 화를 내시면 기다리면 되고. 분명 용서해 주실 거야. 저하와 나는 특별한 인연이니까. 세상

에 태어나자마자 나는 저하의 이름을 듣고, 그분의 아내가 될 것이라는 소리를 들었어. 내게 저하는 첫 사내야.”

첫 사내이자 첫정이 되었다. 지난밤 그를 그토록 도와주고 싶고, 도움이 되고 싶었으며, 혹여나 그분이 다칠세라 조마조마했던 그 모든 감정은,

‘내가 그분을 깊이, 연모하기 때문이야.’

❋

무사히 입궐한 담은 아바마마께 문안을 여쭌 뒤 교태전으로 향했다. 현재 교태전의 주인은 정1품 빈이었던 효빈 조씨였다. 후궁이었던 시절에도 워낙 성품이 곧고 얌전하여 별다른 무리 없이 중전에 오를 수가 있었다. 물론 그녀는 노론이었다. 하지만 담 역시 그녀를 싫어하지 않았다. 서로 간의 선을 잘 알고 지켜주었기에. 그렇지만 역시나 믿지는 않았다.

그렇게 교태전 앞에 다다른 담은 어쩐지 조금 소란스러운 풍경에 의아한 표정을 지었다.

“누가 안에 들어 계시는가?”

교태전 지밀상궁이 담을 향해 고개를 숙이며 입을 열었다.

“부부인께서 들어 계시옵니다.”

“휘서가 왔는가?”

"그것은 아니옵니다. 고해 드리올까요?"

"되었다. 다음에 다시 오도록 하지."

담은 걸음을 뒤로 돌리며 엷은 한숨을 내쉬었다. 이른 아침부터 참으로 고단하였다. 물론 지금부터 밀거래의 진짜 범인들을 찾아야 하니 더더욱 고단하겠지만, 그런 와중에 그의 머릿속을 자꾸 뒤흔드는 이가 있었으니. 바로,

'밤톨이는 잘 돌아왔을까? 보경당에 가면 볼 수 있으려나……'

하지만 그 후로도 그는 바쁘게 밀거래에 대한 단서를 쫓아야만 했다. 잡아놓은 조무래기들이 생각보다 쉽게 입을 열지 않아 별다른 성과는 없었지만, 무랑에게 맡겨놓았으니 조만간일 것이다.

담은 잠시 지친 심신을 달래기 위해 월루로 향했다. 궐 안에서 그나마 가장 적적한 곳으로 경회루보다 훨씬 작은 누(樓)였다. 달빛이 머무는 곳이라 하여 이름 지어진 월루(月樓). 담은 경회루보다는 이곳이 더 좋았다. 경회루를 거닐 때, 그는 세자이지만 이곳에서 술잔을 기울이는 순간은 그저 이담이었다.

"하아……."

다시금 묵직한 한숨을 내뱉었다. 종일 신경이 쓰여서 결국 이곳으로 오기 전 평소 잘 가지 않는 보경당까지 찾아갔건만, 송화는 무슨 일인지 아바마마로부터 근신이 떨어져 누구도 만날 수가

없다고 했다. 해서 김 상궁에게 밤톨이에 대해 물었지만 그런 나인은 모른다고 했다. 이름이라도 알면 좀 쉽게 찾을 수 있었을 텐데.

아니, 어쩌면 나인이 아닐지도 모른다. 밤새 함께 있으면서 자꾸만 정녕 나인일까, 하는 생각을 떨쳐 낼 수 없었으니까. 그 아이에겐 궐 안의 나인이 가질 수 없는 무언가가 있었다. 그렇다면 대체 누구일까? 정녕 있기는 했던 걸까? 무랑이랑 함께 처음부터 귀신에라도 홀렸던 걸까?

담은 기울이던 술잔을 내려놓고서 제 손을 빤히 바라보았다. 아직도 그 조그만 손에서 느껴지던 온기가 감도는 듯했다.

"이리도 생생한데."

손끝을 감돌던 열기가 가슴께에 파고들면서 사내로서 감돌았던 감정을 일깨우고 있었다.

"그때 놓치지 말았어야 했는데. 워낙 작아서 놓치면 보이지 않을 거라 생각은 했지만, 이리 잃어버릴 줄은 몰랐는데."

그는 손을 꽉 움켜쥐었다. 손바닥으로 깊은 통증이 느껴졌다. 하지만 그의 머릿속을 감도는 상실감보다는 쓰리지 않았다. 물보라에 달그림자가 연신 부서져 내리고 담은 다시금 빈 잔을 채우려는 순간, 누군가가 한발 먼저 빈 잔을 채워주었다. 담은 흠칫 놀란 시선으로 고개를 들었다. 그러자 그의 눈동자가 더욱 짙게 흔들리더니 이내 입술이 부드럽게 비틀렸다.

"휘서야."

"건장한 사내면서 어찌 이 야밤에 혼자 청승맞게 술잔을 기울이고 계십니까? 형님도 참 딱하십니다."

휘서는 장난기 가득한 시선으로 담을 밉지 않게 놀리며 그의 앞에 턱하니 자리를 잡았다. 그는 현 중전의 하나뿐인 핏줄이자 담의 배다른 형제인 연녕대군, 이휘서였다.

담은 참으로 오랜만에 보는 아우의 모습에 기가 찬 미소를 띠었다.

"교태전에는 없다고 하던데, 언제 온 것이냐?"

그는 매화가 그려진 술잔을 여유롭게 돌리며 넉살 좋게 말을 이었다.

"얼마 되지 않았습니다. 한데, 어찌 이리 홀로 술을 드십니까? 일이 제대로 풀리지 않은 것입니까? 무랑이 보이지 않는 것을 보니 그것은 아닌 듯한데."

"조무래기들은 잡아두었지. 곧 입을 열 것이다."

이번 그림 밀거래에 대한 정보를 흘린 것은 휘서였다. 사실 이 궐에서 그가 가장 경계해야 할 사람은 연녕대군 휘서였다. 현 중전의 소생이자 노론이 자신을 끌어내리고 세자위에 올릴 사람이 휘서이기 때문에. 하지만 휘서는 먼저 담에게 다가왔다. 그리고 일부러 한량처럼 꾸미고, 가끔 기방도 드나들면서 알게 모르게 담의 뒤를 든든히 보필해 주고 있었다. 그렇기에 담은 휘서만큼은 끝까지 믿고 싶었다.

"네 도움이 컸구나."

"하면 반드시 갚아주십시오. 어서 보위에 오르셔서 제게 내려진 대군의 봉작도 거두어주시고, 멀리멀리 풀어주시란 말입니다."

휘서의 부탁은 한결같았다. 이 조선을 떠나는 것. 해서 바람처럼 자유롭게 사는 것. 담이 항상 꿈꾸었던 삶. 하지만 감히 욕심낼 수 없는 그러한 삶. 그래서 그는 가끔 휘서가 부러웠다.

"네가 떠나면 이 궐이 참 적적하겠구나. 중전마마께서도 그러실 것이고."

담의 한마디에 휘서는 능청스러운 목소리로 말했다.

"이제는 저랑 그만 노시고, 꽃향기 좀 듬뿍 맡으십시오. 그 얼굴이 아깝지도 않으십니까? 사내로서의 넘치는 기는 또 어찌하십니까? 설마 부실하진 않으실 테고."

"그러는 너는 어찌 나와 이리 술잔을 기울이느냐? 그 어여쁜 부부인을 두고서."

부부인이라는 말에 휘서의 눈빛이 살짝 흔들렸지만 이내 피식 웃었다. 휘서는 이미 혼례를 치러 궐 밖에서 지내고 있었다. 하지만 그 혼례에 대한 소문이 조금 안 좋았다. 기방에서 만난 여인이 의도적으로 연녕대군을 홀려 정실을 차지했다는 소문. 물론 그 소문은 사실이 아니었다. 미색이 워낙 빼어나 생긴 구설일 뿐. 특히나 조선인이 아니라서 더더욱 그러했다.

"그러게나 말입니다. 이토록 달빛 좋은 야밤에 건장한 사내 둘이서 뭐 하는 것인지. 한데, 어찌 오늘따라 술잔이 꽤 깊으십니다."

휘서는 아닌 척하면서도 연신 빠르게 비어지는 담의 술잔을 보고선 걱정스럽게 물었다. 그러자 담은 대답 없이 그저 웃기만 하였고, 휘서는 그저 장난삼아 말을 툭 내뱉었다.

"혹, 어디 여인이라도 숨겨두고 생각하시는 것입니까?"

"그런가? 그럴지도. 자꾸만 아른거려서, 이 술의 힘을 빌리지 않으면 정녕 미친놈이 될 것 같구나."

그저 내뱉은 말인데 그가 이토록 진지하게 답을 하자 휘서는 눈을 휘둥그렇게 뜨고서 술잔을 내려놓았다. 여인이라니. 물론 그가 여인을 전혀 모르는 풋내 나는 사내는 아니었다. 가끔 음탕하고 발칙한 농을 주고받거나, 그런 소설이나 그림도 함께 은밀히 본 적도 있었으니까. 하지만 한 여인을 저리 깊이 기억하는 모습은 처음이었다.

"대체 누구입니까? 대체 누구기에……."

"아마도 귀신인 것 같다. 그렇지 않고서야 이리 미혹시킬 수 있겠느냐."

그 작디작은 계집이 대체 제게 무슨 짓을 한 것인지, 대체 무슨 술수를 썼기에 이리도 보고 싶은 걸까.

휘서는 다시금 채워지는 담의 술잔을 자신이 삼켜 버리고선 잔을 치워 버렸다. 연신 웃고 있던 눈매는 사라지고, 진지하게 그를 바라보며 입을 열었다.

"누군지는 모르오나, 귀신이라 생각하신다면 그리 여기시고 지우십시오."

"아까는 청승맞게 혼자 있지 말라고 하지 않았느냐?"

"그것은 그저 농이니 그리 말하는 것입니다. 매번 형님과 하는 농 말입니다. 그게 진심이 되면 농이 아니지 않습니까. 특히나 이제 곧 간택령이 내려집니다."

휘서의 입에서 떨어지는 간택령이라는 말에 담의 표정이 슬쩍 굳어졌다. 하지만 그는 말을 멈추지 않았다.

"영상은 세자 저하께 반드시 필요한 세력입니다. 유생들의 신임과 더불어 조정대신들에게도 존경받고 있는 그를 반드시 곁에 두셔야지요. 그만큼 이번 간택은 중요합니다."

"그래. 영상은 장차 내가 보위에 올랐을 때도 반드시 필요한 세력이지. 위태로운 소론을 다시 일으켜 세울 인물. 하지만 그만큼 왕권을 뒤흔들지도 모를 무서운 세력이기도 하지."

"분명 세자 저하께선 그 세력을 잘 다루실 것입니다. 저하의 발밑에 두고 말입니다."

냉정하게 조정의 흐름을 읽고서 영상이 반드시 필요하다고 말하며, 왕으로서의 지배를 논하는 휘서의 모습은 아까까지 술잔이나 기울이며 질펀한 농을 지껄이던 한량이 아니었다.

"어쩌면 네가 나보다 왕의 자리에 어울릴지도 모르겠다."

하지만 그 말에 휘서는 펄쩍 뛰면서 빼앗았던 그의 잔을 돌려주었다. 아니, 술병째로 건네주었다.

"술잔을 빼앗았다고 벌을 주시는 것입니까? 그럼 여기. 이 술 다 드시고 그런 말은 하지도 마십시오. 왕이라니. 하아, 전 그 자리가 무섭고 싫습니다. 아주 싫습니다! 듣자 하니 영상의 여식도 꽤 빼어나다고 하니, 그런 귀신 같은 여인에게서 얼른 빠져나오시고 현실에 힘을 쓰십시오, 현실에!"

그 말에 담은 피식 웃으며 슬쩍 고개를 돌렸다.

그래, 잊어야 한다. 지워내야 한다. 머릿속에서 남김없이 없애야만 한다. 곧, 조선 팔도에 간택령이 떨어질 것이다. 평생의 반려, 조강지처가 정해지는 것이다. 왕이란 곁에 둘 여인마저도 마음대로 정할 수가 없다. 곁에 둘 여인마저 왕으로서, 왕으로서의 선택만으로 정해야 할 뿐. 마음 따윈 사치이다. 어울리지 않는 필요치도 않는, 그러한 것일 뿐.

"하니, 그저 귀신이라 여기고. 가끔…… 가끔, 기억만 할 것이다. 기억만, 할 것이야."

그때, 이쪽으로 다가오는 인기척이 느껴졌다. 슬쩍 고개를 돌린 담은 익숙한 여인의 그림자에 엷은 미소를 지었다.

그녀는 보랏빛 치맛자락을 단정히 붙잡고서 천천히 고개를 숙였다. 빼어난 미색으로 대군을 홀려 안방을 차지하였다는 소문과 같이 티 한 점 없이 맑은 피부와 초승달처럼 서늘하게 뻗은 눈썹과 묘한 회색빛이 감도는 눈동자가 참으로 신비로웠다. 척 보아도 남자 여럿을 홀릴 듯 숨이 막히는 자태. 그녀가 바로 휘서의 부인인 유허청이었다.

"세자 저하를 뵈옵니다."

"오랜만입니다, 부부인. 연녕대군을 데리러 온 것입니까? 여전히 금슬이 좋으십니다."

"민망하옵니다."

허청은 쑥스러운 듯 고개를 숙이며 눈을 깜빡였다. 휘서는 그 모습을 담담한 시선으로 바라보았다. 하지만 어쩐지 표정이 밝지가 못했다.

"눈치 없이 널 붙잡아둘 수가 없구나. 이만 돌아가거라. 후에 다시 보자."

"예, 저하."

휘서는 어렵사리 미소를 짓고서 자신을 기다리고 있는 허청에게 다가가려는 순간, 멀리서 무랑이 다급한 걸음으로 달려오고 있었다. 그 표정이 몹시도 심상치 않았다.

"저하, 저하!"

"무슨 일이냐?"

무랑은 잠시 휘서를 바라보았다. 하지만 답은 개의치 말고 말하라고 재촉하였고, 그는 잠시 망설이다 어렵사리 입을 열었다.

"그들이 모두 죽었사옵니다."

명확히 말하지 않았지만 담은 단번에 알아들을 수 있었다. 그림 밀거래의 꼬리를 잡기 위해 데려온 조무래기들이 전부 죽었다는 것. 누가 감히. 감히 누가!

휘서는 무랑의 말에 주먹을 꽉 움켜쥐고서 여전히 고개를 숙인 채 서 있는 허청을 바라보았다.

"배웅하지 못할 것 같구나."

"아니옵니다. 가보십시오."

그렇게 무랑과 담이 빠르게 월루를 빠져나갔고, 무거운 적막이 스치고 있었다. 허청은 그제야 고개를 들었다. 까만 어둠 속에 그녀의 눈동자가 묘한 회색빛으로 일렁이고 있었다. 그녀는 조선인이 아니었다. 멀고도 이질적인 나라, 초의 핏줄이 흐르는 여인이었다.

"그만 돌아가시지요."

그녀의 목소리가 단정하게 흘렀고, 휘서는 그제야 고개를 돌려 그녀를 빤히 바라보았다. 그리고 이내 서늘하게 울리는 목소리.

"오늘 갑자기 어마마마를 뵙겠다고 한 저의가 무엇이오."

"그게 무슨 말씀이옵니까?"

"정녕 그냥 입궐을 한 것이다?"

"하면, 또 무슨 연유가 있겠사옵니까."

휘서의 눈빛이 천천히 일그러지더니 이내 막혔던 숨을 내뱉으며 그녀의 곁을 스쳐 지나갔다. 허청은 그러한 휘서의 뒷모습을 바라보다 이내 태연하게 그 뒤를 따랐다.

※

담은 참담한 표정으로 이미 죽어버린 이들을 바라보았다. 입에서 피를 토해 죽은 것을 보아하니 분명 독살이었다.

"독살이옵니다."

"대체 무슨 독이냐?"

"그것이…… 조선에서 나는 독이 아니옵니다. 서역에서나 구할 수 있다는데."

"서역? 그럼 이들이 그만한 상단과 연이 있다는 것이냐? 게다가 이리 궐 안에도 침입하여 이런 망측한 짓을!"

이미 예상은 했었다. 배후가 누구인지는 몰라도 이들의 목적은 오직 하나.

'이 나라 세자, 나의 목숨.'

"자세한 것은 배후를 알아내야겠지만, 분명 이 자금을 이용해 내 숨통을 조이려는 것일 테지."

"저하, 아직 확실한 것은 없사옵니다."

"익숙한 일이 아니더냐. 나를 세자위에서 끌어내리려는 자들과의 끝도 없는 지루한 싸움. 내가 보위에 오르면 끝나려나. 아니면 내 숨통을 내어주어야 끝나려나."

"저하!"

담은 씁쓸한 미소를 지었다.

"솔직히 두렵구나. 찾아낸 배후 세력이 어쩌면 내가 아는 이들일까 봐. 내 가까이 있는 이들일까 봐. 그렇게 또다시 실망하게 될까 봐."

도화서 그림에 몰래 손을 댈 정도면 분명 내부의 소행일 것인데.

"그래도 찾아내야지. 그래야 내가 살 수 있지. 일단, 이 일을 조용히 수습해라. 괜히 밖으로 새어 나가면 곤란해지니."

"알겠사옵니다."

담은 천천히 자리를 빠져나왔다. 머리가 무거웠다. 온몸이 지쳐만 가고 있었다. 대체 언제까지 이런 일을 반복해야 하는지. 이 자리가 대체 뭐기에, 대체.

"하아……."

그의 머릿속으로 조그만 여인의 그림자가 아른거렸지만 이내 지웠다. 이젠 떠올리는 것조차 용납해서는 안 된다. 그 아이를 괜히 제 곁에 둬서 자신과 같은 일을 겪게 하고 싶지 않았다.

'그래, 그건 나 하나로 족하다.'

며칠 후, 도성 곳곳으로 방이 붙었다. 가례청(嘉禮廳)이 설치되어 금혼령이 내려진 것. 전국에 열두 살에서 열일곱 살의 규수가 있는 집안에서는 속히 처녀단자(處女單子)를 올리게 하였다. 세자 저하의 가례를 위한 간택령(揀擇令)이 내려진 것이다.

5장
세자빈 간택

금혼령과 더불어 간택령이 떨어진 지 어느덧 며칠이 지나, 입궐을 해야 할 순간이 코앞에 닥쳐왔다. 야심한 저녁, 늦게까지 별당의 호롱불빛이 희미하게 흔들리고 있었고, 홍은 연신 붓을 잡고서 애써 두근거리는 가슴을 진정시키려고 노력했지만, 쉽게 되지가 않았다.

내일이면 드디어 궐 안으로 들어가게 된다. 처음 간택령이 떨어졌을 때는 그래도 괜찮았는데, 시간이 차츰차츰 줄어들면서 이리 코앞에 다가오니 가슴이 바짝 조이면서 묘한 기분에 잠을 청할 수가 없었다.

"가슴이 작으면 심장도 작은 건가? 어찌 이리 떨리기만 하는지."

홍은 괜한 생각을 하면서 다시금 붓을 잡으려는 순간, 별당 밖에서 낯익은 목소리가 들렸다.

"홍아, 자니?"

"오라버니?"

생각지도 못한 오라버니의 목소리에 홍은 얼른 자리에서 일어나 별당 문을 열었다. 그러자 여전히 단정한 모습으로 말간 미소를 짓고 있는 규헌이 서 있었다.

"무슨 일이야, 오라버니?"

"잠시 들어가도 될까?"

"물론이지!"

홍은 얼른 몸을 비켜주었고, 그 사이로 규헌이 별당 안으로 들어왔다. 이리 누이의 방에 들어온 것도 퍽이나 오랜만이었다. 어릴 적엔 곧잘 별당에서 놀곤 했지만, 나이를 먹어가면서 남녀가 유별했기에 아무리 친누이라고 하여도 별당 출입을 조심해야만 했다. 그래도 홍이는 마냥 좋기만 한지, 여기저기 흩어진 종이를 치우며 규헌을 맞아들였다.

"그림을 그리고 있었던 거야?"

"응, 그냥 잠이 좀 안 와서. 한데 오라버니는 어쩐 일이야? 이 늦은 시각에. 아버님께 혼나지 않아?"

"해서 몰래 왔지. 오랜만에 우리 홍이가 그려준 그림에 이 오라비가 시나 한 줄 써볼까 하고."

"에이, 감히 오라버니의 필체에 내 미숙한 그림이 어울리겠어?"

"그건 봐야 아는 일이지. 어디, 이 오라비가 집을 비운 사이에 그림 실력이 많이 늘었는지 좀 볼까? 석충 어른에게선 많이 배웠어?"

"응! 그래도 제법 늘었어! 그리고 스승님께서……."

홍은 살짝 들뜬 표정으로 그림 몇 장을 보여주었다. 그러곤 스승님께서 선물을 주셨다는 말을 하려다가 이내 입을 꾹 다물었다.

"왜 그래?"

"아, 아니야. 나 그림 많이 늘었다고! 헤헷!"

괜히 붉은 안료 얘기를 꺼냈다가는 저하에 대한 얘기도 나올 것 같아서 홍은 입단속을 하면서 피식 웃어 보였다.

규헌은 그런 홍의 모습을 살가운 표정으로 지켜보았다. 어머니를 일찍 여의고, 아버지가 곁에 계셨지만 결코 다정한 성품은 아니셨기에 오히려 더욱 강하고 엄한 모습 때문에 남매가 서로 의지해야 할 때가 아주 많았었다. 특히나 지금도 그렇지만, 어릴 적엔 더 작았던 홍이가 마치 병아리처럼 규헌의 뒤를 종종종 따라다녔고 규헌은 그것을 단 한 번도 귀찮아하지 않았다. 그만큼 다른 남매와는 다른 정이 그들에겐 있었다. 그렇기에 앞으로 맞이할 이별이 규헌에겐 꽤 커다란 빈자리로 다가오고 있었다.

"오라버니?"

한창 그림에만 집중하던 홍은 문득, 그의 손은 움직이지 않는다는 생각에 고개를 들었고, 이내 규헌과 눈이 마주치면서 커다란 눈을 살포시 반달로 접어 올렸다.

"내가 그리 어여쁘게 보여? 왜 그렇게 빤히 쳐다보는 거야?"

"당연하지. 누구의 누이인데. 어여쁘지 않을 수가 없잖아."

"피이. 그건 오라버니 생각일 뿐이야. 다른 사내들은 날 여인으로 보지도 않는다고, 뭐. 글쎄 나보고 밤톨이라고 했어."

"밤톨이라니, 누가 그런 소리를 했어?"

"아, 글쎄!"

잠깐! 여기서 세자 저하 얘기를 하려고 하면 어쩌자는 거야!

홍은 저도 모르게 오라버니에게 전부 쏟아낼 뻔한 입을 톡톡 치면서 이내 어설프게 웃으며 고개를 가로저었다.

"아, 아니야. 그리 생각하는 것 같다고. 내가 워낙 작으니까. 그래서……."

어쩐지 횡설수설하기 시작하는 홍의 모습에 규헌은 피식 웃으면서, 그녀와 눈을 마주했다.

"그 어느 사내도 널 아껴주지 않을 수 없을 거야. 난 그 어떤 사내에게도 널 주기 아까우니까."

"그것이 세자 저하라도?"

"세자 저하라도."

홍은 그제야 곧, 오라버니의 곁을 떠나야 한다는 사실이 조금씩 와 닿기 시작했다. 그리고 이 늦은 시각에 오라버니가 자신을 찾아온 이유 역시도. 아마 오라버니 나름대로 자신과 긴 작별을 하기 위해서일 것이다.

어느새 완성된 홍의 그림을 두고서 규헌은 그 위로 시를 쓰기 시작했다. 어쩐지 손끝이 떨리면서 글자 하나하나를 써 내려가기가 어려웠지만, 차마 말로 내뱉지 못할 서운함과 그리움을 천천히, 천천히 써 내려가고 있었다.

사실 그날, 홍이가 어째서 그런 차림으로 별당을 비웠는지 규헌은 알고 있었다. 후에 공주 자가께서 대충의 상황을 얘기해 주셨었다. 나인 복색을 하고서 경회루로 세자 저하를 몰래 훔쳐보러 갔는데, 아무래도 저하와 함께 있었던 것 같다고 말이다. 처음엔 공주 자가의 말을 믿을 수가 없었지만, 그날 장시에서 규헌은 얼핏 세자 저하의 모습을 본 것 같았다. 그것도 홍이가 저하의 옷자락을 잡고 가는 모습을 말이다. 두 사람이 밤새 무슨 일이 있었는지까지는 알 수 없었지만, 그래도 홍이가 공주 자가와 그런 일을 벌였을 줄은 몰랐다. 물론 궁금했을 테지. 말귀를 알아듣기 시작했을 나이부터 평생의 낭군이 될 사람이라고 들으며 자라왔으니까.

또한 아닌 척하면서도 걱정하고 무서웠을 테지. 하지만 그날 홍의 표정은 무척이나 밝아 보였다. 어쩐지 수줍어하는 것 같기도 했고. 어쩌면 저 조그만 마음에 벌써 저하께서 가득 차 있는지도 모르겠다. 그나마 다행이었다. 처음으로 소중히 품은 정인의 곁에 있게 되어서, 홍이가 홀로 외롭고 쓸쓸해하지는 않을 테니까.

"분명 너를 어여쁘게 여겨주실 것이야."

규헌의 정갈한 필체만을 바라보던 홍은 문득 낮게 들려오는 그의 목소리가 가슴 깊이 파고들면서 가슴께가 아릿하게 저려왔다.

"분명 궐 안이 녹록치는 않을 것이지. 많이 무섭고, 가끔은 너무 힘들어서 어린 네가 감당하기엔 그 자리가 버거울지도 모르지만, 세자 저하라면, 그분이라면 널 끝까지 지켜주실 거야."

"……오라버니."

어느새 그는 마지막 글자를 새겨 넣었다. 소소하지만 그래도 그의 진심이 담겨 있는 글자.

―花樣年華(화양연화).

"홍아, 난 네가 많이 행복했으면 좋겠다. 아주 많이 사랑받고 사랑을 주면서, 너의 평생의 순간순간이 가장 아름답고 행복한 순간이었으면 좋겠어. 오라비 곁이 아닌, 네가 진심으로 바라는 사람의 곁에서 말이다."

그렇게 홍이 그린 그림 위에 규헌의 시가 새겨진 그것을 소중히 들어 올려 누이의 손에 직접 쥐어주었다. 그러면서 언제 또다시 잡아볼지 모르는 홍의 손을 꼭 잡아주었다.

금방이라도 눈물이 날 듯, 눈가가 자꾸만 시큰거렸다. 정말로 오라버니와 멀리 떨어지게 된다는 사실이 울컥 밀려들면서, 그녀는 이내 그를 와락 끌어안았다. 하지만 눈물을 보이진 않았다. 오라버니에게 그런 모습을 보이고 싶지 않았다. 마지막까지 행복하게 웃는 모습만 보이면서 떠날 것이다. 그래야 오라버니의 마음이 편할 테니까. 웃는 모습만 가득가득 기억하게 해줄 것이니까.

"나는 괜찮아, 오라버니. 분명 저하의 곁에서 행복할 거야. 아주 많이, 행복할 거야."

규헌 역시 머뭇거리던 손으로 이내 그녀의 작은 어깨를 토닥거려 주면서 사내로서 눈물을 억누르며 속삭였다.

"알고 있어. 누구의 동생인데. 행복하게, 사랑받으며 넌 그리 살 것이야."

어느새 홍의 품으로 오라버니의 필체가 차곡차곡 쌓여갔고, 규헌과 홍은 짧디짧은 밤을 지새우며 많은 이야기를 나누었다.

✳

이른 아침부터 별당 밖이 미치도록 소란스러웠다. 막순이는 어쩔 줄 몰라 하며 뛰어다니다가 안주댁에게 혼이 나고서야 가슴을 진정시키며 아씨를 깨우기 위해 별당 안으로 들어갔다. 드디어 오늘은 간택일. 입궐을 하는 무척이나 중요한 날이었다. 한데 아씨도 아닌 제가 왜 이리도 심장이 콩닥거리는지 알 수가 없었다.

"아씨, 일어나셨지요? 아씨!"

그렇게 막순이 조심스럽게 문을 열자, 창가 너머로 햇살이 부드럽게 스미면서, 새하얀 소복을 입고서 하늘을 빤히 바라보고 있는 홍이가 막순을 향해 싱긋 웃어주고 있었다. 오늘따라 유난히 뽀얗게 서린 얼굴 위로 말간 웃음꽃이 가득 피어나 더 어여쁘게 보였다. 게다가 어쩐지 정갈하게 정리된 방 안의 모습에 막순은 저도 모르게 눈시울이 뜨거워졌다. 이젠 이 방에서 이리 아씨를 보는 일은 없을 것이다. 게다가 아씨라고 부르면서 함께 있을 날도 얼마 남지가 않았다.

"아씨, 서두르셔야 합니다."

"알았어. 그리 재촉하지 않아도 다 알아."

그렇게 막순이 벅차오르는 감정을 꾹 누르고서 별당을 나섰고, 홍은 마지막으로 한 번 더 청아하게 맑은 하늘을 바라보았다.

드디어 오늘은 간택일. 입궐을 하는 무척이나 중요한 날이었다. 홍은 이른 아침부터 일어나 마치 부적처럼 지니고 다니는 빈 안료통을 꽉 움켜쥐어 보았다. 조금씩, 조금씩 손안에서 느껴지는 울림이 거세지고 있었지만, 그녀는 숨을 길게 내쉬고선 짧게 속삭였다.

"아자!"

일단 깨끗하게 목욕을 마치고서, 녹빛 저고리와 다홍빛 치마를 두르고서 엷게 분을 칠하고 살짝 연지를 머금었다. 귀밑머리와 가늘고 여린 목덜미로 흐르는 피부가 환하게 빛났고, 커다랗고 맑은 눈동자가 연신 긴장감에 깜빡거렸다.

"아씨, 너무 어여쁘셔요!"

"오늘은 진정 아기씨처럼 안 보이셔요!"

안주댁과 막순은 연신 홍을 향해 감탄사를 늘어놓았고, 그녀는 수줍게 웃으면서 살며시 면경을 바라보았다. 그래도 평소 애기 같던 모습과는 사뭇 달라 보였다. 아무래도 얼굴에 살짝 분칠을 한 것이 효과를 보는 듯싶었다. 요번만큼은 저하께 밤톨이가 아니라 여인으로 보이고 싶었다. 하지만 그래서 슬쩍 거슬리는 것은 똥자루만 한 키. 이것은 지금 아무리 어떻게 하려고 해도 할 수가 없는 노릇!

"유모, 나 너무 어려 보이지 않아? 응?"

홍은 저도 모르게 조바심을 내며 안주댁에게 묻자, 그녀는 포근한 웃음을 지으며 가까이 다가가 살짝 흐트러진 옷고름을 제대로 매어주었다.

"아씨, 아씨는 분명 어여쁘게 피어나실 것입니다. 원래 여인은 사랑을 받으면 받은 만큼 꽃을 피운다고 하지요."

"내가 저하께 사랑받을 수 있다는 말이야?"

"물론이지요. 아씨는 분명 사랑받고 사실 것입니다."

"고마워, 유모."

별당을 나서던 홍은 신발을 신으려다 움찔했다. 돌계단 아래 조그맣게 놓인 꽃신 하나. 못 보던 꽃신이었다. 특히나 그녀가 좋아하는 붉은색에 나비가 어여쁘게 수놓아진 꽃신.

"오라버니……."

분명 오라버니의 선물일 것이다. 예전부터 홍이가 시집가는 날에는 가는 걸음 어여쁘게 갈 수 있도록, 꽃신은 오라비가 특별히 줄 것이라 했었으니까.

"아씨! 대감마님께서 기다리고 계십니다!"

멀리서 그녀를 부르는 목소리에 홍은 조심스럽게 꽃신을 신고서 앞마당을 나섰다. 수많은 이들 사이로 꽃가마와 함께 아버님이 서 계셨다.

영상은 알게 모르게 슬쩍 고운 딸아이를 바라보고서는 이내 천천히 다가와 고개를 숙인 그녀에게 짧게 입을 열었다.

"잘하고 오너라. 결코 가문에 부끄럽지 않도록."

"예, 아버님."

"……오늘 참 어여쁘구나."

홍은 순간 처음으로 다정하게 들린 듯한 목소리에 고개를 들었지만, 이미 그는 걸음을 돌리고 있었다. 하지만 똑똑히 들었다. 그리고 그 한마디에 홍은 저절로 온몸이 따뜻해지는 것을 느꼈다.

그렇게 홍은 드디어 꽃가마에 올라탔다. 모든 소리가 사라지자 다시금 온몸이 떨려왔지만, 이것은 설렘이었다.

오라버니의 꽃신이 저를 지켜줄 것이고, 안주댁과 막순이가 준

비해 준 이 옷이 저를 지켜줄 것이고, 또한 아버님의 마지막 한마디가 제게 힘이 되어줄 것이다. 그리고 세자 저하.

"저하."

그녀는 제 옷소매에 숨겨온 빈 안료통을 바라보면서 그것을 가슴으로 소중히 품어 올렸다. 드디어 그를 만나러 간다. 그를, 만나러 가는 것이다.

✻

획, 바람을 가르는 날카로운 소리와 함께 화살이 정확히 과녁을 맞혔고, 붉은 깃발이 흔들리면서 우렁차게 울렸다.

"명중이오!"

"역시 형님이십니다, 거의 백발백중이시니."

담은 살짝 굳어진 시선으로 다시금 활시위를 당겼다. 그러곤 다시금 명중. 벌써 몇 시간째 그는 활을 쏘고 있었고, 그 옆으로 활 같은 건 잘 쏘지도, 아니, 흥미 자체도 없으면서 역시나 황금 자수로 화려하게 수 놓인 옷자락을 펄럭이며, 가장 값비싼 나무로 만들어진 활대를 폼으로만 잡은 휘서가 꽤 끈덕지게 붙어 있었다.

"지금 궐 안으로 조선 팔도에서 내로라하는 규수들이 몰려들고 있다고 합니다."

"……"

"하니, 그 귀신은 좀 잊으십시오. 그리고 앞날만 생각하십시오. 혹여 저하께서 보위에 오르신 뒤, 저를 세자로 삼아야 한다는 말이 돌지 않도록 얼른 빈궁마마와 금슬 좋게 아주 순풍순풍!"

"참 못 하는 소리가 없다."

지니고 있던 화살을 전부 날리고서야 활대를 내려놓은 담은 기가 막히다는 표정으로 휘서를 바라보았다. 아까부터 계속 저런 식의 말만 늘어놓고 있었다. 대체 무엇을 걱정하고 있는 건지. 어차피 밤톨이는 누구인지도, 어디 있는지도 모른다. 그러니 찾고 싶어도 찾을 수가 없다는 뜻.

"그러니 얼른 그 눈동자에서 지워내시란 말입니다. 오직 저하의 곁에 서게 될 영상의 여식만 생각하십시오. 그 여식은 저하에게 모든 것을 줄 것입니다. 영상과 영상의 세력! 그리고 저하의 뒤를 이을 왕자와 더불어 여인이 줄 수 있는 부드러움과 달콤함까지. 귀신은 차갑지만, 살아 숨 쉬는 여인은 얼마나 보드랍고 따스한지……."

"활을 쏘지 않을 것이라면 좀 가거라. 하긴, 그런 복색으로 활시위나 당길 수 있는 것이냐?"

"이 옷은 명나라 장인이 오직 저를 위해서 만든……. 아, 아니. 그게 아니라 형님!"

하지만 담은 귀를 막고서 다시금 화살을 챙겨 활시위를 팽팽하게 당겼다. 또다시 명중. 하지만 그는 저도 모르게 콩깍지가 쓰인 생각이 떠올랐다. 그 어떤 여인의 체온도 밤톨이보단 못할 것이라고. 그 아이보단 따스하지 못할 것이라고…….

※

꽃가마에서 내려선 홍은 거대한 궐문 앞에 서서는 조심스럽게 솥뚜껑을 밟으며 안으로 들어섰다. 매번 보경당에 오기 위해 오던 궐이지만 이젠 다르다. 앞으로 평생 이곳의 그림자가 되어 살아야 하니까.

그렇게 그녀는 나인들이 안내해 준 곳으로 걸어갔다. 그곳엔 높게 드리워진 거대한 발 너머로 몇몇 그림자가 아른거리고 있었다.

수많은 집안의 규수들이 하나같이 어여쁜 자태로 가지각색의 향기를 뿜어내고 있었지만, 그 속은 팽팽하게 날 선 긴장감과 더불어 꽃들의 전쟁이라 할 수 있을 만큼 치열한 기싸움이 벌어지고 있었다. 홍은 정신을 똑바로 차리고서 애써 떨리는 속내를 꾹 억눌렀다.

※

그렇게 초간택, 재간택까지 치르며 며칠이 훌쩍 지나갔고, 드디어 운명의 삼간택 날.

담은 자꾸만 제 옆에 끈덕지게 붙어 있으면서 연신 빈궁마마, 빈궁마마를 입에 달고 살고 있는 휘서 때문에 골이 지끈거렸다. 아무리 술김이었다고 하지만 저 녀석에게 밤톨이에 대한 얘기를 하는 게 아니었는데!

"해서, 형님. 빈궁마마께서……."

"휘서야!"

"……."

"내게 오려고 그리 차려입은 것이냐?"

오늘도 휘서의 옷차림새는 그야말로 눈이 부실 정도였다. 보랏빛의 값비싼 비단으로 몸을 두르고, 빳빳하게 세운 갓 아래 온갖 비취옥이 주렁주렁 달려 있었으며, 금빛으로 빛나는 세조대가 정갈하게 매여 있었다.

"형님께서 귀신에 홀렸다는 둥 하는 이상한 말만 하지 않았어도 이리 하지 않았을 것입니다. 지금쯤이면 삼간택이 한창일 것인데, 아니면 벌써 끝났으려나."

휘서는 몸을 비스듬히 눕히고서는 유유자적 꿩 깃으로 만들어진 부채를 살랑거렸다. 담은 이내 묵직한 한숨을 내쉬고서 다시금 서책의 책장을 넘기며 다소 낮은 목소리로 입을 열었다.

"어차피 내정된 사람이 있는데 뭐 하려고 그리 귀찮게 절차를 전부 따지는지. 간택으로 빠져나가는 돈은 백성들의 혈세가 아니란 말이더냐?"

"그래도 그런 절차를 전부 따라야지 뒷말이 없는 법입니다. 대신들은 눈 가리고 아옹을 좋아하지 않습니까. 한데 궁금하지 않으십니까? 영상의 여식 말입니다."

그는 몸을 벌떡 일으켜 세우고선 마치 이런 화제가 나오길 기다린 사람처럼 눈을 반짝이며 말했다. 그리고 담은 결국 거의 반은 포기하는 심정으로 책을 덮었다.

"너는 아는 것이냐?"

"제가 아무리 여인에게 관심이 많다지만 어찌 형님의 여인에게 눈독들이겠습니까. 특히나 묘운각 경계가 어찌나 살벌한지……."

"……."

"물어보느라고 애를 좀 먹었지요."

"하?"

"궁녀들이 말하기를 참한 규수라고 하더이다. 보경당 나인들의 입에서도 좋은 말만 나오고 말입니다. 또한 절세가인(絕世佳人)에 경국지색(傾國之色)이 따로 없다면서. 크! 저도 그 얼굴이 궁금하여 어찌나 애가 달았었는지."

"깐깐하고 팍팍하기로 소문난 영상의 여식이다. 어렴할까 봐. 또한 미색은 직접 봐야 아는 법."

그러고는 더는 아무 말 하지 않고서 자리에서 일어섰다. 휘서는 그런 그와 함께 일어나서는, 아까와는 달리 꽤 어두운 낯빛으로 그의 뒷모습을 바라보았다. 생각보다 그 귀신이라는 여인이 형님

을 제대로 홀린 듯싶었다. 겉으로는 아니라고 하지만 휘서는 알
수 있었다.

이러다 정녕 빈궁께서 소박이라도 맞는 것이 아닌지. 물론 정비
를 평생 품으며 살 필요는 없지만, 그래도 원자는 반드시 정비에
게서 소생되어야만 했다. 그래야 훗날 조정에서 뒷말이 없다. 또
한 영상의 여식이 아니던가.

'혹여나 그 귀신 같은 여인을 찾아내어 그 여인에게서 먼저 원
자를 보게 된다면.'

순간, 그의 눈빛이 살벌하게 흔들리면서 입매가 딱딱하게 굳어
졌다.

'없애 버려야겠지.'

한데 정녕 그 여인은 누구란 말인가? 정녕 귀신인 것일까? 나중
에 무랑을 찾아가 슬쩍 찔러나 볼까.

그때, 멀리서 박 내관이 싱글벙글 웃으면서 월루로 다가오고 있
었고, 휘서는 얼른 입꼬리를 부드럽게 늘어뜨리며, 막 월루를 빠
져나가려는 담의 옆에 섰다.

"저하, 저하!"

담은 어쩐지 무척이나 기분 좋게 저를 부르며 달려오는 박 내관
의 모습에 묘하게 불안감이 피어올랐다.

"무슨 일이냐?"

"드디어 간택이 모두 끝났사옵니다."

그러자 휘서가 얼굴 가득 미소를 띠면서, 박 내관의 옷깃에 숨겨져 있던 서찰을 가리키며 말했다.

"오호, 하면 거기에 함자가 적혀 있느냐?"

"예, 연녕대군마마."

박 내관은 서찰을 꺼내 들었고, 영 받을 생각이 없어 보이는 담을 대신하여 받은 휘서는 요리조리 살피다가 담의 손에 억지로 쥐어주며 연신 눈을 반짝였다.

"어서 열어보시지요, 형님. 매번 영상의 여식, 여식, 하시지 않았습니까? 이제야 그 함자를 보게 되었습니다."

"하아, 어째 가례는 내가 하는 것인데 네가 더 들뜬 것 같구나."

담은 제 손에 쥐어진 이 서찰이 너무나도 무겁게만 느껴졌다. 하지만 피한다고 피할 수 있는 일이 아니었다. 그렇게 그는 천천히 서찰을 펼쳐 들었다. 그리고 그렇게 매번 듣기만 하였던 여인의 이름이 그의 눈앞에 정갈하게 펼쳐졌다.

"민홍."

"이름도 어찌 이리 어여쁩니까."

휘서가 박수까지 치면서 담을 구슬리자, 그는 서찰을 다시 반으로 접고서는 정녕 휘서를 내쫓을 생각으로 그의 등을 떠밀었다.

"이제 되었으니, 제발 퇴궐 좀 해라. 부부인께서 날 얼마나 원망하시겠느냐."

"원망이나 하면 다행이지요."

그는 살짝 굳어진 미소를 짓고선 부채를 살랑거리면서 그렇게 월루를 빠져나갔고, 담은 그제야 눈앞에서 사라진 휘서의 모습에 속 시원한 표정을 지으면서 다시금 서찰을 펼쳐 보았다.

민홍, 민홍이라. 이름을 바라보는 그의 시선이 낮게 흔들렸다. 그러곤 슬쩍 품에 간직하고 있던 무언가를 꺼내 보았다. 그것은 바로 밤톨이가 스승님에게 받았다던 귀한 당주홍 안료. 비록 스승이 준 것은 아니지만 계속 마음에 걸려 따로 구해놓은 안료였다. 언젠가 제 손으로 직접 이것을 줄 수 있을 거라 생각했는데. 이젠 정녕 틀린 듯싶었다.

"이젠 정녕 너를 여기에만 담아야 할 것 같구나."

처연한 달빛이 쏟아지는 밤. 담은 흔들리는 시선으로 당주홍을 빌어 그 아이의 얼굴을 수도 없이 그리다 이내 눈을 감고서 걸음을 뒤로 돌렸다.

※

드디어 길고 길었던 간택이 무사히 마무리되었다. 간택된 규수는 역시나 내정되어 있었던 영상의 여식, 민홍.

요 며칠 사이 보경당에 갇혀 지내면서 연신 안절부절못하고 있던 송화는 그래도 간택이 무사히 치러졌고, 현재 홍이가 묘운각에 홀로 거처하고 있다는 사실에 자리에서 발딱 일어서자, 김 상궁은 불길한 표정으로 얼른 송화의 앞을 가로막았다.

"어딜 가시는 것이옵니까, 공주 자가."

"어디긴! 당연히 묘운각이지. 홍이가 홀로 얼마나 심심할 것이냐? 게다가 외롭기도 할 것이고. 나라도 가서 위로를 해주어야지."

"공주 자가, 이제 마음대로 함자를 올리면 아니 되시고 빈궁마마라 하셔야 하옵니다. 그리고 함부로 묘운각으로 가셔서도 아니 되옵니다! 이제 겨우 근신이 풀리시지 않으셨사옵니까!"

"시끄럽다! 우리끼리인데, 무슨! 게다가 홍이가 그 넓고 넓은 묘운각에서 얼마나 무서울 것이냐! 오늘은 아바마마와 중전마마도 뵈었을 것인데, 그러니 내가 직접……."

순간 떼를 쓰던 송화가 문득 제자리에서 멈춰 섰고, 김 상궁은 이내 고개를 들었다가 그녀의 입꼬리가 가늘게 올라가는 것을 보고선 저도 모르게 소름이 돋아났다. 대체 자가께서 무슨 생각을 하시고 계시기에!

"고, 공주 자가?"

"그래, 그래, 지금 홍이가 보고 싶은 사람은 내가 아닐 것이다."

"예?"

"나보단 지아비의 얼굴을 더 보고 싶어 하겠지. 안 그러느냐?"

지아비이라면. 서, 설마 세자 저하!

"공주 자가, 아니 되옵니다. 절대로 아니 되옵니다! 그것은 법도에 어긋나는 일이옵니다!"

"이번엔 몰래 하는 것이 아니라, 아바마마께 내가 직접 허락을 구할 것이다."

그녀의 입에서 너무나도 자연스럽게 주상 전하가 거론되자, 김 상궁은 이내 죽을 각오를 하고서 송화의 발목을 붙잡고 늘어졌다. 무슨 일이 있어도 말려야만 했다. 이 목에 칼이 들어온다고 해도 말려야만 했다!

"아니 되옵니다, 공주 자가. 결코 아니 되옵니다! 빈궁마마께서 어찌 세자 저하를 아시고 보고 싶어 하신다는 말씀이옵니까? 차라리 묘운각은 공주 자가께서 가시는 것이……."

"그날 분명 같이 있었다니까! 틀림없다. 박 내관이 말하기를 오라버니가 풍년제 놀이 때문에 궐을 몰래 빠져나갔었다고 했어. 홍이도 오라버니를 만나러 갔다가 없어졌으니까, 분명 그날 같이 있었던 것이야. 같이 풍년제 놀이를 보러 간 것이지!"

홍이가 사라지고, 혹시나 해서 오라버니를 찾아갔었는데 안절부절못하고 있는 박 내관을 발견할 수 있었다. 해서 열지 않으려는 입을 억지로 열게 한 결과, 오라버니가 궐 밖으로 사라졌다고. 같은 시각에 거의 동시에 두 사람이 사라진 것이다. 특히나 홍이는 오라버니를 보러 간 것이니, 송화는 분명 두 사람이 함께 있는 것이라고 확신했다. 여인의 직감이 그리 말해주고 있었다.

"해서, 그날 오라버니도 홍이가 마음에 든 것이고, 홍이도 분명 오라버니가 마음에 든 것이지. 남녀 사이에 연정은 그리 피어나는 것이야. 김 도령의 소설에서도 그리됐었어!"

"공주 자가, 대체 그 소설은 어디서 구하시는 것이옵니까? 혹 나인들이 주는 것입니까? 제가 그 나인들을 불러 경을 칠 것입니다!"

"아, 아니, 그게 아니라……. 한데 김 상궁은 어찌 아느냐? 너도 나 몰래 막 읽고 그러지? 그렇지?"

"아니옵니다!"

"아무튼 내가 직접 나서야겠다. 아바마마를 뵐 것이야! 내가 눈물 몇 방울 흘려주면 아바마마는 결코 아니 된다 말씀하지 못하시지, 흐흠!"

그렇게 막아서는 김 상궁을 뿌리치고서 송화는 호기롭게 침전으로 향하였고, 김 상궁은 정말이지 눈물을 쏟으며 그러한 송화의 뒤를 울며 겨자 먹기로 따랐다.

삼간택까지 모두 끝난 뒤, 웃전들과 직접 대면을 하고서야 묘운각으로 돌아온 홍은 그제야 두 다리를 쭉 뻗으며 연거푸 숨을 내쉬었다. 정말이지, 긴장감에 정신을 잃을까 봐 조마조마했었다. 앞으로는 익숙해져야 하겠지. 그래야 저하께 누가 되지 않을 테니까.

홍은 슬쩍 고개를 돌리다 면경에 비친 제 모습을 바라보았다.

궐 안으로 들어오니 나인부터 궁녀들까지 어찌 그리도 어여쁜지. 거기에 비해 제 모습은 너무나도 어린아이 같았다.

"저하께서 또 밤톨이라고 하면 어찌하지?"

그녀는 슬쩍 울상을 짓다가 이내 살며시 자리에서 일어나서는 창가로 다가갔다. 겹겹이 쌓은 담 때문에 먼 곳이 제대로 보이진 않았지만, 그래도 저 담 너머로 저하가 계실 것이다. 그렇게 생각하는 것만으로도 가슴께가 따스해지는 것 같았다. 마치, 지금 제 옆에 있어주는 것처럼.

"빈궁마마."

그때, 지금껏 저를 데리고 있던 묘운각의 최 상궁의 목소리가 조심스럽게 들려왔다.

"주무시옵니까?"

"아닐세."

홍은 얼른 자리로 뛰어가 흐트러진 치맛자락을 정리하고서 고개를 들었다. 잠시 후, 문이 스르르 열리면서 최 상궁이 고개를 조아리며 입을 열었다.

"곧 세자 저하께서 잠시 오실 것이옵니다."

순간, 홍은 자신이 무언가를 잘못 들은 줄 알았다. 누가 온다고? 세자 저하?

"그, 그게 무슨 말인가? 세자 저하라니. 저하는 가례 날이 아니면……."

"자세한 것은 모르오나, 주상 전하께 그리 기별이 왔사옵니다. 하니 속히 채비를 하셔야……."

진정 사실이란 말인가? 세자 저하를 지금 여기서 뵐 수 있다는 말인가? 하나 갑자기 이리 만나게 되면 무엇이라 설명하지? 하지만 홍은 쿵쾅거리는 심장 속에 그를 만나고 싶다는 속내를 숨길 수가 없었다.

"최 상궁, 나를 참한 규수로 보이게 해주게. 어린아이가 아니라 참하디참한 규수!"

"예?"

"그러니까 여인처럼 보이게 말이네."

최 상궁은 갑작스러운 말에 당황하다가, 이내 그녀가 무엇을 걱정하는지 깨닫고선 엷은 미소를 지으며 고개를 끄덕였다.

"예, 마마. 그리 하겠사옵니다."

곧이어 나인들이 들어와서는 홍의 복색부터 달리하고 분칠부터 새롭게 시작하였다.

홍은 연신 면경을 바라보면서 긴장감에 어쩔 줄 몰라 하는 작은 가슴을 살며시 두드렸다. 일단 만나게 되면 사과부터 해야겠지? 자초지종을 설명하고. 그리고, 그리고…….

곱게 연지를 바른 그녀의 입술이 자꾸만 위로 올라가면서 붉게 물든 볼우물이 더욱 쏙 파고들고 있었다.

✻

이제 막 제대로 여문 달빛이 차오르고, 담은 평소처럼 경회루를 거닐었다. 그가 이리 보는 눈이 많은 곳에 나와 산책을 즐기는 이유 중 하나가 자신이 세자로서 건재하다는 것을 보여주기 위함도 있었다. 하지만 오늘은 좀 쉬고 싶다는 생각도 들었다. 하루 종일 휘서가 옆에 붙어 다녔던 탓에 평소보다 배는 더 피곤함을 느꼈다. 그때, 멀리서 박 내관의 목소리가 울려왔다.

"저하, 저하!"

"그리 소리 지르지 않아도 다 들린다. 대체 무슨 일이냐?"

"주상 전하께서 전해 드리라 하셨사옵니다."

"아바마마께서?"

"지금 잠시 묘운각에 들르셔서 곧 내자가 될 빈궁마마의 얼굴도 한 번 보시고, 낯선 환경에 떨고 있을 마마를 달래 드리라고 하셨사옵니다."

"하? 지금 말인가?"

순간, 그의 입가로 냉소가 절로 스쳤다. 지금 이 시각에 빈궁을 보라는 것인가?

"빈궁과는 가례 날 보는 것이 관례가 아니더냐? 갑자기 이 무슨 기막힌 일인지."

"하나, 저하……."

생각과는 다른 반응에 박 내관은 당황했지만, 담은 냉정하게 등을 돌려 버렸다.

"되었다. 벌써부터 영상의 여식이라고 법도를 무시하면 아니 되지. 앞으로 평생을 내명부의 안주인으로서 궐 안에서 지내야 할 것인데, 두렵고 무섭다고 혼자 지내지 못한다는 말이냐? 앞으로 혼자 있을 일이 더더욱 많을 것인데?"

"저하!"

"묘운각에 이르거라. 일이 많아 가지 못한다고."

그러곤 그는 두말하지 않고 걸음을 옮겨 버렸고, 박 내관은 어찌해야 할지 몰라 발을 동동 구르다, 이내 저만치 가버린 그의 뒷모습을 씁쓸하게 바라보았다.

영상이 필요한 세력이긴 하지만, 자칫하다간 제게 독이 될 세력이기도 했다. 어마마마께서 어찌 돌아가셨던가? 다 외척으로 인해 그리되신 것이 아닌가. 물론 노론을 견제하기 위해 어느 정도 필요한 힘이긴 했지만 너무 비대해져서는 안 된다. 그걸 위해 지금부터라도 철저히 길들여야만 한다. 하지만 정녕 그뿐일까? 그것뿐?

담은 한숨을 내쉬며 무겁게 내딛던 걸음을 멈춰 세웠다. 그러곤 잔잔히 흐르는 호수 위로 일그러지는 제 모습을 바라보다 이내 고개를 들어 칠흑과도 같은 하늘을 올려다보았다.

"오늘은 하늘이 참 어둡구나. 너도 그리 생각하느냐."

＊

　한창 꽃단장을 마치고서 대체 무슨 말을 어떻게 꺼내야 할지 고민하며 제자리에 얌전히 있지 못한 채, 연신 창가 쪽으로 고개를 빠끔히 내밀고 있던 홍은 이쪽으로 다가오는 발자국 소리에 심장이 쿵 하고 떨어지면서 애꿎은 치맛자락과 옷고름을 쓸어내리며 살포시 고개를 숙이려는 순간,

　"마마, 빈궁마마."

　하지만 기다렸던 목소리 대신 다시금 최 상궁의 목소리가 들려왔다. 게다가 어조에서 느껴지는 불길함.

　"무슨 일인가?"

　하지만 홍은 애써 내색하지 않고서 조심스럽게 물었고, 이내 저하께서 급한 용무로 오시지 못한다는 말을 전해 듣게 되었다. 순간, 저도 모르게 마음이 멍해졌다. 정녕 급한 용무 때문일까? 제가 마음에 들지 않아서. 그래서 오지 않는 것은 아닐까?

　"아……."

　그런 생각이 가슴에 와 닿자마자 그리도 두근거리던 가슴이 먹먹해지면서 그녀는 저도 모르게 가슴을 꾹 눌렀다. 그를 연모하는 마음에도 심장은 빠르게 뛰고, 이리 아파도 빠르게 뛴다. 하지만 지금은 심장이 뛰는 것만큼 아릿한 통증이 자꾸만 그녀의 눈가를

시큰거리게 만들었다.

"괜찮아, 정말 바쁜 용무가 있으신 걸 거야. 그래서 오지 못하시는 거야. 하늘 같으신 세자 저하신데. 얼마나 완벽하신 세자 저하신데. 그래, 바쁘실 수밖에 없지."

홍은 스스로 저를 다독이고서 고개를 들었다. 희미한 호롱불빛이 아른거리면서 이곳이 더더욱 크고 적막하게 느껴져, 처음에는 느끼지 못했던 두려움과 쓸쓸함이 밀려들었다.

'안 돼, 민홍. 정신 바짝 차려야 해! 어리광을 피우면 안 돼!'

그녀는 다시금 마음을 굳게 먹고서 서궤의 서랍을 열어 붓과 벼루, 그리고 종이를 꺼내 들었다. 이럴 때는 그림을 그리는 것이 최고다. 잡생각을 떨칠 수 있으니까.

그렇게 홍은 평소보다 정성껏 먹을 갈아 그림을 그리기 시작했다. 저도 모르게 서운함과 아쉬움을 담아서, 보고 싶은 세자 저하의 얼굴을 그렇게 그리고 있었다.

✳

처음엔 지엄한 궁중의 법도가 있다며 아니 된다고 하셨지만 자신이 눈물을 쏟으며 호소하자, 역시나 아바마마께선 쉽게 고개를 끄덕이시면서 내관을 시켜 명을 전하게 하였다. 아무리 엄하신 아바마마시라도 제 눈물 앞에선 장사 없었다.

"후후후훗!"

그렇게 모든 일을 제대로 성사시킨 송화는 무척이나 뿌듯한 표정을 지었고, 김 상궁은 그래도 별 탈 없이 지나가는 것 같아, 조마조마했던 가슴을 쓸어내리며 말했다.

"그리 좋으십니까? 저는 정말이지 심장이 조마조마했습니다."

"좋다마다. 원래 남녀애정사는 옆에서 감 놔라, 대추 놔라 할 때가 더 설레는 법이다. 그나저나 옥희 이 아인 어찌 이리 늦는 것이야?"

"옥희는 어찌?"

"내가 그 아일 묘운각으로 보냈으니까."

"예에?"

별 탈 없이 지나가리라 생각한 것은 착각이었단 말인가!

"하면, 내가 이대로 그래, 잘 만나고 있겠구나 하고 넘어갈 줄 알았느냐? 그래도 직접 가려다가 괜히 방해를 할 것 같아 이리 꾹 참고 있는 것이다."

김 상궁은 정말이지 골머리가 아팠다. 어찌 이리 남녀애정사에 관심이 많으신지. 게다가 상대는 다름 아닌 세자 저하가 아니시던가! 그래도 공주 자가의 말씀처럼 직접 가지 않으신 것이 그나마 다행인 것일까?

"한데, 정녕 어찌 이리 늦는 것이야. 궁금해 죽겠는데. 그냥 내가 직접!"

"자가, 공주 자가!"

조바심을 참지 못하고서 송화가 일어나려는 순간, 문밖으로 그토록 기다리던 옥희의 목소리가 들려왔고, 송화는 화색을 띠고서는 직접 문을 열고서 옥희를 끌어다 앉혔다.

"그래, 어찌 되었느냐? 만난 것이냐? 홍이는 어떻더냐? 오라버니는 어떻더냐? 서로 아는 사이가 맞는 것이지? 그렇지? 아는 사이를 넘어 정인이 맞는 것이지!"

제 눈앞에서 펼쳐지고 있는 소설 속 내용에 송화는 흥분을 감추지 못했다. 마치 자신이 직접 겪은 듯, 찌릿찌릿하고 설레는 감정이 그녀를 더욱더 애달게 만들었다. 하지만 옥희는 그런 송화의 모습에 두려운 시선으로 더듬거리며 입을 열었다.

"오, 오, 오시지 않으셨사옵니다."

"뭐?"

"저, 저하께서는 오지 않으셨사옵니다. 급한 용무가 계시다고 하셔서……."

"급한 용무? 그럴 리가 없다. 분명 평소와 똑같이 경회루를 산책하고 있다고 내 들었거늘! 지금 아바마마의 명을 오라버니가 거역한 것이냐!"

금방까지 기쁨에 어쩔 줄 몰라 하던 송화의 목소리가 분노에 깃들려 파르르 떨리고 있었고, 어린 생각시인 옥희는 그러한 그녀의 분노에 말문이 막혀서는 고개를 푹 숙인 채 오들오들 떨었다. 옆에 서 있던 김 상궁도 사정은 마찬가지. 이대로 공주 자가께서 성질에 못 이기셔서 폭발하시는 날에는!

'무슨 사단이 일어날지 모른다. 무조건 말려야 한다!'

"역시 서로 아시는 사이가 아닌 것이 아니옵니까? 해서 쑥스러움에 그만⋯⋯."

"쑥스러움? 쑥스러워서 만나지 못하였다고? 그 누구도 아닌, 휘서 오라버니와 어울려 다니시는 오라버니가 그런 풋풋한 감정을 아시는 사내더냐!"

"공주 자가!"

"분명 서로 아는 사이가 확실하다. 내 여인의 직감이 틀렸을 리가 없다!"

하면, 오라버니가 여인의 마음을 가지고 놀았단 말인가? 그것도 제 절친한 벗인 홍이의 마음을?

붉게 달아올랐던 송화의 표정이 삽시간에 차갑게 가라앉으면서 이내 자리에서 벌떡 일어섰다. 김 상궁은 그 모습에 사색이 되어서는 본능적으로 송화의 앞을 가로막았다. 하지만 이미 마음을 굳힌 송화를 막을 수 있는 사람은 그 누구도 없었다.

"고, 공주 자가!"

"이대로 가만히 있을 수는 없다."

"하오나!"

"오라버니께 갈 것이다."

"아니 되옵니다, 공주 자가! 이것은 공주 자가께서 나서실 일이 아니옵니다!"

"다른 이도 아닌 홍이의 일이다. 홍이가 첫날부터 소박을 맞다니! 그것도 내 오라비에게! 이는 결코 있을 수가 없는 일이다. 비켜서라!"

결국 송화는 아니 된다는 김 상궁을 밀치고서 기어코 보경당을 빠져나갔고, 김 상궁은 정녕 다 죽어가는 안색으로 그런 그녀의 뒤를 따랐다. 별 탈 없이 지나가리라고 생각한 자신의 욕심이었다. 너무나도 큰 욕심!

✳

담은 괜스레 복잡한 마음에 동궁전으로 가지 않고, 경회루를 돌아 월루에서 오늘따라 유난히 호수 아래 환하게 부서지고 있는 달을 바라보았다. 그의 손에는 연신 당주홍의 안료통이 쥐어져 있었다. 어쩐지 자꾸만 그 아이의 목소리가 들리는 듯했다. 너무나도 생생하여 바로 옆에 있는 것처럼.

"그저 그림 그리는 재주가 좀 있고, 관심도 있는 것이옵니다. 이건 스승님께 받은 귀한 안료이고요. 이런 식으로 쓰게 될 줄은 몰랐지만……."

"하나, 그래도 저하를 위한 일이 아니옵니까? 적색은 왕을 뜻하는 색이니, 저하를 위해 쓰인다면 제자리를 찾는 셈이지요. 어차피 제가 가지고 있어봤자 이보다 높은 일에 쓰이겠사옵니까?"

"훗, 밤톨아. 정녕 내가 미친놈이 되고 있나 보다. 천하의 왕세자 이담이, 고작 밤톨이에게 이리 미혹되어 정신을 차리지 못하고 있다니. 휘서가 걱정하는 것도 무리가 아닐 테지."

그는 안료통을 잠시 물끄러미 바라보다가, 이내 뭔가를 결심한 듯 그것을 꽉 움켜쥐었다. 그의 눈동자가 차갑게 흔들리기 시작했다.

'하나, 그것도 오늘까지다. 나는 이 나라의 왕세자. 무엇 하나 내 마음대로 할 수 있는 자리가 아니기에, 그저 널 놓을 수밖에 없구나.'

안료통을 움켜쥔 손이 파르르 떨리기 시작했다. 손등 위로 파랗게 핏줄이 돋아날 만큼. 부서져 내릴 것같이. 그와 동시에 그의 표정 역시 잔인하게 일그러졌다.

'너는 가장 소중한 것을 아무런 망설임 없이 내게 주었지만, 나는 그리 할 수가 없구나. 나는 네게 아무것도 주지 못하기에 찾지 않을 것이다. 그저 저 달빛 깊숙이 내 마음을 고이 묻어두고, 비록 다른 여인의 곁에 있겠지만 언제나 이곳에서 너와 내가 함께하는 것이라고. 그리, 온전히 내 마음을 너와 함께 묻을 것이다.'

그렇게 담은 굳게 결심하고서 안료통을 움켜쥔 손을 높이 치켜올렸다. 그러곤 호수 위로 비친 환한 달그림자 속으로 그것을 던지려는 순간!

"오라버니!"

멀리서 생각지도 못한 이의 앙칼진 목소리가 날카롭게 울렸다. 담은 저도 모르게 움찔해서는 목소리가 들린 쪽으로 고개를 돌리자, 대체 무슨 일인지 잔뜩 성이 난 송화가 이쪽으로 걸어오고 있었다. 어쩐지 무언가 굉장히 불길한 느낌이 감돌면서 그는 저절로 짙은 한숨을 내쉬며 다가오는 송화를 바라보며 서 있었다.

"공주 자가, 이 시각에 어인……."

"비키거라!"

박 내관이 넉살 좋게 송화에게 다가갔지만, 그녀는 잔뜩 성이 난 표정으로 그를 밀쳐 버렸다.

담은 이내 묵직한 한숨을 내쉬고서 안료통을 다시금 품 안에 집어넣었다. 그러곤 굉장히 피곤한 표정으로 송화의 앞에 섰다.

"대체 무슨 일이냐. 무슨 일이기에 이 시각에 이리 큰 소리를 내는 것이냐."

"어찌 제 동무를 그리 박대하시는 것이옵니까?"

순간, 송화의 입에서 나온 한마디에 담은 단숨에 누굴 말하는지 깨닫고선 표정을 굳혔다.

"급한 용무라는 것이 이것이옵니까? 예?"

"그건 네가 신경 쓸 일이 아니다."

"휘서 오라버니라면 몰라도, 오라버니는 이러실 수가 없습니다! 아니지요. 적어도 휘서 오라버니는 부부인에게 이리 매정하게 굴지는 않으십니다! 낯선 환경에서 얼마나 무서울 것인데. 비록 저보다 나이는 두 살 많지만, 그래도 무척이나 여린 아이이옵니다. 너무 착하고 착하여서, 힘든 일이 있어도 내색하지도 않고 꾹꾹 누르기만 할 아이인데. 해서 제가 일부러 아바마마께 청을 한 것인데. 한데!"

"네가 한 것이었단 말이냐?"

아바마마께서 어찌 갑자기 그런 명을 내리셨나 했었는데, 모두 공주의 짓이었단 말인가?

담의 목소리가 낮게 가라앉고 공주를 바라보는 시선 또한 차가워졌지만, 송화는 물러서지 않았다.

"예, 제가 하였습니다."

"왕실의 사람으로서 본을 보여야 할 네가 어찌 궁중의 법도를 마음대로 깨뜨렸단 말이더냐!"

서슬 퍼런 목소리가 떨어지고, 김 상궁은 어쩔 줄 몰라 하며 죽을 각오로 담을 말리려고 했지만, 송화가 그런 그녀를 막아 세우고선 담을 바라보았다.

"아무리 네가 영상의 여식과 동무로 지냈다곤 하지만, 이젠 아니다. 이젠 네 동무가 아닌 빈궁으로서, 훗날 내명부의 수장으로

서 내명부의 법도를 따라야 하는 것이다. 이만한 것도 견뎌내지 못한다면 나는 그런 빈궁 따위 필요치 않다."

송화는 아무 말도 하지 못한 채, 입술을 깨물고서 바들바들 떨리는 손끝을 꽉 움켜쥐었다. 하지만 고개를 숙이진 않았다. 그 모습에 담은 저도 모르게 마음이 약해졌다. 하지만 이 문제를 이대로 어영부영 덮고 넘어갈 수는 없었다.

그는 친혈육에게조차도 양날의 칼을 내세우며 냉정히 대해야만 했다. 그 친혈육이 제 약점이 되어 틈이 될 수 있으니까.

"더 이상 너와 이 일을 거론하고 싶지 않구나. 보경당에서 자숙하여라. 김 상궁은 무얼 하느냐. 어서 송화를 데려가지 않고!"

그때 입을 다물고 있던 송화가 다시금 목소리를 내었다. 예전부터 오라버니는 자신을 진심으로 혼내거나 화를 낸 적이 없었다. 그가 일부러 자신을 멀리하고 차갑게 대한다는 것을 잘 알고 있었으니까. 자신이 오라버니의 약점이 될까 봐, 해서 자신이 다치게 될까 봐 그것이 두려운 것이겠지. 그만큼 저 자리가 얼마나 무섭고 힘든지 알고 있었다. 자신의 어머니조차도 목숨을 걸고 지키려 했던 자리. 해서, 홍이가 필요했다. 친혈육조차 가까이 두지 못하는 오라비의 옆자리에. 홍이가, 홍이라도 오라버니의 옆에 있어주길 바랐다. 겉으로는 그저 남녀애정사를 보고 싶다며 떼를 쓰는 모습을 보였지만, 속내는 이것이 진심이었다.

'홍이라면 믿을 수 있으니까. 그 아이라면⋯⋯.'

"혹, 홍이에게 화가 나신 것입니까? 그 아이가 맘에 차지 않으셨던 것입니까?"

"그게 무슨 말이냐."

"진정 그날 서로 만나셨던 것이 아니었습니까?"

담은 갑자기 뜬금없는 소리를 내뱉는 송화의 모습에 의아한 표정을 지었다. 대체 무슨 소리를 하는 것이지?

"만나다니, 누굴 말이더냐?"

"홍이 말입니다. 그날 나인의 복색으로 오라버니를 뵈러 갔었는데……."

나인이라니. 무슨…….

결국 송화는 그날 있었던 일을 모두 다 말하였다. 자신이 홍이를 꾄 것. 보경당 나인으로 변복을 시켜 경회루에 오라버니를 몰래 보러 갔던 것. 하지만 그날 돌아오지 않아서 자신이 보경당에 근신했었던 것까지 모두.

송화의 이야기를 모두 들은 담은 그 자리에서 움직일 수가 없었다. 그의 표정은 온갖 감정으로 어지럽게 뒤엉켰고, 겉으로는 담담한 듯한 눈동자는 그보다 더한 감정으로 미친 듯이 흔들리고 있었다.

보경당의 나인으로 변복을 하였다고? 분명 밤톨이도.

"아니옵니다! 저는 생각시가 아니라 보경당의 나인이옵니다!"

보경당의 나인이라 했었다. 하지만 찾아갔을 때는 그런 나인은 없다고 하였어. 그리고 나이. 분명 송화보다.

"송화보다 적은 나이더냐?"
"공주 자가보다 두 살이 많사옵니다."
"하면 열일곱 살이란 말이더냐? 정말로? 대체 밥을 먹기는 하는 것이냐? 아무리 많이 봐도 열네 살로 보이는데. 어찌 이리도 작은지."

"빈궁이 너보다 두 살이 많다고 했느냐?"
"예? 아, 예."
송화는 저도 모르게 몸을 움찔했다. 갑자기 오라버니의 모습이 이상했다. 어딘가 불안하고 초조해 보이는, 저런 오라버니의 모습은 진정 처음이었다.
'대체 뭐지? 홍이를 알고 있는 건가? 한데, 대체 왜 저러시는 것이지?'
밤톨이도, 그 아이도 송화보다 두 살이 많다고 하였다. 그렇다면 설마, 설마……. 순간, 담의 머릿속이 멍해지기 시작하면서 뭔가 뜨거운 것이 울컥 솟구치며 제 품 속에 들어 있는 붉은 안료통이 너무나도 묵직하게 그를 누르기 시작했다.

"오라버니?"

아무래도 이상하여 송화가 걱정스럽게 입을 열자, 담의 입술이 떨림을 삼키며 천천히 속삭였다.

"빈궁이, 혹 그림을 좋아하느냐? 잘 그리기도 하고? 붉은색을 좋아하느냐? 밤톨처럼 키도 작디작고. 그렇게 작고 여리고, 무서운 것도 많으면서. 어울리지 않게 기백도 있고, 당차고, 오지랖도 엄청 넓고……."

"그게 무슨……?"

"답하거라!"

하지만 그의 눈빛과 부딪힌 순간, 송화는 입이 떨어지지가 않았다. 오라버니의 눈동자가, 눈동자가 떨리고 있었다. 저것은 두려움, 불안함, 그리고 뭐라 표현할 수 없는 감정에서 오는 아릿함까지. 지금 오라버니는 왕세자 이담이 아니었다. 자신이 알지 못하는, 단 한 번도 본 적이 없는 사내의 모습.

"홍이는 그림을 좋아합니다. 그리고 무척이나 잘 그리지요. 하나 영상의 여식이기에 마음껏 그리지는 못합니다. 붉은색도 좋아합니다. 지난번엔 스승님께 무척이나 귀한 당주홍을 받았다며 자랑을 했었지요. 그리고 저보다 두 살이나 많으면서, 밤톨처럼 키도 한 뼘이나 작습니다. 여리고 여려서 무섭고 두려운 것이 많으면서도 꾹 참곤 합니다. 그렇기에 저보단 낫습니다. 작은 고추가 맵다고 얼마나 당차고 밝은지……."

"물론 너보단 나았지. 해서 이상했다. 나인 주제에, 고작 일개 나인 주제에……."

"어찌 그리 잘 아십니까? 역시 만나신 것이지요! 그렇지요? 한데 왜 이리 매정하게 그러십니까. 혹, 홍이가 마음에 들지 않았던 것입니까? 아니면 설마 휘서 오라버니처럼 여인네의 마음을 갖고 노신 것입니까?"

하지만 담의 표정은 여전히 그 속내를 알 수 없을 정도로 복잡하게 뒤엉켜 있었다. 어딘지 멍한 듯하면서 보이지 않는 뭔가를 바라보는 듯, 이내 억눌린 목소리가 잇새 사이로 흘러나왔다.

"……잃어버렸었다. 내 옷자락을 잡고 있었는데, 그만 놓치고 말았어."

"예?"

담은 자꾸만 울컥울컥 가슴께에 저리게 스미는 감정을 꽉 붙잡으며, 뭔가에 홀린 듯 속삭였다.

"그런데 드디어 찾았구나."

"오라버니? 오라버니!"

"저하! 어디 가시옵니까, 저하!"

갑자기 그의 발걸음이 빨라지더니, 이내 송화의 시야에서 순식간에 사라지고 말았다. 그리고 그 뒤를 박 내관이 당황하며 뒤쫓아갔다.

홀로 남겨진 송화는 멍한 시선으로 오라버니의 뒷모습을 연신 바라보았다. 태어나서 지금껏 처음 보는 낯선 오라버니의 모습과 떨리듯 내뱉은 마지막 한마디까지.

"공주 자가, 대체 저하와 무슨 말씀을 나누셨기에……."

김 상궁 역시 의아한 시선으로 저도 모르게 묻게 되었고, 송화는 허한 웃음을 짓다가 이내 입꼬리를 진하게 틀어 올리며 속삭였다.

"아무래도 내 여인으로서의 직감이 틀리지 않은 모양이다. 암, 틀릴 리가 없지. 그렇고말고!"

담은 정말이지 숨도 쉬지 않고서 발걸음을 놀렸다. 결국 잊겠다는 것도, 찾지 않겠다는 것도 전부 다 거짓말이었나 보다. 어쩌면 바로 곁에 있을지도 모른다는 생각에, 손을 뻗으면 닿을 그런 거리에 있을지도 모른다는 생각에. 억지로 눌렀던 그리움이 봇물 터지듯 터지면서, 아릿하게 파고든 통증은 어느새 그의 심장을 더욱 꽉 조이며 더 빨리, 더 빨리 가라고 재촉하고 있었다.

그래, 나인이라고 하기엔 너무 어여뻤다. 나인이라고 하기엔 너무나도 귀해 보였다. 자신을 미혹하였던, 정녕 미친놈처럼 제 모든 것을 뒤흔들어 버린 그 꽃은!

'밤톨아. 네가 정녕, 정녕!'

숨 가쁘게 달려간 담은 묘운각 앞에 멈춰 섰다. 그는 헐떡이는 숨을 꾹 누르고서, 한 치의 망설임도 없이 걸음을 당겼다. 느낌이 묘하게 그의 심장을 움켜쥐었다. 자꾸만 갈급함이 밀려와 걸어가는 걸음이 느리게만 느껴졌다. 그런데 그런 그의 앞을 최 상궁이 막아서며 고개를 숙였다.

"저하, 이곳엔 어인 일이시옵니까?"

하지만 담은 제 앞길을 가로막은 그녀가 무척이나 거슬릴 뿐이었다. 그래서 저도 모르게 짜증스러운 어조가 섞여 나오고 말았다.

"주상 전하의 명을 듣지 못한 것이냐? 비켜서라."

"그렇기는 하오나, 분명 급한 용무……."

"급한 용무가 끝나서 온 것이니, 이제 그만 비켜서라. 감히 일개 상궁이 누구의 앞길을 막는 것이냐!"

최 상궁은 서슬 퍼렇게 떨어지는 그의 목소리에 저도 모르게 흠칫하고선 얼른 걸음을 비켜섰다. 그렇게 담이 묘운각 안으로 들어서고, 최 상궁은 어찌해야 하나 발을 동동 구르며 있던 찰나, 그제야 뒤따라 도착한 박 내관이 숨을 헐떡거리며 최 상궁을 붙잡았다.

"헉, 헉, 저하……. 어찌 이곳에……."

"박 내관 나리, 괜찮으십니까?"

"최 상궁……. 헉, 헉. 나, 나는 괜찮네. 그나저나 저하께서……."

"어찌 된 것입니까? 분명 급한 용무가 있으시다고 하지 않으셨습니까?"

"모르겠네. 갑자기 공주 자가와 몇 마디 나누시더니, 갑자기 이곳으로 오신 것이라네."

"이대로 가만히 있어도 되는 것인지⋯⋯."

그렇게 박 내관과 최 상궁의 불안한 시선을 뒤로한 채, 담은 묘운각의 긴 복도를 걸었다. 저 멀리, 달빛이 스미는 창호지 너머로 누군가의 그림자가 아른거리는 듯했다.

심장이 더더욱 저릿하게 스미며 그는 자꾸만 손끝을 불안하게 쥐었다 폈다를 반복하였다. 마침내 복도 끝에 가 닿은 담은 조그만 여인의 손이 스치는 것을 바라보았다. 진짜 닿은 것도 아닌데, 마치 만져지는 것처럼 온몸이 뜨겁게 달아오르면서 달뜬 숨이 아래를 무겁게 짓눌렀다. 그리고 마침내, 익숙한 목소리가 그에게로 강하게 파고들었다. 그토록 찾아 헤매었던 목소리. 그토록 간절히, 그리고 그리워하였던 그 목소리가 들려왔다.

❋

보고프고 그리움 감정이 점점 더 멍울처럼 번지면서, 홍의 손가락 끝에선 어느새 세자 저하의 모습이 훤한 빛을 띠며 그려져 있었다. 어찌 그림으로도 이리 잘나셨을까. 아니면 내가 너무 잘나게 그린 것일까?

"정녕 눈에 콩깍지가 제대로 쓰인 게지."

홍은 허탈하게 웃으면서 살며시 메마른 먹물선을 따라 손가락을 가볍게 움직여 보았다. 사실은 이보다 더 잘나신 분이시다. 제 부족한 그림으로 다 채우지 못할 만큼. 한참을 쓰다듬던 그녀의 손끝으로 채 마르지 않았던 까만 먹물이 스며들었다.

홍은 그제야 시각이 너무 늦었음을 깨닫고서 서둘러 주변을 정리하기 시작했다. 그러곤 거의 다 타버린 호롱불을 끄려는 순간.

탕, 탕, 탕!

어쩐지 밖이 소란스러운 것 같았다. 누군가의 발자국 소리가 크게 울리는 것 같기도 하고. 대체 무슨 일이지? 변고라도 일어난 것인가?

어쩐지 불길한 느낌에 그녀가 자리에서 몸을 일으켜 세웠다.

"대체 왜 이리 소란스러운가?"

갑자기 커다란 적막이 파고들었다. 점점 심장이 뛰기 시작했고, 홍은 애써 아무 일도 아닐 것이라고, 지엄한 궐 안에서 감히 무슨 일이 벌어지겠냐고 스스로를 다독이며 다시금 입을 열었다.

"대체 무슨……."

하지만 말을 채 끝맺기도 전에 창호지 너머로 굵은 그림자가 서렸다. 홍은 갑자기 나타난 그림자의 모습에 시선을 빼앗기고 말았다. 심장이 더욱더 빠르게 요동치기 시작했다. 마치 잃어버렸던 무언가를 되찾은 것처럼.

그녀는 저도 모르게 버선코가 보일 정도로 크게 한 걸음을 내디
뎠다. 그러다 또 한 걸음, 또 한 걸음. 마침내 그림자 가까이에 가
닿은 그녀는 숨을 내쉬면 이대로 사라질까 봐, 그것이 정녕 두려
워서 숨조차 꾹 누른 채 떨리는 손을 뻗었다. 조금 전 먹물이 스며
든 그 손끝으로, 저하의 얼굴을 더듬었던 그 손끝으로 창호지에
스며든 그림자를 하나씩 하나씩 더듬었다. 제 그림과 똑같은 얼굴
의 그림자를. 잘나고 잘난, 훤하디훤한⋯⋯.

"⋯⋯세자, 저하⋯⋯."

내쉬는 숨결에 뒤섞여 흐른 목소리. 그리고 그 숨결을 붙잡고
되돌아온 그의 목소리.

"정녕, 너란 말이더냐."

이윽고 문이 열리면서 그림자가 사라지고, 그림으로만 그리워
하던, 제 기억 속으로 더듬어가던 그가 그녀의 손끝에 서 있었다.

6장
네 향이 내 품에 깃들다

담은 망설임 없이 문을 벌컥 열었다. 그리고 마침내 그녀가 와 닿았다. 제 옷자락을 놓쳐 버렸던, 그렇게 잃어버렸던, 해서 제 숨까지 함께 잃었었던.

"……저하."

잃었던 숨이 다시금 심장으로 가득 차오르면서 전보다 빠르게 요동치기 시작했다. 담은 뭔가 허탈한 기분이 들면서 자조적인 심정으로 내뱉었다.

"밤톨이, 네가, 네가 대체 어떻게……."

"보자마자 밤톨이라 하십니까? 그래도 이리 곱게 차려입었는데."

홍은 반가웠지만, 그의 표정이 꽤 딱딱하게 굳어진 것을 보고선 입을 꾹 다물어 버렸다.

너무 놀라서 생각지도 못하고 있었는데, 지금 자신은 감히 세자 저하를 속였던 것을 들킨 상황이었다. 역시 많이 화가 나신 걸까? 하지만 보아하니 이미 알고 오신 것 같기는 한데.

하지만 그를 이리 다시 보게 되어서 너무 좋았다. 늠름하게 떨어지는 흑룡포 사이로 그의 얼굴이 더더욱 환하게 빛나는 듯 보였고, 혼란으로 뒤섞인 눈동자 속에 담긴 제 모습이 자꾸만 주책없게 두근거렸다.

'민홍, 정신 차려. 지금 이러고 혼자 좋아할 때가 아니잖아!'

"계속 이리 보고만 있을 것이냐?"

"아, 그게. 그러니까. 속인 것은 송구하옵니다, 저하. 일단 제가 전부 다 설명할 것이니……."

하지만 홍은 끝까지 말을 이을 수가 없었다. 거칠게 끌어당기는 손길, 그리고 그 손길에 순식간에 홍은 그의 넓은 품 안으로 쏙 파고들었다. 당황한 그녀가 빠져나오려고 했지만, 담은 그런 그녀의 허리를 숨도 쉴 수 없을 만큼 강하게 끌어안았다. 이대로 심장이 터져 버려도 이상하지 않을 만큼, 정말이지 온몸이 빠르게 쿵쾅거리기 시작했다. 익숙한 온기가 그녀의 머리부터 발끝까지 스며들고선 이내 낮고 아릿한 목소리가 파고들었다.

"설명이라면 송화에게 전부 다 들었다. 그걸 다시금 듣고 싶지 않아. 그럴 시간도 아깝고, 이게 정녕 사실인지 아닌지 이렇게 널 안고 있지 않으면 모든 게 꿈일까 봐, 불안해 미칠 것 같으니까."

"저, 저하……."

"정말이지 귀신에 홀린 것 같다. 도대체, 도대체…… 하아. 왜 진작 말하지 않은 것이냐?"

담은 그제야 그녀를 조금 풀어주고서 고개를 아래로 숙였다. 홍의 얼굴은 이미 붉게 달아오를 만큼 달아올라서, 부끄러운 마음에 차마 그와 시선을 마주하기가 어려웠다.

"솔직히 어떻게 말을 꺼내야 할지 몰라서 숨기게 되었사옵니다. 처음엔 그저 장난처럼 시작한 것이었는데, 일이 이리 커지게 될 줄은 정말 몰랐으니까요. 저하와 단둘이 남게 되었을 때, 그때 말을 하려고 하기는 했는데."

"했는데?"

"너무 무서워서. 저하께서 화내실까 봐. 저를 미워하실까 봐. 해서 영영 보지 못하게 될까 봐 그것이 너무 무서워서. 그래서……. 저하께 미움받고 싶지 않았사옵니다!"

갑자기 참고 있던 눈물이 울컥 밀려들고 말았다. 말은 하지 않아도 홀로 얼마나 끙끙 앓으면서 마음고생이 심했는지 모른다. 그것이 이리 다정하게 안아주는 그로 인해 서러움이 봇물처럼 터지면서 커다란 눈망울 아래로 연신 떨어지기 시작했다.

갑자기 울음보를 터뜨리는 홍의 모습에 담은 당황하여 말을 더

듣기 시작했다.

"자, 잘못은 네가 한 것이면서 어찌 네가 우는 것이냐! 뚝 하거라, 뚝!"

"송구하옵니다, 저하. 하오나 정녕 저하를 진심으로 속일 생각은 없었사옵니다. 정말이옵니다!"

"알았다니까! 제발 울지 말거라, 제발. 네가 울면 정말이지 어찌해야 할지 모르겠단 말이다."

결국 담은 다시금 그녀를 부드럽게 안아주고서 한 손으로 어색하게 홍의 조그만 등을 두드리며 달래주기 시작했다. 그녀의 뜨거운 눈물이 그의 가슴으로 스며들었고, 더듬거리는 손길에서 은밀히 피어나는 열기에 담은 이제야 정말이지 밤톨이를 되찾았다는 것이 실감이 났다. 특히나 제게 미움받기 싫었다는 곱디고운 말 한마디에 살짝 화가 났던 것이 순식간에 녹아내리고 말았다. 고작 그 한마디에.

"다 운 것이냐? 이러고도 밤톨이 아니라고 할 것이야?"

울먹이던 홍은 그의 다정한 목소리에 말없이 고개를 끄덕였고, 그는 슬쩍 흘러내린 그녀의 눈물을 손으로 닦아내는가 싶더니, 이내 순식간에 가까이 다가와 붉은 입술로 그녀의 눈두덩을 지그시 눌렀다.

"흡! 딸꾹!"

순간, 홍의 머릿속이 그대로 하얗게 타버리면서 이내 당황스러움에 딸꾹질이 절로 나오기 시작했다.

"딸꾹! 딸꾹!"

아무리 멈추려고 해도 멈출 수가 없었다. 하지만 담은 너무나도 태연하게 입술로 눈물을 닦아내고서는 혀로 제 입술을 살짝 핥으며 파르르 떨고 있는 그녀를 향해 피식 웃었다.

"오호라, 그 딸꾹질이 야릇한 생각을 해야 나오는 것인가 보구나. 하면 그때는 무슨 생각을 했을까? 영락없이 어린 밤톨이라 여겼는데, 그건 또 아닌 모양이야."

"아, 아니옵니다! 딸꾹! 딸꾹!"

제발 좀 멈춰라, 제발!

"그래도 울음은 완전히 그친 것 같구나."

"하아, 지, 지금 어찌, 어찌……. 딸꾹!"

"뭐, 어차피 부부의 연을 맺을 것인데 새삼 부끄러울 것이 무엇이겠느냐?"

"하, 하오나, 하오나! 딸꾹!"

"싫으면 내 앞에서 절대로 울지 말거라. 한 번만 더 운다면, 그때도 이렇게 네 눈물을 입으로 닦아줄 것이니. 아니면 그 딸꾹질부터 제대로 멈추게 해줄까?"

"흐흡!"

홍은 저도 모르게 입을 손으로 가리고서 한 걸음 뒤로 물러섰지만, 담은 감히 어딜, 하는 표정으로 그녀의 손을 잡고서 아래로 내려 저를 똑바로 바라보게 하였다.

"이젠 절대 안 놓아줄 것이다, 절대로."

갑자기 진지하게 다가오는 그의 모습에 홍은 꾹 눌렀던 딸꾹질이 순간 잠잠해지면서 묵직한 무언가가 가슴께로 뜨겁게 스며들었다.

"내가 널 잃어버린 이후 얼마나 애를 태웠는지 아느냐? 정말로 몇 번이나 보경당에 갔었다. 너를 찾으려고. 한데도 찾지를 못해서. 찾을 수가 없어서. 내가 정말 귀신에게 미혹된 것이었는지, 하루에도 수백 번을 스스로에게 되물었었다. 그 모습이 얼마나 미친 놈처럼 보였으면 연녕대군이 날 그리 걱정했을까."

"……."

"한데 아무리 생각해도 그럴 리가 없는데, 내가 너를 이리 만지고 안고 닿았던 온기와 느낌이 고스란히 남아 있는데, 널 보면서 느꼈던 감정이 이토록 아프게 널 찾고 있는데……."

뭔가가 이상했다. 이건 마치, 저하께서. 저하께서 자신을, 그러니까 자신을.

"너를 잊지 못하였다. 단 한 순간도 잊지 못하였어. 천하의 왕세자 이담이 고작 밤톨이 너를 잊지 못해서, 정말 딱 미친놈처럼 그리 지냈다."

그제야 홍은 믿을 수 없다는 표정으로 그를 빤히 바라보았다. 진정 저 말이 사실일까? 제가 맞게 들은 것일까? 저하께선 자꾸만 자신이 귀신에 홀린 것 같다고. 이 모든 상황이 꿈 같다고 하지만, 홍은 지금이 더더욱 꿈같이 느껴져서 현실감이 없었다. 하지만 꿈은 아닌데. 이리 만져지고, 목소리가 또렷하게 들리고, 가장 중요한 건.

'그때처럼 가슴이, 가슴이 너무 울렁거려. 터질 듯이 울렁거리고 있어.'

"저하, 그러니까, 저하께서 소녀를, 소녀를……."

너무 떨려서 차마 말을 끝까지 맺지 못하자, 담은 피식 웃으면서 그녀가 차마 묻지 못한 답을 해주었다.

"이 내가, 왕세자 이담이."

"……."

"밤톨이 너를 연모하게 된 것 같다."

홍은 무슨 말을 해야 하는데, 난생처음으로 복받치듯 밀려드는 떨림에 그 어떤 말도 할 수가 없었다. 저하께서 연모한다고 해주셨다. 그것도 자신을, 정말로 자신을.

담은 아무 말도 하지 않는 그녀의 모습에 살짝 긴장된 표정으로 말했다.

"너도 내게 무슨 말을 해주어야지. 아니면, 더 낯 뜨거운 말을 해줘야 하는 것이냐? 좋다. 정 원한다면."

담은 그녀의 여린 어깨를 붙잡고서 부드럽게 끌어당겨 시선을 마주했다. 너무나도 가까운 거리에서 서로의 뜨거운 숨결이 뒤섞이며, 이윽고 그의 목소리가 낮게 떨려왔다.

"언제나 내 곁에 있어야 한다. 항상, 항상 내 뒤에, 아니. 내 눈 앞에 있어. 두 번 다시, 이 손을 놓치지 않을 것이다. 결코 놓치지 않을 것이야."

사무친 그리움이 묻어 나오고 있었다. 그 짧은 순간, 자신만큼 이나 이 사람도 저를 찾아 헤매었던 것이다. 아주 간절하게. 그 찰 나의 온기를 손에 꼭 쥐고서, 그렇게.

그녀는 자꾸만 빠르게 차오르는 숨을 꾹 누르고서 한 걸음 살짝 뒤로 물러나 흐트러진 치맛자락을 곱게 정리하여 이내 환한 미소 를 띤 채 그의 앞에 정식으로 예를 갖춰 고개를 숙였다.

"소녀, 영의정 민황의 여식 민홍이라 하옵니다. 세자 저하 앞에 정식으로 인사드리옵니다."

"……."

"이제야 이리 제 이름을 저하께 들려 드릴 수 있게 되었사옵 니다. 얼마나 간절히 원했는지 모르실 것이옵니다. 허락하신다 면, 평생을 저하의 곁에서 저하를 보필하며 그리 살고 싶사옵니 다."

떨리듯 내뱉는 속삭임과 더불어 아까까지만 하여도 어쩔 줄 몰 라 하더니, 제법 세자빈의 자태를 보이며 서 있었다.

그렇게 홍과 담은 이제야 제자리를 되찾고서 서로의 시선으로 자신의 정인의 모습을 담아 올렸다. 그리고 다시금 담의 손길이 홍의 두 뺨을 스르르 감싸면서 미묘하고 야릇한 열기가 한껏 달아오르려는 순간!

"저하!"

밖에서 박 내관의 목소리가 간절하게 들려왔고, 담은 애써 무시하려고 했지만 그의 애타는 목소리가 더더욱 크게 울려왔다.

"저하, 이리 오래 계시면 아니 되옵니다! 이제 동궁전으로 돌아가시옵소서, 저하!"

"하아, 박 내관……."

그는 잔뜩 일그러진 표정을 짓고서 무척이나 아쉬운 표정으로 차마 그녀에게서 떨어지지 못하고 있었다. 이제야 겨우 만났는데, 아직 몇 시각도 채 지나지 못했는데!

"나는 빈궁을 조금 더 달래줘야 할 것 같은데. 아직 이리 떨고 있으니 말이야."

그러자 홍은 피식 웃으면서 제 어깨에 와 닿은 그의 손을 소중히 쥐고선 아래로 내렸다. 그토록 간절히 원했던 그녀의 온기에 담은 그녀를 더더욱 놓고 싶지 않았다.

"그대도 내가 좀 더 있었으면 좋겠지?"

"하늘 같으신 저하를 어찌 저만 이리 볼 수 있겠사옵니까."

"뭐?"

"박 내관이 저리 애타게 저하를 부르고 있지 않사옵니까."

"하아. 해서 넌 아무렇지도 않다고? 진정? 순진한 밤톨인 줄 알았더니, 아주 요물이로구나. 감히 하늘 같은 왕세자를 들었다 놨다, 들었다 놨다 하고. 정녕 내가 귀신에게 단단히 홀렸음이야."

"그럴 리가요. 저도 저하와 함께 있고 싶지만, 저하를 곤란하게 하고 싶지는 않사옵니다. 저하께서 지금껏 힘겹게 지켜오신 왕세자라는 이름에 조그만 흠조차 내고 싶지 않사옵니다."

아무리 주상 전하의 명이었다곤 하지만, 이리 늦게까지 묘운각에 있었다는 사실이 밖으로 새어 나가면 좋을 리가 없었다.

"저 이제 어디 가지 않을 것이옵니다. 여기에 꼭 있을 것이옵니다. 항상 저하의 눈앞에 말이옵니다."

담은 그녀가 오직 저만 생각하고 있다는 걸 깨달았다. 그걸 깨달으니, 또다시 그녀가 어여쁘고 사랑스러워 발길이 떨어지지가 않았다. 하지만 조금 서운한 것도 있었다. 그래도 가지 말라고 한 번은 잡아주길 바랐는데. 저렇게 아무렇지도 않아 보이는 모습이라니!

하지만 눈치 없는 박 내관은 어느새 바로 문 앞까지 다가와 그를 재촉하고 있었다.

"저하, 제발 통촉하여 주시옵소서! 내일 이른 아침에 주상 전하의 아침 문후도 드셔야 하지 않사옵니까!"

"알았다! 그리 재촉하지 않아도 갈 것이다! 설마하니 내가 벌써부터 여기서 운우지정이라도 나누겠느냐!"

"저하!"

홍은 너무나도 부끄럽고 황망한 말에 어쩔 줄을 몰라 했고, 담은 그런 그녀의 모습이 그제야 좀 마음에 들었다. 그래, 괜히 여유 부리는 모습보다는 이렇게 자신 때문에 어쩔 줄 몰라 하고 부끄러워하는 모습이 훨씬 나았다.

"하면, 오늘은 이만 가보마."

"예, 저하."

그렇게 담은 그녀의 앞에서 등을 보였고, 홍은 그러한 그의 뒷모습에 저도 모르게 손을 뻗었다가 이내 흠칫 내리고 말았다.

"저하! 아……."

"응?"

민홍, 이게 무슨 짓이야! 지금까지 잘하고 있었는데! 애써 괜찮은 척, 아무렇지 않은 척, 세자빈으로서 그렇게 그를 보내주고 있었는데!

하지만 사실 하나도 안 괜찮았다. 저하를 더 오래 보고 싶고, 더 많이 보고 싶고, 생각 같아서는 옆에 있어달라고 하고 싶었지만. 그렇지만.

결국 그녀는 시무룩하게 고개를 숙여 버렸고, 담은 그 모습이 제법 아프게 와 닿았다. 저런 모습은 별로 보고 싶지 않은데. 저 조그만 것이 억누르고, 누르고 누르는 모습. 하지만 앞으로 이 궐에서 세자빈, 나아가 중전으로 살게 된다면 그것은 익숙해져야만 하는 그러한 모습.

담은 다시금 그녀에게 다가왔다. 홍은 제 앞에 드리워진 그림자에 어쩔 줄을 몰라 하며 부족한 제 자신을 책망했다.

"송구하옵니다, 저하."

"네가 무엇이. 내가 그냥 미안하다. 네가 해달라는 대로 다 해주고 싶은데. 그러고 싶은데. 아직은 그렇게 해줄 수가 없구나. 솔직히 말만 왕세자일 뿐, 내가 네게 해줄 수 있는 것은 아직 아무것도 없구나."

"전 원하는 것이 없사옵니다. 그저 저하께서 제 옆에 있어주시면 그것으로 족하옵니다."

하지만 그조차도 욕심일지 모른다. 저하는 곧 이 나라의 왕이 되실 분이시니까. 곧 그의 곁으로 저 아닌 다른 여인들도 머물게 될 것이지. 하지만 참아야 한다. 그에게 투정부릴 수는 없었다. 절대로, 절대로.

담은 그녀가 무슨 생각을 하고 있는지 훤히 보이는 것 같았다. 평범한 사내가 아니기에 다른 규수들은 걱정하지 않아도 되는 것을 저 아이는 해야만 하는 것이다. 더 많이 참고 참으면서. 담은 그것이 너무나도 미안했다. 앞으로 제 옆에 있겠다는 것은 그만큼 버겁고 힘든 일이니까.

'너는 내게 네 전부를 줄 것인데, 난 그리 할 수가 없구나.'

그는 천천히 팔을 뻗어 홍을 꼭 안아주었다. 그러곤 그녀에게 할 수 있는 약조를 해주었다.

"걱정하지 마시오. 내 옆에 있을 여인은, 온전히 내 마음을 가져간 이는 오직 빈궁뿐일 것이니. 절대로 다른 여인을 보지 않을 것이오. 왕이 되어서도 다른 여인을 곁에 두지 않을 것이오. 그러니 그대는 그저 있어만 주시오. 너무 많이 기다리지 말고. 너무 많이 보고파 하지 말고. 그런 마음, 누르고 누르지 말고. 내가 더 많이 기다릴 것이고, 내가 더 많이 보고파 할 것이며, 내가 더 많이 애달파 할 것이니. 그대는 그저 이렇게 내 곁에 있어만 주시오."

그렇게 그는 증표와 같은 약조를 그녀의 가슴에 깊이 새기고서 묘운각을 빠져나갔다.

홍은 그의 진심 어린 약조에 설령 그렇게 되지 못한다고 하더라도 상관없을 만큼, 눈물이 날 만큼 너무나도 좋았다. 연모하는 이가 자신을 더 많이 연모해 준다는 말이 이토록 기분 좋은 일이며, 세상을 다 가진 기분이라니.

"기다리지 말고 보고파 하지 말라니. 그게 잘될지 모르겠사옵니다. 벌써부터 이렇게 기다리고 보고 싶어지는 것을요."

하지만 아까처럼 축 처지는 기분은 아니었다. 앞으로는 뭐든 할 수 있을 것 같은 기분이 들었다. 특히 내일 세자빈 교육이 너무나도 기대가 되었다.

'저하께서 노력하시는 만큼, 소녀도 노력할 것이옵니다. 저하

께 어울리는 그런 여인이 될 수 있도록. 왕실의 모범이 되는 왕세자빈이 될 수 있도록.'

박 내관과 함께 동궁전으로 가는 담의 걸음은 그야말로 가벼웠다. 그토록 싫었던 가례가 이젠 아주 간절하기만 했다.

"빈궁의 교육은 언제 끝나는 것이지?"

"예?"

"가례를 언제 올리느냐 말이야."

"아, 그것이, 며칠은 걸리지 않겠사옵니까? 그냥 가례도 아니고 세자 저하의 가례인데. 나라의 경사가 아니옵니까."

"대충 하고 서두를 수 있으면 서두르거라. 백성의 혈세로 호화스러운 가례를 올리진 않을 것이니. 이렇게 매번 도둑처럼 슬금슬금 보러 올 수는 없지 않느냐."

갑자기 묘운각에 가신 것도 기가 막힐 노릇인데, 갑자기 가례를 서두르려고 하시다니. 대체 안에서 무슨 일이 있었던 것일까? 빈궁마마가 맘에 드신 것일까? 그런 것이라면 참으로 다행스러운 일이지만. 자, 잠깐. 매번이라니. 설마!

"저, 저하, 매번이라니요? 혹시, 설마⋯⋯."

"당연하지. 내일도 빈궁을 보러 올 것이다."

박 내관은 당연한 듯 말하는 담의 말에 결코 당연하지 않기에 사색이 되어서는 고개를 가로저었다.

"아니 되옵니다, 저하! 빈궁마마께서는 내일부터 교육에 들어가시옵니다. 게다가 아직 가례도 올리시지 않으셨는데, 이리 사사로이 묘운각에 가셔서는 아니 되옵니다!"

"어허! 나의 내자가 될 사람인데, 나는 못 보고 다른 이들만 계속 본다는 것이 말이 되느냐!"

"하오나, 저하. 그것이 법도이옵니다! 분명 저하의 입에서 궁중의 법도를 함부로 어길 수는 없다고 하지 않으셨사옵니까!"

분명 그런 말을 하기는 했지만, 그땐 그때고 지금은 지금이다.

"교육이 얼마나 힘든 것인데. 혼자 얼마나 고단하겠는가. 그 아이 성격상 또 힘든 거 끙끙 누를 것이 분명한데. 가서 달래주어야지."

"언제는 내명부의 안주인으로서 혼자 다 감당해야 한다고 하지 않으셨사옵니까!"

물론 그런 말도 하기는 했지만!

"시끄럽다! 그댄 참 쓸데없는 것을 잘도 기억하는구나."

"저하께서 하시는 말씀이 어찌 쓸데없는 것이옵니까? 전부 가슴에 새겨야 할 그런 말이지요. 또한 모두 옳으신 말씀이옵니다. 하니!"

하지만 담은 그런 박 내관을 무시한 채 동궁전으로 성큼성큼 걸어갔고, 박 내관은 그런 담의 뒷모습을 바라보며 한숨을 내쉬었다. 어쩐지 이건 이거대로 불안하다는 생각이 들었다.

※

　드디어 홍이의 세자빈 교육이 시작되었다. 워낙 영특한 머리를 가지고 있는지라 홍은 별다른 어려움 없이 세자빈 교육을 곧잘 쫓아가고 있었다. 특히나 샛노란 치맛자락을 입고서 꽃 댕기를 한 그녀의 모습은 무척이나 앙증맞고 사랑스러웠다.

　"빈궁마마, 조금만 더 힘을 빼시옵소서."

　현재 홍이는 머리에 물이 든 사발을 올리고서 걸음걸이 연습을 하고 있었다. 평소에도 버선코가 보이지 않을 정도로 조심조심 걷기는 했지만, 이런 식으로 머리에 뭔가를 올리고 걸으려니 자꾸만 신경이 쓰여 저도 모르게 힘이 들어갔다.

　"마마, 너무 긴장하지 마시고, 평소대로!"

　"아, 알았네."

　어디선가 산들바람이 스치며, 그녀의 노란 치맛자락이 조그만 꽃처럼 펄럭거렸다. 매번 팍팍하기만 하던 구중궁궐에 정녕 풋풋한 봄내가 찾아온 듯하여, 상궁들은 저마다 흐뭇한 표정으로 홍이를 바라보고 있었다. 그리고 그런 그녀의 모습을 굉장히 불만스럽게 지켜보고 있는 이가 있었으니! 바로 박 내관 때문에 가까이에서 보지는 못하고 담벼락 하나를 두고서 몰래 훔쳐보고 있는 담이었다.

"이게 말이 되느냐? 도대체 다른 이들은 저렇게 가까이에서 밤톨이를 보고 있는데 정작 서방이 될 나는 이게 무슨 짓이란 말이더냐!"

"물론 말이 되질 않지요, 저하. 하늘 같으신 저하께서 어찌 여인을 이리 훔쳐보는 행동을 하신다는 것입니까? 남 보기 민망하옵니다. 그러니 어서 시강원으로 돌아가시지요."

하지만 박 내관 역시 완강하게 그를 붙잡고 있었다. 그 모습에 담은 짙은 한숨을 내쉬고서 어느새 머리와 어깨에 물동이를 이고서 걷고 있는 홍이의 모습을 불안하게 바라보았다. 도대체 세자빈이 되는 교육에 저런 것이 왜 필요하단 말인가?

"대체 저런 걸 왜 하는 것이냐?"

"예?"

"저 밤톨만 한 것한테 올릴 때가 어디 있다고 저런 물동이를! 무겁지 않느냐. 혹여 잘못하여 떨어지면……."

하지만 말이 씨가 된다고 했던가. 그의 말이 끝나기가 무섭게 쨍그랑 하고 날카로운 파음이 울리면서 홍이의 머리 위에 있던 물동이가 깨지고 말았고, 순간 담의 표정이 삽시간에 차갑게 굳어지면서 이내 박 내관이 잡기도 전에 저만치 달려가고 있었다.

"저하, 저하!"

결국 일이 터지고 말았다.

"마마, 괜찮으시옵니까?"

"난 괜찮네. 내가 그만 방심을 해버려서……."

홍은 살짝 민망한 마음에 어색하게 웃어버렸다. 제 앞으로 날아든 나비를 보려고 저도 모르게 고개를 돌린 순간 아차 하고 말았지만, 이미 물동이는 아래로 떨어진 상태였다. 좀 더 조심성 있게 행동했어야 했는데! 쫄딱 젖어버린 모습에 상궁 나인들이 어쩔 줄 몰라 하자, 홍은 애써 웃어넘기며 물기를 털어내려는 순간.

"밤톨아!"

멀리서 들려오는 담의 목소리에 홍은 흠칫 놀라며 고개를 돌리자, 멀리서 담이 잔뜩 성난 표정으로 달려오고 있었다. 어째서 세자 저하가 이곳에 계신 것이지? 그보단 설마 이 모습을 다 보신 거야?

홍은 얼굴빛이 사색이 되어서는 얼른 최 상궁의 뒤로 몸을 숨기려고 했지만, 이미 그녀의 앞으로 다가온 담은 그런 그녀를 덥석 잡아서는 몸 여기저기를 살폈다. 갑작스러운 그의 등장에 당황한 것은 나인들도 마찬가지였다.

"세, 세자 저하, 이곳까진 어인 일로?"

하지만 담에게 그런 나인들의 목소리는 들리지도 않았다.

"어디 다치진 않았소? 오늘은 밤톨이 아닌 물에 빠진 생쥐 꼴이군. 대체 너희들은 빈궁에게 무엇을 시키는 것이냐! 이러다 이 조그만 얼굴에 생채기라도 나면 어찌하려고!"

"그, 그것이. 빈궁마마의 교육을……."

아직 어린 나인들은 담의 서슬 퍼런 노여움에 바들바들 떨기만 하였고, 그나마 최 상궁과 훈육상궁이 앞으로 나와 조곤조곤 입을 열었지만, 담은 그저 여전히 그녀의 머리카락 사이로 뚝뚝 떨어지는 물을 털어내며 화를 냈다.

"교육? 도대체 무슨 교육이!"

"저하!"

홍은 정말이지 낯 뜨거워서 더는 참지 못한 채 그를 붙잡았다. 그러자 그토록 화르르 하던 담이 슬쩍 수그러진 눈빛으로 그녀를 바라보았다.

"어디 다친 것이오?"

"그것이 아니오라, 어찌 저하께서 이곳에 계시는 것이옵니까? 지금은 시강원에 계실 시각이 아니옵니까? 혹여나 이런 모습을 주상 전하께서 보시면 대체 어찌하시려고!"

"하, 하지만 난 그대가 다쳤을까 봐……."

"아까까지는 아주 잘하고 있었는데. 그런 모습만 보여 드려야 하는데. 왜 하필 딱 한 번 실수한 것을 이리 보신 것이옵니까?"

홍이 진정 속상한 듯 투덜거리자, 그는 피식 웃고선 품에서 비단 천을 꺼내어 붉게 물든 그녀의 볼을 닦아주었다.

"노란 나비처럼 사푼사푼 걸어 다니던 모습도 잘 보았소. 뭐, 아직까진 영락없이 밤톨이긴 했지만."

"그 밤톨이란 말 좀 하지 마시옵소서!"

"하니, 얼른 쑥쑥 크시오. 내가 아주 넋이 나가도록 어여쁘게."

그렇게 담은 더는 홍의 교육을 방해하지 않은 채 박 내관과 함께 시강원으로 돌아갔고, 홍은 그런 그의 뒷모습을 바라보며 또다시 교육열을 불태웠다. 다음엔 정말이지, 완벽한 세자빈의 모습을 보여주고 말 것이다. 참하디참한 규수의 모습을!

담은 시강원으로 향하면서 연신 홍의 모습을 떠올리며 피식피식 웃었다. 뭘 그렇게 열심히 하나 했더니, 결국 저를 위해 그리 열심히 하는 것이 아닌가? 그래도 너무 무리하진 않았으면 하는데.

"입이 귀에 걸리시겠습니다."

제 맞은편에서 꽃다운 부채를 살랑거리며 짓궂은 말을 던지는 휘서의 모습에 피식 웃으며 걸음을 멈췄다. 이미 휘서는 담을 홀렸던 묘령의 여인이 지금의 빈궁이라는 사실을 전부 들은 터였다. 아주 기막혀하면서도 정녕 운명 같다며 박수까지 쳐댔었지. 그보단 부부 금슬이 넘쳐 나서 빨리 왕자 아기씨를 볼 것 같다고 좋아한 것이겠지만.

"어딜 갔다 오는 것이냐?"

"아바마마를 뵙고 돌아가는 길입니다."

"잠깐 걷겠느냐?"

"빈궁마마 얘기라도 해주시려고요? 듣자 하니 아주 홀라당 홀리셨다던데. 정녕 제 형님이 맞기는 한 것인지. 어찌 한 여인에게 이토록 푹 빠질 수 있는 것입니까? 나인들 말처럼 마마께서 그리 절세가인, 경국지색이십니까?"

그러고 보니 휘서가 그녀를 보고 그런 말을 한 적이 있었지. 아마도 저를 미혹시키려 거짓을 고한 것이겠지만.

"훗, 내 눈엔 어여쁘지만 글쎄, 아직은 밤톨이지."

"밤톨? 허, 이러니 더 궁금해집니다."

"괜히 수상한 짓을 한다면 무랑이 가만두지 않을 것이다."

"예, 저도 압니다. 무랑이 묘운각 주변을 아주 철통같이 지키고 있다는 것을요."

"불안해서 말이다."

담의 목소리가 한층 낮게 가라앉으며 그답지 않게 떨려왔다. 휘서는 그 모습에 진정 놀라움을 감추지 못했다. 자신이 지금껏 지켜봐 온 형님은 결코 남에게 틈을 보이시는 분이 아니셨다. 설사 그게 자신이라 하더라도. 한데 이리 불안한 모습을 보이시다니. 그렇다는 건 결국, 형님에게 가장 큰 약점이 생긴 것이다. 지금껏 견고하게 조선의 왕세자로서 지내온 그를 무너뜨릴 수 있을 만큼의 치명적인 약점.

'지금의 빈궁이란 것인가? 하필이면 여인이라니. 세상에서 가장 연약하기 짝이 없는 여인이라니……'

"형님, 형님께서 강해지시는 만큼, 빈궁마마께서도 강해지셔야 합니다."

담은 문득 걸음을 멈추고서 휘서를 바라보았다. 그는 부채로 얼굴을 반쯤 가린 채 눈가로 짙은 미소를 그리고 있었지만 어딘지 모르게 날카로웠다.

휘서가 무슨 생각을 하는지 알 것 같았다. 자신이 그토록 만들지 않으려고 노력했던 약점이 그녀가 되어버렸으니.

"내가 더 강해지면 된다."

"……."

"내가 더 강해져서, 그런 일이 일어나기도 전에 그 아일 지키면 돼. 그러니 걱정 마라, 휘서야. 이것은 내 약점이 아니라 나를 더 강하게 붙잡아줄 것이니까."

그렇게 돌아서는 담의 모습에 휘서는 부채를 내려놓고서 무거운 시선으로 속삭였다.

"한데, 형님. 혹여라도 형님이 아닌 빈궁마마가 흔들리시면. 빈궁마마를 흔들게 되면 어찌 되는 것입니까?"

✳

어느새 궐에 들어온 지 며칠이 훌쩍 지나가고 있었다.

"빈궁마마, 서두르십시오. 이러다 교육에 늦겠사옵니다."

"알았네."

그녀는 최 상궁의 도움을 받아 다홍빛 치마저고리를 입고서 애써 다소곳한 모습을 하고 있었다. 그녀는 점점 더 어여뻐지고 있었다. 아직까지는 풋풋한 꽃송이였지만, 나날이 꽃잎이 피어나면서 자못 여인의 향이 묻어나고 있었다.

밖으로 나온 홍은 잠시 걸음을 멈추고서 어디선가 꽃을 품고 흘러드는 바람에 눈을 감았다.

"어디선가 꽃이 만개하였나 보네."

"예?"

"바람에서 꽃이 이리 느껴지니 말이야."

"예, 마마. 벌써 봄이 오고 있나 봅니다."

홍은 감았던 눈을 천천히 뜨고서 먼 곳을 바라보았다. 첩첩산중, 구중궁궐밖에 보이진 않았지만 그래도 어쩌면 지금 불어오는 바람이 호월산에서 불어오는 바람일지도 모른다.

"최 상궁, 혹 호월산을 아는가?"

"100년 묵은 호랑이가 산다고 하여 범산으로도 불리는 영산이 아니옵니까? 한데 어찌 빈궁마마께서?"

"예전에 스승님께서 그곳에는 조선 팔도 없는 꽃이 없을 정도로 꽃이 가득한 절경이 있다고 말씀해 주셨지. 특히 붉디붉은 꽃이 출렁이는 모습이 장관이라고. 한 번만이라도 꼭 직접 보고 싶었는데."

해서 그곳에 가고 싶었다. 직접 눈으로 보고 그림으로 그 풍경을 가득 채우고 싶었었다. 이젠 정말 꿈과도 같은 이야기. 하나, 그리 씁쓸하지는 않았다. 지금 더 꿈만 같은 일이 제게 일어나고 있었으니까.

"조금만 늦어도 되겠지?"

홍은 커다란 눈을 찡그리며 최 상궁에게 말했고, 그녀는 슬쩍 곁눈질을 하고선 고개를 끄덕였다.

"조금만이옵니다."

"응!"

그렇게 홍은 조금 더 바람에 묻어나는 풍경을 상상하며 서 있었고, 그 모습을 멀리서 담이 엷은 미소를 지으며 지켜보고 있었다.

이른 아침부터 홍이는 소복 차림으로 벽에 몸을 바짝 붙이고서 무척이나 분주하고 다급하게 최 상궁을 조르고 있었다.

"어떤가? 응? 응?"

최 상궁은 홍의 머리맡에 손바닥을 대고선 키를 재고 있었다. 홍은 대답이 없는 그녀의 모습에 다시금 조바심을 내며 입을 열었다.

"설마 안 자란 것인가?"

"아니옵니다, 빈궁마마. 조금 키가 자라셨사옵니다."

"그래!"

홍은 얼른 고개를 뒤로 돌렸고, 최 상궁은 웃으면서 며칠 전보다 조금 더 높은 곳에 그어진 선을 보여주었다. 홍은 그 모습에 박수까지 치면서 좋아라 했다.

"그럼 이제 대례복에 파묻혀 보이진 않겠지? 꼬마 신부로 보이진 않겠지? 조숙하고 음전한 규수로 보일 것이야!"

"예, 빈궁마마. 그리 보이실 것이옵니다."

이제 정말 가례 날이 얼마 남지 않았고, 홍은 그날 담의 옆에 섰을 때 애기씨 모습을 보이고 싶지 않았다. 그에게 어울릴 정도로 단아하고 참한 규수. 비록 가슴은 아직까지 좀 작았지만 그래도 키가 조금 컸으니, 예전처럼 밤톨이라 함부로 말하진 못하시겠지!

그렇게 몇 날 밤이 지나고, 홍은 그토록 바라던 대례복을 곱게 차려입었다. 걱정과는 달리 밤톨만 하게 보이진 않았다. 수줍게 피어난 꽃송이. 이제 곧 우아하게 날갯짓을 하게 될 나비와도 같은 자태. 하지만 그래도 내심 불안한 마음에 면경으로 요리조리를 살펴보고, 최 상궁에게 연신 괜찮으냐고 되물으면서 미치도록 콩닥거리는 심장을 누르고 있던 찰나, 밖에서 내관의 목소리가 울리면서 그녀의 심장이 크게 한 번 쿵 하고 울렸다.

"빈궁마마, 연이 당도하였나이다!"

그렇게 홍은 무척이나 화려하고 거대한 연에 올라타고서 가례가 열리는 운현궁으로 향했다. 수많은 사람들의 시선이 오직 그녀에게 와 닿아 있었고, 홍은 정말이지 심장이 터질 듯이 떨렸지만 애써 태연한 척 미소를 지으며 허리를 꼿꼿하게 세웠다.

연이 내려서고, 홍은 땅에 발이 닿은 건지 안 닿은 건지 알 수 없을 정도로 몸이 제 몸 같지가 않았다. 하지만 멀리서 익숙한 이의 얼굴이 보이자마자 긴장이 조금씩 풀어지는 것 같았다. 오라버니의 얼굴과 아버지의 얼굴. 그리고,

"세자 저하."

"오늘은."

"……."

"밤톨이라 할 수 없을 것 같소."

담은 제 눈앞으로 사뿐사뿐 걸어온 그녀의 모습에서 시선을 뗄 수가 없었다. 홍 역시 내쉬는 숨결이 자꾸만 가냘프게 떨려왔다.

그렇게 담과 홍은 서로의 어깨가 닿을 듯 말 듯, 같은 길을 같은 걸음으로 걷기 시작했다. 마음과 마음이 처음으로 와 닿은 첫정. 그리고 평생을 함께하게 될 부부로서의 연.

홍은 모든 것이 운명처럼 느껴졌다. 태어나서 지금까지 오직 그의 이름을 듣고 자라왔다. 그의 여인이 될 것이라고, 그의 곁에서 평생을 함께하게 될 것이라고. 처음엔 그 운명이 두렵기만 했지만 지금은 아니다. 너무나도 자연스럽게 심장이 뛰고 숨을 쉬듯, 그녀에게 그는 그러한 존재가 되어버렸다.

담은 그녀를 바라보며 합환주를 머금고 고개를 숙였다. 솔직히 저 무거운 가채에 조그만 그녀가 휘청이지 않을까, 걱정하긴 했지

만 제법 자세를 고쳐 잡고 있는 모습에 절로 흐뭇한 미소가 떠올랐다.

조그만 달그림자에 묻어둔 채 영원히 그리워할 것이라며 놓았던 그녀가 이렇게 제게로 걸어왔다. 처음으로 느껴보았던 첫정이자 앞으로 영원히 제 숨결이, 심장이 되어줄 여인.

그렇게 홍과 담은 처음부터 이어져 있었던 붉은 실의 운명을 함께 엮고서 서로를 향해 환한 미소를 지었다.

✳

늦은 밤. 여러 가지 힘들고 버거운 가례 절차를 진행한 후, 홍은 거의 녹초가 되어서야 신방으로 들어올 수 있었고, 담 역시 세자 직위 이후 오늘처럼 긴장했던 적은 처음이었기에 그의 앞에 차려진 주안상에 자꾸만 절로 손이 가고 있었다.

"제가 드리겠사옵니다."

홍이 안절부절못하면서 술병을 잡으려고 하자, 담은 그녀의 여린 손을 잡고서 고개를 가로저었다.

"그보단 가채가 무거울 것 같은데. 오늘 고생 많았소."

"아니옵니다. 전혀 무겁지 않사옵니다."

홍은 일부러 이 정도는 아무것도 아니라고 말했지만 차마 고개를 움직일 수가 없었다. 정말이지 지독히도 무거웠다. 조금만 잘

못 고갯짓을 하면 그대로 넘어가 버릴 것 같았다.

담은 애써 숨기려는 모습에 피식 웃으며 그녀의 가채를 살며시 내려주었다. 그러자 홍의 얼굴 위로 시원한 웃음이 감돌았다.

"저하께서도 힘들지 않으시옵니까?"

"뭐, 피곤하긴 하지만. 투정부릴 순 없지. 한데 그 옷도 불편하지 않소?"

"오, 옷은……."

담은 살짝 장난기가 묻어나는 눈빛으로 홍의 옷고름을 바라보았고, 그녀는 이내 화르르 달아올라서는 얼른 몸을 돌리며 입을 열었다.

"아, 아니옵니다. 아직은, 아직은 괜찮사옵니다."

"그렇소? 아직이라……. 훗."

그러고 보니 오늘은 초야였다. 저하께 이 옷고름을 맡겨야 하는 그런 초야!

그때, 담의 손길이 홍의 어깨를 붙잡고서 자신의 쪽으로 당겼다. 갑작스러운 행동에 그녀가 눈을 동그랗게 뜨고서 바로 코앞에 드리운 그의 얼굴을 빤히 바라보았다. 무엇이 못마땅한지 담의 표정이 꽤 뚱해 보이는 것 같았다. 혹, 제가 저하의 심기를 건드린 것인가?

"저, 저하?"

"계속 등만 보여줄 것이오? 내가 얼마나 그 어여쁜 얼굴을 마음껏 보고 싶어 하였는데."

"저하……."

입꼬리가 싱그럽게 올라가면서 연신 꿈틀거리는 모습에 담은 열기가 아래로 몰리면서 가슴께가 묵직해져만 갔다. 아무래도 제 무덤을 판 듯싶었다.

"줄 것이 있소."

"줄 것이라니요?"

담은 품 안에서 무언가를 살며시 꺼내어 그녀의 손에 쥐어주었다. 홍은 그것을 보자마자 눈동자가 흔들리면서 이내 떨리는 목소리로 속삭였다.

"저, 저하. 이것을, 이것을 어찌?"

그가 준 것은 바로 당주홍이었다.

"그대의 손을 놓친 이후 이것을 그대라고 생각하면서 계속 간직하고 있었지. 줄 수 있을 거라 생각지도 못했는데. 내가 다시 되찾았듯, 이것도 이제야 주인을 찾아가는 것이오."

"하아, 이런 것을 기억하고 계신 것이옵니까?"

"그대에겐 무척이나 귀하고 소중한 것이 아니었소. 그땐 너무 고맙고, 미안했소."

홍은 그것을 가슴으로 끌어안으며 고개를 가로저었다.

"아니옵니다. 그저 저의 미숙한 재주가 저하를 도울 수 있어 다행이었사옵니다."

담은 홍의 손을 두 손으로 아주 소중히 품었다. 손끝에서 그녀의 심장 소리가 느껴지는 듯했다.

"그대가 없는 동안, 여기에 내 마음을 그대로 담고 있었소. 이것이 그대에게 주는 마음이자 증표요. 언제까지나 그대를 연모할 것이라는. 그날 그 순간의 간절함이 그대로 담겨 있는."

온 마음을 준다는 그의 한마디에 홍의 시선이 설렘을 머금고서 파르르 떨려왔다.

"세자빈은 나비라고 들었사옵니다. 연약한 날갯짓을 수십 번 내지으며 넓은 하늘을 날아야 하는 나비."

"……."

"저하의 하늘이 무척이나 고단한 것을 알고 있사옵니다. 그러니 가끔은 저 같은 나비 하나가 날갯짓을 하여야 저하께서도 조금은 편하게 쉴 수가 있을 테지요."

차마 그를 잡아주고, 안아주고, 위로해 주고 싶다는 말은 하지 않았다. 그런 말을 감히 내뱉을 수가 없었다. 하지만 담은 그녀가 말하지 않아도 전부 느낄 수 있었다. 처음, 이 조그만 손을 잡으면서 깨달은 것이었으니까.

'나는 이 아이가 곁에 있지 않으면 살 수 없을 것이다. 결코, 살 수 없을 것이야.'

담은 붙잡은 그녀의 손을 조금 더 끌어당겼다. 그러자 홍이 스스럼없이 손길에 이끌리면서 서로의 시선이 어지럽게 뒤엉켰다.

그때와 똑같았다. 하지만 그때와는 다르다. 홍은 숨을 꾹 누른 채 그대로 굳어져 버렸다. 어느새 그의 커다란 손이 그녀의 뒷목을 부드럽게 감싸 안았다. 낯선 느낌이 닿으면서 홍은 저도 모르게 움찔했지만 이내 따스하게 맴도는 온기에 열기가 피어올랐다.

그의 목소리가 그녀의 귓가로 파고들기 시작했다. 어느새 야무지게 틀어 올린 비녀를 순식간에 풀어내면서 스르르 흘러내린 머리카락을 한껏 움켜쥐고는 살며시 입을 맞추었다. 여전히 그의 시선은 홍을 향해 있었다.

"오늘은 박 내관도 감히 방해하지 못할 것이고."

"……."

"오히려 간절히 원하고 있을 테고."

"그, 그게 무슨."

"그러니 이것까지는 내 마음대로 해도 되겠지?"

순간, 그의 시선이 그녀의 코앞까지 다가오는가 싶더니 순식간에 붉은 입술을 한껏 머금으며 갈급하게 움직였다. 홍은 난생처음으로 온몸이 뜨겁게 들썩이면서 이내 알 수 없는 이상한 기분이 스쳐 지나가며 손가락이 빳빳하게 굳어지고 머릿속이 하얗게 타들어가기 시작했다. 특히나 분명 제 입술인데, 낯선 숨결이 연신 흘러나오고 있었다.

담의 손길이 어느새 그녀의 옷고름을 꽉 움켜쥐며 낮게 가라앉은 목소리로 속삭였다.

"내가 그대의 꽃을 피울 수 있게 해주겠소?"

부부의 연을 맺고 처음으로 하나가 되는 초야. 여인의 소중한 꽃을 품는. 다른 말로는 꽃잠.

홍의 심장은 더 이상 주체를 할 수가 없었다. 이대로 녹아내려 없어지는 것 같은 느낌.

"두렵습니다."

"무엇이?"

"저하께서 실망하실까 봐. 그리고 너무 떨려서……."

"나도 떨리는데."

홍은 생각지도 못한 말에 고개를 들었다. 그러자 정말로 흔들리고 있는 그의 시선이 보였다. 너무 익숙해 보이는 모습이라서. 너무 아무렇지도 않은 것 같아서. 속으로 조금은 서운했었는데, 정말로 그 역시 자신과 마찬가지로 떨고 있었다. 그녀는 뭔가에 홀린 듯 천천히 손을 뻗어 그의 가슴에 가 닿았다. 그러자 자신과 똑같이 터질 듯한 심장 소리가 느껴졌다.

"나도 처음이오. 완벽하기 그지없던 조선의 왕세자가 고작 연약한 나비의 날갯짓 하나에 이리 떨리는 것은."

"저하……."

"감히 내가 취하여도 되는 것이오? 품어도 되는 것이오?"

간절하게 속삭이는 목소리에 홍은 엷은 숨을 내쉬며 살며시 눈을 감았다. 그와 동시에 담의 손길이 옷고름을 풀었고, 옷자락이 흘러내리면서 마치 꽃잎이 휘늘어지게 떨어지듯, 수줍은 꽃봉오리가 그의 손아래 만개하기 시작했다.

홍은 너무나도 낯선 느낌에 온몸을 파르르 떨었지만, 연신 그의 목소리가 그녀를 다독이며 천천히 그녀에게 다가와 한 손으로 부드럽게 홍의 얼굴을 감싸 쥐었다. 부드럽고 따스한 체온이 그의 손끝을 휘어 감는다. 빠져 버릴 듯한 강렬한 향기. 그의 손길이 느릿하게 아래로 뻗어 나갔고, 홍은 가쁜 숨을 내쉬며 연신 그가 주는 뜨거운 숨결에 온몸을 헐떡였다.

"하아……."

담은 그녀의 볼에 가볍게 입을 맞추며 눈을 마주하였다. 붉게 물든 홍의 모습은 그를 너무나도 떨리게 만들었다. 홍은 그의 시선을 느끼고서 살짝 고개를 들어 그가 했던 것처럼 수줍게 그의 볼에 입을 맞추었다. 담은 엷게 느껴지는 숨결에 부드러운 곡선을 그리며 그녀를 더더욱 깊숙이 끌어안았다. 부드러운 젖가슴 위로 어린 새가 파닥거리듯 제 품 안에서 움직이는 그녀의 모습이 한없이 어여쁘고 사랑스러웠다. 담은 속삭이듯 입술 끝으로 연신 그녀의 새하얀 살결 위를 유유히 흐르며 온몸으로 붉은 꽃을 피우게 했다.

홍은 점점 더 깊숙이 올라오는 더운 숨을 그대로 토해내며 그의 손짓 속에 황홀하게 빠져들어 갔다. 처음엔 너무 낯설고 무서웠지만, 점점 애틋하게 파고드는 그의 손길을 오히려 자신이 붙잡게 되고 더욱 그의 품으로 파고들고 싶었다. 서로의 시선이, 숨결이, 손끝이 점점 농익게 물들어가면서 움직임이 점점 더 과감해지기 시작했다.

"홍아……."

떨리듯 내뱉는 속삭임에 그녀는 나지막이 그를 끌어당겼다.

"저하."

결국, 애써 누르고 있던 자제력이 끊어지면서 담은 있는 힘껏 그녀의 입술을 머금었다. 조금 전의 입맞춤과는 너무나도 달랐다. 폭풍처럼 밀려드는 열망이 그녀의 온몸을 짓누르며 사내의 움직임이 고스란히 느껴졌다. 한순간의 방심으로 그녀의 입술이 살며시 벌어졌고, 그 틈으로 파고든 그의 혀가 내쉬는 숨결마저도 거세게 빨아 당기며 그의 손길이 젖무덤을 지나 고운 선을 타고 그녀의 엉덩이를 들어 올렸다. 홍은 저도 모르게 허리가 활처럼 휘어지며 몸을 들썩였다. 그 조그만 움직임에 담의 아랫도리가 금세 뻣뻣하게 꿈틀거렸다.

서로의 타액이 흘러넘칠 정도로 격한 속삭임 끝에, 그의 입술이 점점 아래로 향하기 시작했다. 홍은 온몸이 타들어갈 듯하여 미칠 것 같았다. 한껏 이불자락을 움켜쥐다가 이내 그의 어깨를 붙잡고서 온몸을 비틀었지만, 그는 멈추지 않았다. 붉게 물든 젖무덤 위를 배회하던 그가 흥분을 머금고서 서서히 솟아오르는 정점을 찌르자, 홍은 다시금 허리를 들썩이며 눈을 질끈 감았다.

"흐으윽! 하아……."

너무나도 부끄러운 소리가 흘러넘쳤다. 하지만 도저히 막을 수가 없었다. 아랫부분이 뜨겁게 달아오르며 뭔가가 흘러내린다. 그리고 그 무언가를 그의 손길이 쓸어내리자 다시금 머릿속이 하얗게 타들어가며 짙은 붉은빛을 내띠었다.

난생처음 느끼는 감각. 뭐라 말할 수 없을 정도로 이상하면서도 민망하고, 두려우면서도 점점 더 간절히 원하고 있었다. 남녀의 욕망과 원색적인 본능을 머금은 공기가 연신 뜨겁게 일렁였다.

담은 잔뜩 헝클어진 홍을 바라보며 낮게 가라앉은 목소리로 속삭였다.

"연모하오. 평생을 그대만의 하늘이 되고 싶을 정도로……."

그녀는 뭐라고 말할 기운조차 없었다. 발끝이 떨리고, 자꾸만 은밀한 그곳에서 열꽃이 가득 흘러내렸다. 그를, 원하고 있었다. 아주 간절하게. 제 눈앞에 있는 평생을 사모할 임을.

홍은 말 대신 손을 뻗어 그의 뒷목을 끌어안았고, 담은 흐트러진 그녀의 머리카락을 쓸어내리더니 이내 그녀의 안으로 제 자신을 힘껏 밀어 넣었다.

"아윽!"

"하아!"

끌어안은 손끝이 미치도록 떨려왔다. 홍은 그에게 매달린 채 머릿속으로 그 어느 것도 떠올릴 수가 없었다. 그저 그의 모습만이 밀려들었다. 마치 술에 취한 것처럼, 그렇게 그에게 속수무책으로 취해갔다. 담은 그녀의 허리를 감싸고서 점점 격해지는 호흡을 함께 나누었다. 어느새 두 사람은 서로의 눈을 바라보며 엷은 미소를 지었다.

그렇게 연약한 나비가 거대한 하늘에게로 파고들었다. 아니, 나비가 거대한 하늘을 품은 것이었다.

이른 새벽. 서늘한 기운이 감도는 듯 깊이 잠든 홍이의 어깨가 움찔하자, 담은 두터운 이불을 살뜰하게 덮어주고서는 혹여나 깰까 봐 토닥토닥 다독이며 이내 다시금 스르르 잠이 든 그녀를 바라보았다. 아마 무척이나 고단할 것이다. 가례와 더불어 어젯밤까지 연신 제 품 안에 있었던 꽃. 이젠 밤톨이라 할 수 없는 그런 어여쁜 꽃. 그 꽃을 제 손으로 피울 수 있어 얼마나 행복했는지 모른다. 또한 이 행복을 끝까지 놓치고 싶지도 않았다.

어느새 다독이던 그의 손길이 잠시 굳어지면서 다정하게 바라보던 눈빛 또한 서늘하게 가라앉았다. 시리게 파고드는 날카로운 새벽의 여명처럼.

"무슨 일이 있어도 지킬 것이오."

그리고 스스로에게 새기듯, 담담하면서도 서늘한 목소리가 묻어 나왔다.

"그대의 모든 것. 뜨거운 온기, 내쉬는 숨결, 머리카락 한 올까지 전부. 지금 모습 그대로. 머리부터 발끝까지 아무것도 변하지 않도록……."

휘서가 걱정하는 일은 결코 일어나지 않을 것이다. 그에게 말했듯, 지금보다 더 강해지면 되니까. 더 굳건한 하늘이 되면 되니까. 그 그림자에 그녀는 있기만 하면 되는 것이다.

7장
불안이란 감정이 똬리를 틀 때

정식으로 세자빈으로 봉해지고, 그녀의 거처도 묘운각에서 빈궁전으로 옮겨지면서 이런저런 일로 인해 시간이 꽤 빠르게 흘러갔다. 가끔씩 세자 저하를 만나고 있기는 했지만 주상 전하의 기력이 많이 쇠약해지시고 결국 대리청정을 시작하신 이후 저하께선 그야말로 몸이 열 개라도 모자라신 것 같았다.

오늘은 보경당에서 무슨 일인지 급한 기별이 온 터였다. 듣자하니 공주 자가의 혼담이 오가고 있다는 소문이었다. 아마도 오늘은 그것 때문에 저를 부르시는 것 같았다.

"마마, 빈궁마마."

"잠깐 기다리게."

홍은 서둘러 자리를 치우고서 몸을 일으키려는 순간, 뜻밖의 말이 그녀의 움직임을 멎게 만들었다.

"보경당이 아니옵니다. 부부인께서 마마를 찾아왔사옵니다."

"부부인이라면…… 연녕대군마마의."

생각지도 못한 사람에 홍은 잠시 고민했다. 사실 연녕대군이라는 분도 제대로 뵌 적이 없었는데, 그의 부인이 이렇게 찾아왔을 줄이야.

"그저 간단히 뵙고 인사를 드리러 오셨다고. 보경당이 급하시다면 돌려보내올까요?"

"아니네."

잠시 후, 문이 스르르 열리면서 진하게 파고드는 향기와 더불어 화려한 미색을 지닌 허청이 들어와 부드러운 시선으로 홍을 바라보며 고개를 숙였다. 처음 본 그녀에게서 눈을 뗄 수 없는 것은 바로 눈동자. 회색빛으로 빛나는 눈동자였다. 초의 사람이라더니 참으로 곱디고았다. 그런데 어쩐지 낯이 익은 눈동자다. 회색빛 눈동자. 어디선가 본 적이 있는 것 같은데.

'아, 예전에 나를 구해주었던 그 사내. 그 사내의 눈동자 색도 회색이었지. 그럼 그도 초의 사람이었을까?'

그 뒤로 조금 알아볼까 싶었지만 감히 아녀자가 낯선 사내를 알아보는 것은 너무나도 망측한 일이었고, 게다가 자신은 입궐을 하였기에 더더욱 소식을 알 수 없었다. 고마운 연이지만 거기까지였던 것이지.

"어서 오세요, 이리 뵙는 건 처음이군요."

"좀 더 일찍 빈궁마마를 뵈었어야 했는데, 송구하옵니다. 허청이라 하옵니다."

"아니에요. 이리 보았으면 된 것이지요."

그때, 문밖에서 주안상을 가져왔다는 말에 홍은 의아한 표정을 지었다. 그러자 허청이 웃으면서 말을 이었다.

"빈손으로 오기 뭐하여 부족하지만 솜씨를 발휘하였사옵니다. 게다가 명에서 들여온 귀한 술이 있어서."

"술이요?"

어느새 주안상이 작게 차려졌다. 홍은 너무나도 익숙하게 술병을 들어 올리는 허청의 모습에 당황한 기색을 보였다.

"놀라셨사옵니까?"

"아, 아니요."

"홋, 그저 가볍게 한잔해 보시옵소서. 본래 차를 나누는 것이 예의지만 전 차보단 이 술이 더 달게 느껴지옵니다. 더 익숙하기도 하고 말이옵니다."

"아……."

홍은 불안하게 술잔을 바라보았다. 합환주 이후엔 한 번도 마셔 본 적이 없는데. 그때도 굉장히 쓰고 독하기만 해서 어째서 사내들이 이런 것을 좋아하나, 했었지. 그런데 정녕 이것이 달단 말인가?

허청은 단숨에 술잔을 비우고서 어쩔 줄 몰라 하는 홍의 모습에 피식 웃었다.

"역시 술은 익숙하지 않으시옵니까?"

"조금."

"사실 저도 술을 좋아하지는 않사옵니다. 그저 익숙한 것이지요. 저에 대한 소문은 들으셨지요? 연녕대군마마를 미혹시켜 안방을 차지한 요물."

"그게 무슨 말씀이세요."

"사실이옵니다. 제가 연녕대군마마를 감히 이 마음에 품고서 미혹시켰지요. 또한 살고 싶은 마음에 발버둥 친 것입니다."

홍은 허청의 말을 이해할 수가 없었다. 대체 이 여인은 제게 무슨 말을 하려는 것인가?

순간, 허청의 눈빛이 날카롭게 변했고 홍은 그 눈빛에 저도 모르게 움찔했다.

"제가 감히 마마께 말씀드리옵니다. 이 궐에서 너무 많은 것을 믿지 마시옵소서. 오직 세자 저하만을 믿고, 저하의 뒤에 계셔야 하옵니다."

"……."

"또한 너무 많은 것을 알려고 하지도 마시옵소서. 괜한 일에 휘말리면 쥐도 새도 모르게 목숨을 잃는 곳이 이곳, 궐입니다."

그렇게 허청은 술잔을 두어 잔 더 비운 뒤, 홍에게 깊이 인사를 하고서 빈궁전을 빠져나갔다. 홍은 멍한 시선으로 그녀의 빈자리를 바라보았다. 대체 무슨 말일까? 그저 어여쁘다고 생각했던 그 눈빛이 어쩐지 자신을 옥죄는 느낌이 들었다. 그건 착각일까?

잠시 후, 최 상궁이 주안상을 치우기 위해 들어왔다. 그러곤 넋을 놓고 있는 홍을 향해 염려스러운 어조로 물었다.

"빈궁마마, 괜찮으시옵니까?"

"괜찮네. 그냥 잠시 생각을 하느라."

"부부인을 너무 가까이 두지는 마시옵소서. 아무리 지금 연녕대군마마의 정실이나 그래도 출신과 태생이 의심스러운 여인입니다."

"그래도 어여쁘던걸."

"그 미색으로 연녕대군마마를 홀린 것이지요."

"최 상궁, 입을 조심하게. 그래도 부부인이 아닌가. 중전마마의 사람이고 말이야."

"송구하옵니다, 마마."

"보경당으로 가야겠네. 늦진 않았겠지?"

홍은 애써 고개를 가로저으며 자리에서 일어섰다. 나쁜 사람은 아닐 것이다. 그래, 연녕대군마마는 세자 저하와 가까운 이가 아니던가. 그저 내가 걱정되고 염려되어서 하는 소리일 것이다. 그래, 그럴 것이다.

❊

빈궁전을 빠져나온 허청은 머금던 미소를 지우고서 인적이 드문 곳으로 걸음을 옮겼다. 그러자 그녀의 앞으로 가마꾼이 다가와 고개를 숙였다.

"지난날 우리 일을 방해했던 그 여인이 빈궁이 맞는가?"

그녀의 싸늘한 어조에 가마꾼은 고개를 끄덕였다.

"확실하옵니다. 분명 다모 복장을 한 계집이었는데, 지금 보니 빈궁이었습니다."

"그래, 빈궁이라. 차라리 잘되었군."

허청은 살며시 고개를 돌려 빈궁전을 바라보았다. 어느새 그녀의 입꼬리가 비릿한 곡선을 그리며 올라갔다.

"지금부터 본격적으로 거사를 시작할 것이다. 모아둔 자금줄을 최대한 끌어들여 일을 진행시켜야 해."

"예? 하지만."

"우리가 지난날 그토록 찾아 헤매던 세자의 약점을 찾았다. 빈궁께서 내게 빚을 졌으니, 그 빚을 이제 받아내야지."

허청은 성큼성큼 걸음을 옮겼다.

그 누구도 알지 못하는 허청의 진짜 모습. 이담이 그토록 찾아 헤매었던 그림 밀거래의 배후가 바로 그녀였다.

그 엄청난 일을 고작 여인이 했을 거라고 상상도 하지 않기에 그녀는 지금껏 숨죽이며 때를 기다렸다. 왕실의 그림을 팔아 어마어마한 자금을 만들어 노론의 뒤를 봐주고 있었던 것이다. 바로 지금의 세자를 끌어내리고 연녕대군을 세자위에 올리기 위해서.

그리고 드디어 움직일 때가 되었다. 세자가 대리청정을 시작한 이상, 더는 늦출 수가 없었다. 행여나 주상 전하께서 양위를 하기 전에 움직여야 했다. 그 첫 시작은 여리디여린 온실 속 화초, 빈궁을 뒤흔드는 것. 세자의 유일한 약점이 된 그녀를.

'반드시 내 손안에 넣을 것이다!'

✽

보경당으로 걸음을 옮기던 홍은 자꾸만 부부인이 떠올랐다. 그녀가 한 말을 잊으려고 했지만, 자꾸만 머릿속을 맴돌고 있었다. 그러다가 결국,

"마마!"

그만 발을 헛딛고 말았고, 누군가 잽싸게 그런 그녀의 손을 붙잡아주었다.

"괜찮으시옵니까, 빈궁마마?"

"아! 연녕대군마마."

홍은 얼른 헝클어진 옷매무새를 바로잡고서 제 앞에 방긋방긋 웃으며 서 있는 휘서를 바라보았다. 서로 몇 번 마주친 적은 있었지만 이리 가까이에서 본 적은 처음이었다. 하나 세자 저하께서

무척이나 아끼고 계시는 아우라는 걸 알기에 홍은 스스럼없이 인사말을 전했다.

"잡아주셔서 감사합니다, 연녕대군마마."

"운 좋게 제가 빈궁마마 가까이에 있었던 것이지요. 하니 얼마나 다행입니까. 형님께서 빈궁마마를 끔찍이도 아끼시는데, 이런 곳에서 쓰러지시면 곤란하지요."

휘서는 얼굴 가득 웃음을 머금고서 화려한 부채를 펄럭였다.

"걱정해 주셔서 감사합니다."

"형님을 걱정한 것입니다, 빈궁마마가 아니라."

순간 낮아진 음색에 홍은 어딘지 낯이 익은 섬뜩함을 느끼면서 고개를 들었다. 하지만 휘서는 여전히 그녀를 바라보며 웃고 있었다. 지나치게 화려한 복색 속에 숨기려 해도 흘러나오는 묘한 분위기와 독특한 눈빛. 또한 낮게 속삭이는 목소리. 그러한 느낌이 다시금 무겁게 그녀를 짓눌렀다. 해서, 얼른 이 자리를 빠져나가고 싶었다.

"마마를 이리 뵈어 반갑기는 하오나, 보경당으로 가던 길이라."

"……."

"먼저 가보겠습니다."

끝까지 빈궁으로서 말을 맺은 뒤 자연스럽게 휘서를 지나치려는 순간, 그의 목소리가 다시금 그녀의 발목을 붙잡았다. 역시나 낮고 서늘한 목소리.

"지금 이대로라면 빈궁마마께오선 결코 이 궐을 감당하지 못하실 것이옵니다."

"……."

그 순간, 부부인에게서 느꼈던 그 옥죄는 느낌이 다시금 밀려들었다. 어느새 그녀의 곁으로 다가온 휘서는 부채 너머로 얼굴을 가린 채, 서글서글해 보이는 눈동자로 홍을 바라보며 입을 열었다.

"세자빈은 나비라고 한다지요. 그만큼 연약하기 짝이 없고 꺾이기 또한 쉬우니까. 그런 나비가 끝까지 살아남는 방법이 무엇인 줄 아십니까?"

"그 무슨?"

그때, 움켜쥔 부채가 홍의 얼굴을 가리더니 이내 휘서가 부채 너머로 그녀의 얼굴을 똑바로 바라보며 붉은 입술을 벌렸다.

"반드시 그 뱃속에 용종을 품으세요. 아들을 낳으시란 말입니다. 왕의 여인이 되지 말고, 왕의 어머니가 되어야만 합니다. 그래야 진정한 교태전의 안주인이 되실 수 있으십니다."

무척이나 시린 눈동자가 홍을 잠식시키고 있었다. 가까이에서 본 그의 얼굴은 무척이나 곱고 말갛다. 여인인 자신보다 더 백옥 같은 살결을 타고난 듯했다. 아름다웠다. 또한 지나치게 위험했다.

'부부인과 참으로 닮았다.'

"혹, 무너지게 되신다면 혼자 무너지십시오. 결코 세자 저하의 발목을 잡지 마시고. 제가 걱정하는 것은 오직 저하뿐이시니. 그건 빈궁마마도 마찬가지겠지요?"

휘늘어졌던 입꼬리가 다시금 부드러움을 머금고서 넘실거렸다. 어느새 부채는 사라지고, 휘서는 넉살 좋게 웃으며 잔뜩 얼어버린 홍에게 고개를 조아렸다.

"어서 보경당으로 가보시지요. 송화 공주가 얼마나 기다리고 있겠습니까?"

그렇게 휘서는 홍에게서 멀어졌다. 부채를 펄럭이던 손길이 아래로 내려앉으면서 진심으로 걱정하고 염려하는 표정이 떠올랐다.

"청이, 그 아이는?"

휘서의 목소리 끝으로 어느새 한 사내가 그의 뒤에 서 있었다.

"퇴궐하셨습니다."

"진정 빈궁전에서 나오더냐?"

"그러하옵니다."

그는 잠시 눈을 질끈 감고선 무거운 숨을 내쉬었다.

"끝까지 그 아이 모르게 주시하여라, 백각."

"예."

휘서는 떨리는 손으로 다시금 부채를 붙잡았다. 혹시나 그녀가 먼저 움직이기 전에, 돌이킬 수 없는 짓을 저지르기 전에,

'내가 먼저 그녀와 함께 도성에서 멀리멀리 떠나야 한다. 그러기 위해선 어서 형님께서 보위에 오르시고, 빈궁께서도 지금보다

강건해지셔야 해.'

✳

홍은 참았던 숨을 잔뜩 토해내고서 불안한 시선으로 멀어져 가
는 휘서의 뒷모습을 바라보았다. 처음엔 몰랐는데. 아니, 그저 세
자 저하의 아우라고 그리만 알고 있었는데. 저 서글서글한 웃음
속에 가장 무섭고도 섬뜩한 칼을 숨기고 있다. 그나마 다행이었
다. 그래도 그는 저하의 편이니까. 저하의 편이라서.

"용종을 품으십시오."

홍은 저도 모르게 제 배를 살며시 쓸어내렸다. 진정 살기 위해
서. 또한 저하를 지키기 위해서 이 뱃속에 왕자를 품어야 하는 것
일까. 아무리 그런 쪽으로 무지한 자신이지만 느낄 수가 있었다.
그리고 그것이 차츰 두려움으로 다가오면서 처음으로 자신이 궐
에 살고 있다는 사실이 묵직하게 파고들었다. 하지만 그래도 자신
이 이 자리에서 버틸 수 있는 것은. 또한 견딜 수 있는 것은 오직
하나.

홍이 보경당으로 향하면서 항상 소중히 품고 있던 당주홍을 꼭
움켜쥐며 담의 모습을 그리던 순간,

"홍아."

"저하……."

거짓말처럼 제 앞에 서 있는 이담의 모습에 저도 모르게 눈가가 시큰거리면서 뜨거운 무언가가 그녀의 심장을 들뜨게 하였다. 하루 종일 멍했던 머리 역시 맑아지면서, 빈궁이 아닌 세자의 밤톨, 홍의 모습으로 그녀는 그렇게 이담을 향해 달려갔다.

"무슨 일이 있는 것이오?"

담은 어쩐지 이상한 홍을 깊숙이 안아주었다. 내관들과 나인들은 이젠 너무나도 능숙하게 고개를 돌리며 몇 보 뒤로 물러났다. 홍은 그저 아무 말 없이 그의 품 안에서 막혔던 숨을 되찾으며, 너무나도 그리웠던 그를 꽉 움켜쥐었다.

"아니옵니다. 그냥, 저하가 너무 보고 싶어서."

"훗, 역시 아직은 밤톨이구나."

그는 그녀의 머리카락을 조심스럽게 쓰다듬어 주었다. 홍은 그런 그의 손길을 느끼며 조금 더 어리광을 피웠다. 이 정도는 괜찮겠지. 이 정도는 괜찮을 것이다. 오늘 너무 많이 힘들었으니까. 정말이지 힘들었으니까. 자신이 이 궐 안에서 버틸 수 있는 것은 오직 세자 저하 때문이니까.

그렇게 한동안 홍은 담의 품 안에서 무겁게 휘몰아치던 생각을 애써 묻어두었다. 지금 이 순간만큼은 잊어버리고 싶었다.

"정말 괜찮은 것이오?"

다정하게 울리는 그의 목소리에 홍은 그제야 고개를 들고서 그를 바라보았다. 그래도 결코 변하지 않은 단 하나. 저 동그란 눈동자로 오직 자신을 바라봐 주는 것. 살포시 반달로 접히면서 그 속에 제 모습이 고스란히 담겨 있었다.

"괜찮사옵니다."

"정말?"

"정말이옵니다. 바쁘시지요? 어서 가보시어요. 신첩도 어서 보경당으로 가봐야 하옵니다."

홍은 잡고 있던 담의 손을 아쉽지만 놓아주려고 했다. 하지만 그는 그러한 그녀의 손을 덥석 잡고서는 이내 어디론가 끌고 가기 시작했다.

"저하?"

"절대로 나를 먼저 밀어내지 마시오, 아주 많이 서운하니까."

"그것이 아니오라……."

"박 내관, 최 상궁, 그곳으로 갈 것이니 어서 가서 준비하라. 그리고 보경당에는 빈궁이 갈 수 없다고 전하고."

담의 말에 박 내관과 최 상궁은 잠시 표정이 굳어지면서 말을 더듬기 시작했다.

"지, 지금 말씀이옵니까? 하오나, 저하! 그래도 조금이라도 시간을 주시는 것이……."

"예, 저하. 조금만, 아주 조금만."

"그러니까 지금 당장 뛰어가라고!"

막무가내인 담의 모습에 박 내관과 최 상궁은 울상이 되어서는 헐레벌떡 뛰어가기 시작했고, 홍은 의아한 표정으로 그런 두 사람을 바라보며 어느새 걸음을 늦추고 있는 담에게 말했다.

"저하, 대체 무슨?"

"빈궁에게 꼭 보여주고 싶은 것이 있소."

하지만 담은 쉽사리 가르쳐 주진 않고서 조막만 한 그녀의 손을 잡고 느리게 걸음을 옮겼다.

"너무 빨리 도착하면 박 내관과 최 상궁이 울지도 모르니 조금 천천히 걸어가도록 하지. 이렇게 빈궁 손도 오래 잡을 수 있고."

무슨 일이 벌어지고 있는지는 모르겠지만 그래도 그의 손을 잡고 있는 것만으로도 기분이 좋아진 홍은 고개를 끄덕이며 그렇게 오랜만에 서로의 온기를 나누었다.

한참을 못 다 한 얘기를 나누거나 바라만 봐도 좋으면서, 그렇게 걸어가던 홍은 문득 걸음을 멈추고서 주변을 둘러보았다. 어쩐지 낯이 익은 길. 이곳으로 쭉 가다 보면…….

"이제야 생각나는 것이오?"

"묘운각으로 가는 것이옵니까?"

이대로 쭉 가면 분명 묘운각이었다. 한데 갑자기 그곳은 왜 가는 것일까?

"가보면 알게 되오. 다 되었는지 모르겠네."

담은 능청스럽게 웃으면서 먼저 앞장서기 시작했고, 홍은 그런 그의 그림자를 졸졸 따라가기 시작했다. 그러던 와중 담의 앞으로 박 내관과 최 상궁이 숨을 헐떡이며 다가와 고개를 조아렸다.

"저, 저하, 끝났사옵니다."

"들어가시면 되옵니다, 저하."

어쩐지 진이 다 빠져 보이는 안색. 담은 피식 웃으면서 수고했다고 짧게 속삭인 뒤, 멍하니 서 있는 홍에게 손짓을 했다.

"얼른."

홍은 치맛자락을 수줍게 움켜쥐고서 한 걸음, 한 걸음 그에게 다가갔다. 어쩐지 이상하게 가슴이 콩닥거리면서 설렘이 물씬 밀려들었다. 그렇게 홍이 묘운각까지 몇 발자국을 남겨두자 담이 그런 그녀의 앞을 슬쩍 막아 세우며 속삭였다.

"너무 놀라면 안 되오. 그렇다고 너무 실망하지도 말고."

그러고선 살며시 그녀의 시야를 밝혀주었고, 바람결에 묘한 향기가 코끝으로 파고드는가 싶더니 이내 그녀의 눈앞으로 무척이나 환한 빛이 화사하게 파고들었다.

묘운각의 정원으로 수없이 많은 꽃들이 가득 피어 있었다. 대체 어디서 저 많은 걸 구해온 것일까 싶을 정도로 진귀한 꽃들, 특히나 그녀가 좋아하는 붉은색이 지천으로 번져 붉은빛 향연을 이루고 있었다.

"저, 저하……."

홍은 너무 놀란 마음에 말을 이을 수가 없었다. 담은 조금 쑥스러운 표정을 지으면서 헛기침을 내뱉었다.

"예전에 누가 여인은 꽃을 아주 좋아한다고 하더군."

"하오나 이건 너무 많지 않사옵니까?"

"그래도 내가 명색이 세자이고 그대가 빈궁인데 남보다 배는 더 많이 주고받아야 하는 것이 아니오?"

"예?"

"훗, 농이요. 그냥 호월산처럼 꾸미고 싶었소."

호월산이라는 말에 홍은 움찔하고서는 더더욱 놀란 눈동자로 담을 바라보았다. 그가 어찌 호월산을…….

"호월산에 조선 팔도의 모든 꽃이 지천으로 피어 있다고. 해서 빈궁이 그리 가고 싶다고 하던데."

"그것을 어찌……?"

"최 상궁에게 들었소. 뭐, 이 정도는 택도 없겠지만 그래도 조금은 괜찮지 않소? 이것 때문에 박 내관과 최 상궁이 며칠 동안 제대로 잠을 이룰 수가 없었지. 사실 조금 더 있다가 보여줄 생각이었는데."

홍은 그의 말에 피식 웃고서는 아른거리는 시선으로 바람에 수없이 흔들리는 꽃들을 바라보았다. 어쩐지 별천지 같았다. 이곳만 다른 시간에 있는 듯 그리 느껴졌다.

"호월산은 예전에 스승님께 들은 적이 있었습니다. 무척이나 아름다운 곳이라고. 그림을 그리는 이들이라면 죽기 전에 꼭 한 번 그곳으로 가서 제 손으로 남기고 싶을 만큼, 그러한 곳이라고."

"……."

"해서 저도 한 번은 꼭 가보고 싶었습니다."

담은 어느새 그녀의 손을 꼭 잡아주었다. 조금은 불안한 손길로. 금방이라도 그녀가 그곳으로 훨훨 날아가 버릴까 봐.

"훗날 내가 보위에 오르게 되면."

"……."

"그때 꼭 함께 가자. 꼭, 함께 가는 것이다. 너는 그림을 그리고, 나는 그러한 너를 바라보면서 말이다."

그는 그녀의 손가락을 엮고서 꼭 같이 가자고 다짐을 했고, 홍은 그런 그의 모습이 귀여워 고개를 끄덕여 주었다. 정말로 그리되었으면 좋겠다는 바람과 함께 말이다.

"하면 일단 오늘은 이곳을 그리는 것으로 만족해 주시오."

"예, 저하."

그렇게 홍과 담은 조그만 정자에 앉았다. 담은 너무나도 자연스럽게 먹을 갈았다. 그러곤 천연덕스럽게 속삭였다.

"세자인 내가 가는 먹이니 아주 좋은 그림이 나올 것이오."

"어련하시겠습니까."

홍은 종이를 펼치고서 붓에 가득 먹을 묻혔다. 어쩐지 오늘 있었던 모든 무거운 마음들이 이 붓 끝 아래 전부 사라지는 것 같았다.

담은 그림을 그리려는 홍의 손가락을 잠시 바라보다 이내 그녀의 등 뒤로 다가가 손을 함께 포개었다.

"저하?"

갑작스럽게 뒤에서 느껴지는 그의 뜨거운 숨결에 홍은 움찔했지만, 담은 태연하게 그녀를 품에 안고서 함께 붓을 잡았다.

"나도 그려보고 싶어서 말이오. 함께 그리는 것도 나쁘진 않지."

"하, 하오나 보는 눈이……."

"누가 본단 말이오?"

이미 묘운각 주변으론 내관들과 나인들의 그림자조차 보이지 않았다. 아마도 담이 먼저 손을 써둔 모양이었다. 홍은 어쩔 수 없다는 듯 그렇게 함께 손을 포갠 채 그림을 그리기 시작했다. 그녀와 그의 손가락 사이로 꽃송이들이 잔뜩 피어나고 있었다. 가볍게 움직이는 그 찰나의 순간, 서로의 온기가 은밀하게 피어오르며 묘한 울렁임이 출렁이기 시작했다.

"내가 보위에 오르고 왕이 되면."

"……."

"네가 내 어진을 그려주면 좋겠다."

"예?"

너무 황망한 말에 홍은 저도 모르게 고개를 획 돌렸다. 그러자 바로 코앞에 와 닿은 그와 정면으로 스치면서 그의 눈빛에 묶여 꼼짝을 할 수가 없었다.

"어진 말이다."

"말도 안 되옵니다. 어진은 도화서에서 어진화사가 그리는 것이옵니다. 저의 부족한 실력으로 어찌."

"그런 것에 상관없이 네가 사랑하는 사내의 얼굴을 그리는 것이다. 지난날 네가 그린 그림을 그런 놈들에게 주었을 때 너무나도 화가 나고 미안했다. 그러니 꼭, 네가 먼저 그려서 내게 다오. 네가 나를 어떤 눈으로 바라보는지 너무 궁금하니까."

"감히 다 담을 수 있을지 모르겠습니다."

홍은 머뭇머뭇 거리다 이내 살며시 손을 뻗어 그의 얼굴 위로 붓을 놀리듯 조심스럽게 쓰다듬어 내렸다.

"제겐 너무 귀하고 귀한 임의 얼굴이니까요."

서로의 숨결이 닿을 듯 말 듯 움찔거리다 이내 담의 입술이 그녀의 숨결을 머금었고, 그녀의 목소리가 삽시간에 사라졌다. 진하게 피어오르는 열기와 향기가 뒤엉켜 서로의 머릿속이 점차 몽롱해지기 시작했다. 어느새 그의 손길이 점차 아래로 내려가더니 이내 옷고름을 움켜쥐자, 홍이 움찔하며 저도 모르게 그를 슬쩍 밀어버렸다.

"그리 밀어내면 서운한데."

"그게 아니라, 보지 않사옵니까!"

"누가?"

"무, 무랑이……."

시뻘겋게 달아오른 홍의 얼굴에 담은 피식 웃으면서 주변을 바라보았다. 그야말로 고요하기 그지없었다.

"뭐, 무랑이는 어디선가 지켜보고 있겠지."

"그 보십시오!"

"하지만 저도 눈치가 있지. 아마 뒤돌아서 있을 것이다. 만약본다면 내가 바로 경을 치마."

"저하…… 읍!"

하지만 담은 더 이상 기다리지 못한 채, 홍의 입술을 다시금 머금고서 그대로 그녀를 끌어당겼다. 넘실대는 꽃향기보다 더한 향기가 달아오르면서, 서늘한 바람 또한 뜨거운 숨결을 머금고서 그렇게 주변으로 흩어지고 있었다. 담은 잠시 입술을 떼고서 이젠 정말이지 만개한 꽃처럼 어여쁘고 사랑스러운 그녀를 바라보았다.

"예전에도 말했었지, 그대는 나를 기다리지 말라고. 내가 그대에게 갈 것이니. 내가 그대를 더 많이 연모하며 지켜줄 것이라고."

"불안해하지 마시옵소서, 저하. 전 언제나 저하의 곁에 있을 것이옵니다."

담은 다시금 그녀를 와락 끌어안았다. 진하게 피어오르는 그녀의 온기에 그제야 마음이 놓였다. 대리청정을 하는 내내 불안감이 피어올랐다. 저를 향해 고개를 숙이는 대소신료들을 보는 순간부터 그 불안감은 커져 갔다. 지켜야 할 것이 있기에, 지금 품 안에 있는 이 여인을 반드시 지켜야 하기에.

'나는 가장 완벽한 하늘이 될 것이다. 내 품에서 온전히 네가 날아다닐 수 있도록. 그럴 수 있도록.'

"너와 나를 닮은 아이를 꼭 낳아다오. 특히 너를 닮은 아이를."

"저하?"

"보고 싶구나. 정말이지 보고 싶어."

처음으로 아이를 원한다는 담의 말에 홍은 어쩐지 울컥이는 감정과 더불어 아이에 대한 두려움이 사라지고 정말로 그를 닮은 아이를 가지고 싶다는 마음이 생겼다. 설사 그로 인해 많은 것이 바뀐다고 할지라도.

그렇게 담과 홍은 서로를 닮은 아이를 기원하며, 움켜쥔 손을 더욱 꽉 움켜쥐었다. 모든 것이 잘될 것이라고, 하늘에서 내려준 천생연분의 운명을 믿으면서, 그렇게 오랫동안 서로의 시선을 바라보며 웃고 있었다.

✳

대리청정 3년. 주상 전하의 병세가 더더욱 악화되어 더 이상 기력을 회복할 조짐이 보이질 않았다. 그렇기에 주상은 세자에게 양위를 하려고 하였지만, 조정대신, 특히나 노론의 극심한 반발로 인하여 여전히 대리청정의 형태를 유지하고 있었다. 하지만 실질적으로는 지금의 세자가 왕이나 마찬가지였다. 영상의 세력을 바탕으로 무너졌던 소론을 일으켜 세워 정치적 안정을 꾀하고자 했고, 도성의 민심을 사로잡으며 그야말로 태평성대를 이뤄 나가고 있었다. 한 가지 미흡한 것은 아직 그의 뒤를 이을 후사가 없다는 것. 하지만 지금, 산실청에서 자지러지는 비명 소리가 불안한 밤을 이어가고 있었다.

"아아아아아으윽!"

"아직이냐, 아직도!"

"저하, 고정하시옵소서."

"지금 고정하게 생겼느냐!"

담은 불안하게 흔들리는 시선으로 연신 비명 소리만이 울리고 있는 빈궁전을 서성이고 있었다. 그 옆에서 기도를 드리는 중전 역시 마찬가지였다. 금방이라도 숨이 끊어질 듯, 홍의 소리가 위태롭기만 했다. 그리고 그 위태로운 소리에 그의 가슴이 순간순간 철렁이고 있었다.

"저하, 부디!"

"이번이 처음이 아니지 않더냐."

"……."

"이번에도 잘못되면, 이번엔 그 아이가 버티질 못한다. 홍이가, 버틸 수가 없다."

그의 주먹이 파르르 떨리며 한층 낮게 가라앉은 눈동자에 슬픔의 잔재가 가득 묻어나고 있었다. 박 내관은 차마 무슨 말을 내뱉

을 수가 없어 그저 고개만을 숙이고 있던 순간,

"아악!"

찰나의 단말마와 함께 비명 소리가 사라졌다. 무섭도록 이어지는 침묵. 그리고 그 침묵과 함께 담의 표정도 급속도로 굳어지고 있었다.

"저, 저하, 아닐 것이옵니다. 다 잘된 것이옵니다. 제가, 제가 가서……."

"그래요, 세자. 내가 가볼 테니, 세자께서는……."

중전까지 나서서 그를 말렸지만 담이 먼저 움직였다. 미친 듯이 떨리고 있는 심장. 아닐 것이라고. 그럴 리가 없다고 애써 부정하면서 떨어지지 않는 걸음을 억지로 놀리며 앞으로 걸어가려는 찰나, 빈궁전에서 최 상궁이 걸어 나왔다. 그림자에 가려 얼굴이 제대로 보이지 않았다. 하지만 가까이 다가온 그녀의 얼굴은 눈물로 범벅이 된 채 바들바들 떨리는 목소리로 담에게 무릎까지 꿇고서 아래로 고개를 조아리며 끝내 그의 가슴을 찢어놓았다.

"저하…… 저하……. 흐흐흡!"

"울지 말고."

"으흐흑, 흐흐흡!"

"울지 말고, 말을 하라!"

"아기씨께서, 아기씨께서!"

하지만 담은 그 뒷말을 듣지 못했다. 차마 들을 수가 없었다.

"홍이는…… 홍이는…… 홍이는 무사한 것이냐!"

입을 열지 못하는 최 상궁의 모습에 담은 참지 못하고서 빈궁전으로 달려가려는 순간, 최 상궁이 온몸으로 그를 막아서며 외쳤다.

"저하, 제발! 마마께서 그 누구도 만나지 않겠다고 하시옵니다. 특히 저하를, 저하를, 흐흐흐, 흐흑!"

최 상궁은 더는 말을 잇지 못한 채 눈물을 참지 못했고, 빈궁전 너머로 나인들의 통곡 소리가 울려 퍼졌다. 중전 역시 허망한 눈빛으로 제 가슴을 움켜쥐었다.

'하늘도 무심하십니다. 어찌, 이번에도!'

하지만 담의 귀엔 아무것도 들리지 않았다. 그저 멍하니 울음이 가득 찬 빈궁전을 바라보았다. 그 아이가 온몸으로 우는 소리가 들리는 듯했다. 또다시 제 가슴을 두드리며 제 자신을 자책하며 미친 듯이 우는 소리가 들리는 듯했다.

촛불이 다 꺼진 텅 빈 자리에서 피투성이가 된 홍이 넋을 잃은 표정으로 숨소리가 사라진 아이를 꼭 끌어안고 있었다. 움켜쥔 손끝이 미친 듯이 떨려왔다. 허공에서 파르르 떨리는 시선이 이내 굵은 눈물방울을 떨구고선 다정하게 속삭였다.

"제발, 눈을 뜨고 한 번만, 한 번만 울어보세요. 이 어미의 소원입니다."

텅 빈 메아리만 공허하게 맴돌았다. 그녀는 아이를 제 가슴에 미친 듯이 끌어안으며 연신 제 부드러운 **뺨**으로 비비고, 비비고, 또 비볐다. 하지만 한 줌의 온기조차 느낄 수가 없었다.

"제발, 제발, 한 번만…… 한 번만…… 어미를 한 번만 봐주세요! 제발, 제발, 제발! 이리 또 어미를 떠나지 마세요! 아아악!"

애끓는 절규가 갈 길을 잃은 채 고통스럽게 울려 퍼졌다. 그리고 그 너머로 그렇게 무너지는 그녀의 그림자를 바라보며 차마 다가가지 못한 채 울음을 삼키고 있는 담이 있었다.

이번이 벌써 세 번째. 그들의 가슴에 결코 지워지지 않을, 결코 아물지 않을, 울음 한 번 터뜨리지 못한 그들의 아이가 또다시 그렇게 떠나가 버렸다.

아무리 소문을 누르려고 해도 궐 안, 특히 빈궁께서 또다시 아기씨를 잃으셨다는 소식은 삽시간에 수백 개의 눈과 귀를 통해 번져 나가고 있었다. 첫 아기씨와 둘째 아기씨는 모두 뱃속에서 잃으셨고, 이번 아기씨는 무사히 태어나시나 하였는데, 아기씨가 거꾸로 태어나신 바람에 결국 숨을 잃으시고 말았다.

귀한 아기씨를 한 번도 아니고 세 번이나 잃었기에, 사람들은 그녀에게 대놓고 말하진 못했지만 뒷말로 은밀하게 속삭였다. 삼신께서 노하신 것이 아니냐고. 이대로 종묘사직의 대가 끊어지면 어찌하냐고. 그러한 우려의 목소리는 결국 편전까지 새어 들어가고 말았다.

"빈궁마마께서 아직 춘추가 미령하시기는 하오나, 그래도 만일에 대비하여 후궁을 들이시는 것이 어떠하시옵니까?"

"예, 저하. 왕실에 손이 많은 것은 중요한 것이옵니다. 또한 다른 의미에서도 후궁을 들이시는 것이……."

한마디를 거들던 대신들이 봇물 터지듯 후궁을 들여야 한다며 입을 맞추기 시작했고, 영상은 그저 입을 다문 채 정면만 바라보고 있었다. 그리고 그들의 머리 위에서 서늘하게 가라앉은 시선을 한 채 앉아 있던 담은 이내 웅성이던 이들의 목소리를 잘라내었다.

"빈궁께서 아기씨를 잃은 지 얼마나 되었소?"

"예?"

"얼마나 되었냐고 묻고 있지 않소!"

서슬 퍼런 어조가 삽시간에 편전을 뒤흔들었고, 대신들은 이내 고개를 푹 숙이고선 숨소리조차 억눌렀다.

"또한 내가 아직 보위에 오르지도 않았소. 벌써부터 후사를 걱정할 필요가 없단 말이오. 게다가 지금 경들이 걱정해야 할 것은 그것이 아니지 않소?"

"하나……."

"남방에서 왜놈들의 습격이 끊이질 않는다는 상소문이 빗발치고 있소. 듣자 하니 왜놈들의 뒤를 봐주고 있는 간자의 무리들이 있다고 하던데, 대체 일이 어째서 이 지경까지 되었나 했더니, 경들의 머릿속엔 온통 제 집안 여식을 후궁으로 들여 재물이나 쌓을 생각만 하고 있는 것 같군!"

"아니옵니다, 저하! 어찌 그런 불경한 생각을."

"그렇사옵니다. 저희는 다만 왕실의 후계가 걱정되어서……."

"경들은 내가 보위에도 오르지 못한 채 운명을 달리할 것 같소? 해서 내 후사를 그리도 걱정하는 것이오!"

"저하! 어찌 그런 망극한!"

좌상과 더불어 좌상의 세력인 노론들이 결사코 그런 마음을 품은 것이 아니라고 통촉하여 달라고 울부짖기 시작하였고, 담은 다시금 징징대며 시작된 소리에 미간을 찡그리며 병판 겸 판의금부사인 유장준을 향해 말했다.

"현재 상황은 어떠한가?"

"간자의 무리로 추정되는 이들의 동태를 파악하였으니, 곧 꼬리를 잡을 수 있을 것이옵니다. 어쩌면 이들 무리의 주모자까지 밝혀낼 수 있을 것이옵니다."

"이 일은 오직 병판만 믿고 있겠다. 뿌리까지 전부 낱낱이 밝혀내야 한다. 감히 나라를 기망하고 왜놈들의 앞잡이가 되어 백성들의 피눈물을 쏟아내게 만든 이들을 결코 용서하지 않을 것이다."

"예, 저하. 명심하겠사옵니다."

❊

숨소리조차 고요한 빈궁전. 아른거리는 그림자마저도 더더욱 무겁게 가라앉은 듯 보였고, 스치는 바람조차 눈치를 살피는 것처럼 적막감이 휘돌고 있었다.

이제 막 몸을 추스른 홍은 멍한 시선으로 붓을 잡고서 연신 뭔가를 그리고 있었다. 검은 먹물이 가늘게 뻗으며 활짝 만개한 꽃송이가 수없이 피어나고 있었다. 그녀는 잔잔히 흔들리는 시선으로 오직 그림에만 집중했다.

그때, 문 너머로 상기된 최 상궁의 목소리가 울렸다.

"마마, 홍문관 교리께서 뵙기를 청하시옵니다."

"오라버니께서?"

홍은 그제야 고개를 들었다. 잠시 후 문이 열리면서 그리운 얼굴이 다가오자, 그녀는 저도 모르게 몸을 벌떡 일으켜 세웠다.

"오라버니!"

"빈궁마마."

메마른 그녀의 얼굴 위로 오랜만에 봄바람 같은 미소가 스쳤다. 규헌은 그래도 웃어 보이는 그녀의 모습에 오는 내내 꽉 조였던 가슴을 내려놓고선 서로 마주 보며 자리를 잡았다.

"어찌 오셨습니까? 많이 바쁘시지 않습니까? 그래도 이리 얼굴을 보니 너무 좋습니다. 얼마 만에 보는 얼굴인지……."

"마마, 숨은 쉬고 말씀하십시오. 저 그리 빨리 가지 않을 것입니다."

"제가 그랬습니까? 하지만 너무 좋아서 그렇습니다. 너무너무 좋아서."

많이 상하고 야윈 얼굴 위로 희미하지만 홍조가 감돌면서 볼우물이 살며시 스쳤다.

규헌은 그 모습에 자꾸만 눈시울이 붉어졌지만 억지로 꾹 참으며 조금 머뭇거리는 손길로 홍의 손을 잡아주었다. 어릴 적, 작디작은 손은 이제 제법 여인의 손을 보이고 있었지만 너무 많이 말라 있었다.

"어찌 쉬지 않으시고 그림을 그리고 계셨습니까?"

규헌은 밝은 목소리로 바닥에 흩어져 있는 그림을 바라보았다. 그러자 홍은 조금 흔들리는 시선으로 아련하게 그림을 바라보았다.

"가만히 있으면, 견딜 수 없을 것 같아서요."

"……."

"너무 보고 싶어서, 그리고 이 못난 어미가 해줄 수 있는 것이 고작 이것뿐이지 않습니까."

"마마……."

그녀의 시선 안으로 만개한 꽃송이들이 아프게 와 닿았다. 마치 지워지지 않는 멍처럼 새겨진 그림들. 이것은 그녀의 마음이었다.

"세상에 채 피어나지 못한 제 아이들을 그리고 있었습니다."

"……."

"저 먼 하늘에서 이처럼 꽃답게 피어나라고. 이곳에선 채 피지 못했지만 저 위에선 환하게 피어나서, 지켜주지 못한 이 어미를 용서하고 기다려 달라고. 그렇게 말입니다."

결국 차올랐던 눈물이 주르르 흘러내리면서 이내 그녀의 손등 위로 진하게 배어들었다.

"약해지지 마세요, 마마."

"약해지지 않으려고 하는데, 그게 잘 안 됩니다. 제가 너무나도 부덕하여 저하께 누를 끼치고 있으니 말입니다."

"그게 무슨, 마마! 저하께서 마마를 지켜주실 것입니다. 저하를 믿지 않으십니까? 저하께서 얼마나 마마를 귀히 여기시는데요."

"저는 그것이 두렵습니다."

그녀의 입꼬리가 서글프게 올라갔다. 이미 다 말라 버린 눈물자국이 흉터가 되어 너무나도 자연스럽게 그녀의 가슴으로 새겨지고 있었다.

"또다시 잘못될까 봐, 해서 또다시 잃게 될까 봐, 해서 저하마저 위태로워지실까 봐."

"그런 생각 마십시오, 마마!"

"오라버니는 모를 것입니다. 이 가슴이, 가슴이 통째로 뜯겨 나가는 것 같은 고통이 밀려듭니다. 매 순간순간, 들어본 적도 없는 내 아이들의 울음소리가 들리는 것 같습니다. 그래서 손을 뻗어보면, 아무것도 없어요. 아무것도. 그러다 울음을 애써 참고 계시는 저하를 볼 때면, 너무나도 미안하고 미안해서……. 흐흑!"

규헌은 제 눈앞에서 무너지기 시작하는 홍의 모습에 더는 참지

못하고서 그녀의 어깨를 안으며 예전처럼 달래주었다. 커다란 손
바닥으로 여린 제 누이동생을 소중히 끌어안으며 다독여 주었다.

"제가 말했지요? 마마께서는 모두에게 사랑받을 것이라고. 사
랑받을 수밖에 없는 아이라고. 지금은 조금 힘드시지만, 그렇지만
견뎌내셔야 합니다. 강해지셔야 합니다. 먼저 떠난 그 빈자리를
지키는 것도 어미가 해야 하는 일입니다."

"흑, 흐흐흐흡!"

"흔들리지 마세요, 마마. 저하께서 마마를 지켜주실 것이니. 반
드시 그리 하실 것이니. 또한 아버님이 지켜주실 것입니다."

규헌은 품속에서 무언가를 꺼내어 홍의 손에 쥐어주었다. 그것
은 약재였다.

"아버님께서 챙겨주신 것입니다. 물론 내의원에서 더 좋은 약
재로 챙겨주실 테지만, 그래도 아버님께서……."

홍은 생각지도 못한 선물에 눈을 크게 뜨고서 약재를 바라보았
다. 아버님이, 아버님이.

"아…… 아…… 아……."

그녀는 그것을 가슴으로 끌어안으며 끝내 고개를 숙였다. 파르
르 떨리는 어깨 위로 규헌의 손길이 따뜻하게 번져 나갔다. 이 자
리가 무섭지만, 버겁지만, 너무나도 힘들지만, 그래도 아직은 버
틸 수 있었다. 오라버니가 있고, 아버님이 있고, 또한……

'저하…….'

오라버니의 말씀처럼 저하가 계시니까. 아직은 저하를 너무나도 연모하고 연모하여 떠나고 싶지 않으니까. 이 순간, 너무나도 그가 그립고, 보고 싶었다.

8장

허공을 맴도는 나비

그날 밤. 어둠이 내려앉은 빈궁전 안으로 담의 걸음이 아주 조심스럽게 와 닿았다. 숨조차 꾹 누른 채, 최 상궁이 당황하여 소리를 지르려고 하자 담이 험악한 표정으로 그녀의 입을 막았다.

"쉿!"

"저하, 어찌 이런 늦은 시각에……."

"빈궁은 침소에 드셨느냐?"

"그러하옵니다."

"잘, 자는 것이지?"

"그, 그것은……."

최 상궁이 차마 말을 잇지 못하자, 담은 어두워진 시선으로 천천히 걸음을 옮겨 문을 열었다. 고요한 적막이 스치고, 오직 홍의 숨소리만이 가냘프게 울리고 있었다. 담은 천천히 그녀에게로 다가갔다. 걸음걸음이 가까워질수록 그의 심장이 낮게 고동치고 있었다. 마침내 그녀의 곁에 내려앉은 담은 다정한 시선으로 잠든 그녀의 얼굴을 바라보았다.

"많이 야위었구나."

새하얀 얼굴 위로 볼우물이 너무나도 희미하였다. 예전엔 웃음이 귓가에 걸려선 쏙 파고들곤 했었는데. 그때 곤히 자는 그녀의 얼굴이 한층 일그러지더니 이내 핏기 어린 입술 너머로 가냘픈 신음 소리가 새어 나오면서 결국, 잠든 눈가로 눈물이 주르르 흘러나왔다.

"……."

순간, 심장이 미친 듯이 조여들면서 찌릿한 통증이 물밀 듯 밀려들었다. 떨리는 그의 손길이 어렵사리 그녀의 흩어진 머리카락 위로 내려앉다가 이내 흘러내린 눈물을 훔쳤다. 눈물이 와 닿은 곳이 쓰리게 아려왔다.

"그 꿈속에서도 우리 아이들을 만나지 못한 것이오? 해서 이리 우는 것이오? 아니면 혹, 그 꿈속에 내가 나오는 것이오? 하여 그리 우는 것이오?"

대답 없는 메아리가 공허하게 흩어졌고, 담은 이내 고개를 숙여 그녀의 눈물 위로 입술을 묻어 눈물을 닦아 내렸다. 잦아드는 떨림. 그리고 깊이 파고드는 그녀의 다정한 온기. 담은 한 손으로 그녀를 다독이며 간절하게 속삭였다.

"난 너만 있으면 된다. 너만 있으면. 하니, 제발 조금만 더 견뎌 다오."

그렇게 한참을 그녀의 옆자리를 지키고서 빈궁전을 빠져나온 담은 지친 표정으로 무랑에게 말했다.

"해서, 알아보았느냐?"

"예. 왜놈들과 더불어 불법으로 그림 경매가 벌어지고 있었는 데 그곳에서 팔리는 그림들이."

"……."

"도화서의 그림들이옵니다."

무랑의 말에 담은 굳어진 시선으로 주먹을 움켜쥐었다. 갑자기 도성에서 왜놈들의 습격이 빈번히 일어나고 있었다. 더구나 도적 뿐만 아니라 왜의 상인들이 불법으로 그림 경매를 벌이고 있었는 데, 그 그림이 왕실 도화서 그림이라는 소문이 돌면서 담의 시선 을 사로잡았다. 어쩌면 아주 오래전 꼬리조차 잡지 못한 채 놓쳐 버린 밀거래 상단일지도 모른다는 생각에. 그들이 다시금 꼬리를 드러낸 건 아닌가 하고 말이다.

"노론이 계속해서 양위를 반대하고 있다. 분명히 시간을 끌고 있는 것일 터. 이런 시국에 다시금 그림 밀거래가 성행하고 있다 는 것이 수상하다. 만약 그들이 노론과 관련되어 있다면 절대로 놓쳐선 아니 된다."

"예, 저하."

✳

야심한 시각. 떠들썩한 기방으로 노론의 대신들이 모두의 눈을 속인 채 은밀하게 허청과 마주하고 있었다. 그곳엔 노론의 영수인 좌상도 함께하고 있었다.

"어찌 자꾸 세자 저하께 후궁을 권하시는 것입니까. 이러다 정녕 덜컥 후궁을 들여 후계가 태어나게 되면 모든 것이 끝장이 아닙니까."

허청은 술잔을 내려놓으며 엷은 미소를 지었다. 그 미소가 어찌나 어여쁘던지, 헛기침이 절로 나왔다.

"그런 일은 없을 것입니다. 내일 마지막으로 한 번 더 후궁을 들이라고 적극 권하도록 하세요."

"예?"

"아마 내일이면 끝날 것입니다. 그것보다 다른 것은 어찌 되고 있습니까?"

그러자 좌상이 비릿하게 웃으며 말했다.

"걱정 마십시오. 모든 것이 완벽합니다. 병판 역시 눈치채지 못한 채 저희가 흘린 미끼를 아주 잘 따라주고 있습니다. 원리원칙을 중시하는 자이니 결코 눈치채지 못할 것입니다."

"그렇겠지요. 저하께서는요?"

"이미 명이 떨어진 상태입니다. 결코 명을 스스로 거두진 않으실 테지요."

허청은 서늘한 눈빛을 머금고서 고개를 끄덕였고, 좌상은 곁눈질로 그런 그녀를 살폈다.

몇 년 전, 누군가 익명으로 노론에 막대한 자금을 보내기 시작했다. 처음엔 의아했지만 그들은 그 자금을 받을 수밖에 없었다. 그리고 후에 그 배후가 저 여인이라는 사실을 알고서 경악을 금치 못했다. 연녕대군의 정실이나 그 소문이 좋지 않은 여인.

하지만 그들은 다급했다. 영상의 여식이 빈궁으로 오르고, 흩어졌던 소론이 다시금 조정의 실세로 서서히 자리 잡으면서 이대로 세자가 보위에 오르게 되면, 그 옛날 현비를 몰아세웠던 자신들을 세자가 용서할 리가 없었다. 피의 숙청이 시작되는 것이다. 그렇기에 저 여인의 손을 잡을 수밖에 없었다. 어차피 같은 목적을 가지고 있었으니까. 물론 연녕대군이 세자위에 올라 보위에 오르게 되면.

'저 여인부터 치워 버려야지. 아무리 대단한 여인이긴 하지만 초의 계집에 출신도 더러운 기방 여인을 궐에 들일 수는 없으니.'

허청은 웃고 있는 좌상을 서늘한 시선으로 바라보았다. 어차피 지금은 목적이 같아 손을 잡고 있지만, 훗날 반드시 제거해야 할 자다. 자신의 최종 목적을 위해서라도 반드시.

"이제껏 충분히 기다렸습니다. 하늘이 스스로 핏빛으로 물들고, 새로운 하늘이 떠오를 순간입니다."

❋

또다시 편전 회의에서 후궁에 대한 문제가 흘러나오자, 결국 담은 이 일을 확실하게 매듭짓기 위해 먼저 말을 꺼낸 하급 관리를 좌천시켜 버렸다. 이것은 경고였다.

"지금 이 시간부로 한 번만 더 내명부의 일에 관여하게 된다면, 경들이 그토록 지키고자 하는 지금의 자리를 두 번 다시 지키지 못하게 될 것이다. 알겠는가!"

하지만 그러한 명으로 인해 다른 한쪽에선 세자 저하께서 너무 빈궁에게 휘둘리는 것이 아니냐는 우려와 함께 영상의 세력인 소론을 제외한 노론의 세력들과 나머지 세력들은 권력이 벌써부터 점점 외척에게 기울고 있는 것이 아니냐는 불만을 품기 시작했다. 서서히, 그리고 아주 은밀하게 담이 그토록 굳건히 지키고자 했던 왕권에 틈이 생기고 균열이 일어나기 시작한 것이었다.

그리고 모든 이의 운명을 송두리째 뒤바꿔 버린 파란의 사건이 일어났다.

"지금, 그게 무슨 말이오."

"세자 저하."

"무슨 말인지 묻고 있지 않은가!"

담의 목소리가 편전 안으로 날카롭게 울렸다. 그리고 그 앞에 선 유장준은 그런 담의 노여움을 그대로 받아내며, 아까 전 내뱉었던 말을 다시금 입에 담아 올렸다.

"저하의 명대로 왜놈들과 내통하고 있던 간자들을 색출하여 조사 겸 문초를 하던 도중, 그들의 입에서 홍문관 교리, 민규헌의 이름이 나왔사옵니다. 이것은 그 조사지이옵니다."

그는 담에게 직접 조사지를 건네주었다. 담은 기가 막힌다는 표정으로 조사지를 읽어 내려갔다. 간자로 잡혀온 자들이 자신의 죄를 자백함과 동시에 주모자로 홍문관 교리, 민규헌을 입에 올렸다는 것. 하지만 말이 되지 않았다. 홍문관 교리라니. 그는 영상의 장자이자 빈궁의 오라비이다. 그가 이런 짓을 할 이유가 없었다.

"영상은 알고 있었소?"

담의 시선이 영상에게로 향했지만, 그는 침착하게 고개를 가로 저었다. 하지만 겉으로 그리 보일 뿐, 그 속은 무척이나 혼란스러웠다.

"일단 자세한 사항은 홍문관 교리를 추포하여 조사를 해야 할 듯하옵니다. 그러니 저하, 추포를 윤허하여 주시옵소서."

"홍문관 교리를 추포하겠다? 고작 그들의 입에서 한 번 언급되었다는 이유로 그를 추포하여 문초라도 하겠다는 것인가!"

하지만 대소신료, 특히나 노론은 이 같은 기회를 놓치지 않고서 앞서 나왔다.

"하나 세자 저하, 이것은 저하께서 직접 내리신 명이옵니다. 물론 홍문관 교리가 간자의 우두머리라니 있을 수가 없는 일이지요. 그러니 그것을 명명백백히 조사하여 억울한 누명을 밝혀야 하지 않사옵니까."

"그러하옵니다, 저하!"

담은 그 모습에 불안한 기색을 애써 숨겼다. 뭔가 일이 이상하게 돌아가고 있었다. 정말로 결코 아닐 테지만, 하필이면 홍문관 교리 민규헌이라니.

'혹, 이것이 설마⋯⋯.'

"세자 저하."

그때, 침묵을 지키고 있던 영상이 한발 앞서 나와 담에게 직접 부탁하였다.

"홍문관 교리를 추포하시옵소서."

"영상⋯⋯."

"이번 일을 명명백백히 밝히시어 교리의 억울함을 풀어주시고, 혹 이번 일에 배후가 있는 것이라면."

순간, 영상의 눈동자에 핏발이 서리면서 서늘한 목소리가 등골을 서늘케 하였다.

"그 배후를 엄히 다스리시옵소서."

좌상은 쌜룩한 시선으로 그러한 영상의 뒷모습을 바라보았다. 괜히 아무렇지도 않게 잘난 척하는 꼴이라니. 하지만 그런 모습도 이번이 마지막일 것이다.

"……좋소. 홍문관 교리의 추포령을 허하오. 병판은 이번 일을 한 치의 어긋남도 없이 수사하여 모든 것을 명확히 밝혀야 할 것이다. 하여 이번 일에 관련된 모든 배후들을 색출하여 전부 참형에 처하게 할 것이다."

폭풍은 몰려오고 있었고, 수많은 이들의 시선이 한곳으로 모이면서 이번 일로 인해 누가 목숨을 잃고, 또 누가 살아남아 더 큰 권력을 움켜쥐게 될지, 탐욕스러운 자들의 눈빛이 발 빠르게 번뜩거리고 있었다.

❋

이번 일을 맡은 유장준의 앞으로 휘서가 나타났다. 그는 여전히 요란스러운 복색으로 부채를 펄럭이며 능청스럽게 그를 향해 슬쩍 고개를 숙였다.

"오랜만이오, 병판."

"그러하옵니다, 연녕대군마마. 소신에게 볼일이 있으시옵니까?"

순간 휘서의 눈빛이 날카롭게 휘어졌지만 유장준은 너무나도 태연하게 그를 바라보았다.

"매번 볼일이야 있지. 그대와 내가 결코 먼 사이는 아니지 않소?"

"그럴 리가요. 감히 소신이 어찌 연녕대군마마와 가까울 수 있겠사옵니까."

"그건 병판의 마음에 달린 일이고."

"하면, 이만 물러가겠사옵니다."

하지만 스쳐 지나가는 병판을 향해 휘서는 짧게 속삭였다.

"이번 일, 제대로 살펴야 할 것이오. 그대가 그 아이에게 놀아나고 있을지도 모른다는 말이오."

순간, 유장준의 눈빛이 차갑게 일그러지면서 이내 못 들을 것을 들은 것처럼 빠르게 걸음을 옮겼다. 휘서는 그 모습에 무거운 한숨을 쉬었다. 아무래도 유장준은 이미.

'그 아이 손바닥 위에 있다. 절대로 인정하지 않으려고 하겠지만.'

그렇다면 유장준을 움직일 수는 없다. 다른 이를 움직여서 막아야 해. 그보단 일이 이 지경까지 가다니. 대체. 대체.

'지금이라도 멈춰라. 정녕 돌이킬 수 없는 길까지 가기 전에.'

❊

"오라버니가, 그러실 리가 없다."

"빈궁마마!"

홍은 있을 수 없는 소식에 버선발로 빈궁전을 빠져나가기 시작했다. 오라버니가 간자라니. 간자라니! 하여 의금부로 압송된다니! 그게 무슨 말도 안 되는 소리란 말인가!

"빈궁마마! 마마!"

빈궁전을 막 빠져나가려는 순간, 누군가 그녀의 앞을 가로막더니 이내 와락 끌어안으며 금방이라도 무너질 듯 위태로웠던 홍을 잡아주었다. 그녀는 부들부들 떨리는 숨을 내쉬며, 연신 저를 꽉 끌어안고 있는 담을 향해 억눌린 목소리로 말했다.

"그럴 리가 없습니다."

"알고 있소."

"오라버니가, 오라버니가 그럴 리가 없습니다."

"알고 있소."

"한데, 한데……."

홍은 그의 품에서 참았던 눈물을 쏟아내며 아무 말도 할 수가 없었다.

담은 파르르 떨리는 시선으로 여전히 그녀가 무너지지 않게 힘을 주어 안으며 가녀린 어깨를 다독였다.

"교리의 결백을 밝히려는 것이오. 또한 교리를 함정에 빠뜨린 이들을 모조리 색출하여 결코 용서치 않을 것이오."

"알고 있사옵니다. 저하께서 더 괴로우시다는 것을⋯⋯."

"나를 믿으시오. 나를, 믿거라."

담은 더더욱 힘을 주어 강하게 그녀를 끌어안고서 단호하게 말했다.

지금 그녀가 유일하게 기댈 수 있는 곳은 오직 저를 감싸고 있는 이 품밖에 없었다. 그의 거대한 그림자밖에 없었다. 자신이 할수 있는 일은, 이것밖에 없었다.

교리가 추포되어 조사가 진행되었지만, 결백을 밝히기는커녕 상황은 점점 파국으로 치닫고 있었다. 모든 이들이 하나같이 홍문관 교리 민규헌의 이름을 입에 올리며 자백을 했고, 실체 없는 소문은 점점 진실이 되어가고 있었다. 그러다 결국 어디서 새어 버린 건지 백성들에게로 사실이 번져 가기 시작했다. 특히나 왜놈들에게 수모를 당한 백성들의 원성은 날로 커져 갔다.

"홍문관 교리가 왜놈들의 앞잡이라고?"

"우두머리라잖아, 우두머리! 의금부에서 잡혀온 간자들이 전부다 그 자식의 이름을 입에 올렸다고!"

"민규헌. 잠깐, 민규헌이라면 영상 대감의 장자 아닌가?"

"영상 대감이라면, 빈궁마마의 오라비잖아?"

"그런 자의 아비가 조정에 있단 말이야?"

홍에게로 향하는 눈빛은 매섭기 그지없었다. 빈궁이 삼신의 저

주로 왕실의 후계를 잇지 못하는 것도 흉흉한데, 그의 오라비가 왜놈들의 앞잡이 노릇을 하고 있었다. 그 이유는 혹여나 후궁에게서 후계를 소생하여 권력을 놓칠 것을 두려워해, 왜놈들의 간자 노릇을 하며 막대한 부를 축적해 소론의 자금줄을 마련하고 있었다는 것이다.

결국, 알게 모르게 이 일의 실질적인 배후는 영상이라는 끔찍한 소문이 걷잡을 수 없이 번지고 있었다.

마치 짜놓기라도 한 듯, 너무나도 완벽한 상황. 하지만 너무나도 완벽하기에 진실이 아니라고 할 수도 없는 상황.

늦은 밤. 홍은 제대로 잠을 이루지 못한 채 붓을 들고 있었다. 현재 담의 엄명으로 빈궁전으로는 그 어떤 소문도 흘러들지 못하고 있었다. 홍은 그저 기다릴 뿐이었다. 다 잘될 것이라고. 아무것도 아니라고. 저하를 믿는다고. 믿을 것이라고.

"그러니 부디, 강건하셔야 합니다, 오라버니."

마치 부적처럼 그녀의 손에는 당주홍이 꽉 움켜쥐어져 있었다. 그렇게 거의 다 타버린 촛불이 서서히 잦아들고, 다시금 어렵사리 잠자리에 들려는 찰나.

"마마, 세자 저하께서 오셨사옵니다."

너무나도 늦은 시각. 갑작스럽게 그가 왔다는 말에 홍은 불안한 시선으로 자리에서 일어섰다. 하지만 문이 열리지 않았다. 그저 창호지 너머로 익숙한 그림자만이 아른거릴 뿐이었다.

"저하……."

그녀의 떨리는 목소리가 흩어졌지만, 역시나 아무 대답이 없었다. 홍은 천천히 걸음을 내디뎠다. 한 발 한 발. 이상하게 그에게로 가는 것인데, 그를 만나는 것인데, 걸음이 너무나도 무거웠다. 처음으로 그에게 가는 걸음이 너무나도 무서웠다.

마침내 가까이 가 닿은 홍은 천천히 손을 뻗어 그의 그림자를 붙잡았다. 그리고 그제야 그의 목소리가 낮게 울렸다.

"홍아……."

그 순간, 홍의 가슴으로 무언가 섬뜩한 바람이 스치면서 심장이 미친 듯이 쿵쾅거렸다. 그의 목소리인데, 항상 다정하게 불러주시던 그의 목소리인데 뭔가 느낌이 달랐다. 뭔가 알 수 없는 불안감이 자꾸만 그녀의 조그만 발을 끌어당기는 것만 같았다. 처음으로 그를 보고 싶지 않았다. 처음으로, 그에게서 아무 말도 듣고 싶지가 않았다.

"너무, 늦었사옵니다."

"……."

"신첩을 보고 싶어 하시는 것은 알지만, 다음에…… 다음에 뵈면 아니 되겠사옵니까?"

홍은 애써 웃으면서 장난스럽게 말을 건넸다. 달라지는 건 없다고. 여전히 자신이 가장 사랑하는 정인이고, 임이며, 가장 높으신 하늘.

그때, 굳게 닫혀 있던 문이 스르르 열리면서 그림자에 반쯤 가려진 그의 모습이 보였다. 그의 모습이 흐릿했다. 이상하게 눈앞에서 제대로 보이지가 않았다. 담이 그녀에게로 한 걸음을 내딛자 홍은 본능적으로 뒤로 걸음을 당겼다.

"아⋯⋯."

순식간에 피해 버린 제 모습에 홍은 당황했다. 담 역시 그러한 그녀의 모습에 가슴에 찌릿한 통증이 스몄다. 하지만 지금 그가 그녀에게 해야 할 말에 비하면 이것은 아무것도 아니었다.

"그러니까, 저기, 그게⋯⋯."

"지금 네 오라버니를 만날 수 있게 해줄 것이다."

"⋯⋯예?"

그토록 쿵쾅거리던 심장이⋯⋯

"마지막으로 네 오라버니를 만날 수 있도록⋯⋯ 그게, 내가 너의 지아비로서 해줄 수 있는⋯⋯ 있는⋯⋯."

심장이, 멎어버렸다. 눈앞이 캄캄해져서 그 무엇도 보고 들을 수가 없었다.

✻

음울한 기운이 스치고, 옥사 안으로 죽음에 가 닿은 이들의 끔찍한 숨소리가 감돌고 있었다. 보는 눈을 피해 의금부로 들어선 담은 제 발목을 움켜쥐는 공기를 억누르며, 어느 한곳에 걸음을 멈추었다. 그리고 그 너머로 갖은 고초 끝에도 끝까지 자리를 지키며 앉아 있는 규헌의 모습이 보였다. 담은 끓어오르는 쓴물을 삼키며 천천히 입을 열었다.

"교리."

그의 낮은 목소리에 규헌은 고개를 들었다. 그러곤 어렵사리 예를 갖추려고 하자, 담은 고개를 가로저으며 짧게 말했다.

"못난 내게 예를 갖출 필요는 없네."

"아니옵니다."

"나를 보자고 한 연유가 무엇인가."

그가 여기까지 걸음한 이유는 규헌의 간곡한 부탁이었다. 차마 그의 얼굴을 볼 면목이 없었지만, 담은 그의 앞에 서서 시커멓게 가라앉은 눈을 똑바로 마주했다. 마치, 이것이 마지막이라는 것을 직감하고 있는 듯했다. 규헌 역시 마찬가지였다.

"저하께 마지막으로 드릴 청이 있사옵니다."

"……."

"이제 그만 결단을 내리시옵소서."

서늘한 바람이 스쳤다. 담은 흔들리는 시선으로 규헌을 바라보았다.

"교리."

"이미 걷잡을 수가 없다는 것을 알고 있습니다. 저들에게 저의 결백은 울리지 않는 목소리에 불과합니다. 설사 거짓이라 하여도, 수많은 목소리가 엮여 결국은 진실로 둔갑하고 마는 것입니다. 물론 저는 견뎌낼 수 있습니다. 끝까지 아니라고 버틸 수 있습니다. 하나.”

규헌은 찰나의 침묵 끝에 애틋해진 목소리로 속삭였다.

“제가 버티면, 빈궁마마께서, 홍이가, 목숨을 잃겠지요.”

담의 표정이 딱딱하게 굳어지면서 그의 주먹이 파르르 떨려왔다. 처음 이런 일이 터지고, 교리와 더불어 영상에게 화살이 돌아가면서 어쩌면 저들이 원하는 것은 영상과 교리가 아닌 홍이일지도 모른다는 생각을 했다. 그리고 역시나 그들은 세자빈의 폐위를 조금씩 주장하기 시작했다. 이렇게 벌써부터 외척 세력을 끊어내려는 것. 그 옛날 자신의 어머니를 궁지에 몰아세워 결국 스스로 목숨을 끊게 했던 것처럼. 가장 좋은 방법은 담이 이번 사건을 계기로 홍문관 교리를 왕명으로 다스려 그 본을 보이는 것이 최선이었다. 하지만 그리되면,

“홍이가 견딜 수 없을 것이네.”

담은 두려웠다. 홍이가 더는 버틸 수 없을까 봐. 지금도 뜬눈으로 밤을 보낸다고 하는데. 과연 그 말을 자신이 할 수 있을까? 홍이가 감당할 수 있을까? 하지만 규헌은 단호하게 담을 붙잡았다.

“저하께서 흔들리시면 아니 되십니다.”

“……”

"저하께서는 강건하셔야 하옵니다. 그 어떤 상황에서도 굳건하셔야 하옵니다."

"예전부터 그랬지. 다들 내게 굳건해져라. 강건해져라. 때로는 잔혹해지기도 해야 한다. 하나, 나도 사람인데. 그대는 내게도 너무나도 깊은 벗인데. 한데……."

담은 고개를 떨어뜨렸다. 정말이지 이 자리가 치가 떨리도록 싫었다. 이 자리에서 그는 단 한 번도 행복한 적이 없었다. 매번 그의 주변의 모든 이들이 떠나거나, 이용하거나, 의심해야 하는 이러한 자리. 하나 지금 이 자리에서 제대로 버티지 못한다면 이번엔 정말로 소중한 것을 잃게 된다.

"미안하네."

규헌의 입가에 미소가 스쳤지만, 담은 끝내 그 미소를 끝까지 바라보지 못한 채 등을 돌려야만 했다. 홍이를 지키기 위한 결단. 또한 왕권을 지키기 위한 결단. 거기에 그가, 죄 없는 그가 희생되어야 하는 것이었다.

"빈궁마마께서는 이번 일을 끝까지 모르셔야 합니다. 혹, 마마 때문에 제가 목숨을 잃는다는 사실을 아시게 된다면."

홍이라면, 그 아이라면 스스로를 집어던져서라도 그를 구하려고 할 것이다.

차마 잇지 못한 규헌의 말을 담은 알 수가 있었다. 그래서 빈궁전으로 들어가는 모든 소문을 필사적으로 막고 있었다. 나인들의 눈과 귀를 멀게 해서라도 이번 일에 홍이가 휘말리고 있다는 사실을 막아내고 있었다.

"그 점은 걱정 말게, 끝까지 모르게 할 것이니."

"그것이면 충분하옵니다."

✳

홍은 떨리는 손으로 너무나도 많이 상해 버린 규헌의 손을 잡고서 믿을 수 없다는 시선으로 차마 떨어지지 않는 입술을 벌렸다.

"그게 무슨 말씀이어요, 오라버니?"

"저의 죽음은 결코 치욕적인 죽음이 아닌 명예로운 죽음이 될 것이옵니다. 하니!"

"아니요. 오라버니가 죽다니. 어째서요? 오라버니가 왜 죽는다는 말씀이십니까? 간자가 아니지 않습니까. 오라버니가 간자라니, 그럴 리가 없지 않습니까! 그런데 왜! 왜! 왜 오라버니가 죽는다는 것입니까!"

명예로운 죽음이라니. 말도 안 된다. 그 죽음이 무엇이든, 죽는다는 것은 모든 것이 끝난다는 것이다. 오라버니가 제 곁을 떠난다. 어머니가 떠나고, 제 아이들이 떠난 그곳으로. 오라버니마저, 오라버니마저.

"마마! 굳건해지셔야 합니다. 강해지셔야 합니다! 지금부터는 이 오라비는 잊으세요. 그러셔야 합니다!"

홍은 미친 듯이 고개를 가로저으며 그의 손을 꽉 붙잡았다. 절대로 놓지 않을 것이라 말하며 자꾸만 빠져나가려는 그의 손을 잡고서 말했다.

"제게 버티라고 하지 않으셨습니까? 견뎌내야 한다고. 그러니 오라버니도 조금만, 조금만 더!"

"제가 버티면 아버님께서 위험해지십니다. 또한 저하께서 지키고자 하는 모든 것들이 무너질 것입니다."

그녀는 멍해진 시선으로 이미 결단을 내린 오라버니의 얼굴을 바라보았다. 어째서, 다들 제 곁을 떠나는 것일까. 어째서, 어째서…….

"저하께서는 결단을 내리실 것이고, 저는 저하의 충신으로서 그 결단을 받아들일 것입니다. 하니, 마마께서도 마음을 굳게 잡고 반드시 사셔야 합니다. 반드시. 그리고 훗날, 이 오라비의 억울함을 풀어주십시오. 그것이면 되옵니다."

맞잡은 손이 그녀의 여린 손을 다독이며 웃고 있었다. 언제나 그랬듯, 죽겠다고 결정한 것은 오라버니면서 자기 자신보단 저를 걱정하며 애써 웃는 모습에 홍은 가슴이 미어질 듯 아려와 정말이지 갈기갈기 찢어져 내릴 것만 같았다.

이대로 보낼 수는 없었다. 절대로 오라버니를 이리 억울하게 보낼 수는 없었다.

"오라버니는 오라버니의 선택을 하십시오."

"마마?"

"저는 저의 선택을 할 것입니다. 저는 절대로 이대로 오라버니를 보낼 수가 없습니다, 절대로요!"

홍은 그의 손을 놓고서 자리에서 일어섰다. 어느새 그녀의 눈동자에서 눈물이 메마르고 떨림이 잦아들고 있었다. 규헌은 불안한 시선으로 홍을 불렀지만 그녀는 돌아서지 않았다.

"조금만 버티세요, 오라버니. 제가 꼭 오라버니를 지킬 것입니다."

"아니 됩니다, 마마! 마마!"

홍은 규헌의 목소리를 뒤로한 채 옥사를 빠져나왔다. 그러자 저 멀리 담의 모습이 보였다. 뒤돌아선 그의 그림자가 무척이나 거대하게 느껴졌다. 매번 저 그림자에 숨어만 있었다. 하지만 더는 그럴 수가 없었다, 더 이상은.

"저하."

담은 홍의 목소리에 흠칫하고선 천천히 고개를 들었다. 마주 선 그녀에게서 뭔가 묘한 느낌이 밀려들었다. 미친 듯이 울 것이라 생각했는데 아니었다. 하지만 애써 울음을 삼키고 있는 공허한 시선이 더더욱 아리게 와 닿았다.

"신첩은 이만 돌아가 보겠사옵니다."

홍이 아무 말 없이 담을 스쳐 지나가려고 하자, 그는 재빨리 그녀의 손을 붙잡으며 말했다.

"차라리, 날 원망해라."

하지만 그녀는 말없이 붙잡힌 손을 풀어버렸다. 어쩐지 허한 바람이 스치며, 담은 멀어지는 그녀의 온기에 불안감이 밀려들었다. 그때 그녀가 낮게 속삭였다.

"부디 저로 인해 무너지지 마시옵소서. 절대로, 절대로……."

한 걸음 한 걸음을 내디디면서 뒤에서 그의 상처받은 눈빛이 느껴지는 것 같았지만 꾹 참았다. 더는 그가 가려주는 손에 의지할 수 없었다. 얼핏 이런 마음이 들었다. 그는 자신을 지키기 위해서 어디까지 갈 것인가. 자신을 지키기 위해 대체 어디까지. 그러다 그가 위험해지는 것은 아닐까.

처음으로 서로가 서로에게 등을 보인 순간, 홍과 담은 이 순간을 결코 잊지 못했다. 가장 사무친 그리움이 밀려들었지만 차마 손을 뻗지 못한 채 멀어져야 했던 이 순간을.

홍은 오라버니의 사건을 제대로 알기 위해 나섰지만, 자신이 이 빈궁전에 손발이 묶여 있다는 사실을 깨달았다.

담의 명으로 빈궁전으로 오는 모든 눈과 귀가 가로막혀 버린 것. 최 상궁을 아무리 추궁하여도 그녀 역시 모른다는 말만 하며 그녀를 외면하고 있었다.

대체 무엇일까.

"대체 무엇 때문에 오라버니를 간자로 몰아세운 것이지? 아버님을 몰아내기 위해서? 그것도 아니면 소론을 흔들기 위해?"

지금 저하께서 제게 필사적으로 숨기려고 하는 그것. 그것만 찾아내면 될 것 같은데. 하지만 대체 어디서…….

"마마."

그때 최 상궁의 다급한 목소리가 들렸다. 홍은 설마하니 벌써 오라버니에 대한 처벌이 내려진 것인가 싶어 불길한 표정으로 몸을 일으켜 세웠지만, 안으로 들어온 최 상궁은 생각지도 못한 이의 이름을 입에 담았다.

"지금 연녕대군마마께서 찾아 계시옵니다."

"연녕대군?"

너무나도 오랜만에 듣는 이름이었다. 아주 예전에 만난 뒤로 그 이름부터 시작해서 얼굴조차 본 적이 없었는데, 그런데 왜 갑자기 빈궁전으로 온 것이지?

잠시 후, 문이 스르르 열리면서 휘서가 안으로 들어섰다. 그때나 지금이나 요란스러운 복색. 게다가 얼굴 역시 변한 것이 없었다.

"빈궁마마."

"어서 오십시오, 연녕대군마마."

"이리 갑자기 찾아왔는데, 반겨주셔서 감사합니다."

"아닙니다."

휘서는 홍의 앞에 앉아서는 주변을 두리번거렸다.

"이리 보니 제법 안주인 같으십니다. 예전에 뵈었을 때는 그저 풋풋하셨는데. 저 그림은 마마께서 그리신 것입니까?"

홍은 미처 치우지 못한 그림에 시선을 두고선 엷은 미소를 지었다.

"적적하여 그린 것입니다."

"그렇군요. 한데 먹빛의 가시꽃이라……. 많이 힘드신가 봅니다. 하긴 아이를 셋이나 잃으셨는데, 오라비마저 그리되셨으니."

순간, 홍은 움찔한 표정을 지었다. 하지만 휘서는 태연하게 말을 이어 나갔다.

"상심이 크시겠습니다. 바로 찾아뵈었어야 했는데."

"괜찮습니다."

"괜찮기는요. 채 피어나지도 못한 채 져버린 불쌍한 아이들이 아닙니까. 물론 앞으로 더한 피바람이 불지도 모르지만."

애써 참으며 듣고 있던 홍의 눈동자가 순간 멎고 말았다. 하지만 여전히 휘서는 웃고 있었다. 그녀는 혹시나 하는 마음에 자꾸만 떨려오는 목소리를 억지로 내뱉었다.

"연녕대군마마께서 이곳에 오신 연유가 무엇입니까."

"홍문관 교리가 어째서 간자로 몰린 것인지 아십니까?"

"마마께선 알고 계십니까?"

"당연하지요. 누구보다 가장 잘 알고 있지요."

아래로 숨긴 그녀의 주먹이 새하얗게 질리면서 미친 듯이 흔들렸다. 손톱이 아래로 깊숙이 박히면서 고통이 스몄지만, 그보다 더한 고통이 홍의 가슴을 억누르고 있었다. 어느새 휘서의 눈빛으로 차분함이 감돌고 있었다.

"한데 이 꽃들은 색을 주지 않으실 것입니까? 붉은색이 무척이나 잘 어울릴 듯한데."

홍은 잠시 망설이다 이내 담담한 어조로 말을 이었다.

"붉은색을 싫어합니다."

"그래요?"

"예, 무척이나 싫어합니다. 마치 피를 보는 것 같아서. 내 아이의 피를 보는 것 같고, 내 오라비의 피를 보는 것 같고, 그리고."

어느새 움켜쥔 그녀의 손바닥에서 살짝 피가 맺혀 손톱 사이로 흘러내렸다. 잔뜩 억눌린 잇새 사이로 홍은 마지막 목소리를 애써 억눌렀다.

'저하의 피를 보는 것 같아 끔찍합니다.'

가장 화려하고 아름다운 색이라며 좋아했던 붉은색이 이젠 그녀에게 더 이상 보고 싶지 않은 악몽이 되어버렸다.

"하나 빈궁마마께선 무사하시겠지요. 모두가 마마를 지키고자 필사적인데. 교리는 목숨을 걸었고, 영상 또한 그 고고한 명성에 먹칠을 하였고, 저하께선 위태로워지고 있으니."

"대체!"

"정녕 모르는 것입니까, 아님 모르는 척하는 것입니까?"

싸늘한 눈초리가 홍을 붙잡았고, 그녀는 다시금 미친 듯이 떨리는 심장을 누르며 휘서를 바라보았다. 뭔가 다시금 불안한 기분이 감돌았다. 뭔가 절대로 들어선 안 되는 말을 들을 것 같은. 하지만 들어야만 했다.

"말해주십시오."

"감히 제가 말해도 되는 건지."

홍은 여기서 뒤로 물러설 수가 없었다. 알아야만 했다. 반드시, 알아야만 했다.

"말씀해 주십시오!"

그리고 순간, 휘서의 눈빛이 번뜩이며 낮게 입을 열었다.

"교리가 간자로 몰리고, 영상께서 위태로워지시고, 또한 저하께서 그토록 지키고자 했던 왕권이 흔들리게 된 이유. 이 모든 것이 오직 빈궁마마 때문에 벌어진 일이라는 것을."

쾅쾅거리던 심장이 한순간 쿵, 하고 아래로 곤두박질치는 듯했다. 모든 것이 나 때문이라니. 모두, 나 때문이라고?

"이 궐에서 연심이란 사내가 여인에게 보이는 그런 아름답고 애틋한 것이 아닙니다. 그것은 곧 세력이고, 권력이며, 외척입니다."

세력. 권력. 외척.

"마마께서 원하지 않아도, 설사 아무것도 하지 않는다고 하더라도 저하의 총애를 차지하고 있는 것만으로도 세력이 형성되고,

권력이 쥐어지며, 그것은 곧 외척이 되고 말지요. 지금의 소론이 노론을 누르고 있는 것처럼 말입니다."

하나하나 자신이 아무것도 모르는 이야기가 펼쳐지고 있었다. 지금껏 그의 그림자 뒤에 서 있던 자신은 결코 알지 못했던 이야기들.

"저하의 모후이신 현비마마께서 어찌 돌아가셨는지 아십니까? 너무나도 비대해진 외척 때문에 조정의 균형이 깨지면서 노론에 의해 돌아가셨습니다. 그 때문에 세자 저하께서는 홀로 이 궐에서 살아남기 위해 필사적이셨지요. 제대로 잠도 자지 못하고, 먹지도 못하고, 그 누구도 믿지 못하고."

"……."

"해서 저하께서는 결코 외척이 비대해지는 것을 원치 않으셨습니다. 노론과 소론이 서로 동등하게 해서 정치적 안정을 꾀하시려고 하셨지요. 한데 그것이 지금 어긋나 버렸습니다."

휘서의 눈빛이 정확히 홍에게로 향했다. 홍은 온몸으로 밀려드는 떨림을 멈출 수가 없었다. 그 모든 것이 자신의 탓인가? 저하께서 저를 연모하셔서, 자신이 저하를 연모하기 때문에?

"저하께서는 아직 보위에 오르시지도 않으셨습니다. 물론 오르신 것이나 마찬가지이지만, 그렇기에 더더욱 위험합니다. 왕이 되신 것도 아닌데 벌써부터 외척이란 말이 붙기 시작하면."

"……."

"세자를 폐위시켜야 한다는 말이 나오게 될지도 모릅니다. 어쩌면 그걸 위해서 빈궁마마를 흔들고 있는 건지도 모르지요. 저하께서는 결코 빈궁마마의 손을 놓지 않으실 것이니."

흔들리던 홍의 심장이 그의 한마디에 탁, 하고 멈춰 버렸다. 이것인가. 그들이 진정으로 원하는 것은 오라버니도, 아버님도, 나도 아닌,

'세자 저하!'

"제가 예전에도 마마께 말씀드렸지요? 무너지려면 홀로 무너지시라고. 결코 형님의 발목을 붙잡지 말라고. 살기 위해서 용종을 품어야 한다고 하였는데, 마마께선 그 용종조차 지키지 못하셨습니다."

휘서는 두 눈을 질끈 감고서 그녀에게 마지막 비수를 던졌다. 그래, 이 정도면 충분하였다. 이 정도로 알아듣게 말했으니.

'스스로 물러나겠지. 그리되면 아무도 다치지 않고 끝날 수가 있다. 물론 마음은 아프겠지만.'

그렇게 휘서는 천천히 자리에서 일어섰다. 그때까지 홍은 어떤 미동도 없이 허공을 멍하니 바라보고 있었다. 그러다 이내.

"연녕대군마마께서는 정녕 세자 저하를 많이 아끼십니다. 해서 조금은 제 마음이 놓입니다. 저하의 주변에 적만 가득한 것이 아니어서."

"……."

"앞으로도 저하를 잘 부탁드립니다. 연녕대군마마는 꼭 저하의 곁에 계셔주세요."

홍의 입꼬리가 부드럽게 올라갔고, 휘서는 잠시 그 모습을 바라보다 이내 깊숙이 고개를 숙였다. 아주, 아주 깊숙이.

"송구하옵니다, 빈궁마마."

그렇게 휘서는 빈궁전을 빠져나갔다. 훗날, 이 사실을 알게 되면 형님께서 저를 가만두지 않을 것이다. 어쩌면 목숨을 내어드려야 할지도 모르지. 설사 그렇다고 하더라도 오늘날의 선택을 그는 후회하지 않았다. 형님께서 지키고 싶은 이가 있듯, 자신 역시 그랬다. 자신 역시 그녀를 지키고, 형님을 지키고, 나아가 왕실을 지키는 방법은. 해서 모두가 행복해질 수 있는 방법은.

'이것뿐이옵니다.'

덩그러니 남겨진 홍은 들어오겠다는 최 상궁도 내보낸 채, 멍한 시선으로 흐트러진 가시꽃을 바라보았다.

"권력. 세력. 외척……."

자신은 정말이지 너무나도 이 궐을 몰랐다. 너무나도 순진하게 그저 저하를 위해, 오직 저하를 안아주면서, 저하의 숨 쉴 틈이 되고 싶었을 뿐. 서로가 서로를 연모하며 평생을 그리 가겠다는 순진하고도 어리석은 꿈을 꾸었을 뿐.

"그것이, 결국 저하께 독이 된 것입니까?"

하늘이셔야 하는 저하께서 고작 저 같은 나비 하나를 품었기에.
그렇기에. 그렇다면 단 하나가 사라지면 모든 것이 끝나는 것이
아닌가.

"내가 빈궁이 아니면, 이 궐을 떠나게 되면……."

가시꽃에 가 닿은 홍의 시선이 차갑게 내려앉더니 이내 하나를
움켜쥐었다.

가시꽃 사이로 그녀의 손바닥에 고였던 피가 서서히 번지면서
검붉은 꽃 한 송이가 그렇게 새겨지고 있었다.

✳

싸늘한 겨울바람에 바짝 메말라 버린 묘운각 정원 앞에 홍은 쓸
쓸한 눈빛으로 얼어 죽어버린 꽃들을 바라보며 서 있었다. 온몸이
시렸다. 아니, 마음이 더 시렸다. 차가운 서릿바람을 품으며 맴도
는 공기보다 그녀에게서 묵직하게 흘러나오는 숨결이 더더욱 차
갑게 느껴졌다.

그때, 따뜻한 무언가가 그녀의 어깨 위로 내려앉았다. 홍은 뜨
겁게 와 닿은 손길에 떨림을 누르며 고개를 돌렸다. 그리고 그곳
에 그가 있었다. 처음부터 지금까지, 너무나도 당연한 듯 제 뒤에
서 있던 그분이.

"저하."

"날이 이리도 서늘한데, 어찌 이곳에 있는 것이오."

"이곳에서 저하를 뵙고 싶었습니다."

담은 하얗게 질려 버린 그녀의 두 볼이 안쓰러워 제 두 손으로 그녀의 뺨을 고이 담아 올렸다.

"손이 시릴 것입니다."

"아니오. 나는 이리 있는 것이 더 따뜻하오. 우리 너무 오랜만이지 않소. 이리 바라보고 서 있는 것이."

그런가. 그랬던가. 그리고 보니 이리 웃으면서 마주 보는 것은 너무 오랜만이었다. 아이를 잃고, 오라비마저 옥사에 갇히고, 매번 그에게 웃음보단 울음부터 먼저 보일 수밖에 없었다. 아무것도 모른 채, 그렇게 말이다.

홍은 천천히 손을 올려 그의 손등을 가만히 감싸보았다. 손끝에서 그의 심장 소리가 두근두근 느껴졌다.

담은 그녀의 조그만 반응에도 너무나도 기뻤다. 홍문관 교리의 일로 인해 그 역시 너무나도 마음이 무거웠으니까. 그녀를 마주할 자신이 없었으니까.

"홍아."

담이 떨리는 목소리로 그녀를 입에 담아 올렸다. 그러자 홍은 살포시 미소를 지으며 다정하게 그를 안아 올렸다.

"예."

그리고 더는 참지 못한 담이 그녀를 끌어안으며 여린 어깨에 얼굴을 묻었다. 지독히도 그리웠던 온기. 너무나도 보고 싶었던 그녀. 그의 두 팔이 그녀를 더더욱 꽉 끌어안으며 마음껏 숨을 내쉬었고, 홍은 그런 그의 모습에 자꾸만 울컥이는 감정을 억누르며 조그맣게 속삭였다.

"태어나서 지금까지, 저는 오직 저하의 이름을 들으면서 오직 제 세상은 저하의 중심으로만 돌았습니다. 처음엔 그것이 너무나도 무서웠지만, 저하를 마음에 담으면서 얼마나 기쁘고 설레었는지 모릅니다."

"……."

"구중궁궐 생활에도 오직 저하를 생각하며 견딜 수 있었습니다. 제겐, 저하가 전부시니까요. 해서, 다시금 너무나도 무섭고 두렵습니다."

"무슨 말이냐?"

홍은 담의 품에서 벗어났다. 그리고 그를 똑바로 바라보며, 자꾸만 바싹바싹 마르는 목소리를 억지로 내뱉었다.

"호월산에 가고 싶습니다. 그곳은 이곳처럼 차갑고 삭막하지 않겠지요?"

"……나와 같이 가겠다고 하지 않았느냐. 조금만, 조금만 기다려 주면."

"제 아이들도 보고 싶습니다. 어쩌면, 호월산에 가면 만날 수 있지 않을까요?"

"지금 대체!"

"예전에 저하를 기다리지 말라고 하셨지요? 그래서 더는 기다리지 않으려고 합니다."

담은 흔들리는 시선으로 그녀를 바라보았다. 그러곤 저도 모르게 한 발을 내디뎠지만, 홍은 너무나도 당연하게 뒤로 걸음을 내디디면서 그와의 거리를 좁혀가지 않았다.

"홍아?"

"저를 이만 놓아주십시오."

더 이상 그에게 먼저 다가서지 않았다.

9장

서로의 손을 놓았다. 아니, 놓지 않았다

"저를 이만 놓아주십시오."

"하. 그게 대체…… 그게 대체 무슨……?"

"편전에서 저의 폐위가 거론되고 있는 것을 알고 있사옵니다."

그녀의 입에서 폐위라는 말이 오르내리자, 담의 표정이 딱딱하게 굳어지면서 주먹이 파르르 떨려왔다. 분명 빈궁전으로 오가는 말을 전부 다 막아놓았다. 그런데 대체 어디서? 어디서 감히!

"누구에게 들은 것이냐."

"저를 지키고자 오라버니와 아버님이 위태로워지셨고, 어쩌면 제 아이들도, 제 아이들도 저 때문에 이 세상에 피어보지도 못한 채 사라진 건지도 모릅니다."

"그만하라."

"또한 저하께서도."

"그만!"

"제발 저를 놓아주십시오! 더는 제 눈을 감기고, 제 귀를 막지 마시옵소서! 그렇게 저는 아무것도 모른 채, 아무것도 하지 못한 채, 제 주변의 모든 이들이 그렇게 죽어가는데, 저만 이리 살게 하지 마시옵소서!"

홍이가 모든 것을 알게 되었다. 대체 누가, 누가? 아니, 그게 중요한 것이 아니다. 홍이가 알게 되었다. 해서 스스로 궐을 나가겠다고 말하고 있다. 이런 일이 생길까 봐 그토록 필사적으로 막은 것인데. 분명 제 모든 것을 버리려고 할 테니까. 그럴 테니까.

"내가 해결할 것이다."

"……."

"조금만 기다리거라. 조금만 견뎌다오. 홍문관 교리도 내가 살려주마. 영상 역시 내가 살려줄 것이다. 너 또한, 내가 지킬 것이야. 그러니 조금만, 조금만!"

"그리되면 저하께서 무너지십니다!"

"……."

"저 때문에 하늘이 되어보지도 못하신다면, 그리되신다면, 저는 살 수가!"

하지만 홍은 끝까지 말을 이을 수가 없었다. 애써 멀어진 거리가 무색하게, 담이 거칠게 다가와 그녀를 끌어당겨 버렸다. 속수

서로의 손을 놓았다. 아니, 놓지 않았다 *273*

무책으로 그에게 끌려간다. 처음부터 말이 되지 않는 것처럼. 자신이, 그에게서 멀어지는 것은 결코 있을 수 없다는 듯이.

"나도 살 수가 없다, 나도! 평생 내 곁에 있겠다고 하지 않았느냐. 절대 아무 데도 가지 않을 것이라고. 항상 내 앞에, 내 앞에 있을 것이라고. 내가 원하지도 않았던 이 자리 때문에 너마저 가버리면, 이대로 내 눈앞에서 사라져 버리면!"

뚝. 뚝.

홍의 어깨 위로 뜨겁고 시린 무언가가 뚝뚝 떨어졌고, 그와 동시에 그녀의 심장이 뚝, 뚝, 뜨거운 눈물을 쏟아냈다.

차마 고개를 들어 볼 수가 없었다. 감히, 감히 저 같은 것 때문에 그가 울고 있었다. 고작 저 같은 것 때문에 고개를 숙이며 눈물을 짓고 있었다.

'역시, 더는 안 되는 것 같사옵니다. 제가 저하의 곁에 있는 것도, 저하께서 제 곁에 계시는 것도.'

처음엔 연녕대군의 말을 조금이라도 부정하고 싶었다. 아닐 것이라고. 그럴 리가 없다고. 왜냐면 그를 너무나도 연모하였으니까. 지금 이 말을 내뱉는 순간순간 모든 세상이 무너지는 것 같았으니까. 그만큼 평생 함께하고 싶었으니까. 그런데 사실이었다. 그에게 자신은 독이다. 내가 오라비와 아비와 아이들을 내몬 것처럼, 그 역시…….

'내게는 그저 작디작은 세상이 무너지는 것이지만, 다른 이에겐 커다란 하늘이 무너지는 것이다. 지금 내가 모두를 지킬 수 있는 방법은 이것뿐이다. 내가 할 수 있는 건 하나. 나 혼자 이 하늘에서 사라지면…….'

"저하는 하늘이셔야 합니다. 보위에 오르셔서 역사에 성군으로 남으셔야 합니다. 고작 저 같은 것 때문에 무너지지 마세요."

담의 눈물이 싸늘하게 말라갔다. 두 사람의 사이로 시린 바람이 파고들면서 서로의 가슴 위로 진한 생채기가 쓰리게 새겨지고 있었다. 담은 허한 표정으로 쓰디쓴 한마디를 내뱉었다.

"어느 순간, 너도 나를 무겁게 보고 있었구나. 사내로서의 내 마음은 보이지 않느냐? 어떻게든 너를 살리고 지키고자 하는 내 진심은 보이지 않느냔 말이다! 세자가 아니어도 좋다. 나는 단 한 번도 이 자리를 원한 적이 없단 말이다!"

"그러시면 아니 되십니다. 강건해지셔야지요. 굳건해지셔야지요."

차갑게 쏟아지는 그녀의 목소리가 결국, 담을 무너지게 만들었다.

강건해야 한다. 굳건해야 한다. 어린 시절부터 지독히도 들었던 말. 그 말에 저를 가두고 자신이 선택할 수도 없었던 자리에서 어머니를 잃어야 했고, 그렇게 철저히 홀로 고독해져야만 했던. 그래, 좋다. 그리도 원한다면!

"그래, 나는 세자다. 곧 보위에 올라야 하지. 그리고 너는 빈궁이다. 장차 이 나라의 국모가 될. 보위에 오르기도 전에 조강지처를 내칠 수야 없지. 너는 절대로 내게서 멀어지지 못할 것이다, 절대로!"

담은 거칠게 걸음을 돌렸다. 멀어지는 그의 뒷모습을 바라보며 홍은 참고 있던 눈물을 삼켰다.

'제가 얼마나 저하를 연모하는지 저하께서는 모를 것이옵니다. 정말로 제겐 저하가 전부이옵니다. 태어나는 그 순간부터 저하와 맺어진 인연이었고, 다른 것은 상상조차 할 수가 없었으니…… 제 손으로 끊어내고자 합니다. 제 목숨 하나로 저하를 지킬 수만 있다면…….'

빈궁전으로 들어선 홍은 미친 사람처럼 뭔가를 찾더니 이내 종이와 붓을 들고서 무언가를 그리기 시작했다. 아주 열심히, 열심히. 섬세한 손길이 빠르게 움직이고, 단 한 치의 흐트러짐도 없이 오직 그림에만 집중하고 있었다.

그렇게 얼마나 지났을까. 창문 너머로 새벽기가 서리기 시작했고, 홍은 처음 자세 그대로 붓을 움직이더니 이내 품 안에서 당주홍을 꺼내 붓에 붉은빛을 묻혔다. 어느새 그녀의 얼굴 위로 말간 미소가 피어오르고 있었다. 마침내 그녀의 손에서 붓이 떨어졌다. 당주홍이 담겨 있던 붉은빛이 다른 곳에서 그 빛을 발하고 있었다.

홍은 그림을 천천히 쓰다듬으면서 애틋한 눈빛으로 속삭였다.

"제가 이 자리에서 마지막으로 저하를 위해 할 수 있는 것은 이 것뿐입니다."

저하께서 저를 놓지 못하신다면, 저를 놓을 수밖에 없도록, 제가, 명분이 될 것입니다.

이른 아침. 요즘 들어 통 잠을 이루지 못하던 담은 오늘은 그야 말로 최악의 상태로 미간을 찡그리며 편전으로 향하고 있었다. 아마 대소신료들이 하는 말은 똑같을 것이다. 홍문관 교리를 사사하라. 영상을 이대로 둘 수는 없다. 또한 빈궁의 폐위. 하지만 그는 듣지 않을 것이다. 그것보다 누가 빈궁전으로 소문을 흘린 것인지, 그것부터 잡아야만 했다. 누군가 홍이를 이용하려는 움직임일지도 모르니.

"저하, 저하, 세자 저하!"

막 편전으로 들어서려는 그의 발걸음을 최 상궁이 가로막았다. 박 내관은 사색이 된 채 달려온 최 상궁의 모습에 불길한 느낌이 들었다.

"무슨 일인가?"

"저, 저하, 어찌하옵니까? 대, 대체, 대체 이 일을!"

최 상궁의 얼굴 위로 극도의 불안감과 두려움이 스치고 있었다. 게다가 미친 사람처럼 벌벌 떨면서, 결국 말문이 막혀 버린 모습에 담은 급격히 굳어진 시선으로 박 내관에게 말했다.

"대소신료들에게 늦는다고 전하라. 또한 결코 편전 밖으로 나가지 못하게 하고 기다리라고 전하라, 당장!"

그리고 담은 두말도 하지 않고서 빈궁전을 향해 달리기 시작했다. 순간순간, 심장이 터질 것 같았다. 오래전 끔찍했던 그때의 기억이 다시금 그를 덮치려 하고 있었다.

그럴 리가 없다. 홍이가 그럴 리가 없다. 어마마마처럼, 어마마마처럼 그럴 리가! 하지만 눈앞에서 모든 것이 무너지는 느낌이 들었다. 그리고 마침내!

"마마, 마마, 빈궁마마!"

기겁에 가까운 나인들의 목소리가 울려 퍼지고 있었고, 담은 한 치의 망설임도 없이 그대로 벌컥 문을 연 순간, 그의 눈앞으로 끔찍한 붉은색이 피어오르고 있었다.

"세자 저하!"

하지만 그의 귀엔 아무것도 들리지 않았다. 아니, 현실감이 없었다. 꿈을 꾸는 듯했다. 아니, 꿈이어야만 했다.

바닥에 쓰러진 홍이의 모습. 그리고 홍이의 손목으로 붉은 피가 쏟아져 내려 새하얀 소복을 물들이고 있었다. 마치 철 지난 꽃잎이 무수히 떨어지듯, 제 모든 생명을 다해 말라가는 꽃처럼…….

"홍아…….."

"……."

"호, 홍아…….."

"……."

"홍아, 홍아, 홍아!!"

그리고 그 꽃잎은 담의 가슴 위로 지독하게, 아주 지독하게 떨어져 내리고 있었다.

담은 나인들을 밀치고서 축 늘어진 그녀를 끌어안았다. 손목에서 흐르는 핏방울 하나하나가 잔인하게 그의 가슴을 문지르고 있었다. 그는 덜덜 떨리는 손으로 그녀의 손목을 꾹 눌렀다. 손아귀로 차갑게 스며드는 붉은색에 절규하며 연신 그녀를 끌어안았다.

"홍아, 제발! 제발!"

그때, 품 안에서 움찔하는 느낌과 동시에 그녀의 가냘픈 목소리가 새어 나왔다.

"저, 저하……."

담은 눈을 크게 뜨고서 홍을 바라보았다. 핏기가 가신 얼굴 위로 동그란 눈동자가 그를 바라보고 있었다. 숨을 쉬고 있었다. 그녀가, 자신을 바라보고 있었다.

"하아, 홍아. 아아! 대체 어째서, 어째서 이런 짓을 한 것이냐!"

"……."

"정말 죽을 생각인 것이냐? 정말로 이렇게까지 해야 하는 것이야!"

"이렇게 하지 않으면…… 저하께서 제 손을 놓을 수가 없을 테니까요."

"뭐?"

홍은 제 눈동자 가득 떨리고 있는 그를 바라보며 당장에라도 그를 안으며 달래고 싶은 마음을 꾹 눌렀다. 처음부터 각오했던 일이다. 여기서 멈출 수는 없었다. 단호하게, 자신이 그의 손을 놓아야만 했다.

"나라의 국모가 되어야 할 이가 감히 자결이라는 망측하고도 흉측한 짓을 저질렀으니, 대소신료들이 이를 결코 그냥 넘기지 않을 것입니다."

홍의 손을 잡고 있던 담의 시선이 떨려왔다. 설마, 이런 짓을 저지른 이유가 설마.

"스스로, 명분이 된 것이냐? 폐비가 될?"

"저하."

"아니, 아무도 모를 것이다. 빈궁전 나인들의 주리를 틀어서라도 그 누구도 이 사실을 발설하지 못하게 할 것이다. 대소신료들도 지금 편전에 모여 있으니 그 누구도 알지 못하게 할 것이야!"

"아니요, 이미 편전으로 소문이 돌았을 것입니다. 제가, 일부러 흘렸으니까요."

담의 눈동자가 딱딱하게 굳어지면서 얼굴빛이 하얗게 사라지고 있었다. 네가 그럴 수는 없다는 표정. 정녕 네가 그럴 수는 없다는 그의 눈빛에 홍의 심장이 그대로 타버리는 듯했다. 그렇게 그녀는 손목에 새겨진 고통보다 더한 고통을 내뱉으며 속삭였다.

"이제 그만, 저를 놓아주십시오. 부덕하고 부족한 신첩을 폐하시고, 성군이 되십시오. 그것이 제가 저하를, 저하를……."

홍을 붙잡은 그의 손끝이 미친 듯이 떨려왔다. 너무나도 똑같았다. 그때와 상황이 소름 끼치게 똑같았다. 그의 어미가 자결을 하여 죽어가던 그 순간, 제 손을 붙잡고 했던 말.

"강건해지세요, 굳건해지세요……. 장차 이 나라의 성군이! 흐흑! 어미가, 동궁을 위해서, 모든 것을 감당할 것이니…… 동궁은, 그 자리를 반드시 지키세요. 흐윽……!"

이 자리는 피를 부른다. 그것도 자신의 피가 아닌 주변의 피를 부른다. 이런 식으로, 또다시, 똑같이.
"듣기 싫다."
"저하."
"처음으로 네가, 네가 너무나도 원망스럽구나. 네가!"
떨리던 그의 손길이 그녀의 얼굴을 부드럽게 감쌌다. 밉다고 말하면서, 원망스럽다고 말하면서, 그의 손길은 그 어느 때보다도 애틋하고 다정하기만 했고, 그 모습에 홍은 밀려드는 눈물을 꾹 참으며 고개를 떨궈야만 했다.

❊

"자결이라니? 빈궁이 직접 자결을 시도했다는 것인가?"

누군가 급한 전갈이 있다며 편전으로 들어섰고, 이내 좌상의 귓가에 뭔가를 속삭이는가 싶더니 좌상의 표정이 순식간에 굳어지다가 이내 눈매에 환희가 스치면서 큰 소리로 떠들어대는 통에 편전이 발칵 뒤집어지고 말았다.

빈궁이 자결을 시도하였다. 감히 나라의 국모가 될 여인이 이같은 망측하고 불경한 짓을 저지른 것이다.

"자결……."

그리고 그 한마디에 그 어떤 수모에도 편전을 꿋꿋하게 지키고 있던 영상이 흔들리기 시작했다.

"마, 마마께선, 마마께선 괜찮으신가!"

청천벽력과도 같은 사건에 얼어 있던 박 내관은 얼른 정신을 차리고서 처음 소식을 전한 이에게 다가가 사건의 진상을 캐물었고, 그는 잠시 좌상의 눈치를 보더니 이내 고개를 끄덕이며 어렵사리 입을 열었다.

"일단 무사하시옵니다."

무사하다는 말에 영상은 떨리는 손을 꾹 잡고서 가슴을 쓸어내렸다. 간자 사건이 터진 이후 일부러 그 아이를 찾지 않고 있었다. 괜한 불똥이 튀게 될까 봐. 안 그래도 그 아이를 끌어내리려는 움직임이 많은데, 자신이 이 자리에서 내려올지언정 그 아이만큼은 지키기 위해서. 한데 자결이라니, 자결이라니!

'그리 힘들었던 것이냐, 홍아…….'

좌상은 안도의 숨을 쓸어내리는 영상을 매서운 눈으로 노려보면서 다시금 목소리를 높였다. 빈궁이 사라지면 세자를 예전만큼 흔들 수는 없겠지만, 그래도 이대로 빈궁을 몰아내 영상을 끌어내리고 소론을 몰아낼 기회는 될 수 있을 터.

"하나 이번 일은 결코 그냥 넘어갈 수 없습니다. 감히 지엄한 궁에서 자결이라니요! 그것도 빈궁께서 이러실 수는 없습니다."

"그렇습니다! 차마 입에 담지도 못할 해괴한 일입니다. 빈궁으로서의 자질이 의심됩니다!"

"맞습니다! 곧 나라의 국모가 되어야 할 자리인데, 이는 내명부와 더불어 왕실의 기강을 어지럽히는 일입니다!"

하나같이 목소리를 높여가는 노론의 세력에 소론은 차마 무슨 말을 할 수가 없었다. 그만큼 이번 일은 명백한 빈궁의 허물이었다. 자칫 세자께서 이번 일도 덮고 넘어가려고 한다면, 외척에 휘둘린다는 빌미로 세자위까지 위태로워질 수 있었다.

✻

"해서, 빈궁이 자결을 하려고 했단 말이냐?"

"예."

"이 사실이 지금 어디까지 번진 것이냐!"

"펴, 편전의 모든 대소신료들이 알고 있사옵니다. 해서 노론을

서로의 손을 놓았다. 아니, 놓지 않았다 *283*

주축으로 빈궁마마를 폐위시켜야 한다고……."

허청은 생각지도 못한 엄청난 사실에 쥐고 있던 찻잔을 집어 던져 버렸다. 엄청난 파음과 더불어 그녀가 지금껏 공들이고 있던 모든 것이 일그러지는 소리가 들리는 듯했다. 감히 그깟 계집이. 그깟 계집이!

"일부러 그런 것이다, 스스로 폐위되기 위해서. 그 명분이 되기 위해서!"

이대로는 곤란했다. 빈궁은 끝까지 세자를 뒤흔들어야만 했다. 그래야 완전히 민심이 돌아서서 세자를 끌어내릴 수가 있다. 그런데 스스로 폐위의 명분이 되다니. 온실 속 화초라고만 여겼는데, 대체 어찌 그리 독한 생각을.

"이대로 가면 예전 사건을 되풀이할 뿐이야. 가장 중요한 세자는 살아남고 주변만 쓸데없이 죽어간, 폐비 현씨와 똑같아질 뿐이라고!"

칠흑 같은 어둠이 경회루를 삼키고, 담의 시선이 그 깊이를 알 수 없는 어둠을 빤히 바라보고 있었다. 벌써 몇 시간째였다.

"……."

그의 시선이 잠시 흔들리면서 이내 누군가의 말간 얼굴을 떠올렸다. 한결같이 환하게 웃던 그 얼굴. 그 조그만 손에서 흘러나오는 따스한 온기를, 정녕 변하지 않도록 지켜주고 싶었는데. 말간 얼굴 위로 미소는 사라지고, 따스한 온기를 바짝 말라 버린 채 텅 빈 시선으로 그녀는 죽음을 말했다.

"그 누구도 믿지 말고, 그 누구에게도 곁을 주지 말거라. 고독하지만, 그 고독이 왕이란 이름이고 무게이다. 남들처럼 쉽고 편한 자리라면 어찌 하늘이 될 수 있겠느냐."

문득, 아바마마의 말씀이 그의 머릿속을 울려왔다. 해서 아바마마는 가차 없이 어마마마를 버리셨지. 어마마마 역시 미련 없이 목숨을 끊으셨다. 고작 이 자리를 지키기 위해서. 고작 제 주변의 소중한 이 하나도 제대로 지키지 못하는 이런 자리를 위해서!

만백성을 지킬 수는 있지만, 단 한 명을 지킬 수는 없다.

만백성은 얻겠지만, 가장 원하는 단 한 명을 가질 수가 없다.

만인지상의 하늘이어야 하기에. 단 하나의 나비를 위한 하늘이 될 수 없기에.

"내가 그런 왕이 되어야 하기에……."

정말이지 이 모든 것이 치가 떨리도록 지긋지긋한 순간, 낯익은 목소리에 담은 움찔했다.

"세자 저하."

담은 놀란 시선으로 고개를 돌렸다. 그러자 그곳엔 휘서가 서 있었다. 도통 얼굴 한 번 보기 힘들었던 아우가. 아니, 오히려 시국이 어지러워 궐 출입을 자제하고 있는 것이겠지. 이것도 전부 자신을 위해서.

"오랜만이구나."

휘서는 담의 옷 위에 섬뜩한 시선으로 저를 노려보는 용을 바라보며 고개를 끄덕였다.

"강녕하십니까?"

휘서는 애써 웃음을 머금었지만, 그 웃음이 담에게 와 닿지는 못했다. 그는 웃을 수가 없었다. 그저 씁쓸한 미소가 입꼬리에 스칠 뿐.

"오랜만에 보는 것인데, 미안하다."

"아닙니다. 괜히 제가 심기를 더욱 어지럽히는 것 같아 송구하지요."

"이 자리가 그렇구나. 아우 얼굴 한 번 보는 것도 버거운."

"감히 제가 한 말씀 올려도 되겠습니까?"

담은 아무 말 없이 휘서를 바라보았고, 그는 마른침을 삼키며 낮은 어조로 속삭였다.

"이번 홍문관 교리와 더불어 영상을 뒤흔들고 있는 것은 노론입니다. 이미 한 번 물어버린 명분을 결코 놓치지 않을 것입니다."

"해서?"

"……빈궁마마를 폐위시키셔야 합니다. 지금은 성난 노론에게 고기를 던져 줄 때입니다. 소론에게 압박을 가하는 척하셔야 합니다. 그러기 위해선, 소론의 중심인 빈궁마마를 폐위시키시옵소서. 폐위의 명분은 충분하지 않사옵니까."

결국 빈궁마마는 선택을 하셨다. 그녀 역시 그를 살리기 위한 선택일 터. 물론 오래전 현비마마의 사건을 떠올리게 만드는 일이라 마음이 아프긴 했지만, 그래도 어쩔 수가 없었다.

"……."

"그렇지 않으면 저하께서 위험해지시옵니다."

"그 뒤로 홍문관 교리와 영상에 대해 다시 낱낱이 조사하여, 노론을 압박하라?"

"분명 꼬리를 밟게 될 것입니다. 소신이 돕겠습니다. 그러니 지금은 잠시 한 걸음 뒤로……."

"역시 사내로서의 나의 진심 따위는 다른 이들의 눈엔 보이지 않는 모양이야."

그러곤 담의 웃음소리가 스쳤다. 휘서가 당황하여 고개를 들자, 그는 메마른 웃음을 내지으며 휘서를 빤히 바라보았다. 그러다 이내 한 걸음 한 걸음 그에게 다가와 두 손으로 휘서의 어깨를 붙잡았다.

"그리 해야겠지. 이 자리에 있는 나는, 오직 왕실을 위해야 하니. 그리 해야 하는 것이겠지."

"……."

"역시, 나보단 네가 더 잘 어울리구나. 모든 걸 그리 냉정하게 판단하고 결단을 내릴 수 있는 네가 말이다.”

휘서는 미친 듯이 흔들리는 눈으로 담을 바라보았지만, 그는 이내 고개를 돌려 버렸다. 그러곤 아무 말 없이 걸음을 옮겼다. 형님의 가장 큰 약점이 빈궁이 될 것이라 생각은 했었다. 처음 형님이 그 여인을 귀신으로 칭하며 그리워하고 찾으려 한 그 순간부터. 한데 이건 약점보다 그 이상. 그녀가 형님의 전부가 된 것인가?

휘서는 문득 걸음을 멈추었다. 까만 어둠. 텅 빈 구중궁궐에서 을씨년스러운 바람이 휘몰아쳤다. 휘서는 저도 모르게 파르르 떨면서 눈을 감았다. 왕실을 위해서? 아니다. 그런 정의로운 마음 때문이 아니다. 나 역시 형님과 같다. 한 여인에게 휘말려 돌이킬 수 없는 짓을 하고 있음에도 놓을 수가 없어서. 고작 그 여인을 지키기 위해 다른 이들을 희생시키고 있는 것이다.

“하니, 제게 그런 말씀 마세요. 제가 형님에게 칼을 내밀게 하지 마시란 말입니다.”

❋

이른 아침. 아침 조회를 위해서 편전으로 향하던 담의 걸음이 멈춰들었다. 바로 영상 민황이 그를 기다리고 있었던 것이다.

“영상, 어찌 편전에 있지 않고?”

“저하께 간곡한 청이 있어 이리 무례를 범하였사옵니다.”

담은 어쩐지 오늘따라 유난히 작아 보이는 영상의 모습에 그를 외면하고 싶다는 생각이 들었다. 불길했으니까. 하나 고개를 들고서 그의 시선과 마주한 순간, 왠지 홍의 눈동자를 닮아 고개를 돌릴 수가 없었다.

"……말해보시오."

"이미 저하께서 속으로 결정하셨을 그 명을, 오늘 편전에서 내려주시옵소서."

"영상?"

"결코 저하를 원망치 않을 것이옵니다."

담은 떨리는 시선으로 민황을 바라보았다. 하지만 그 역시 흔들림은 없었다.

"강하게 키우려고 하였습니다."

민황은 잠시 시선을 빈궁전이 있는 곳으로 두었다. 어느새 그의 목소리가 낮게 흔들렸고, 담은 그런 영상의 모습에 주먹을 꽉 움켜쥐었다.

"하나 그러질 못했습니다. 제 어미를 닮았던 것이지요. 이리될 줄 알았다면 그냥 어리광을 받아주는 것인데. 제 욕심을 위해 그 아이를 궐로 보내지 말았어야 했는데. 누르는 법만 알아서, 겉으로 표현할 줄을 몰라서 결국은 그 아이 혼자 감당하게 만들었습니다."

"영상……."

"그랬던 아이가 처음으로 오직 저하를 위해 모든 것을 내던진

것입니다. 그러니 저하께서 이대로 위험해지신다면 마마께선 더
는 버티지 못하실 것입니다."

담의 표정이 한없이 일그러졌다. 정녕 이 방법뿐이란 말인가?
정녕?

"폐위시켜 주시옵소서."

폐위라는 단어가 담의 가슴을 차갑게 스쳐 지나갔다.

"빈궁마마의 뜻대로 해주시옵소서. 빈궁마마께서 저하만큼은
지키실 수 있도록."

"나는…… 나는……."

"저하께서 지켜주지 못하는 것이 아니옵니다. 이것이 모두를
지키는 것이옵니다. 또한 이 나라의 신하로서 저하의 성심을 어지
럽게 만든 죄. 그 죄를 달게 받을 것이옵니다."

"무섭습니다."

순간, 담의 목소리가 무너지듯 잇새 사이로 흘러내렸다.

"홍이가 없는 이곳에서, 나는 잘 지낼 수 있을까. 이 커다란 궐
안에서 제대로 숨을 쉴 수 있을까."

담은 보이지 않는 눈물을 묻으며 제 가슴을 두드렸다. 이미 시
커멓게 타버린 가슴을.

"여기를, 여기를 완전히 잃어버리는 것인데. 완전히, 떠나보내
야 하는 것인데. 내가, 잘 지낼 수 있겠습니까?"

민황은 말없이 담을 바라보았고, 그는 살며시 눈을 감고서 서서

히 멎어가는 심장을 애써 움켜쥐고, 쥐려 했던 그것을 천천히, 천천히 놓아주고 있었다.

✳

그날 밤. 홍은 하얗게 질린 얼굴 위로 오랜만에 분칠을 하고, 바싹 메말라 버린 입술 위로 고운 연지도 찍고서 무척이나 고운 노란 치마저고리를 차려입은 채, 흔들리는 호롱불빛을 바라보았다. 그 순간 다정한 바람이 스치고, 홍은 떨림이 느껴지는 눈동자로 아른거리는 그림자를 바라보았다. 사라질 듯 말 듯, 처음 그를 이리 만났던 그때의 설렘이 피어오르는 듯했다.

홍은 천천히 자리에서 몸을 일으켜 세웠다. 그리고 한 발자국을 앞으로 당긴 순간, 문이 스르르 열렸다.

"……."

"……."

홍과 담은 아무 말 없이 그저 두 눈 가득 서로를 담으며 바라보았다. 그러다 이내 담이 먼저 미소를 지었다.

"마치 처음 널 보았을 때 같구나."

"이상하옵니까?"

그녀가 수줍게 속삭이자, 담은 고개를 가로저으며 그녀에게 다가갔다. 그러곤 희미하게 새겨진 그녀의 볼우물을 쓸어내리며 여린 어깨를 붙잡았다.

"아니. 역시 노란색이 썩 잘 어울린다. 예전의 조그만 밤톨이를 보는 것 같아."

"아직도 밤톨이라 하십니까."

"너무나도 귀엽고 사랑스러우니까. 지금도 내겐 말이다."

홍은 순간 움찔하며 고개를 들었다. 담은 그런 그녀를 빤히 바라보며 말을 이었다.

"그런 밤톨이가 기세등등하게 내게 등을 달라고 하고, 영특한 재능으로 그림도 그리고. 쥐는 그리 무서워하면서 날 지켜보겠다고 그들 앞에 나서선 그 작은 어깨를 떠는 모습이 얼마나 내게 와 닿았는지 모른다."

"……."

"나도 모르게 떨렸다. 네가 잡아주는 그 조그만 손에 위안이 되었고, 따스한 체온에 나도 모르게 숨을 쉬면서 동그란 눈으로 날 환히 보며 미소 짓는 널 끝까지 지켜주고 싶었다. 무엇 하나 변하지 않게. 한데."

어깨를 움켜쥐었던 손길이 아래로 내려가 이내 그녀의 손목을 붙잡았다. 홍은 숨기려 했지만 담은 억지로 그녀의 여린 손목에 흉측하고도 깊게 새겨진 상처를 아프게 바라보았다.

"한데 나로 인해 네가 이렇게 변해 버렸구나."

"그리 생각 마세요. 저는 도망가는 것입니다. 너무 겁도 많고 여리기만 하여서. 그래서 더는 견디지 못해 도망가는 것입니다. 하니 자책하지 마세요."

그래, 이것은 도망이다. 영원히 그의 손을 잡겠다는 말을 지키지 못한 채 먼저 손을 놓아버렸으니. 모두를 지키기 위해서. 싸우지 않고, 견디지 않고 스스로 도망치는 것이다. 지금은 이것밖에.

'저는 이것밖에 할 수가 없습니다.'

담의 시선이 그녀의 눈물에 와 닿으며 이내 가까이 다가와 눈물 위로 입술을 부드럽게 포갰다.

뜨거운 숨결이 마치 도장처럼 깊이 새겨졌다. 그러다 이내 서로가 서로의 입술을 다급하게 머금고서 숨결을 강렬하게 빨아 당겼다.

심장이 미치도록 아려오기 시작했다. 온몸이 본능적으로 느낀 모양이다. 이것이 마지막임을. 다시는 이 숨결을 느낄 수 없고, 이 온기를 느낄 수 없다는 것을. 그렇기에 지금 이 순간 온몸으로 서로를 새기려는 처절한 몸짓.

"끝까지 지켜주지 못해 미안하다."

그의 떨리는 목소리가 흐트러지고, 홍은 차마 그의 흔들리는 목소리를 마주할 수가 없었다.

"하지만 이 또한 너를 지키는 방법이라면. 그런 것이라면, 너를 보내줄 것이다."

움켜쥐었던 손을 스르르 풀었다. 그리고 그 순간, 모든 것을 잃는 듯한 끔찍한 상실감이 밀려들었다. 담은 억지로 고통스러운 숨을 꾹 참았다. 홍은 그런 그의 모든 것을 이해하며 애써 눈물이 뒤섞인 눈동자를 살포시 접었다.

"제가 얼마나 저하를 연모하는지 아시옵니까?"

그리고 애틋하고 솔직한 그녀의 속마음이 울려왔다.

"……."

"너무나도 연모하고, 연모하고, 또 연모하옵니다. 해서, 저로 인해 저하께서 무너지는 모습을 보게 하지 마십시오. 다른 건 다 참고 견딜 수 있지만, 그것만큼은 견딜 수가 없사옵니다. 아무것도 지키지 못한 제가, 마지막으로 저하만큼은 지킬 수 있도록, 그럴 수 있도록. 그러니 슬퍼하지 마시옵소서."

어느새 메마른 눈동자 사이로 홍은 마음을 굳게 먹고서 마지막으로 붙잡고 있던 그의 옷자락을 놓았다. 미묘하게 벌어진 거리가 아프기만 했다.

"왕이 되시옵소서. 성군이 되셔야 하옵니다. 절대로 흔들리지 마시고, 굳건한 하늘이 되어주시옵소서. 고작 나비 하나만을 위한 하늘이 아닌 더 넓디넓은 하늘이."

그에게 가장 하고 싶은 말을 남겼다. 그러자 담도 천천히 자리에서 일어나 그녀에게 등을 보였다.

"다시는 울지 말거라. 더 이상, 네 눈물을 내가 닦아줄 수도 없으니까."

그리고 그의 목소리가 담담하게 흘러나왔고, 홍은 고개를 끄덕이며 속삭였다.

"울지 않을 것입니다."

"궐 안의 나비가 되지 말거라. 이곳에 갇힌 나비가 되지 말고, 저 멀리 호월산 나비가 되어 그리 날거라."

"그리 할 것입니다."

담은 걸음을 옮겼다. 아마 다시는 보지 못할 것이다. 이것이 마지막일 것이다. 또한 서로의 숨이 멎는 순간, 심장이 멎는 순간.

홍의 시선이 미친 듯이 흔들리면서 저도 모르게 손을 뻗었지만 닿지 못한 채 허공에서 떨어졌다. 그 순간, 그의 잔뜩 억눌린 숨소리가 흩어졌다.

"아주 먼 훗날, 먼 훗날 다시 만나자. 그땐 하늘과 나비가 아닌 사내와 여인으로. 해서, 다시 나의 여인이 되어다오. 나는 결코 너를 놓지 않을 것이니. 결코, 놓지 않을 것이니. 평생을 너만 연모할 것이다."

그렇게 그의 뒷모습이 완전히 사라지고, 홍은 참았던 눈물을 쏟아내며 텅 비어버린 제 가슴을 잔뜩 움켜쥐었다.

"언제나 내 곁에 있어야 한다. 항상, 항상 내 뒤에, 아니. 내 눈앞에 있어. 두 번 다시, 이 손을 놓치지 않을 것이다. 결코 놓치지 않을 것이야."

"곁에, 곁에 끝까지 있어드리지 못해 송구하옵니다. 송구하옵니다, 송구, 하옵니다⋯⋯."

연모하옵니다. 끝까지 저하만을 연모하옵니다.

그녀의 울음소리를 뒤로한 채 빈궁전을 빠져나온 담은 어둠 속에 홀로 서서 한 손으로 얼굴을 가렸지만, 누르지 못한 흐느낌이 새어 나오며 아래로 굵은 눈물방울이 뚝뚝 떨어져 내렸다. 생각보다 더한 고통이 밀려들었다. 결코 지워지지 않을 고통이.

"소녀, 영의정 민황의 여식 민홍이라 하옵니다. 세자 저하 앞에 정식으로 인사드리옵니다. 허락하신다면, 평생을 저하의 곁에서 저하를 보필하며 그리 살고 싶사옵니다."

사소한 약조 하나 지켜주지 못해 미안하다. 평생을 곁에 있어주지 못해서, 미안하다.

하늘 위로 위태롭게 날아다녔던 한 마리의 나비가 그렇게 사라지고 있었다.

10장

나비, 날다

빈궁전으로 음울한 바람이 스쳤다. 나인들과 상궁들은 억지로 눈물을 막으려고 했지만 흐느낌까지 막을 수는 없었다. 하지만 정작 본인은 무척이나 말간 얼굴로 오히려 엷은 미소마저 띠고 있었다. 새하얀 소복 자락을 살며시 움켜쥐고서 걸음걸음을 내딛는 홍의 모습은 그 어느 때보다도 가벼워 보였다.

"마마."

최 상궁은 그런 홍의 모습에 그나마 안도의 숨을 내쉬었다. 이 모든 일의 속사정을 그녀는 알고 있었다. 쫓겨나는 것이 아니라, 보내는 것임을. 세자 저하와 빈궁마마께서는 서로의 손을 그저 한 번 꽉 움켜쥐었다가 서로를 위해 보내는 것임.

"잠시만."

홍은 걸음을 멈추고서 주변을 바라보았다. 여기저기. 그와 자신의 흔적이 걸어 다니고 있었다. 그나마 다행인 것은 전부 다 웃고 있는 모습이었다. 이것이면 족하다.

그녀는 가슴을 소중히 움켜쥐었다. 그러곤 그가 있는 곳을 향해 천천히 머리를 숙였다.

'저하께서 주신 이 마음만큼은 소중히 품고 갈 것이옵니다.'

그렇게 홍은 걸음을 옮겼다. 다시는 오지 못할 마지막 걸음을 그렇게 옮기면서 그의 곁을 떠나갔다.

✳

"지금 막 빈궁전을 빠져나가셨사옵니다."

무랑의 한마디에 담은 그저 먼 곳을 응시하며 짧게 속삭였다.

"그녀를, 끝까지 지켜다오."

"예, 저하."

그렇게 무랑이 사라지고, 담은 잠시 떨리는 손끝을 움켜쥐었다. 그녀의 마지막 모습을 그는 보지 않을 생각이었다. 어젯밤이 그와 그녀의 마지막이었다.

"저하."

그때, 박 내관이 조심스럽게 그를 불렀다. 담은 애써 울컥이는 감정을 누르며 말했다.

"무슨 일이냐."

"이것을 빈궁마마께서……."

순간 담의 표정이 흔들리면서 고개를 돌렸다. 박 내관은 품에 안고 있던 그것을 조심스럽게 담에게 건네주었다.

"마마께서 그리신 예진(왕세자의 화상)이라 하옵니다."

"예진?"

그러고 보니 훗날 용상에 오르면 어진을 그려달라고 한 적이 있었다. 어찌 감히 부족한 솜씨로 용안을 담을 수 있겠냐고 하였는데.

"아니, 이것은 어진이다. 너는 내게 이 사소한 약조마저도 지켜주었는데……."

담은 너무나도 소중하고 소중한 손길로 천천히 어진을 펼쳐 보았다. 무척이나 아름다운 붉은빛이 출렁이며 그의 얼굴 가득 미소가 그려져 있었다. 그녀가 저를 바라보는 시선. 너무나도 사랑스럽게 바라보는 그 시선. 이젠 다시는, 다시는 보지 못할…….

"아…… 아…… 아……."

저 멀리, 바람이 스쳤다. 홍이가 떠나는 마지막 길목에서 스치며 그에게 와 닿은 바람. 뒤돌아선 그의 그림자가 굳건히 새겨지며 눈빛으로 차가운 서리가 스쳐 지나갔다.

'다음 생에선 오직 너만의 하늘이 될 것이다. 전부를 내던지고 네게 갈 것이다.'

✽

빈궁 민씨의 폐비가 결정되고, 홍문관 교리의 사건은 재수사가 떨어지면서 수년을 기다린 일이 어그러지고 있었다. 하지만 이대로 포기할 수는 없었다. 얼마나 기다려 온 일인데. 얼마나 간절히 바라던 일인데.

"감히 그까짓 계집 때문에 이렇게 무너질 수는 없다."

허청은 자리에서 일어섰다. 이번엔 자신이 직접 나설 것이다. 빈궁을 납치할 것이다. 그래서 그걸로 세자를 뒤흔들면 돼. 아직 충분해. 충분하다고!

그렇게 그녀가 몸을 일으키려는 순간, 문이 벌컥 열리면서 휘서가 서늘한 시선으로 그녀의 앞을 가로막았다.

"어딜 가는 것이오?"

"연녕대군마마."

"이번엔 또 무슨 짓을 저지르려고."

"무슨 짓이라니요?"

허청은 자꾸만 굳어지려는 눈매로 웃어 보려고 했지만 휘서는 그런 그녀를 벽에 밀치고서 외쳤다.

"내가 끝까지 모를 것이라고 생각했느냐! 이번 일, 이 모든 일! 사실은 네가 저지른 간악한 짓이라는 것을!"

순간, 허청은 숨을 누르고서 그를 빤히 바라보았다. 그러다 이내 다시금 엷은 미소를 지었다.

"다 알고 계셨습니까?"

"하니 그만해라."

"하면, 빈궁이 자결을 하는 데 동조하게 한 것도 연녕대군마마십니까?"

"모두를 지키는 길이 그것뿐이니까."

"하나 이 사실을 저하께서 알게 되시면 그리 생각하진 않겠지요. 연녕대군마마를 무척이나 아끼시는데. 그만큼 배신감도 얼마나 크실까. 게다가 저 역시 연녕대군마마의 사람이 아닙니까. 결국 이 일은 연녕대군마마의 일이기도 합니다."

휘서는 흔들리는 시선으로 허청을 바라보았다.

"저와 한배를 탄 것이나 마찬가지입니다. 그러니 더는 방해하지 마십시오. 저 역시 연녕대군마마를 지키려고 이러는 것이니."

그렇게 허청이 방을 빠져나가려고 했지만 휘서는 그런 그녀의 손목을 붙잡았다.

"나를 위해서라고 하지 마라. 넌 너를 위해서, 너의 복수를 위해서 내가 보위에 오르길 바라는 것이 아니더냐!"

이번엔 처음으로 그녀의 눈빛이 흔들렸다.

"네가 모란각의 여인이 아니라는 걸 알고 있었다. 네가 사실은 병판의 숨겨진 핏줄이라는 사실을!"

어느새 그녀의 회색빛 눈동자가 파르르 떨리면서 고개를 들어 휘서를 바라보았다. 대체 언제부터? 언제부터 그 사실을. 도대체. 도대체!

"그 복수, 하지 마라. 넌 절대로 병판을 무너뜨리지 못해. 내가 너의 평생 그림자가 되어주마. 그러니 이곳을 떠나자. 아니, 차라리 이 나라를 떠나자. 이제부터라도 행복해야지. 그리 살아야지. 내가, 내가 너를!"

"아니요. 그럴 수는 없습니다. 제가 행복해지는 방법은 제 복수가 끝났을 때입니다. 정녕 저를 위하신다면 보위에 오르세요. 왕이 되세요. 가장 힘센 이가 되어서 병판과 그 식솔들, 그 전부를 죽여달란 말입니다!"

허청은 휘서의 손을 거칠게 뿌리치고서 그곳을 빠져나갔다. 휘서는 텅 빈 시선으로 한줄기 눈물을 흘렸다. 정녕 저 아이의 마음에 자신은 한 자락도 있지 않구나. 단 한 자락도.

"나는 정녕 네게 아무것도 아니란 말이냐."

내가 왕이 되어야만 정녕 네가, 나를 돌아봐 줄 거란 말이냐.

한편, 휘서에게서 벗어난 허청은 자꾸만 흘러내리려는 눈물을 꾹 참았다. 더는 울지 않을 것이다. 이미 오래전 흘려야 할 눈물은 전부 흘렸다. 제게 남아 있는 것은 오직 피눈물뿐. 병판, 그에게 복수하지 않으면 결코 사라지지 않을 피눈물!

'내가 어찌 살았는데, 내가 어찌 지금껏 버텼는데. 이대로, 이대로 포기할 수는 없어!'

허청은 검은 복면을 뒤집어쓰고서는 말 한 필을 골라 달리기 시작했다. 아직 빈궁이 멀리 가지 않았다. 이미 그 길목으로 자객들이 지키고 있으니, 제 손으로 직접, 빈궁을 잡을 것이다.

✼

궐을 빠져나간 홍은 그대로 호월산으로 향했다. 험준한 산길을 어찌 택하신 것이냐며 주변에선 말이 많았지만, 홍은 호월산으로 꼭 가고 싶었다.

"마마, 춥지 않으시옵니까?"

날이 저물어가고 바람이 제법 서늘해졌다. 홍을 태운 가마가 흔들렸지만, 그녀는 평온한 표정으로 고개를 가로저었다.

"난 괜찮네."

오히려 그녀는 가마 문을 조금 열어두었다. 어느새 도성이 멀어지고 탁 트인 하늘이 보였다. 궐에서는 볼 수 없었던 하늘. 공기마저도 달라 보였다.

"잠시 쉬었다가……."

순간, 말을 끝맺기도 전에 가마가 덜컹이면서 비명 소리가 울렸다.

"무슨 일인가?"

"산적입니다!"

뒤이어 칼과 칼이 부딪히는 소리가 요란하게 울렸다. 호월산으로 가는 길까지 그녀를 보필할 군관들이 있기는 했지만 이런 일이 벌어질 줄은 몰랐다.

"마마, 일단 몸을 피하시는 것이…… 윽!"

하지만 이내 붉은 피가 요란하게 흩어졌다. 홍은 탁한 숨을 내쉬며 가마에서 내려섰다. 그러자 주변으로 검은 복면으로 얼굴을 숨긴 이들이 그녀를 노리고 서 있었다. 굉장히 매서운 칼날. 그리고 그림자처럼 날렵한 움직임.

'산적이 아니다.'

홍은 본능적으로 느낄 수 있었다. 그저 그런 간 큰 산적들이 아니라는 사실을.

'달아나야 해.'

홍은 뒷걸음질치다 이내 달리기 시작했다.

"하아, 하아, 하아!"

얼마나 달렸을까. 숨이 가빠왔다. 그리고 뒤에서 그녀를 노리는 걸음은 더더욱 빨라졌다. 그때, 날카롭게 바람을 가르는 소리가 들렸다. 홍은 차마 뒤를 돌아보지 못한 채 그대로 떨리는 발걸음을 억지로 떼어낸 순간,

휙!

"하아."

등을 꿰뚫어야 할 화살이 어느 순간 사라졌다. 홍은 설마설마 하는 시선으로 고개를 돌렸다.

"무사하시옵니까?"

"무랑……."

무랑이 거친 숨을 몰아쉬며 칼을 휘두르고 있었다.

"어서 가시옵소서!"

홍은 두 번 생각하지 않고 달리기 시작했다. 하지만 얼마 달리지 못하고 걸음을 멈추었다. 길이 끊어졌다. 절벽 아래 파도가 무서울 정도로 시커먼 빛을 내며 출렁이고 있었다.

"하아, 하아, 하아……."

온몸을 시리게 때리는 바람 앞에, 홍은 부들부들 떨리는 손끝을 붙잡고서 절벽 앞에 섰다. 어느새 붉은 노을빛에 하늘이 시뻘겋게 변하고 있었다. 끝이 보이지 않는 하늘. 자신이 좋아하는 붉디붉은 하늘빛. 그때, 결코 있을 수 없는 목소리가 들려왔다.

"더 이상 도망칠 곳은 없습니다."

"다, 당신은, 당신은!"

검은 복면을 쓴 이가 천천히 홍에게로 걸어왔다. 그러다 이내 복면이 벗겨지면서 나타난 얼굴. 회색빛 눈동자. 절대로 잊을 수가 없는,

"부부인."

허청은 날 선 표정으로 홍을 노려보고 있었다.

"그대가 어떻게……."

"다 제가 한 짓이니까요. 빈궁마마를 궁지에 몰았던 사람도, 세자 저하를 뒤흔들었던 사람도, 나아가 아주 오래전 왕실의 그림으로 밀거래를 주도했던 사람도."

모두 저 여인이었다고? 저 여인이 저지른 짓이었다고? 하지만 왜. 도대체 왜!

"그러니 경고하지 않았습니까. 궐 안에서는 그 누구도 믿어선 안 된다고. 그저 세자 저하의 뒤에 있으라고. 그저 저하만을 믿으면서 그를 뒤흔들었으면 일이 이렇게까지 꼬이진 않았을 텐데."

허청은 성큼 그녀에게 다가섰다.

"사실 언젠가는 빈궁을 제 손으로 죽이려고 했지만, 아직은 아닙니다. 아직은 살아서 세자 저하를 끌어내려 주십시오. 그리고 함께 죽어주십시오."

"하아, 하아."

"내가 얼마나 기다린 순간인데, 이제야 그토록 간절히 바라던 복수를 할 수 있게 되었는데!"

그녀의 회색빛 눈동자가 물기를 머금고서 흔들렸다. 홍은 저도 모르게 품 안에서 놓지 못했던 안료통을 꽉 움켜쥐었다. 저 여인의 속내는 알 수 없었지만 한 가지는 알겠다. 자신을 이용해서 세자 저하를 무너뜨리려는 것. 지금껏 자신을 뒤흔든 이유가 세자 저하의 폐위!

"그대가 원하는 것은 절대로 이룰 수 없을 것이네."

"뭐라고?"

"난 이미 저하를 지키기 위해 저하의 손을 놓았어. 하니, 더 이상 삶에 미련도 없지."

홍은 안료통을 더욱 꽉 움켜쥐었다. 바람이 불어왔다. 바다와 붉은 노을빛에 뒤섞여 어딘지 모르게 붉은 꽃잎이 휘날리는 듯한.

'호월산에서 부는 바람일까…… 아니면 저하에게서 오는 바람일까…….'

그렇게 그녀는 두 눈을 감고서 망설임 없이 절벽을 향해 걸음을 내디뎠다. 순간, 허청은 비명을 지르며 홍을 붙잡으려고 했지만, 이미 그녀의 몸은 붕 하고 떠오르면서 정말로 나비가 되어, 하늘 위를 나는 듯 떨어져 내렸다. 푸른 하늘보다 더 푸른 바다 아래로. 하늘보다 더 넓은 바닷속으로.

마침내 미치도록 차가운 물결이 그녀를 머리부터 발끝까지 잠식하기 시작했다.

숨이 막혀오면서 가슴으로 물이 차올랐다. 그런데 이상했다. 미친 듯이 차가웠는데, 어느 순간 가슴이 따뜻해졌다. 마치 누군가 자신을 안아주는 것처럼.

의식을 잃어가면서 홍은 눈을 깜빡였다. 뭔가가 아른거렸다. 호월산의 아름다운 절경, 그리고 그 속에서 환하게 웃고 있는 아이들. 그리고 그녀를 꼭 안아주고 있는 그 사람…….

"……이담."

그러고 보니 한 번도 불러본 적이 없구나. 단 한 번도 그의 이름을 불러본 적이 없었다. 혹여 다음 생에서 만나게 되면. 그리되면 그 이름, 한 번 불러볼 수 있을까? 아니, 만나선 아니 될까? 나는 더 이상 궐 안의 나비가 되고 싶지 않으니까. 그저 멀리멀리 날아가고 싶으니까.

그렇게 홍은 눈을 감았다. 어쩐지 점점 더 따스해지는 누군가의 품속으로. 이것이 죽음이라면 썩, 나쁘진 않겠다고 생각하면서……. 그런데 왠지 알 수 없는 목소리가 귓가를 파고들었다.

날개를 잃은 나비야. 하나 원치 않게 그 날개가 찢어졌구나.

대체, 뭐지? 누가 말하고 있는 거지? 듣지 않으려고 해도 저절로 흘러든다. 게다가 머리가 아니라 온몸으로 울려오는 목소리에 몸이 파르르 떨려왔다. 하지만 계속 듣고 있으니 어딘지 모르게 낯이 익은 여인의 목소리였다.

게다가 너를 애타게 부르는 그분의 목소리. 그 목소리가 금방이라도 숨이 넘어갈 듯, 애가 끓고 질질하여 숨이 막힐 지경이다.

그리고 이번엔 너무나도 그리운 목소리가 들려온다.

홍…… 아…….

홍…… 아…… 홍, 아…… 홍…….

누구지? 누가 자꾸 내 이름을 부르는 거지?

그때, 흐릿한 여인의 인영이 나타나면서 자신을 마주 보았다. 키도 체격도 어쩐지 모든 것이 자신과 흡사해 보였다. 그녀는 점점 자신에게 다가와서는 이내 손을 뻗어 얼굴을 쓰다듬었다. 그러곤 걱정과 염려과 담긴 다정한 목소리로 속삭였다.

나의 시간은 여기서 끝이지만, 너의 시간은 다시금 흘러갈 것이다.

그게, 무슨 말이지?

시간을 거슬러 오르고 올라, 채 아물지 않은 날개가 다시금 비상할 것이다. 하나 완전히 똑같을 수는 없다. 모든 운명이 달라질 터. 채 아물지 않았기에, 그 날개가 다시금 찢어질 수도 있겠지만, 그 또한 새롭게 흐르기 시작한 너의 운명이다.

여인의 인영은 서서히 멀어지기 시작했지만 온몸으로 울리던 목소리는 점점 더 커지기 시작하면서 마치 자신을 옥죄는 듯 머리가 터질 것만 같았다. 홍은 필사적으로 귀를 막으려고 했지만 소용이 없었다. 하지만 또다시 파고드는 그리운 목소리. 제 이름을 연신 필사적으로, 필사적으로 부르고 있는.

홍…… 아…… 홍아…… 홍아…… 홍아!

저하?

흐릿한 시선 너머 아련한 불빛 사이로 익숙한 그림자가 저를 향해 손짓하는 것 같았다. 그리고 연신 맴도는 목소리. 홍은 순간 심장 위로 묵직한 통증이 스치면서 부르기만 하여도 아픈 그 이름을 되뇌었다.

'저하, 저하, 이담!'

홍은 미친 듯이 손을 뻗었다. 닿을 듯, 닿지가 않는다. 점점 더 멀어지는 그의 모습에 그녀는 눈물을 쏟으면서 외쳤다.

'이담!'

그 순간, 선명하게 들려오는 그의 목소리.

"아주 먼 훗날, 먼 훗날 다시 만나자. 그땐 하늘과 나비가 아닌 사내와 여인으로. 해서, 다시 나의 여인이 되어다오. 나는 결코 너를 놓지 않을 것이니. 결코, 놓지 않을 것이니. 평생을 너만 연모할 것이다."

그리고는 완전히 돌아서는 그의 발걸음.

'안 돼! 돌아와요. 안 돼!'

✳

"하아!"

홍은 눈을 번쩍 떴다. 그러곤 미친 듯이 숨을 헐떡이며 몇 번이고 눈을 깜빡였다. 지금 눈앞의 모습이 믿어지지가 않아서. 분명 바다에 몸을 던졌는데, 깜빡이며 보이는 주위는 너무나도 낯익은 풍경이었다. 절대로 있을 수가 없는. 있어서도 안 되는.

"내 방?"

바로 그녀의 별당의 모습. 홍은 멍한 시선으로 주위를 둘러보았다. 하지만 점차 익숙한 풍경에 눈을 뗄 수가 없었다. 자신의 책장과 자신이 읽었던 책들과 자신의 물건들. 정말이지 믿을 수가 없었다. 분명 그 절벽에서 몸을 날렸는데, 어떻게! 꿈을 꾸고 있는 건가? 그래, 꿈일 수밖에 없다.

"꿈이야, 꿈인 거야."

그 순간, 문 너머로 막순의 목소리가 들려왔다.

"아씨, 오늘도 새 이불로 바꿔 드릴게요. 오늘은 햇살이 너무 좋아서 이불이 보송보송……. 아, 아씨?"

문을 열고 들어온 막순은 들고 있던 이불을 떨어뜨리더니 이내 무슨 죽은 사람이라도 만난 것마냥 넋을 잃다가 이내 눈물을 쏟아 내며 그녀를 붙잡았다.

"아이고, 아씨! 우리 아씨가, 아씨가 깨어나셨네! 우리 아씨가 드디어 깨어나셨어!"

홍은 저를 붙잡고 펑펑 우는 막순의 목소리조차 너무나도 아득
했다. 대체 지금 무슨 일이 벌어지고 있는 거지? 도대체, 도대체!

"막순아, 지금 이거 꿈인 거지? 그렇지?"

"저도 정말 꿈만 같아요! 우리 아씨 얼마나 걱정했었는데. 이
리, 이리 깨어나시다니!"

"내가, 도대체……."

"5년, 자그마치 5년이나 정신을 잃고 계셨습니다! 의원들은 모
두 포기하라고 했지만, 대감마님께서 그럴 리가 없다고. 그럴 수
가 없다고……. 아니지, 지금 이러고 있을 때가 아니지. 지금 당장
대감마님께……."

순간, 홍은 막순을 꽉 움켜쥐었다. 그러자 그녀는 눈이 퉁퉁 부
은 얼굴로 홍을 바라보았다.

"아씨?"

"5년이라니. 내가 5년 동안 잠들어 있었다고? 그럴 리가. 그럴
리가. 나는 분명 세자빈이 되어서, 궐에서. 그러니까!"

"걱정 마셔요, 아씨. 세자 저하께서도 아씨를 기다려 주셨으니
까, 이제 멀쩡히 깨어나셨으니까, 이제 정식으로 입궐하실 수 있
으세요!"

"입궐?"

"잠깐만요, 아씨. 잠깐만요!"

막순은 흥분을 다독이지 못한 채 얼른 별당을 빠져나갔고, 홍은
이 말도 안 되는 상황에 도통 머리가 돌아가지 않았다.

꿈이 아니라니. 하지만 그게 말이 되질 않잖아. 이게 꿈이 아닌
게 말이 안 되잖아! 분명, 분명!

설마, 지금까지의 모든 일이 꿈인가? 저하를 만났던 순간이 모
두?

"아니야. 그럴 리가."

홍은 바들바들 떨리는 눈길로 어쩔 줄 몰라 하다가 이내 제 소
맷자락을 끌어당겼다. 그러자 손목에 자결을 하였던 흔적이 선명
하게 남아 있었다.

"거봐. 꿈이 아니잖아. 그럼 뭐지? 누가 날 구해준 건가? 그래
서 내가 5년 동안 잠들어 있었던 건가? 그런 건가?"

홍은 자리에서 일어섰다. 그리고 다시금 막순을 부르려는 찰나,
면경에 비친 제 모습에 기겁할 수밖에 없었다.

"이, 이건 뭐야……."

면경에 비친 그녀의 모습. 죽기 직전의 모습이 아닌, 열일곱 살
의 조그맣고 밤톨만 하던 그 모습.

"하아. 하아. 하아."

더 이상 숨을 쉴 수가 없었다. 그 어느 것도 현실감이 느껴지
지 않았다. 단지, 손목에 그어진 상처와 아직도 머릿속에 선명히
떠오르는 기억들이 모든 것이 거짓이 아닌 현실이라고 말하고

있는데.

홍은 다시금 면경을 바라보았다. 분명 열일곱 살의 모습. 설마, 내가 과거로 되돌아온 건가? 설마. 설마.

그때, 아련하게 맴도는 믿기 힘든 목소리.

시간을 거슬러 오르고 올라, 채 아물지 않은 날개가 다시금 비상할 것이다. 하나 완전히 똑같을 수는 없다. 모든 운명이 달라질 터. 채 아물지 않았기에, 그 날개가 다시금 찢어질 수도 있겠지만, 그 또한 새롭게 흐르기 시작한 너의 운명이다.

그녀는 믿겨지지 않는 현실에 눈을 질끈 감았다. 시간을 거슬렀다고? 그 말도 안 되는 목소리가 사실이란 말이야? 믿을 수가 없다. 도저히, 믿을 수가.

하지만 지금 펼쳐지고 있는 것이 현실이고, 제 손목에 깊숙이 남아 있는 상처 또한 현실임을 느끼면서 참았던 숨을 깊이 내쉬었다. 도대체 무슨 미련이 남은 삶이기에 나는, 다시금 이곳으로 되돌아온 것일까.

해가 검붉은 빛으로 탐스럽게 타들어가며 기울어갈 무렵. 나는 새도 떨어뜨린다는 세도가, 영상의 집안이 아주 발칵 뒤집어졌다. 5년 전 갑자기 의식을 잃고 쓰러져 버린 뒤 모든 의원들이 더 이상 소생할 수 없다는 말에 비통함을 삼키며, 그럼에도 포기하지 않은 채 지극정성으로 보살피던 영상의 외동딸이 정확히 5년 만에 다시 깨어난 것이었다.

집안사람들이 믿을 수가 없다며 기쁨의 환호성을 지르고 있을 때, 별당에서 멍하니 면경을 바라보고 있는 홍이는 더더욱 믿을 수가 없어 숨조차 제대로 쉴 수가 없었다.

"하아, 하아……."

면경을 움켜쥔 조그만 손이 연신 떨려왔다. 심장이 너무나도 빠르게 뛰면서 숨통을 조여왔다. 하지만 이 모든 것이 현실이라고 말하는 듯했다. 다른 이들은 전부 자신이 5년 동안 의식을 잃었다고 말하지만, 자신은 분명 바다에 몸을 던졌다. 던지기 전엔, 수많은 시간을 궐의 세자빈으로 지냈다. 그의 곁에서 아이를 잃고, 눈물을 쏟으며, 저로 인해 많은 사람들이 다치고 죽어가는 모습을 지켜봐야만 했다. 끝내는 제 손으로…….

"……."

홍은 소매에 가려진 상처를 꽉 움켜쥐었다. 어쩐지 욱신거리는 통증이 느껴지는 듯했다. 이 역시 그 순간이 꿈이 아닌 현실이라고 말하는 듯했다. 하나, 면경에 비춰진 모습은 분명 열일곱 살. 가장 행복했던 그 시절. 그저 그림을 그리고, 무섭긴 했지만 아버지의 밑에서 오라버니와 다정하게 속삭이고, 그를 처음 만나 첫 연정에 뜨겁게 달아오르며 그저 그의 곁에 평생 있을 수 있다는 작고도 어리석은 마음에 좋아하였던.

"……열일곱 살로 돌아온 건가?"

어느새 그녀의 눈빛이 서글프게 휘늘어졌다. 과거로 돌아온 것도 믿을 수가 없는데, 하필이면 열일곱 살이라니. 가장 찬란했고, 가장 어리석었던 그 시간이라니.

홍은 뭔가 단서라도 되지 않을까 싶어서 죽기 전에 들렸던 목소리를 다시금 기억하려고 했지만 점점 아득해지더니 떠오르지가 않았다. 완전히 머릿속에서 지워진 것처럼. 아니, 처음부터 그런 목소리를 듣기는 했던 걸까?

왜 돌아온 걸까. 죽으려고 마음먹었는데. 도대체 무슨 운명의 장난으로 나는 다시 이곳으로 이렇게 되돌아오고 만 걸까. 그때, 덜컹이는 소리와 함께 다급하게 문이 열리면서 너무나도 그리웠던 얼굴이 한가득 들어왔다.

"……아…… 아……."

차마 말을 잇지 못하는 사내의 모습에 홍 역시 저도 모르게 눈물이 맺히면서 뭐라 말을 할 수가 없었다. 마지막 그 순간에도 제대로 얼굴조차 보지 못했던, 하지만 너무나도 보고 싶었던,

"오, 오라버니?"

"홍아……."

규헌은 믿을 수 없다는 눈빛으로 그녀를 바라보다 이내 저를 부르는 다정한 목소리에 울컥하여 그대로 그녀를 끌어안았다. 홍은

익숙한 온기가 온몸으로 번지자 그제야 두려웠던 감정이 눈 녹듯 사라지는 걸 느꼈다.

"살았구나. 그래, 살았어. 네가, 네가, 떠날 리가 없지. 그럴 리가 없지. 우리 홍이가, 홍이가 살았구나!"

그답지 않게 울먹이는 규헌의 목소리에 홍은 그를 꽉 끌어안으며 이내 흘러내리는 눈물을 숨겼다. 다시 되돌아온 시간 속에 오라버니는 예전 그대로의 모습이었다. 훤칠하고, 다정하고, 건강해 보이는 모습.

그래, 오라버니가 무사하다. 하면, 아버님도 무사할 것이다. 열일곱 살의 시간 속에선 모두 다 무사하고 무사한 모습이다.

"오라버니, 얼마나 걱정하고 보고 싶었는지 모릅니다. 얼마나, 얼마나……. 하니 되었습니다!"

홍의 울먹임에 규헌은 다독거리던 손끝에 힘을 꽉 주고서 행여나 또다시 잃어버릴까 그녀를 더욱 꽉 끌어안았다.

어째서 이 시간으로 되돌아왔는지는 몰라도, 그래도 이 시간 속에선 다들 무사하다. 모두 행복했던 시간이다. 그러면 그것으로 된 것이 아닐까? 오라버니도, 아버님도, 그리고……

'……저하…….'

하지만 홍은 차마 아직도 욱신거리고 아픈 그 이름을 입에 담지 못한 채 고개를 돌려 버렸다.

규헌은 여전히 떨리는 손길로 홍의 얼굴을 감싸며 눈을 마주하며 눈물 가득한 눈가로 미소를 지으며 말했다.

"무사한 것이지? 아프지 않는 것이지? 그렇지?"

"예, 전 괜찮습니다. 하나도, 하나도 아프지 않아요, 오라버니."

"그래, 그럼 되었다. 아버님도 곧 오실 것이다. 바로 오지 못하셔서 무척이나 애가 타실 것이야. 하지만 궐 안 사정이 좋지 않아서……."

홍은 저도 모르게 궐이라는 단어에 민감하게 반응하며 입을 열었다.

"궐이라니요? 무슨 일이 있는 것이어요? 혹 세자 저하께 무슨 일이?"

그럴 리가 없지만, 열일곱 살인 지금에선 그에게 무슨 일이 생길 리가 없지만, 그래도 홍은 저도 모르게 그의 안위부터 살폈다. 가슴께로 저릿하게 스미는 통증을 애써 모른 척하며 그는 무사한지부터 살피게 되었다.

규헌은 그런 홍을 바라보다 이내 고개를 가로저으며 말했다.

"주상 전하의 병세가 깊어지셨다. 해서 세자 저하께서 곧 대리청정을 하시게 될지도 모르지. 그리되면."

그는 잠시 말을 머뭇거렸다. 이 말을 벌써 입에 담아도 되는 것인지. 이제야 막 정신을 차린 아이인데. 하지만 상황이 너무나도 급박했다.

하지만 홍은 그런 규헌의 속내를 모른 채 다른 생각으로 혼란스러웠다. 대리청정이라니. 아직은 전하께서 그 정도는 아니지 않던가? 분명 자신이 궐에 입궐하고도 많은 시간이 지난 후에야 대리청정을 하셨는데.

'뭔가, 이상한데?'

"홍아."

홍은 저를 부르는 묵직한 목소리에 살며시 고개를 들었다. 그러자 규헌의 눈동자엔 근심과 걱정이 가득 서려 있었다. 어쩐지 불길한 느낌이 들었다.

"분명 아버님께서 먼저 말을 꺼내시겠지만, 게다가 이제야 겨우 의식을 찾았고 조금 뒤에 일이긴 할 테지만, 그래도 마냥 기다려 줄 수는 없으니 말이다."

"무슨, 말씀이어요?"

"입궐 말이다."

순간, 입궐이라는 말에 홍은 저도 모르게 심장이 쿵 하고 내려앉았다. 그래, 분명 열일곱 살의 자신은 세자빈으로 내정되어 간택을 통해 입궐을 했었지. 하지만 5년 동안 의식을 잃고 있었다면, 그런 말이 나올 수가 없지 않은가?

규헌은 망설이긴 했지만 이내 모든 사실을 설명해 주었다.

"너도 어느 정도 알고 있었지 않느냐. 넌 이미 내정된 세자빈이라고. 오래전부터 아버님과 주상 전하 사이에서 결정된 약조였으니. 물론 네가 갑작스럽게 쓰러져 버려서 그 약조를 깨뜨리려고 아버님께서 먼저 주청을 올리셨지만, 저하께서 간택 절차도 없애 버리고 널 세자빈으로 맞으셨다. 그리고 네 건강을 위해서 사가에 머무르게 하고는 5년 동안이나 널 기다려 주셨어."

"……."

"하니, 이렇게 깨어났다는 사실이 궐에 전해지면, 게다가 지금의 전하께서 위독하신 가운데 세자 저하께서 대리청정을 하시게 되면, 곧 입궐을 하게 될 것이다."

뭔가가 이상했다. 간택 절차를 없애 버리고 바로 세자빈이라고? 5년을 기다려? 자신이 알고 있던 과거와는 달랐다. 너무나도 달랐다. 대체 무슨 일이 어떻게 벌어지고 있는 것인가?

홍은 너무나도 어지러운 상황에 무슨 말을 할 수가 없었다. 규헌은 그 모습이 걱정되어 그녀의 여린 어깨를 다독이며 말했다.

"너무 걱정하진 말거라. 저하께선 좋은 분이시다. 널 5년 동안 기다려 주셨고, 그동안에도 궐에서 매번 약재를 보내주셨다. 특히 그 약조가 사실은 자신을 위한 약조가 아니었음에도 불구하고……. 아, 넌 모르겠구나."

"예?"

"네가 쓰러진 5년 동안 세자위가 바뀌었다."

쿵쾅거리던 심장이 갑자기 급속도로 싸늘해지기 시작했다. 세자위가 바뀌었다니. 바뀌었다니?

"처음 너와 약조를 맺었던 윤영대군이 아닌."

설마, 설마……

"연녕대군이 세자위에 오르셨다."

※

태양이 완전히 사라지고, 어둠이 짙게 내리며 넓게 퍼진 구름 덕분에 달빛마저도 제 빛을 품지 못한 채 세상이 칠흑 속에 잠겨 있었다. 구중궁궐은 그야말로 침울함이 감돌고 있었다. 주상 전하의 병세가 악화되었고, 곧 세자 저하에게 대리청정의 교지가 떨어지게 되면 조정에는 한바탕 파란이 휘몰아칠 것이 자명했다. 그리고 그 중심에 서 있는 휘서는 흑룡포를 무겁게 차려입고서 피곤한 기색으로 동궁전으로 걸음을 옮겼다. 동궁전에서 기다리고 있던 김 상궁이 고개를 조아리며 그에게 짧게 속삭였다.

"아직 수라를 드시지 않으셨다고, 수라간 상궁의 걱정이 크옵니다."

"전하께서 저리도 위중하신데 어찌 내가 편히 밥을 먹을 수 있겠는가."

"하오나."

"되었다. 너무 심려치 말거라."

휘서는 김 상궁에게 걱정하지 말라는 듯 입꼬리를 부드럽게 휘늘어뜨렸고, 그 덕분에 퍽 상한 얼굴 위로 화사함이 스쳐 지나갔다. 동궁전 궁녀들은 그러한 휘서의 엷은 미소에 안도의 한숨을 내쉬며 떨리는 가슴을 쓸어내렸다.

그렇게 휘서가 동궁전 안으로 들어서자, 순식간에 그의 눈매가 차갑게 굳어지면서 피곤함은 사라지고 냉소가 스쳐 지나갔다.

"저하."

어느새 휘서의 뒤로 백각이 나타나 고개를 숙였다. 휘서는 흐트러진 흑룡포의 옷선을 정리하고선 천천히 고개를 돌려 백각을 바라보았다.

"어찌 되었느냐?"

"아무래도 영상의 집안에 무슨 일이 생긴 듯합니다."

"집안에?"

"예. 자세한 것은 아직 더 알아봐야 하옵니다."

"그래. 해서 오늘 그렇게 영상이 서둘렀군. 어쩌면 세자빈에 관한 일일지도 모르지."

휘서는 입꼬리를 고혹적으로 틀어 올리며 눈빛을 묘하게 빛냈다.

아바마마께서 승하하시고 자신이 용상에 오르기 위해선, 영상의 세력이 반드시 필요한 것이다. 그렇기에 지킬 필요가 없는 약조까지 품으며 간택 절차도 없애고 곧장 영상의 여식을 자신의 세자빈으로 품었다. 5년 동안이나 그 산 송장과 다름없는 여인을 기다리며 말이다. 물론 그 덕분에 아바마마의 신임은 물론이고, 궐 안팎으로 자신의 민심을 드높이긴 했지만.

"혹, 영상의 여식의 의식이 깨어난 것이라면 운이 좋은 것이지. 용상에 오르기 위해선 영상의 세력이 반드시 필요하니."

어쩐지 그의 말에 가시가 돋쳐 있었다. 백각은 그런 휘서의 속내를 꿰뚫고서 고개를 돌렸다. 비록 그가 세자의 자리를 지키고는 있었지만 용상에 쉽게 오르지 못할 것이라는 것을 백각은 잘 알고 있었다. 저하의 뒤에 노론의 세력이 든든하게 버티고 있었지만, 그 세력은 호시탐탐 저하를 꼭두각시로 만들기 위해 숨을 죽이고 있었다. 결코 믿을 수 없는 자들. 게다가 알게 모르게 그를 세자로 인정하지 않는 역당의 무리들도 존재하고 있었다. 그렇기에 영상의 세력이 반드시 필요했다.

"하지만 지금 이 상태에서는 영상의 세력을 완전히 품을 수가 없다. 영상의 세력에 외척까지 더해진다면, 안타깝지만 그 세력을 아직 나는 누를 수가 없어. 세자빈을 데려오기 전에 뭔가 영상을 움켜쥘 약점이 필요한데……."

휘서는 짙은 한숨을 내쉬며 조금 쉬기 위해 백각을 물리려는 찰나, 백각의 표정이 전보다 더욱 낮게 가라앉으면서 한마디를 내뱉었다.

"그리고 곧 도착하십니다."

일순간, 휘서의 움직임이 완전히 멎어버렸다. 오늘인가? 그토록 기다리던 날이 오늘이던가. 갑자기 휘서의 목소리가 아까보다 훨씬 낮게 내려앉았다.

"……그 누구도 동궁전 근처에 발걸음조차 하지 말게 하라."

"예."

"넌 끝까지 확인하여야 한다."

"예, 저하."

그렇게 백각이 사라지고, 휘서는 더더욱 입꼬리를 틀어 올리며 자리를 잡고 앉아 메마른 벼루에 먹을 갈기 시작했다. 묘하게 손끝이 떨려왔다. 이것은 기쁨인가, 두려움인가, 아니면.

"원망인가."

❋

결코 있을 수가 없는, 있어서도 안 되는 일이 벌어지자 홍의 표정이 삽시간에 새하얗게 굳어지기 시작했다. 초점을 잃은 눈동자가 멍하니 누군가의 그림자를 그리다 사라진다.

그가, 세자가 아니란 말인가? 연녕대군이 새로운 세자?

"그게 무슨? 무슨……."

헛한 숨이 그녀의 말문을 자꾸만 막았다. 규헌은 당황스러워하는 그녀의 모습에 다시금 손을 뻗어 다독였다.

"네가 쓰러진 동안 윤영대군께서 주상 전하의 노여움을 받아 유배를 가셨고, 연녕대군께서 세자위에 새롭게 오르셨지. 해서 그 약조를 더더욱 아버님께서 깨뜨리려고 하셨지만, 지금의 세자 저하께서 너를 택하셨다. 그 때문에 지금의 주상 전하께서도 세자 저하를 더더욱 아끼시고 믿으시는 것이지만."

홍은 더 이상 규헌의 목소리가 들리지 않았다. 유배라니. 그분이 유배를 떠났다고? 어째서. 도대체 왜! 그때의 시간 속에서 그분은 그 누구보다 완벽하고 대단하며 제왕의 자질을 갖춘 왕세자라며 칭송받았다. 그런 분이셨다. 그 누구보다 완벽하신 하늘. 그런데 유배라니. 그 자리를 연녕대군, 그가, 그가 대신하고 있다니!

"아니야."

"홍아?"

"그럴 리가 없어. 아니야. 그럴 리가, 그럴 리가……. 설마."

부부인. 이 모든 것이 부부인, 그녀의 짓인가? 자신을 죽이려고 했던. 해서 세자 저하를 무너뜨리려고 했던.

떨리던 모든 것이 탁, 하고 막히면서 순식간에 모든 것이 멎어 버렸다. 처음으로 되돌아온 것이 아니란 말인가? 혹, 내가 5년 동안 의식을 잃었던 것과 무슨 관련이 있는 걸까? 그렇다고 하더라도. 연녕대군, 그가 세자라니. 나는, 나는 다시금 세자빈이라고? 그것도 그분이 계시지 않는 궐에서, 다른 사내의 아내가 되어서, 또다시 평생을 궐에서 지내야 한다고?

홍은 손목에 선명하게 그어진 흉터를 붙잡으며, 여전히 눈만 감으면 떠오르는 그 선명한 과거의 기억들을 끌어안은 채 이내 눈을 질끈 감아버렸다.

'도대체 나는 왜, 이런 끔찍한 곳으로 다시 돌아온 것인가. 도대체 왜!'

11장
시간을 거슬러

그림자 궁이라 불리는 귀궁은 연녕대군의 첫 번째 부인이자 종2품 양제인 허청이 거하는 궁이었다. 분명 그의 정실부인이었지만 출신과 태생으로 인해 빈궁이 되지 못하고 양제에 만족해야 했던 여인. 그 때문에 누구도 그녀에게 관심을 두지 않았다. 그렇게 매번 고요하기만 한 귀궁 안으로 들어선 진 상궁이 침을 꿀꺽 삼키고서 낮게 입을 열었다.

"마마, 진 상궁이옵니다."

그때, 귀궁의 문이 열렸다. 진 상궁은 안으로 조심스럽게 걸음을 옮겼다. 저 멀리 푸른색 휘장이 스미는 바람에 휘청이며 한 치의 흐트러짐 없이 앉아 있는 여인의 꼿꼿한 그림자를 그나마 가늘게 흔들고 있었다.

"마마."

진 상궁이 다시금 입을 열었고, 휘장 너머로 여인의 그림자가 잠시 움직이더니 이내 맑고 고운 목소리가 서슬처럼 떨어졌다.

"동궁전에서 기별이 왔느냐?"

"아무래도 오늘 밤은 무리인 듯싶습니다."

"어째서?"

"그 누구도 동궁전으로 접근할 수가 없사옵니다."

그제야 휘장이 사라지면서 허청이 앞으로 걸어 나왔다.

"저하께서 직접 내가 가는 것을 물리셨단 것이냐?"

"그것은 아니옵고, 백각이 막고 있사옵니다. 백각의 뜻이 곧 저하의 뜻이 아니옵니까. 아무래도 다음에 가시는 것이……. 저하께서도 오늘 많이 곤하시어."

"고작 곤하다는 이유로 동궁전의 출입을 막으실 저하가 아니시다."

허청은 잠시 눈을 감았다. 그러곤 이내 진 상궁을 돌려보냈다.

"알았다. 이만 물러가거라."

"예, 마마."

그렇게 진 상궁이 사라지고, 정갈하게 오른 휘장이 흔들렸다. 어디서 부는지 꽤나 서늘한 바람이 불어오며 허청의 눈동자 위로 어스름한 빛이 감돌고 있었다.

"설마 세자빈, 그 계집이 깨어난 것인가."

✻

바람이 매섭게도 불었다. 겨울의 끝자락, 봄이 깃들어 있다고 하기엔 너무나도 차가운 바람이 어두운 동궁전을 맴돌고 있었다. 그 사이로 백각이 바짝 마른 입술을 살짝 깨물었다.

그때, 그의 시선이 순간 매서워지면서 한 걸음 앞으로 나섰다. 그러자 그의 시선 앞으로 누군가의 그림자가 서렸고, 백각은 아무 말 없이 고개를 숙이며 그림자가 바로 제 앞으로 스칠 때까지 고개를 들지 않았다.

궁녀들과 내관들 역시 마찬가지. 마치 보지 말아야 할 것을 마주하는 것처럼. 아니, 처음부터 아무것도 보지 않은 것처럼. 그렇게 그림자의 발자국 소리가 바람에 묻혀 사라질 때쯤, 달칵이는 소리와 함께 백각이 고개를 들었다.

"······."

다시금 매서운 바람 소리만이 스쳤다. 처음부터 아무도 오지 않은 것처럼. 동궁전은 그렇게 다시금 고요함을 머금고서 눈을 감고 있었다.

흑룡포가 바닥 아래 위엄스럽게 스쳤고, 흔들리는 촛불 사이로 휘서의 붓이 아주 멋스럽게 종이 위를 움직이고 있었다. 이런저런 생각들로 머리가 복잡해질 때는 이렇게 난을 치는 것이 꽤 도움이 되었다. 남들 눈에는 그저 팔자 좋게 난이나 치고 있다고 느낄 수 있으니. 하지만 머릿속엔 온갖 날카로운 생각들이 부딪혀 간다. 그 누구도 알지 못하는, 또한 알지 못해야 할 생각들이.

"흐흠……."

하지만 오늘은 영 난이 곧게 뻗지를 못했다. 그만큼 영상에 관련된 사항이니까. 또한, 지금 이 순간 너무나도 반가운 사람을 맞이해야 했으니.

"이런, 제가 그리워하긴 했나 봅니다. 이리 제 손이 다 떨리고."

어느새 휘서의 눈매가 부드럽게 휘늘어지면서 정면을 응시했다. 그러자 문 앞으로 흔들리는 그림자가 보였다. 거대하고도 거대한 그림자. 찰나의 침묵 끝에 낯익은 목소리가 낮게 울려왔다.

"해서, 고작 그리웠다는 이유로 이리 엄청난 짓을 저지른 것입니까?"

휘서의 입꼬리가 점점 더 짙게 그려지고, 마침내 문이 열리면서 찬바람과 더불어 더욱 매섭게 흔들리는 촛불 사이로 그의 성난 눈동자가 휘서를 응시하고 있었다.

"어서 오세요, 형님."

"반갑다고 해야 합니까? 세자 저하."

짙게 내려선 갓 그림자 너머로 여전히 훤한 얼굴에 왠지 모를 강인함까지 느껴지고 있는 이담, 그가 서 있었다.

휘서와 담은 서로를 향해 마주 보며 자리를 잡았다. 5년 만에 보는 얼굴. 휘서는 쥐고 있던 붓을 천천히 내려놓았다. 뭔가 기분이 묘했다.

5년 전, 갑작스럽게 자신에게 세자위를 억지로 떠넘기고 노론의 말도 안 되는 죄목을 혼자 뒤집어쓰고서는 유배지로 바람처럼 사라졌다. 어떻게든 얼굴을 한 번 보려고 했지만 도망치듯 그렇게. 그리고 그 순간 느꼈던 감정은 배신과 원망이었다.

'……두렵다.'

휘서는 어딘지 반쯤 가려진 담의 시선을 똑바로 보지 못한 채 가식적인 미소로 표정을 숨겼다. 우려했던 순간이 찾아오고 말았다. 처음부터 제게 오지 않았을 자리였다면 눈길조차 주지 않았을 텐데. 그 자리가 제게 오고 말았고, 이젠 그 자리를 놓을 수가 없었다. 그리 할 수 없는 이유가 생겨 버린 것이다.

'해서 싫었습니다, 제가 세자가 되는 것이. 저는 겁이 많고, 그것을 이겨낼 만큼 큰 그릇이 되지 못해 이리 형님을 부른 것입니다.'

담은 어둠을 핑계로 5년 만에 보는 휘서를 바라보았다. 안타까운 감정이 밀려들었다. 그저 미안하고 미안한 마음. 하지만 담은 그것을 숨긴 채 먼저 입을 열지 않았다. 어차피 한 번 버린 자리. 이미 각오했던 일. 후회는 없다. 그것보다 더 중요한 일이 있기에 그는 5년 동안 눈길조차 주지 않았던 이곳, 궐로 돌아온 것이니까.

＊

늦은 밤. 모두가 잠든 순간, 홍은 엷은 호롱불조차 켜지 않고서 눈도 제대로 깜빡이지 않고 제 앞에 놓인 옷을 바라보았다. 여인의 옷이 아닌 사내의 복장.

처음엔 망설였다. 하지만 아버님께서 다녀가신 후, 더 이상 망설이고 있을 시간이 없었다.

"······."

처음엔 믿지 않았다. 그럴 리가 없다고 생각했다. 하지만 모든 것이 명백해졌다.

열일곱 살, 과거로 돌아왔지만 돌아온 과거는 자신이 생각하던 그 시간과는 달랐다. 이미 자신은 세자빈으로 간택이 되어 있었다. 한데 그 상대는 연녕대군. 게다가 그분은 너무나도 먼 곳에 유배를 떠나 계신다.

홍은 입술을 한 번 깨물고서 옷을 움켜쥐었다. 그리고 천천히 자리에서 일어나 과감하게 옷고름을 풀어헤쳤다.

"다시는 울지 말거라. 더 이상, 네 눈물을 내가 닦을 수도 없으니까."

눈물이 나오진 않았다. 앞으로도 절대로 울고 싶진 않았다.

홍은 자신의 가슴을 꽁꽁 묶고서 사내 복장으로 야무지게 차려입었다. 그러곤 말간 얼굴 위로 길게 늘어진 머리카락을 꽉 움켜쥐었다.

"이곳에 갇힌 나비가 되지 말고, 저 멀리 호월산 나비가 되어 그리 날거라."

"그리, 할 것입니다."
그러곤 다른 손에 쥐어졌던 가위로 긴 머리카락을 싹둑 잘라내었다.
투두둑. 아래로 쏟아지는 탐스러운 머리카락.
어느새 그녀는 능숙하게 상투를 틀고서 그 위로 패랭이를 썼다.
어느새 그 자리엔 선 고운 여인 대신 조그만 사내가 서 있었다.
홍은 떨리는 숨을 내쉬고서 붓을 들고 종이 위로 짤막하게 글을 남겼다.

─아버님, 오라버니, 송구합니다. 하오나 이제 다시금 제게 주어진 운명이라면, 더는 그때처럼 살지 않을 것입니다.

이미 죽기를 각오한 채 손목을 그었고, 바다에 몸을 던졌다. 그런데도 다시금 돌아왔다. 무슨 미련이 있는 삶인지는 몰라도 이렇게 돌아오고 말았다. 이게 정말로 자신에게 다시금 주어진 기회라면. 그런 것이라면. 그때처럼 그리 살지 않을 것이다. 구중궁궐의 나비로 살지 않을 것이다. 저 멀리 호월산의 나비로 그리 훨훨 날아갈 것이다.

그렇게 홍은 마지막으로 정갈하게 마침표를 찍고 봇짐을 챙겨 들고서 별당을 조심스럽게 빠져나왔다.

주변은 너무나도 고요했다. 그녀의 조그만 발자국과 그림자를 숨기기엔 너무나도 알맞은 어둡고 고요한 밤.

문득, 홍은 잠시 걸음을 멈추고서 조금 먼 곳을 바라보았다.

"……저하."

그의 얼굴이 살포시 떠올랐다. 하지만 이내 고개를 가로저었다. 일부러 그를 만나러 가진 않을 것이다. 어차피 자신을 기억조차 하지 못할 테니까. 열일곱 살. 그를 만나기 전으로 돌아간 것이나 마찬가지. 서로를 만나 너무나도 애틋하고 설레었지만 그만큼 아팠고, 다쳤다.

이번 생에선 그와 그런 가슴 아픈 인연이고 싶지 않았다. 그저 홀로 묻어두고 싶었다. 그러니 우연으로라도 서로 만나지 않는 것이 나을 것이다. 이번 생에선 그와의 인연은 없을 것이다. 유배 중이라고는 하나 그는 이겨낼 것이다. 그런 분이니까. 그런, 강한 사내니까.

그렇게 홍은 영상의 여식이란 이름을 버리고, 세자빈이라는 무게조차 버린 채 깊은 밤, 그렇게 행방불명되었다.

❋

묵직한 공기가 흐르고, 휘서와 담의 사이로 어울리지 않는 주안상이 차려졌다. 휘서는 능청스러운 웃음을 내지으며 먼저 술병을 집어 올렸다.

"오랜만에 제가 형님께 술 한 잔 따라 드리고 싶습니다."

"……."

"싫으십니까? 예전엔 그래도 제법 술도 주거니 받거니 했는데. 서로 실없는 농도 주고받으면서."

담은 생글생글 웃고 있는 휘서를 바라보다 이내 술잔을 내밀었다.

"저하께서 주시는 술을 마다할 이유가 없지요."

그의 입에서 너무나도 쉽사리 저하라는 말이 나오자, 휘서는 슬쩍 굳어진 시선으로 술을 따랐다. 청아한 소리가 울렸다. 하지만 둘 사이로 흐르는 공기만큼은 너무나도 팽팽했다.

"저하라……. 5년은 짧은 시간인데, 형님께선 그 호칭이 참으로 쉽게 나오십니다. 전 아직도 그 호칭이 어색하고 무거운데 말입니다. 지금이라도 형님을 형님이 아닌 저하라고 부를 것 같은데."

담은 들어 올렸던 술잔을 멈칫하더니 이내 단숨에 삼키고서 술잔을 탁, 하고 내려놓았다.

"그런 말씀 마십시오. 5년은 긴 시간입니다. 이젠 모든 이들이 저하를 만인지상 세자로 받들고 있지 않습니까."

"나가시니 좋으십니까?"

"……."

"전 하루하루가 참으로 고단합니다. 예전엔 아무 거리낌 없이 술이나 마시고, 그림을 그리고, 여인들과 질펀한 농을 주고받고, 명에서 들여오는 갖가지 화려한 옷을 입고서 그리 살았는데. 이제는 술 한 잔, 그림 하나 그릴 때도 속내를 숨겨야만 하지요. 또한 다들 그리만 생각하고요."

술잔을 매만지는 휘서의 손길이 점점 더 차분해지는 듯했다.

"옷도 이리 재미없는 옷만 매번 입어야 하고, 여인을 품는 것도 그것이 세력이 되고 권력이 되는. 형님 덕분에 조선 팔도 여인들이 얼마나 울고 있는지 아십니까? 제가 단골로 찾아가던 명나라 상인들은 또 얼마나 아쉬워하고 있을지. 제가 돈 씀씀이가 좀 헤펐습니까? 아주 큰손을 놓친 것이지요."

우스개 농처럼 그의 말이 울려 퍼졌지만, 담은 쉽사리 웃을 수가 없었다. 말 하나하나에 가시가 느껴졌다. 원망을 품고서 그를 나무라고 있었다. 도대체 왜 떠난 것이냐고. 원치도 않는 이 자리를 마음대로 쥐어주고서. 이젠 제대로 떠날 수도 없이 왜 이렇게 자신을 만들었냐고.

담은 고개를 들고서 휘서를 바라보았다. 흑룡포 사이로 예전처럼 묘한 눈웃음을 지으며 웃고 있는 모습이 보였다. 하지만 분명 달라졌다. 저 거대한 용이 그려진 옷자락 사이로 휘서는 어느새 모든 것을 숨기는 법을 배웠다. 마치, 예전의 자신처럼. 참으로 고독하고 고독한 길. 예전처럼 술잔을 기울이고, 질펀한 농을 주고받으며 호형호제하던 그 관계는 이젠 정말 끝난 듯싶었다. 하지만 이미 각오했던 일이었다.

"이렇게 술이나 한잔하고자 저를 유배지에서 억지로 부르신 것은 아니실 테고."

담은 서둘러 이 자리를 끝맺고 싶었고, 휘서는 그런 그의 속내를 깨닫고서 씁쓸하게 웃었다. 그러곤 서늘한 시선으로 빈 술잔을 내려놓았다.

"곧, 윤영대군의 유배를 풀 것입니다."

"그게 무슨 말입니까?"

"하지만 유배가 풀린 사실은 아무도 몰라야 합니다. 지금 제가 세자로서 밀명을 내릴 것이니까요."

생각지도 못한 말에 담은 입을 꾹 다물었다.

"윤영대군이 말씀한 것처럼 이미 5년이란 시간이 지났고, 저는 좋든 싫든 세자가 되었습니다. 하나, 아직까지 저를 세자로서 받아들일 수 없는 무리들이 있지요."

'맹월'. 눈먼 달이라 불리는 이 집단은 정비의 소생이 아닌 지금의 세자를 인정하지 않는 역당이었다. 하지만 그 속은 노론의 악행을 참지 못하고 일어난 백성들이었다.

"해서, 그 역당을 저보고 처단하라는 것입니까?"

"따지고 보면 그들이 생겨난 이유도 윤영대군 때문이 아닙니까? 그들의 근거지가 호월산이라는 정보를 받았습니다. 그러니 선택하시지요."

휘서의 손끝이 미세하게 떨려왔다. 하지만 내뱉는 말 하나하나, 내쉬는 숨소리 하나까지 날카로운 칼날이 되어 담을 찔러 들어왔다.

"윤영대군이 진정 세자위를 완전히 포기하고 저를 왕으로 만들고 싶다면, 이 자리에 정녕 미련이 없는 것이라면, 그것을 제게 보여주세요. 제가 믿을 수 있도록. 제가, 형님에게까지 칼을 내밀지 않도록 그 뜻을 보여주세요."

이건 선택이 아니다. 만약 담이 이 밀명을 받들지 않는다면, 휘서는 용상에 가장 걸림돌이 되는 그를 먼저 죽이려고 할 것이다. 맹월이 갈수록 커져 가는 이유에 장자인 이담이 살아 있는 것이 가장 큰 이유이니까. 하지만 그가 스스로 맹월을 무너뜨린다면.

'그래야 믿을 수 있는 것이냐, 조금이라도 나를. 그 정도로 불안한 것이냐. 내가 너를 그리 만들었구나.'

담은 천천히 몸을 일으켜 세웠다. 거대한 그림자가 서린다. 5년 전 이 동궁전의 주인이었던 그를 알아보기라도 하는 듯. 휘서는 그 모습마저도 불안하기 그지없었다. 하지만 담은 이내 그런 휘서를 향해 깊이 고개를 숙이며 말했다.

"세자 저하의 명을 따를 것입니다. 세자 저하의 앞날에 걸림돌이 되는 그 반역의 무리들을 제 손으로 전부 없애 버리고 오겠습니다."

그렇게 담이 동궁전을 빠져나갔다. 휘서는 그가 내뱉은 말을 연신 되뇌며 그제야 참았던 숨을 토해냈다. 어느새 그의 앞으로 백각이 심려가 가득한 시선을 한 채 그를 지키고 있었다.

"하아……."

"……."

"이상하진 않더냐."

휘서는 제 가슴을 꽉 움켜쥐며 백각에게 물었다. 하지만 그는 아무 대답도 하지 않았다.

"어색해 보이진 않고? 형님은 진정 모르는 것 같더냐?"

"……."

"하하하하! 솔직히 나는 무서웠다. 아직은 이 동궁전이 형님을 기다리는 것 같아서. 형님을 그리워하는 것 같아서. 내 목을 조를 것 같아서."

"저하."

백각은 그의 말을 잘라내었다. 그러자 휘서는 헛한 숨을 내쉬며 메마른 웃음을 지었다.

"그래, 이제 시작이지. 이제부터가 시작인 것이지. 지금보다 난 더 변할 것인데. 어디까지 변하게 되고, 어디까지 가게 될지 참으로 두렵구나. 언젠가는 이런 감정조차도 무뎌지게 될 것인데."

휘서는 담이 지나간 텅 빈 자리를 바라보았다. 아마 형님이 다시 이 동궁전으로 오는 일은 없을 것이다. 결코 없을 것이다. 해서 자신이 이리 형님의 빈자리를 바라보며 떠는 일도 오늘이 끝일 것이다.

"해서 이 자리가 싫었는데, 해서 그토록 궐에서 벗어나고 싶었는데."

하나 이젠 늦었습니다. 저를 이리 만든 것은 형님이십니다. 그러니 욕심내어 보려고 합니다. 제가 원하는 것을 얻기 위해 택해야 하는 선택이 오직 용상이라면. 예, 전 올라가야겠습니다. 용상에. 보위에. 형님을 제 장기판의 말로 사용한다고 하더라도.

어느새 휘서는 자세를 제대로 고쳐 잡고서 흑룡포를 펄럭이며 세자로서의 명을 내렸다.

"영상의 주변을 제대로 살펴라. 반드시 그 영감의 약점을 잡아야 해. 그리고 세자빈에 관한 것도 반드시!"

"예, 저하. 한데."

백각은 잠시 말을 멈추었다. 그 모습에 휘서는 의아한 시선을 띠며 먼저 입을 열었다.

"무슨 일이냐."

"……양제마마께서 기별을 주셨습니다."

휘서는 양제라는 말에 잠시 입꼬리가 미세하게 떨렸다.

"해서?"

"일단은 곤하시다는 이유로 거절하였으나, 후에 몇 번이나 더 기별이 왔었습니다. 혹, 무슨 일이 있는 것인지도."

그는 잠시 머리를 기대었다. 어느새 그의 표정 위로 씁쓸함이 흐르더니 이내 천천히 눈을 감고서 다른 얘기를 내뱉었다.

"병판에 관한 것은 어찌 되었느냐? 아직 행방은?"

"찾지 못했다고 합니다."

"병판이 그토록 아끼던 장자가 사라졌다라……."

"계속 알아볼까요?"

"아니, 넌 이런 일에 신경 쓰지 말고 영상에게 집중해라."

"예, 저하."

그렇게 백각이 사라지고, 휘서는 잠시 몸을 일으켜 세우고선 여전히 어둡기만 한 하늘을 바라보며 속삭였다.

"그냥 아무것도 하지 말고 가만히 있어주면 좋을 텐데."

✳

은밀하게 동궁전을 빠져나온 담은 삿갓으로 얼굴을 완전히 감추고서 한 걸음, 한 걸음 조심히 움직였다. 자신이 지금 이 궐에 있다는 사실을 그 누구도 알아차려서는 안 되었다. 특히나 밀명까지 받은 이 상황에서는 더더욱.

그렇게 조용히 궐을 빠져나온 담은 묵직한 숨을 내쉬고서 주위를 둘러보았다. 그러자 기다렸다는 듯, 그의 앞으로 무랑이 나타나 고개를 숙였다.

"대군마마."

이젠 제법 익숙하게 부르는 무랑의 모습에 담은 피식 웃으며 슬쩍 삿갓을 들어 올렸다.

"괜찮으십니까?"

"괜찮지 않을 것은 또 무엇이냐."

"대체 저하께선 대군마마를 왜 부르신 것입니까. 그것도 궐 안으로."

무랑은 지난날의 일을 떠올리고서는 치를 떨며 고개를 가로저었다. 갑자기 유배지를 벗어나 도성으로 오라니. 행여나 들키는 날엔 아주 큰 곤경에 빠질 것인데 담은 아무런 망설임도 없이 이곳으로 왔다. 5년 전 세자위를 내려놓고 유배지로 떠났던 그때처럼.

"곧 내 유배가 풀릴 것 같구나."

"예?"

담은 다시금 삿갓을 깊숙이 누르고서 걸음을 옮겼다. 무랑은 그런 그의 옆을 따르며 다음 말이 이어지길 기다렸다.

"저하께서 내 유배를 풀어준다고 하더군. 곧 윤허가 떨어질 것이다."

"하오나, 어찌 갑자기?"

꽤 오랜 시간이 걸릴 것이라 생각했다. 어쩌면 유배지에서 평생

나오지 못하거나 더 나아가 암살당할 위험도 있을 것을 각오하고 있던 무랑이었다. 그런데 갑자기 유배를 풀어주다니. 노론이 가만있지 않을 것인데.

"하지만 정식으로 윤허가 떨어지진 않을 것이다."

"그게 무슨……?"

"다른 이들에겐 내가 아직 유배되어 있는 모양새가 될 것이야."

담은 걸어가던 걸음을 잠시 멈추었다. 그러곤 짧게 속삭였다.

"밀명을 받았다. 맹월을 내 손으로 처단하라고 하더군."

"맹월을 말입니까? 그들은 신출귀몰한 자들입니다. 그들을 어찌!"

"그 정도는 해야 휘서가 나를 믿겠다는 것이지. 안심을 하겠다는 것이고. 본거지가 호월산이라는 정보를 알아냈음에도 불구하고 내게 이런 명을 내린 것을 보면, 아마 시험일 것이다."

호월산. 아마도 백각 그자가 직접 움직인 것일 테지. 무랑은 어두운 낯빛으로 담을 바라보았다. 그러자 담은 피식 웃으며 그런 무랑의 얼굴을 직접 펴주었다.

"그리 죽상 쓰지 말거라. 어차피 잘된 일이야. 내겐 더할 나위 없이 좋은 기회지. 일부러 유배지에서 도주할 필요도 없이 자유롭게 움직일 수 있을 테니까."

5년. 기다리던 5년이 지났다. 사실 담은 오늘 휘서가 도성으로 부르지 않았다고 해도 스스로 유배지에서 빠져나와 행방을 감출 생각이었다. 그런데 때마침 이런 명을 받게 되었으니, 굳이 일을 크게 벌이지 않아도 돼 나름 괜찮은 듯싶었다. 물론 무랑은 불만이 가득한 듯했지만.

"죽상을 안 쓰게 생겼습니까? 앞으로 얼마나 위험한 일들이 넘쳐 날지. 저는 목숨을 아주 여러 개 들고 다녀야 하는 모양입니다. 대군마마는 또 어떠시고요!"

"내 몸 하나는 지킬 수 있어. 그나저나 간 일은?"

담의 목소리가 낮게 떨려왔다. 무랑은 그 모습에 이해할 수 없다는 듯 한숨을 쉬며 말했다.

"아무것도 없었습니다, 아무것도!"

일말의 기대가 사라지자 담은 허탈하게 웃었다. 역시나 한발 늦었구나.

"그래, 그렇구나."

"한데 도대체!"

"그 일에 대해선 깊게 묻지 말라고 했다. 어차피 넌 들어도 모를 일이니. 자, 이제 좀 빠르게 움직이자. 지체할 시간이 없구나."

무랑은 여러 가지로 너무나도 답답했지만, 입을 꾹 다무는 그의 모습에 하는 수 없이 한숨을 내쉬며 걸음을 돌렸다. 하긴, 세자위를 내려놓을 때도 단 한 마디도 해주지 않으셨다. 그런 그를 끝까지 주군으로 선택하며 모시겠다고 결정한 것은 자신이니, 그가 직접 말을 해줄 때까지는 먼저 묻지 않을 생각이었다. 평생 말을 해주지 않는다고 하여도 상관없었다. 그가 무슨 일을 하든, 무엇을 하든, 자신은 그저 그를 믿고 따를 뿐이었다.

담은 삿갓을 더욱 깊숙이 내리고서 인적 없는 어둠 속으로 걸음을 완전히 돌려 버렸다. 도성을 떠나는 그의 발걸음엔 한 치의 망설임도 없었다. 그래도 한평생을 궐에서 지냈는데. 마지막까지도 함께할 것이라 여겼는데.

하지만 더 중한 것. 더 소중한 것을 위해서, 그는 그 모든 것을 버렸다.

❋

이른 아침. 막순은 기분 좋은 표정으로 비단옷과 더불어 아침부터 진수성찬을 차려서는 고요한 별당을 바라보았다. 이렇게 아씨를 모시게 될 날을 얼마나 기다렸던가. 5년 동안 꽤 많이 상해 버린 얼굴도 얼른 다시 어여쁘게 만들어 드리고 싶었고, 지금껏 못한 것들 그 어느 규수들보다도 더 누리게 해드리고 싶었다.

"아씨! 막순이어요!"

하지만 별당은 그저 조용했다.

"아씨! 아직도 안 일어나셨어요? 5년 동안이나 주무셨는데, 더 주무시는 것이어요?"

우스갯소리를 해보았지만 역시나 묵묵부답. 막순은 머리를 긁적이며 이내 슬그머니 문고리를 움켜쥐었다.

"혹시 어디 아프신 건……."

어쩌면 밤새 병세가 다시 깊어졌을지도 모른다는 생각에 막순은 잡고 있던 문고리를 당겼다. 그러자 썰렁한 방 안 공기가 와 닿으며 이내 텅 빈 별당의 모습이 보였다.

"아씨?"

막순은 의아한 표정으로 조심스럽게 별당 안으로 들어갔다. 밤새 사람이 없었던 것처럼 온기가 느껴지지 않았다. 게다가 차분하게 정리된 이부자리. 순간, 그녀의 눈동자가 떨리기 시작하면서 이내 홍의 이름을 크게 부르려던 찰나, 바닥에 서찰이 놓인 게 눈에 띄었다.

"하아, 하아."

막순은 자꾸만 불길하게 파고드는 숨을 꾹 누르고서 서찰을 조심스럽게 펼쳐 들었다. 그러나 이내 벌벌 떨리는 손을 주체하지 못하고서 단말마의 비명을 지르며 밖으로 뛰쳐나갔다.

"아, 안 돼! 아씨, 아씨!"

사랑채 안에서 영상, 민황이 잔뜩 굳어진 시선으로 홍이 남긴 서찰을 읽고 있었다. 겉으로 드러나진 않았지만 정말이지 믿을 수가 없는 비통한 심정.

민황의 앞으로 규헌이 떨리는 주먹을 꽉 움켜쥐며 눈을 질끈 감았다.

홍이, 그 아이가 서찰을 남긴 채 사라졌다. 이제야 겨우 돌아온 아이인데. 정갈한 필체로 자신을 기다리지 말라고 적혀 있었다.

─아버님, 그리고 오라버니, 소녀를 결코 용서하지 마십시오. 5년 동안 의식을 잃었다가 되돌아왔지만, 제가 가진 기억들과 너무나도 달랐습니다. 괜찮은 척하려고 하였지만, 아무래도 제가 미쳐 버렸나 봅니다. 이런 제가 감히 가문에 남아 누를 끼칠 수는 없습니다. 세자빈이라는 무게 역시 더더욱 감당할 수가 없습니다. 해서, 소녀는 이곳을 떠나겠습니다. 민홍으로 지낸 기억을 모두 잃었으니, 더 이상 민홍으로서 아버님과 오라버니 곁에 있을 수는 없습니다. 하나 걱정하지 마십시오. 저는 잘 지낼 것입니다. 주상 전하께서도 이해해 주실 것입니다. 혹, 노여움을 품으시거든 모두 다 부족한 제 탓이라 말하여 주십시오. 송구하고 송구합니다. 아버님, 오라버니, 강녕하십시오.

그 아이가, 이렇게까지 할 수 있을 리가 없는데. 이런 엄청난 짓을 저지를 수 있을 리가 없는데.

민황은 묵직한 숨을 삼키고서 서찰을 내려놓았다. 규헌은 그런 그의 안색을 살피며 조심스럽게 입을 열었다.

"아버님……."

"지금 당장 홍이를 찾거라."

"……."

"서찰에는 미쳤다고 하였지만, 그런 아이가 이렇게 글을 쓰고 떠났을 리가 없다. 무슨 일인지는 몰라도 반드시 데려와야 해.”

“예.”

“하나 이 사실이 밖으로 새어 나가서는 안 된다. 그리되면 정녕 홍이는 끝이다. 은밀하게, 아주 은밀하게 그 아이를 찾거라, 어서!”

규헌은 그의 뜻을 깨닫고서 고개를 끄덕인 뒤 재빨리 사랑채를 빠져나갔다. 규헌이 사라진 뒤, 민황은 그제야 비틀리는 걸음으로 짙은 숨을 내쉬었다. 그의 손엔 여전히 홍이의 서찰이 쥐어져 있었다.

“대체 무슨 일인 것이냐, 홍아.”

그는 서찰을 잠시 꽉 움켜쥐었다가 이내 호롱불에 전부 다 태워 버렸다. 일단 아랫것들의 입부터 막아야만 했다. 그리고 하루라도 빨리 홍이를 찾아야만 했다. 그나마 다행인 것은 그 아이가 깨어 났다는 사실이 아직은 밖으로 새어 나가지 않았다는 것. 자칫 이 일이 궐 안으로 스며든다면.

‘호시탐탐 노리고 있는 이들에게 먹잇감이 될 것이다.’

특히나 지금의 세자. 그 속내를 알 수 없는 세자에겐 더더욱!

12장

새로운 인연이 얽히기 시작하다

부지런히 걸음을 옮기던 홍은 잠시 숨을 몰아쉬며 살짝 삐뚤어진 패랭이를 고쳐 쓰고, 봇짐도 야무지게 꽉 움켜쥐었다. 제법 걸었다고 생각했는데 아직도 도성을 빠져나가지 못했다. 하긴 이 조그만 걸음으로 여기까지 온 것도 대단한 건가?

"하아, 하아! 이제 겨우 좀 컸다고 생각했는데. 다시금 밤톨만 해지다니."

홍은 제 모습을 쓱 바라보고선 허탈한 웃음을 지었다.

첫 시작은 호기로웠다. 들키면 안 되기에 큰길가가 아닌 산길을 선택. 예전에 산을 넘었던 경험이 있으니 충분히 할 수 있을 거라 생각했다. 물론 딱 한 번뿐이었지만. 그런데 산길이 거기보다 훨씬 더 험준했다. 게다가 다시 짧아진 다리로 아무리 걸어도 끝이 보이지 않는 것 같았다.

"그래도 날이 저물기 전까진 마을에 도착하겠지."

그녀는 거친 숨을 몰아쉬며 잠시 고개를 뒤로 돌렸다. 지금쯤이면 집안이 발칵 뒤집어졌겠지?

"생각하지 말자. 생각하지 마."

그녀는 애써 고개를 가로저으며 봇짐에서 무언가를 꺼내기 시작했다. 사실 짐 속에 든 것은 별것 없었다. 붓 몇 자루와 종이가 전부. 예전에 스승님께서 하신 것처럼 조선 팔도를 돌면서 그림을 그리고 싶었다. 하지만 지금은 호월산으로 갈 생각이었다. 그 절경을 눈으로 직접 보고, 그림을 그릴 것이다. 그리고 그곳에서 묵은 미련을 전부 털어내고 새로운 삶을 살 작정이었다.

"그나저나 여기 어디 있었는데……."

홍은 짐을 마구 뒤적거리며 안료통을 찾았다. 여기서 죽치고 앉아 먹을 갈 수는 없으니, 부족한 대로 안료를 쓸 생각이었다. 하지만 몇 개 챙겨온 안료가 보이질 않았다. 결국 짐을 전부 엎으려는 찰나, 그녀의 손끝으로 안료통이 잡혀들었다.

"아, 찾았!"

안료통을 들어 올린 순간, 얼굴 가득 번졌던 미소가 사그라지고 말았다. 단번에 알아볼 수 있었다. 이건…… 마지막. 세자 저하께서 자신에게 주었던 그 당주홍의 안료통이었다.

"이게 왜 여기에……."

홍은 떨리는 손길로 안료통을 살며시 쥐었다. 이것까지 함께 올 줄은 몰랐는데. 정말, 몰랐는데.

"그대가 없는 동안, 여기에 내 마음을 그대로 담고 있었소. 이것이 그대에게 주는 마음이자 증표요. 언제까지나 그대를 연모할 것이라는. 그날, 그 순간의 간절함이 그대로 담겨 있는."

"……"

그녀는 쥐고 있던 그것을 잠시 바라보다 이내 봇짐 속에 다시 집어넣었다. 차마 버릴 수는 없었다. 그럴 수가 없었다. 하지만 스스로 찾진 않을 것이다. 절대로. 절대로.

홍은 재빨리 붓에 안료를 묻히고서 그림을 그리며 걸음을 재촉했다. 머리가 어지러울 땐 역시나 그림을 그리는 것이 최고였다. 그것은 예나 지금이나 하나도 변한 것이 없었다.

그렇게 억지로 붓을 잡은 손끝에 집중하고서 스쳐 지나가는 풍경을 바라보며 걸음을 옮기던 찰나, 뭔가 불길한 소리가 저만치서 들려왔다. 뭐지? 혹시 벌써 나를 찾으러 오는 건가?

"잡아! 잡으라고!"

"놓치지 마!"

"저 귀신 같은 놈!"

굉장히 거칠게 울리는 사내들의 목소리. 다행히 자신을 찾는 자들은 아닌 것 같았다. 그래도 어쩐지 이쪽으로 쭉 가면 안 될 것 같은 불길한 예감이 들었다. 하지만 이 길로 안 가면 빙 둘러갈 것 같은데.

"죽지 않을 정도로 패서 잡아!"

그래, 되돌아가자. 남는 게 시간이잖아? 괜히 한발 먼저 가려다가 봉변당할지도 몰라.

홍은 마른침을 꿀꺽 삼키고서 그대로 슬쩍 걸음을 뒤로 돌리려는 순간!

"저기 웬 수상한 놈이 있습니다!"

하지만 기가 막히게도 등을 돌리자마자 그들에게 발각되고 말았다. 이쪽으로 저벅저벅 다가오는 발자국 소리. 홍은 어쩌면 자신을 지목한 게 아닐지도 모른다는 일말의 기대를 품고서 한 걸음을 옮겼지만, 개뿔이었다.

"죽고 싶지 않으면 거기 꼼짝 마라!"

어느새 그들의 발자국 소리가 코앞까지 다가왔고, 홍은 애써 나는 지금 여인이 아닌 사내다, 사내다, 대범하기 짝이 없는 사내! 라고 되도 않은 각오를 하고서 고개를 돌렸다. 그리고 그녀의 시야로 하나같이 험상궂게 생긴 자들이 우르르 몰려들고 있었다. 하지만 복색들이 하나같이 얼굴을 가리고 있는 것이,

'자객인가?'

하필이면 자객을 왜 또 이런 산속에서 만나게 되는 건지!

"무, 무슨 일이오!"

하지만 이왕 이렇게 된 거. 절대로 약하게 나가선 안 된다. 자객이라면 오히려 다행이다. 이들은 목적이 있는 자들이니, 함부로 자신을 해하진 않을 것이다. 도적들이라면 아주 곤란했겠지만.

"무슨 일이냐고 묻지 않소!"

홍은 좀 더 목소리를 크게 높였다. 혹여나 여리여리해 보이는 모습에 우습게 보이면 큰일이니까.

"찾던 놈은 아닌 것 같습니다."

옆에 있던 자가 사내치곤 너무 쬐끄만 홍이를 보곤 이내 혀를 차며 우두머리로 보이는 놈한테 소곤거리는 소리를 들을 수 있었다. 그래, 그러니까 얼른 그냥 풀어주라고!

"뭔가 오해를 하는 것 같은데, 난 그냥 평범한 화공이오. 서로 시간 낭비하지 말고 갈 길 가는 것이 어떻소? 내가 보기엔 이리여리해 보여도 그리 호락호락하진 않소!"

홍은 여전히 목소리를 높이며 호기롭게 말했다. 하지만 우두머리는 그런 홍이를 쓱 훑어보더니 짧게 말했다.

"한패일지도 모른다. 녀석의 무리 중에 변복을 기가 막히게 하는 놈이 있다고 들었다."

"그럼?"

자, 잠깐. 그게 무슨 소리야!

"잡아."

우두머리의 한마디에 옆에 있던 자객들이 서서히 홍이를 향해 다가왔고, 그녀는 틀어져 버린 상황에 기가 막혀서 주춤주춤 뒷걸음질을 치며 소리쳤다.

"한패라니! 도대체 누구랑 한패란 말이오! 난 이제 막 혼자 나온 참이오! 무슨 오해가 있는 것 같소. 내가 잘 설명할 테니까!"

하지만 이런 말이 저런 것들에게 통할 리가 없었다. 어찌하나, 여기서 잡히면 안 되는데. 혹여나 여인이라는 것을 들킨다면 봉변을 당할지도 모른다. 벼루라도 집어 던지고 뛰어야 하나?

"순순히 잡히는 것이 좋을 것이다, 쬐끄만 화공 양반."

그냥 화공이라 하면 되지 그 앞에 쬐끄만은 왜 붙이는 건지!

섬뜩한 칼날이 코앞까지 다가오고 있었다. 홍은 슬쩍 손을 뒤로 돌려 봇짐을 꽉 붙잡았다. 그래, 죽기 아니면 까무러치기다!

"내가 분명, 그리 호락호락하지는 않다고 했을 텐데!"

홍은 있는 힘껏 봇짐을 그들을 향해 휘둘렀다. 그리고 단단한 벼루가 정확히 한 놈의 머리를 가격했고, 비명 소리와 함께 쓰러진 틈을 타 미친 듯이 달리기 시작했다.

"악!"

"역시 변복한 놈이다! 잡아라, 잡아!"

결국 오해는 커지고 말았다. 하지만 어차피 처음부터 믿을 생각도 없었던 놈들이다. 저런 놈들을 붙잡고 무슨 말을 하겠어? 쇠귀에 경 읽기지!

홍은 정말이지 죽을힘을 다해서 사력을 다해 뛰었다. 하지만 겉모습이 사내라고 속까지 사내일 수는 없는 법! 숨이 미친 듯이 차기 시작했고, 점점 그들에게 발걸음을 잡히고 있었다.

'이대로 가면 잡힌다. 잡히면 이젠 정말 끝이다!'

무슨 미련이 남은 삶이라고 다시 시간을 거슬렀는지는 알 수 없으나, 이왕 거슬러진 시간이라면 명줄은 좀 길게 해줘야지 이렇게 금방 죽일 거면 뭐 하러 다시 되돌려 보낸 거냐고!

그런데 이상하다. 따라오는 기색이 느껴지지 않았다. 포기한 건가? 그런 건가? 순간,

휙!

"으윽!"

바람을 가르는 섬뜩한 소리와 더불어 피할 새도 없이 화살 하나가 정확히 홍의 발목을 꿰뚫었다. 달리던 그녀의 걸음이 주저앉으면서, 하필이면 가파른 벼랑 쪽으로 몸이 휘청거렸다.

'안 돼!'

살을 에는 통증 때문에 버틸 수가 없었다. 멀리서 시끄러운 소리가 점점 윙윙거리면서 홍은 이내 눈을 질끈 감았다. 정녕 이렇게 죽는 건가? 또다시 벼랑 아래로?

그렇게 몸이 붕 하고 떠오르면서 벼랑 쪽으로 떨어지려는 순간, 누군가의 손이 거칠게 그녀의 손목을 끌어당겼다.

"하!"

제대로 보이지가 않았다. 그저 거칠게 오르내리는 숨결과 비릿하게 파고드는 흙 내음. 그리고 단단한 사내의 가슴.

'사내?'

홍은 저도 모르게 움찔했다. 어쩐지 이런 비슷한 일을 겪은 것 같은데. 예전에 저하께서 자신을 구해주었던 것처럼. 칼 한 자루를 쥐고서 제 앞에 태산처럼 거대하게 서서 자신을 지켜주었던. 그렇게 끝까지 지켜주려고만 했던.

'아니야. 그럴 리가 없어.'

홍은 곧장 정신을 차렸다. 그분일 리가 없다. 그럴 수가 없으니까. 이미 우리의 인연은 그 생에서 이미 끝났으니까.

그때, 그런 홍을 향해 정신 차리라는 듯 험한 목소리가 툭 튀어나왔다.

"내가 네놈 자식 정신까지 챙겨줘야 하는 거냐?"

네놈 자식?

홍은 그제야 고개를 들었다. 그곳엔 자신을 굉장히 띠껍게 쳐다보고 있는 웬 사내가 그녀를 단단히 붙잡고 서 있었다.

✼

변 사또의 집을 아주 제대로 털어버린 사람은 어마어마한 곡식과 금전들을 보면서 혀를 내둘렀다. 고을 내 사람들에게 얼마나 뜯어냈으면 이토록 재산이 넘쳐 나는지. 이게 어디 작은 고을의 사또가 가질 수 있는 재산인 건지.

"완전 도적놈이 따로 없군, 없어."

어느새 사림의 주변으로 도적으로 보이는 무리가 우르르 몰려들더니 그를 칭송하며 찬양하기 시작했다.

"역시 형님이십니다! 아주 탁월한 솜씨이십니다!"

"맞습니다! 고것들, 아주 눈 뜨고 제대로 당했습니다요."

"한데, 이 많은 것들은 매번 그런 것처럼?"

그들은 아쉬운 듯 입맛을 다시며 혹시나 하는 시선으로 사림을 바라보았지만, 그는 택도 없다는 듯 살벌한 눈빛을 띠며 엽전 몇 개와 쌀 두 가마니를 그들을 향해 던져 줬다.

"행여나 여기서 더 줄어들기만 하면 네놈들 목숨은 끝이다. 알아들었냐?"

일말의 기대가 팍 꺾이면서 볼멘소리로 툴툴거렸다.

"거, 우리도 징하게 불쌍한 놈들인데. 가난한 사람 도와주는 것만큼 우리도 좀 챙겨주시지."

"맞습니다! 따지고 보면 저희도 형님을 아주 열심히 돕고 있는데! 매번 너무 적습니다!"

"이것들이 아주 막 기어오르지? 앙?"

순간, 그의 눈매가 살벌해지면서 주먹이 확 치켜 올라가자, 도적들은 부르르 떨면서 한 걸음 뒤로 물러섰다.

"네놈들은 불쌍한 놈들이 아니라 도적놈들이지, 도적놈들! 그 실력이 하도 신통치가 못하기에 불쌍하게 생각해서 조금 나눠줬더니, 뭐가 어쩌고 저째? 지금 당장 꺼져! 그리고 다시는 내 눈앞에 보이지 마. 보이는 순간 황천길 갈 줄 알고!"

인정머리 없이 뚝뚝 떨어지는 거친 어조에 도적들은 이젠 너무나도 익숙한 듯 실실 웃으면서 맞받아치기도 했다.

"형님, 한 식구끼리 어찌 그리 심한 말을!"

"맞습니다! 벌써 한 해가 꼬박 가도록 형님을 따라다녔는데 그리 섭섭한 말씀을 하십니까?"

"대체 네놈들이랑 내가 언제부터 한 식구였냐? 네놈들이 거머리처럼 내 뒤에 따라붙은 거지!"

"에이, 이제 그만 형님 사람으로 받아주십시오. 평생 형님만을 모시며 살겠습니다!"

이젠 아주 능구렁이처럼 달라붙는 녀석들의 모습에 사람은 정말이지 귀찮고 질색인 표정을 하며 걸음을 옮겼다.

"나는 내 사람이라는 낯간지러운 거 필요 없다. 식구라는 그런 개 같은 것도 필요 없어. 그러니 지금이라도 당장 꺼져, 뒈지고 싶지 않으면."

그러나 이번에도 역시 매번 있는 일이라는 듯, 별로 상처받지도 않고서 자기들끼리 얼마 되지 않는 몫을 이리저리 나누고 있을 때, 사림의 시선이 순간 다른 방향으로 향하면서 날카롭게 번뜩였다. 그리고 멀리서 다른 도적이 나타나 다급한 목소리로 소리쳤다.

"자객이 나타났습니다! 딱 봐도 심상치가 않아 보이는데, 혹시 변 사또 그놈이 눈치를 채고 보낸 것이!"

다들 불안한 시선으로 사림을 바라보았고, 그는 무심하게 칼을 뽑아 들었다. 아주 오금이 저릴 정도로 시퍼런 날을 번뜩이며 음울한 소리를 내고 있었다. 그리고 그 칼을 뽑아 든 사림도 아까와는 분위기가 사뭇 달라 보였다.

"그 머저리 사또 놈의 사람이 아니다."

"그, 그러면?"

사림은 잠시 눈을 감고서 기척을 느꼈다. 한두 놈이 아니다. 그리고 그렇고 그런 자객들 역시도 아니다. 어쩐지 느껴본 적이 있는 기운. 순간, 그가 눈을 부릅뜨고서 불안해하고 있는 도적들을 향해 외쳤다.

"네놈들 멋대로 내 옆에 붙어 있었던 거니까, 네놈들이 알아서 살아남아! 내가 구해줄 거란 같잖은 기대는 하지도 말고. 살고 싶으면 당장 튀어!"

그러고는 자객의 움직임이 느껴지는 방향을 향해서 망설임 없이 달려갔고, 도적들은 반대 방향으로 달리기 시작하면서 의아한 기색으로 말을 내뱉었다.

"그런데 형님은 왜 자객이 있는 방향으로 달려가는 거야? 도망가려면 이쪽으로 도망가야지!"

"낸들 아냐? 일단 무조건 튀어. 형님이야 어떻게든 살아남을 테니까. 괜히 검귀로 불리시는 게 아니시잖냐!"

일부러 자객들이 있는 방향으로 달려간 사림은 뭔가를 미친 듯이 찾고 있는 이들을 향해 냉소를 머금고서 말을 툭 내뱉었다.

"설마설마 했더니 진짜였네."

그때, 사림을 발견한 자객들이 눈을 빛내며 그를 향해 달려오기 시작했다. 역시나 목표물은 자신이었다. 정말이지 엿 같은 상황.

사림과 어느 정도 거리를 유지한 채 자객의 우두머리로 보이는 자가 먼저 한발 나서서는 그를 찾은 목적부터 말했다.

"병판 어른께서 널 찾아 계신다. 순순히 따라와라."

처음엔 너무 익숙한 기운에 설마설마 했었다. 그리고 멀리서 보았을 때 확신할 수 있었다. 그래, 어찌 잊을 수가 있을까. 지난 시간, 저자의 칼에 죽을 뻔한 적도 있었고, 짐승처럼 굴렀던 적도 있었는데. 이들은 자객이 아니었다. 그들보다 훨씬 뛰어난 실력을 가진 자. 바로 병조판서 유장준의 수족과도 같은 수하들이었다.

"참 오랜만에 듣는 엿 같은 이름이네."

"유사림!"

우두머리가 사림의 이름을 부르자, 사림의 눈초리가 더더욱 살기를 띠면서 씹어 삼킬 듯 말을 내뱉었다.

"그리고 참 오랜만에 듣는 개 같은 이름이고."

사림은 칼을 고쳐 잡았다. 그러자 주변에 있던 이들이 긴장한 듯 숨소리마저 꾹 눌렀다. 하지만 우두머리만은 그런 사림을 똑바로 바라보았다.

"많이 컸구나."

"강산도 변할 세월인데 당연히 변해야지. 그리고 반드시 변해야만 했지. 언제까지 당신의 발밑에서 버러지처럼 맞고 있을 수는 없잖아?"

"유사림."

"그 이름 좀 그만 처불러, 듣기 역겨우니까. 사숙."

병판이 가장 아끼고 믿는 자, 사숙. 수십 년 동안 병판의 개로 살아온 그의 밑에서 사림은 정말이지 지옥 같은 나날을 견뎌야만 했다. 물론 고마운 것도 있었다. 그 덕분에 악착같이 살아남아 지금의 칼을 쥐게 되었으니.

사숙은 몇 년 사이에 너무나도 몰라보게 달라진 사림을 보고선 피식 웃었다. 서자라도 핏줄은 핏줄이라는 건가. 예전 젊었을 때의 주인과 너무나도 흡사한 모습이었다. 물론, 지금의 사림이 더더욱 위험해 보이긴 했지만. 흡사 길들이기에 실패한 늑대와도 같았다. 주인어른께선 도대체 무슨 속내로 저 아이에게 그 일을 맡기려고 하는 걸까. 결코 순순히 따르지 않을 것인데.

"네가 아무리 부정해도 이름은 달라지지 않고, 네 몸속에 흐르는 그 핏줄 역시 달라지지 않는다. 네가 병조판서 유장준 어른의 서자라는 사실은. 그러니 순순히 따라와라. 지금까지도 많이 봐주신 것이다."

수년 동안 애써 잊고 있던 기억이 떠오르자, 사림의 미간이 꿈틀거리며 특유의 잿빛 눈동자가 더욱 낮게 가라앉았다.

"물론 달라지진 않지. 하지만 그 사실을 아는 이가 몇이나 되는데? 그러니 이대로 조용히 사라지면 그만이야."

"……."

"따라오라고? 지랄하네. 내가 미쳤다고 거길 내 발로 기어들어 가냐? 데려가고 싶으면 날 질질 끌고서 데려가야 할 거다! 물론 그전에 날 잡아야겠지만. 사숙, 날 우습게 여기지 마. 난 이제 네가 알던 그 버러지가 아니니까."

"잡아."

사숙의 한마디에 자객들은 날 선 칼을 들고서 그를 향해 달려들었다. 하지만 사림은 순식간에 몸을 틀더니, 한 놈의 팔을 망설임 없이 베어내고선 그 틈으로 달아나기 시작했다.

이 정도 시간을 끌었으면 아무리 바보 멍청이 같은 놈들이라도 어느 정도 도망쳤겠지. 목숨 달린 일이라면 누구보다 잽싼 놈들이니까.

"잡아라, 잡아! 절대 놓치지 마!"

뒤에서 사숙의 목소리가 쩌렁쩌렁 울려왔다. 정말이지 예나 지금이나 달라진 구석이 없는 자다.

하지만 사림도 그에 못지않게 날렵하게 몸을 움직이고 있었다. 정말이지 죽어도 그 집안으로 다시 들어가고 싶진 않았으니까. 그 집안에 있어야 할 이유가 완전히 사라진 후, 피눈물을 머금고서 그 집안에서 빠져나왔다. 그리고 빌어먹을 유가와 완전히 연을 끊겠다고 다짐했는데. 갑자기 이제 와서. 이제 와서!

'대체 뭐 때문에 저를 찾는 것입니다, 대체 왜!'

얼마나 지났을까. 자신과 자객들의 거리가 점점 벌어지고 있던 찰나, 멀리서 놈들이 외치는 소리에 그의 발걸음이 순간 움찔했다.

"저기 웬 수상한 놈이 있습니다!"

자객들은 다른 쪽으로 우르르 몰려 사라졌고, 사림은 신경질적으로 머리를 긁적였다.

"뭐야. 설마 그 바보 같은 놈들이 걸린 거야? 젠장! 도망도 못 치냐, 무슨 도적놈들이!"

결국 사림은 소리가 들린 방향으로 달려갔다. 하지만 그곳에 잡혀 있는 이는 도적들이 아니라 웬 모르는 사내였다. 그것도 아주 비실비실하게 생겨 먹은.

"하아."

그는 저도 모르게 안도의 숨을 내쉬고서 그대로 몸을 숨기려는 그 때, 카랑카랑한 목소리가 그의 발목을 붙잡았다.

"내가 분명, 그리 호락호락하지 않다고 했을 텐데!"

멀리서 보아도 사내 같지도 않은 놈이 제법 강단 있게 자객들과 맞서더니 이내 되지도 않는 걸음으로 도망을 치기 시작했다. 아마 얼마 못 가서 분명 잡힐 것이다. 그리되면 사숙의 성격상 가만둘 리가 없는데.

"그게 뭐! 나랑 전혀 상관없는 일이야. 지금 내 코가 석 자인데, 저런 부실한 놈이 죽든 말든 뭔 상관이야. 다 지 팔자지. 그러게 뭣도 없는 것이 뭐 하려고 저런 간 큰 짓거리를 해? 무릎 꿇고 빌어도 살려줄까 말까 한 판국에."

하지만 말은 그렇게 해도 사림은 연신 그들의 뒤를 따라가고 있었다. 어쩐지 자꾸 거슬렸다. 연신 휘청거리는 두 다리가 불안하기 짝이 없었고, 딱 봐도 벌써부터 숨이 턱까지 차오르고 있는 것이 눈에 보였다. 그때, 자객 중 하나가 걸음을 멈추더니 정확히 놈을 향해 화살을 겨누기 시작했다.

"빌어먹을. 지 몸도 하나 챙기지도 못하는 게 뭐 하러 이런 야산으로 오고 지랄이야!"

화살이 활시위를 떠남과 동시에 사림은 발목에 화살을 맞고 벼랑으로 떨어지려 하는 홍을 온몸으로 끌어안았다. 정말이지 지랄

같은 오지랖이라고 스스로를 욕하면서.

✻

삿갓을 깊숙이 눌러쓰고서, 조촐한 도포 차림으로 담과 무랑은 함께 산길을 걷고 있었다. 혹여나 큰길가로 가다가 눈에 띄기라도 하면 시작도 하기 전에 모든 일이 엎어지고 말 테니, 조금 험하긴 해도 이런 산길이 오히려 마음 편했다.

"제 말 알아들으셨지요? 무조건 조심 또 조심입니다."

"알아들었다고 몇 번이나 말하지 않았느냐."

담은 무랑의 잔소리에 미간을 찡그렸다. 벌써 몇 번째 같은 소리를 반복하고 있는지 모르겠다. 물론 무랑의 마음을 이해하지 못하는 것은 아니지만.

"대군마마께서 제 말을 어지간히 안 들으셔야지요. 아무튼 호월산으로 가는 동안에는 절대로 남의 눈에 띄지 말고, 귀찮은 일엔 절대로 끼어들지 말고 휘말리지도 말아야 합니다. 아셨지요? 제발, 제 목숨도 좀 생각해 주십시오. 저는 목숨을 무슨 여러 개 들고 다니는 줄 아십니까!"

"알았다, 알았어. 그러니 이제부터 그 대군이란 호칭도 좀 치워."

"아! 맞다. 하면 그냥 도련님이라고 하겠습니다."

무랑은 능청스럽게 웃으면서 곧장 호칭을 바꿔 버리자, 담은 기가 막힌 듯 그를 바라보다 이내 혀를 차며 걸음을 재촉하려던 찰나,

"저 녀석 잡아! 놓치지 마!"

멀리서 들리는 목소리에 무랑은 본능적으로 칼을 빼어 들었다. 살기가 느껴졌다. 그저 그런 산적들이 아닌 것 같았다.

"아무래도 이쪽 말고 조금 돌아가는 것이……."

"이 길로 간다."

"예?"

순간, 자신이 잘못 들은 줄 알았다. 하지만 담은 오히려 한발 앞서 걷기 시작했다.

"이 길로 간다고 했다."

"저, 저기, 대군, 아니, 도련님! 아까 제 말 못 들으셨습니까? 분명 호월산까지는 위험한 일은 무조건 피하자고!"

하지만 담은 소리가 들린 방향으로 계속 걷기 시작했다. 그러다가 뭔가 다급한 듯 달려가기 시작하자, 무랑은 그야말로 죽상을 하고서는 그런 그의 뒤를 미친 듯이 따르기 시작했다. 그래, 처음부터 별다른 기대를 하진 않았다. 그저 자신이 더더욱 정신을 바짝 차리고 있을 수밖에!

✳

"정신줄 좀 챙기라고!"

홍은 저를 띠겁게 바라보는 사내의 거친 어조에 정신을 차리고서 얼른 그에게서 벗어났다. 그러자 그는 굉장히 못마땅한 표정으로 그녀를 머리부터 발끝까지 훑으며 투덜거렸다.

"피죽도 못 얻어먹고 다녔나."

"역시나 한패가 맞았구나."

사숙은 다시 되돌아온 사림을 보고선 비릿하게 웃었고, 사림은 다시금 원점으로 돌아와 버린 상황에 한숨을 내쉬며 칼을 고쳐 잡았다.

어느새 제 앞에 우뚝 선 낯선 사내의 뒤에서 눈만 깜빡이던 홍은 그제야 저 자객들이 이 사내를 잡기 위해 난리를 치고 있었다는 것을 깨달았다.

'괜한 불똥이 나한테 튀어온 거군. 뭐야, 그럼 결국 다 이 사람 때문이잖아!'

그때, 사림은 제 뒤에서 멍청하게 앉아 있는 홍을 향해 짧게 말했다.

"한 번은 구해줬지만 두 번은 없다. 지금부터 네가 알아서 네 숨통 잘 간수해."

그러고는 눈에 보이지도 않을 정도로 빠르게 칼을 휘둘렀고, 순간 사방으로 붉은 피가 쏟아지며 고통에 찬 비명 소리가 숲 속을 뒤흔들었다.

숫자로 보아도 분명 달리는 것이 당연한데, 사내는 전혀 동요하지 않고 다가오는 자객들의 급소만을 정확하게 찔러 들어갔고, 어느새 사내의 주변으로 둥근 원처럼 피가 흩어졌다.

홍은 다친 발목을 붙잡고서 그 모습을 저도 모르게 넋을 잃고 바라보았다. 흡사 지옥에서 올라온 수라와도 같은 모습이었다. 키가 산처럼 크고 체격도 무척이나 다부진 장수에 햇빛에 그을린 얼굴빛이 무척이나 강인하였고, 굵은 선을 이루는 얼굴 너머로 회색빛 눈동자가 굉장히 오묘한 느낌을 주었다. 바람결에 아무렇게나 휘날리는 머리카락과 점점 더 진해지는 피 냄새. 하지만 그것과 너무나도 잘 어울리는 위험한 남자. 그래, 늑대 같았다. 이 산속을 지배하는 거친 늑대. 그런데 왠지, 이 상황이 이상하게 낯설지가 않았다. 회색 눈동자. 회색 눈동자.

'뭐지? 어디선가 본 듯한 이 기분은⋯⋯.'

하지만 좀처럼 떠오르지가 않았다. 그저 착각인가? 하긴, 저런 사내를 내가 어찌 알겠어.

"젠장, 젠장, 이 빌어먹을 오지랖. 이 망할 오지랖부터 고쳐야지!"

사림은 정말이지 귀신처럼 칼을 휘두르며 자객들을 베어 나가고 있었다. 한 번 빨라지기 시작하는 칼에는 한 치의 망설임도 없이 무자비했고, 그 속도는 가히 점점 더 빨라져 갈 뿐, 투덜거리는 목소리 사이로 내뱉는 숨결은 그야말로 편안해 보였다.

사숙은 정말이지 귀신같이 성장한 사림의 모습에 주먹을 움켜쥐었다. 그 옛날, 제 발밑에서 살려달라고 울부짖던 그 아이가 맞단 말인가. 대체 요 몇 년 동안 어떻게 하였기에 저리 괴물이 되었단 말인가.

'이대로 가다간 전멸이다. 목적을 이루기도 전에 내 목도 날아갈 판국이야.'

사숙은 살짝 뒤로 물러섰다가, 이내 사림의 뒤로 위태롭게 앉아 있는 홍을 바라보며 회심의 미소를 지었다.

홍은 피가 멈추지 않는 발목을 보고서 입술을 꽉 깨물었다. 이쯤 되었으면 피가 멎어야 하는데, 거기다가 열이 피어오르고 숨이 가빠진다.

'독인가?'

그냥 화살이 아니란 말인가.

하지만 홍은 내색하지 않았다. 생판 처음 보는 저 사내에게 괜히 피해를 주고 싶지 않았다. 물론 이 모든 상황이 저 사내 때문이라고는 하지만, 그래도,

'일단 날 구해준 건 저 사람이니까.'

홍은 두 눈을 부릅뜨고서 사내의 뒷모습을 바라보았다. 열 때문인가? 어쩐지 다른 이의 모습이 자꾸만 아련하게 떠올랐다.

"미안하구나. 내 뒤에 꼭 붙어 있으라고 하였는데, 정작 내가 앞을 비워서."

"걱정 마라, 이젠 제대로 네 앞에 있을 것이니."

그땐 그의 뒷모습이 태산과도 같았다. 해서 너무 든든하였고, 한없이 기대고만 싶었다. 그땐 알지 못했으니까. 그의 뒤에 있는 것이 그를 힘들게 하는 것임을, 그를 아프게 하는 것임을.

"하아, 하아, 하아⋯⋯."

억지로 틀어막은 잇새로 고통스러운 신음이 새어 나오고, 홍은 고개를 푹 숙이며 눈을 질끈 감았다. 혼미해지는 정신 속에 더더욱 또렷하게 그의 모습이 새겨진다. 아무리 그리워하여도 이젠 더 이상,

'볼 수 없는 사람인데.'

첫 시작부터 어찌 이리 꼬이는 건지. 저 사내 말처럼,

'젠장이다.'

결국 홍은 흐트러지는 정신을 붙잡지 못한 채 그대로 쓰러져 버렸고, 한참 칼을 휘두르던 사람은 쓰러진 홍의 모습에 살짝 움찔하다 어깨로 파고든 칼날을 막지 못하고서 그대로 베이고 말았다.

"유사림, 지금부터 더 날뛴다면 저놈은 죽는다."

사림은 그 말에 어이없는 실소를 내뱉으며 사숙을 노려보았다. 상황이 아주, 엿 같다.

어깨에서 제법 심하게 피가 흐르고 있었지만, 사림은 신경도 쓰지 않고 사숙을 노려보았다. 화살에 뭔 짓을 한 건가? 아주 예전부터 알고 있었지만 비열한 짓만 골라서 하는군.

"뒈지든 말든 나랑 뭔 상관인데? 저 새끼 나랑 아무 관계도 없어."

"하으윽!"

그의 말이 끝나자마자 홍의 신음 소리가 더더욱 고통으로 일그러졌고, 사림은 저도 모르게 점점 가냘파지는 홍의 숨결에 반응했다. 젠장. 거슬린다. 사내놈이 얼굴은 뭐 저렇게 생겨서는!

이대로 죽어버리면 왠지 자신 때문인 것 같고, 꿈자리도 사나워질 것 같고. 망할!

"그래, 가자! 가! 그런데."

순간, 사림의 눈매가 서늘해지면서 순식간에 제 어깨를 베었던 놈에게 다가가 다짜고짜 면상 위로 주먹을 내려쳤다. 퍽 하는 소리와 함께 놈이 바닥으로 쓰러져 움직이질 못했고, 자객들이 다시금 칼을 빼어 들려고 하자 사림이 격한 어조로 외쳤다.

"병판께서 내 목숨을 끊어서 데려오라고 했냐? 아니면 반병신을 만들어서 데려오라고 했냐?"

그러면서 시선을 사숙에게로 향하자, 그는 무거운 한숨을 내쉬며 손을 가로저었다. 자객들은 억울하긴 했지만 하는 수 없이 칼을 내려놓았고, 그 모습에 사림은 입꼬리를 비릿하게 틀어 올렸다.

"내가 누구 덕분에 이젠 아픈 건 죽어도 싫고, 맞고 다니는 건 더더욱 참을 수가 없어서 말이지. 그러니 이 정도로 끝난 걸 다행으로 여겨. 안 그럼 넌 벌써 내 손에 죽었어."

그러고는 유유히 걸음을 뒤로 옮겨 펄펄 끓어오르는 열기에 정신을 차리지 못하고 있는 홍을 안아 올렸다. 상황이 상황인 만큼 어쩔 수가 없어서 사내놈을 이렇게 두 번이나 안고는 있지만, 가볍다. 지나치게 가벼웠다. 게다가 온몸이 너무나도 말랑거린다. 정녕 사내놈이 맞긴 한 건가? 진짜 풀죽도 못 얻어먹고 다닌 거야?

사림은 그제야 홍의 얼굴을 자세히 볼 수 있었다. 티 없이 새하얀 얼굴이 열꽃으로 가득 달아올라 붉은 기를 보였고, 살짝 벌어진 입술 사이로는 연신 더운 숨을 내쉬며 고통스러워하는 듯 보였다. 하지만 일단 전체적으로 너무 고왔다.

'마, 망할.'

사림은 저도 모르게 이상한 생각을 할 것 같아서 고개를 위로 치켜들었다. 뭔 놈이 이렇게 기생오라비처럼 생겼어! 누가 보면 나, 남색으로 오해할 것 같잖아!

"망할 것들아, 얼른 안 가? 여기서 날밤 새울래? 안 급하냐? 엉!"

그는 괜스레 이상한 기분에 버럭 소리를 지르고선 성큼성큼 앞장서서 걷기 시작했고, 사숙은 그렇게도 안 가겠다고 난리를 치던 놈이 저렇게 돌변하는 모습에 의구심이 들기는 했지만, 사림의 말처럼 일이 급했기에 서둘러 걸음을 재촉했다. 그때,

"그런데 이 녀석, 해독은 되는 거지? 만약 해독제도 없는데 날 이용한 거면 사숙, 네놈 목은 내가 직접 베어 죽인다. 이놈이 죽어도 넌 내 손에 죽어."

상관없는 녀석이라면서 살벌하기 짝이 없는 협박에 사숙은 무겁게 고개를 끄덕였고, 사림은 그렇게 다시금 걸음을 옮겼다. 겨우 요 쥐톨만 한 것 때문에 제 스스로 그 집으로 가는 것도 억울한데, 만약 살리지 못하면 더더욱 억울할 것 같았다.

'그래, 그뿐이야. 다른 건 없어, 없다고!'

❋

숨 가쁘게 달려온 담은 웬 자객들에게 둘러싸여 걷고 있는 한 사내를 볼 수 있었다. 딱 봐도 한바탕 난리를 피운 듯한 모양새. 하지만 멀어서 제대로 눈으로 판단하긴 어려웠다. 어느새 옆으로 다가온 무랑은 칼자루에 힘을 주고서 먼저 입을 열었다.

"가서 구할까요?"

혹여나 마마께서 직접 나서겠다고 할까 봐 조마조마했지만, 담

은 대답 없이 한 사내를 바라보고만 있을 뿐이었다. 끌려가고 있는 분위기는 아니다. 그리고 어쩐지 누군가를 안고 있는 듯한.

"……."

"대군마마?"

"끌려가는 모양새가 아니다. 제 발로 가고 있는 거지. 그러니 괜한 일에 휘말릴 필요 없어."

"예?"

무랑은 그냥 돌아가자는 말에 잔뜩 긴장했던 맥이 어이없이 풀려 버렸다.

"그래도 협박받아서 가는 걸지도 모르지 않습니까? 구하려고 온 것이 아닙니까?"

"네가 아무 일에 막 휘말리면 안 된다고 신신당부하지 않았느냐?"

"그렇게 말하기는 했지만, 그래도 여기까지 발걸음 하셨는데……."

"내가 그런 오지랖 떨 상황이더냐. 다른 길로 가자. 갈 길이 급하다."

그러고는 지체 없이 걸음을 뒤로 돌려 버렸다. 무랑은 황당한 마음이 들었다. 그렇다면 대체 여기까지 왜 온 것인가? 처음부터 다른 곳으로 가면 되었을 텐데!

담은 뒤에서 투덜거리는 무랑의 말을 무시하고서 걸음을 재촉했다. 어쩐지 그들의 모습이 자꾸만 맴돌았다. 특히 사내가 안고 있던 누군가가 무척 거슬리고 궁금하긴 했지만, 담은 애써 고개를 가로저었다.

❉

조선 최고의 병권을 쥐고 있는 병조판서 유장준의 집 앞에 선 사림은 저도 모르게 홍을 안고 있는 손가락에 힘이 들어갔다. 그토록 많은 세월이 흘렀음에도 불구하고 아무것도 변한 것이 없었다. 또한 바라지 않던 기억이 아른거렸다.

다 찢어질 듯한 낡은 형겊으로 눈을 가린 채 미치도록 울부짖던 아이. 그런 아이를 꼭 끌어안아 주었던 너무나도 아름다운 어머니. 온갖 발길질과 모욕을 당하면서도 어머니는 어린 사림을 끌어안으며 연신 속삭였다.

"괜찮다, 괜찮아. 우리 아가, 이 어미가 다 지켜줄 것이야."

사림은 이내 미간을 찡그렸다. 그러자 귓가에 맴돌던 어머니의 목소리가 사라지고, 기억 역시 흩어졌다. 그렇게 그가 수년 만에 집 안으로 들어섰다.

삐거덕거리는 소리와 함께 고요하다 못해 무거운 적막감이 흐르고 있었다. 마치 전혀 반가워하지 않는 이를 맞이하는 것처럼. 물론 사림도 이곳이 반갑지 않았다. 할 수만 있었다면 다시는 오지 않을 작정이었는데.

"해독제."

그는 신경질적인 어조로 제 품에서 축 늘어진 홍을 느끼며 사숙에게 손을 내밀었다. 그러자 사숙은 아무 말 없이 해독제를 건네주었다.

"어르신을 뵙는 것이 우선이다."

"얘 안 보이냐? 다 죽어가는 거? 내가 말했지, 얘가 죽으면 너도 죽는다고. 빨리 뒈지고 싶냐?"

그러고는 마음대로 걸음을 옮겨 버리자, 사숙은 살기 어린 시선으로 사림의 뒷모습을 노려보며 애써 숨을 꾹 눌렀다.

사숙과 멀어진 사림은 너무나도 익숙하게 걸음을 옮기고 있었다. 그리고 그의 걸음이 닿은 곳은 으리으리한 병판의 집에서 햇빛조차 들지 않는 가장 후미진 곳.

그곳에 낡은 별채가 하나 있었다.

"하, 정말 무섭도록 그대로네."

사림은 헛웃음을 내뱉으며 별채를 바라보았다. 그 옛날, 어머니와 함께 지냈던 곳. 자신의 어린 시절에서 그나마 가장 행복했던 곳. 어머니가 있고, 누이동생이 있었기에 죽을 만큼 아파도 견뎠고, 죽을 만큼 비참해도 버틸 수 있었다.

그는 별채를 열었다. 조금 한기가 느껴지긴 했지만 지금 찬밥 더운밥 가릴 때가 아니었다. 사림은 대충 바닥에 이불을 깔고 홍을 눕혀놓고서 해독제를 억지로 입에 쑤셔 넣었다. 여전히 열이 펄펄 끓어오르면서 뭐라고 중얼중얼거리는데 무슨 말을 하는지는 알 수가 없었다.

"내가 죽어도 오기 싫은 곳에 내 발로 다시 왔어. 그러니까 마음대로 죽지 마라."

그는 잠시 머뭇거리다 이내 손을 뻗어 헝클어진 머리카락을 정리해 주었다. 손끝이 스칠 때마다 뜨거운 열기가 피어올랐다. 이게 이 녀석의 열기인 건지 자신의 열기인 건지. 이상하게도 보고 있으면 자신의 누이동생이 떠올랐다. 무척이나 연약하고 많이 아팠던 어여쁜 누이동생.

"하아? 미쳤군, 미쳤어. 대체 사내놈을 보고 왜 누이동생을 떠올리는 거야. 젠장."

사림은 얼른 손을 떼어내고선 벌떡 자리에서 일어섰다. 귓가에 맴도는 숨소리가 영 거슬려 혼자 두고 가기가 좀 그랬지만, 저쪽에서 말없이 자신을 기다려 줄 리가 없었다.

그렇게 사림이 어렵사리 걸음을 떼며 별채를 빠져나갔고, 홀로 남겨진 홍은 자꾸만 흐릿한 의식 속에 아른거리는 이의 이름을 더듬었다.

"하아, 하아……. 저, 저하…… 다, 담…… 이담……."

앞마당에서 사숙이 사림을 기다리고 있었다. 느낌상 집 안에 뭔가 큰일이 있기는 있는 것 같은데.

"따라와라."

사숙이 먼저 등을 보였고, 사림은 그 뒤를 따라나섰다. 그저 지독한 침묵과 함께 무거운 발자국 소리만이 그 사이를 채워 나갔다. 그리고 잠시 후, 사랑채 앞에 다가선 사숙은 짤막한 목소리로 외쳤다.

"데려왔습니다!"

하지만 아무 대답이 없었다. 물론 대답 같은 걸 할 리가 없었지만. 사림은 성큼성큼 다가가 사랑채 문을 벌컥 열었다. 그리고 그곳에 병조판서 유장준이 앉아 있었다.

정말이지 예전과 단 하나도 달라진 점이 없었다.

대호(大虎)라고 불리는 만큼 기골이 장대한 모습과 새겨진 주름조차도 서늘하기 짝이 없는, 단 한 치의 어긋남도 없이 살아온 그의 숨겨진 차남이자 서자, 유사림. 이 사실을 아는 이는 극히 드물었다. 그 이유는 유장준에게 사림은 너무나도 완벽한 그의 명성에 단 하나의 수치스러운 흠이었으니까.

"왜 저를 부르신 것입니까. 사병들까지 동원해서. 처음엔 제 목숨을 끊어내고자 부르신 줄 알았는데, 그건 아닌 것 같고."

사림의 목소리엔 그 어떤 혈육과 아버지에 대한 정 따위는 없었다. 그저 빈정거리는 어조. 유장준 역시 수년 만에 보는 아들의 얼굴을 쳐다보지도 않고서 그리고 있던 난에만 집중하고 있었다. 제 자신이 저 난보다 못하다는 생각에 사림은 저절로 씁쓸한 미소가 새어 나왔다.

하지만 원래 그런 사람이다. 한 치의 어긋남 없이 곧게 뻗어가는 저 난처럼, 단 한 번도 누군가에게 굽혀본 적이 없는 사람. 그런 사람이 초에서 만난 이국의 여인을 마음에 담아 그 속에 두 씨앗을 품고 말았다.

유교가 뿌리 깊은 조선에서 감히 이국의 여성을 가문에 들이는 것은 그야말로 가문의 망신. 그렇기에 사림은 집안에서 숨겨진 채 노비처럼 키워졌다. 초의 특징인 회색빛 눈동자가 괴물 같다며 맞고, 맞고, 또 맞으면서 다른 양반가 서자들보다 더 버러지처럼.

그렇게 그나마 버팀목이 되어주었던 어머니가 돌아가시고, 누이동생이 집을 나가자마자 사림도 미련 없이 이 집을 나갔는데.

"그래도 오랜만인데 얼굴 한 번 안 보십니까? 아니면, 제 회색 눈동자가 싫으신 건가? 예전처럼 가려 드릴까요?"

"난 단 한 번도 네 눈을 싫다고 한 적 없다. 어림짐작으로 숨긴 것은 너지."

비틀린 목소리 끝에 지독히도 차분한 유장준의 목소리가 그의 신경을 더더욱 거슬리게 했다.

"도준이가 사라졌다."

말없이 난을 치던 유장준의 한마디에 사림의 시선이 딱딱하게 굳어졌다.

"네가 그 아일 찾아서 내 눈앞에 데려와야겠다."

곧게 뻗은 난이 쉴 틈 없이 그의 손에서 그려지고, 사림은 헛웃음을 내뱉으며 그를 노려보았다.

"지금 그게 말이 됩니까? 나보고 누굴 찾아오라고? 다른 누구도 아닌 그 자식을 내 손으로 데려오라고?"

"그 아인 우리 가문의 기둥이다. 행여나 무슨 일이 생긴다면 우리 가문이 욕보일 터. 그런 흠을 남길 수는 없다."

"하? 그러시겠지요. 곧 죽어도 가문의 자존심을 지키시는 분이시니!"

"그러니 네가 찾아오거라."

처음으로 유장준의 시선이 사림에게로 똑바로 향했다. 사림은 파르르 떨리는 몸을 억지로 끌어내렸다. 이것은 분노였다. 유도준. 유장준의 장남이자 이 빌어먹을 가문을 이어갈 후계자. 그 옛날 그에게 당한 수모와 모멸감. 특히나 자신의 누이동생의 운명을 벼랑 끝으로 추락시킨 결단코 용서 못 할 자식. 한데 그놈이 행방불명되었다고 지금 내게 그놈을 찾아오라는 건가? 다른 누구도 아닌 나에게!

"절, 그리도 믿으십니까? 다른 누구도 아닌 이 가문에게, 특히 그 빌어먹을 놈에게 가장 원한이 깊은 저를?"

"넌 반드시 할 수밖에 없을 것이다. 네가 가장 원하는 것을 내가 쥐고 있으니."

"그게 무슨……?"

어느새 그는 손에서 붓을 내려놓았다. 곧게 뻗은 난들이 하늘을 향하고 있었다. 무섭도록 반듯한 그림. 그저 바라보기만 해도 숨이 막힐 것 같은.

"이 일을 제대로 성공시키면, 널 가문에서 벗어나게 해주마. 초로 가게 해줄 것이다. 완전히 널 놓아주는 것이지. 그리고 네 어머니의 유골, 그것도 함께 내어주마."

순간, 사림의 회색빛 눈동자가 번뜩였다. 초로 간다. 그것도 어머니의 유골을 가지고, 어머니의 나라로 간다. 몇 년 전, 초와의 외교가 완전히 단절되면서 조선인들이 초로 가는 것은 무척이나 어려워졌다. 지난해 몇 번이나 국경을 넘어 초로 가려고 했지만 살벌한 감시와 위험부담에 몇 번이고 포기를 했었는데. 그런데 초로 보내주겠다고? 게다가 어머니의 유골까지?

'드디어 이 지긋지긋한 곳에서 벗어나는 건가? 어머니가 그토록 그리워하던…….'

어머니…….

사림은 뒤돌아섰다. 유장준은 말없이 그런 사림의 뒷모습을 묵묵히 바라보았다. 그때, 그의 목소리가 짧게 울렸다.

"반드시 지키십시오."

"반드시 데려와라."

그렇게 두 사람의 은밀한 거래가 성사되었다.

사랑채 밖으로 나오자 사숙이 사림의 앞을 가로막았다.

"뭐냐, 또?"

"도준 도련님은 호월산 부근에서 행방불명되셨다."

"호월산? 그 먼 곳까지 뭐 하러 간 거야?"

"그건 아무도 모른다."

그 머저리 같은 놈이 그 험준하고 위험하기로 소문난 호월산에 대체 무슨 일로 간 것인가. 그리고 행방불명이라니. 어떻게 보면 참으로 재미난 일이 아닐 수 없었다.

"혹, 찾았는데 이미 죽어 있다면."

"네가 감히!"

"그럴 수도 있는 거 아닌가? 호월산은 범들이 우글우글하게 모여 사는 곳이다. 유도준처럼 비실비실한 놈이라면 단번에 물려 죽었을지도 모르지."

사림의 비아냥거리는 어조에 사숙은 가슴께에서 살기가 차올랐지만 억지로 누르며 그의 어깨를 꽉 붙잡은 채 말했다.

"시신이라도 모셔와라. 하지만 네놈이 도련님께 손을 댄 것이라면."

"그러고 싶지만, 나도 대감과 거래한 것이 있어서 그럴 수가 없는 게 참으로 안타까울 뿐이지."

그렇게 사림은 사숙의 손을 거칠게 떼어내고서 걸음을 옮겼다. 사숙은 그런 사림을 죽일 듯이 노려보며 살벌하게 씹어 내뱉었다.

"건방진 새끼, 이번 일만 아니었으면 가차 없이 죽여 버렸을 버러지 자식!"

사림은 분노에 가득 찬 사숙의 욕지거리를 통쾌하게 들으면서 여유롭게 귀를 후비적거렸다.

❄

뜨겁게 이글거리는 의식 속에서 자꾸만 자신을 부르는 다정한 목소리가 위태롭게 놓치려는 정신을 붙잡고 있는 듯했다.

"홍아, 홍아."

"하아, 하아!"

"아주 먼 훗날, 먼 훗날 다시 만나자. 그땐 하늘과 나비가 아닌 사내와 여인으로. 해서, 다시 나의 여인이 되어다오."

"저하…… 저하……."

"나는 결코 너를 놓지 않을 것이니. 결코, 놓지 않을 것이니. 평생을 너만 연모할 것이다."

"저하!"

순간, 무거운 눈꺼풀이 열리면서 맺혀 있던 눈물이 볼을 타고 주르르 흘러내렸다.

열기가 사라진다. 그리고 서늘한 바람과 함께 아른거리던 그의 모습 역시 사막의 신기루처럼 사라져 버렸다. 이상하게 똑같은 꿈을 꾸고, 똑같은 말을 듣는데, 꿈에서 깨어나면 허망하게 사라져 떠오르지가 않았다. 아무리 기억하려고 해도 마찬가지.

홍은 무의식중에 제 손목을 움켜쥐었다. 상처가 욱신거리면서 아직은 살아 있다는 것을, 숨을 쉬고 있다는 것을 깨달을 수 있었다.

"살았구나."

한데, 여기가 어디지? 홍은 그제야 주변을 두리번거렸다. 시야가 어둠에 익숙해지면서 뭔가가 보였지만 낯선 곳이었다. 그녀는 불길한 생각에 몸을 벌떡 일으켜 세웠다. 그러고 보니 분명 이러저러한 일에 휘말려서 화살을 맞았고, 독에 중독됐고, 누군가 구해줬고…… 설마!

"혹, 그 사내가."

하지만 그리 친절해 보이진 않았는데. 홍은 제 옷차림새를 살펴보았다. 벗겨지거나 한 흔적은 없었다. 혹 여인이라는 것을 들키진 않았겠지?

화살을 맞은 발목을 보니 피는 멎어 있었지만 조금 부어 있었다. 슬쩍 건드리자 찌르르한 통증에 다시금 눈물이 찔끔 맺혔다.

그때 벌컥 하는 소리와 함께 문이 열렸고, 홍은 흠칫 놀라 저도 모르게 이불을 끌어 당겨 몸을 가렸다. 그러자 막 들어온 사람은 기가 막히다는 표정을 지으며 이불을 치워 버렸다.

"기분 나쁘게 뭐 하는 짓이냐? 어째 하는 행동도 기생오라비인지."

"기, 기생오라비?"

"그래도 용케 목숨줄은 질기구나. 하기야 사숙, 그놈도 제 목숨은 귀했던 거겠지."

홍은 사람을 빤히 쳐다보았다. 역시나 그 사내였다.

"당신이 저를 구해준 겁니까?"

"그럼 거기서 누가 널 구하겠냐?"

"구해준 건 감사합니다. 한데 왜 자꾸 반말을……."

생김새도 거칠기 짝이 없는데 말투 역시 평범함과는 거리가 멀었다. 사람은 어느새 홍의 앞에 털썩 주저앉아서는 웃기고 있다는 듯 입을 열었다.

"난 남한테 존대 못 한다. 존대하면 혀가 배배 꼬여."

"그게 무슨 말도 안 되는!"

"마음에 안 들면 너도 반말…… 은 안 되겠구나. 딱 봐도 내가 밥은 서너 끼 더 먹었을 것 같으니. 내가 또 나한테 위아래 없는 건 못 참거든."

무슨 이런 말도 안 되는 경우가 다 있는지!

"일단 이거나 먹어라."

사림은 챙겨온 주먹밥을 홍에게 던져 주었다. 하지만 그녀가 주먹밥을 그냥 보고만 있자, 답답한 표정으로 주먹밥을 손수 그녀의 손에 쥐어주었다.

"이젠 먹여주기까지 해야 하냐? 사내놈 손이 왜 이렇게 조막만 해서는! 혹시 거기도 조막만 한 건."

그가 음흉한 시선으로 아래쪽을 빤히 보자, 홍은 붉어진 얼굴로 다시금 이불로 온몸을 가렸다.

"대체 지금 어딜 보시는 겁니까!"

"꼴에 사내라고, 자존심 상하냐?"

"이보십시오!"

"그러니까 얼른 먹으라고. 아니면 정말 내가 입에 쑤셔 넣어주리?"

홍은 어쩐지 저 사내라면 가능할 것 같다는 생각에 얼른 주먹밥을 입안으로 밀어 넣었다. 하지만 입 크기에 비해 주먹밥이 너무 컸다. 결국 두 볼이 빵빵해져서는 거의 미어져 나오려고 하자, 사림은 혀를 차며 물을 건네주었다.

"어째 먹는 모습조차 그리 비실한지. 그러니까 키가 그리 자라다 만 것이다! 쥐방울만 하게!"

쥐방울? 세상에. 생판 모르는 사내에게 기생오라비에 이젠 쥐방울이라고까지 불리는가?

홍은 억지로 입안에 든 주먹밥을 물과 함께 꿀꺽 삼키고는 그를 향해 툴툴거렸다.

"초면부터 어찌 그리 무례한 말만 하십니까."

"쥐방울을 쥐방울이라고 하지, 그러면 뭐라고 하나?"

홍은 체념한 듯 남은 주먹밥을 내려놓았다.

사림은 어째 조금 풀이 죽은 듯한 모습에 움찔하고선 머리를 긁적였다. 그래도 사내 녀석인데 너무 자존심을 심하게 건드렸나? 무서워할까 봐 일부러 조금 놀린 것인데.

사림은 슬쩍슬쩍 홍의 머리부터 발끝까지를 살피다가 이내 발목이 부어오른 것을 보고선 살짝 입술을 깨물었다.

"일단 구해주신 건 너무나도 감사합니다. 이리 살려주신 것도 말입니다. 물론 이 일이 전부 그쪽 때문에 벌어진 일이긴 하지만, 그래도 고마운 건 고마운 것이니."

"하? 뭔가 말에 가시가 박혀 있는 듯하다?"

"진심으로 하는 말입니다. 그러니 이 은혜는 언젠가 꼭 갚겠습니다."

홍은 진심으로 인사를 전하고서 살며시 발에 힘을 주고 자리에서 일어섰다. 하지만 여전히 욱신거리는 통증이 밀려들고 있었다.

"지금 뭐 하는 거냐?"

"뭐 하다니요? 떠나야지요. 제가 길이 바빠서 이러고 있을 시간이 없습니다. 그리고 모르는 분께 계속 민폐를 끼칠 수도 없고."

"그렇기는 한데, 걸을 수는 있나?"

사림의 미심쩍은 시선에 홍은 애써 호기롭게 발을 쾅 굴렀다.

"물론 걸을 수…… 윽!"

하지만 쾅, 하자마자 밀려드는 엄청난 고통에 신음이 입 밖으로 새어 나오고 말았고, 자신을 보고있는 사림을 향해 홍은 어색한 미소를 지었다.

"아주 조금 아픕니다, 조금! 그래도 살살 걸어가면……. 그나저나 제 짐은 어디 있습니까?"

사림은 턱짓으로 봇짐을 가리켰다. 그래도 잊지 않고 챙겨줘서 다행이었다. 겉모습은 부리부리하고, 말투와 행동 역시 조금 무례하기는 하지만 그래도 아주 나쁜 사람은 아닌 것 같았다.

"그럼 저는 이만."

그렇게 홍이 슬며시 사림의 옆을 스쳐 지나가려는 순간, 그가 그녀의 손목을 덥석 붙잡아 당겼다. 얼마나 세게 잡아당겼는지, 그녀의 몸이 휘청이면서 애써 참고 있던 발목이 욱신거리며 결국 그대로 주저앉고 말았다.

"으윽!"

"제대로 걷지도 못하는 게 이 야반에 나가겠다고? 기어 다닐 작정이냐?"

"그건⋯⋯. 자, 잠깐. 지금 뭐 하는 것입니까!"

사림은 갑자기 홍의 발목을 들어 올렸다. 굉장히 보드랍고 여린 발목에 사림은 움찔했지만, 이내 내색하지 않고선 상처를 살폈다. 곪았다. 바로 치료를 하지 않아서 곪아가고 있었다.

"이러곤 얼마 못 걸어. 아예 평생 못 걸을 수도 있다."

"무슨 그리 무서운 말씀을!"

"조금만 참아."

"네?"

그때, 사림이 상처가 난 곳을 입으로 빨기 시작했고, 홍이 놀라서 그런 그를 막으려고 했지만 지독한 통증에 주먹을 꽉 움켜쥐며 눈을 감을 뿐이었다.

사림은 여러 번 상처에 난 고름을 입으로 빨아 뱉어냈다. 사실 칼로 도려내는 것이 좋았지만, 그렇게 하다간 이 골골거리는 녀석이 바로 골로 갈 것 같았다.

그렇게 고름을 다 제거한 사림은 제 옷을 찢어 상처를 꽉 묶었다.

"오늘은 여기서 자. 평생 다리 못 쓰고 싶으면 기어나가던가."

사림은 툴툴대면서도 홍이 그래도 고집을 피우며 가버릴까 봐 신경 쓰였다. 그러면 아예 두 다리를 묶어두는 수밖에. 잠깐. 젠장! 내가 미쳤나. 저 자식이 그냥 가든 말든, 다리를 못 쓰게 되든 말든 대체 나랑 무슨 상관이라고 이렇게 오지랖을 떠는 거야, 지금!

홍은 어쩐지 그의 얼굴에서 안절부절못하는 모습이 보이는 듯하자 저도 모르게 웃음이 새어 나왔다. 그는 나쁜 사람이 아니다. 거친 사내도 아니다. 겉과 속이 모두 따뜻한 사람이 확실했다.

"보기와는 다르게 참 착하십니다."

"뭐?"

사림은 되도 않은 말에 고개를 휙 돌렸다가 저를 향해 웃고 있는 홍의 모습에 말문이 막혀 버리고 말았다. 열기가 사라지자, 붉은 기는 사라지고 더욱 말간 얼굴이 단정한 빛을 냈고, 까만 눈동자는 반달 모양으로 살포시 미소를 머금고 있었다.

"하루만, 하루만 더 신세 지겠습니다. 감사합니다."

고개를 숙이고서 뒤돌아서는 모습에 펄렁이는 옷자락이 꼭 팔랑거리는 나비 같았다. 곱디고운 나비.

'미, 미친 게냐! 진정 남색에 눈이라도 뜬 것이야!'

사림은 이대로 계속 같이 있다가는 진정 머리가 돌아버릴 것 같아서 도망치듯 빠져나가려다 이내 한마디를 내뱉었다.

"내일 아침에 밥 먹고 약 발라야 하니까, 일어나자마자 갈 생각하지 말고! 다리 평생 못 쓰고 싶으면 기어나가 보던가! 평생이라고 했다, 평생!"

그렇게 사림이 별채를 빠져나갔고, 홀로 남겨진 홍은 다시금 피식피식 웃으면서 제 발목을 더듬었다. 역시 사람은 겉모습만 보고 판단해선 안 될 것 같다.

처음엔 좀 불안했다. 분명 아직 도성일 텐데. 자신을 찾기 위해서 분명 집안에서 움직이고 있을 것인데 들키기라도 하면 큰일이니까. 하지만 어차피 날도 어두워졌고, 이런 발목으로 또 봉변을 당하면 곤란하니까.

"조금 편하게 자볼까. 언제 또 이렇게 지붕 있는 곳에서 잘 수 있을지 모르니."

홍은 다시금 이불 위로 털썩 몸을 날리고서 손목을 슬쩍 바라보았다. 선명하게 새겨진 상처. 어느새 그녀에게 위안을 주고 있었다. 지난날의 그 아련한 기억이 꿈이 아니었다고. 현실이었다고. 지금 이 모든 상황 역시도.

"아직은 제가 좀 더 살아야 하나 봅니다."

✻

경회루 못 아래 달빛이 아름답게 스미는 밤이었다. 휘서는 오랜만에 밤 산책을 나섰고, 그의 뒤를 따르는 궁녀들은 간만에 보는 휘서의 훤한 얼굴에 슬쩍슬쩍 피어나는 미소를 감추지 못하고 있었다.

"홋, 오랜만에 이리 나오니 좋군."

"달빛이 참으로 좋사옵니다, 저하."

"그런가? 달빛도 아름답고 이곳도 아름답고."

휘서의 시선이 슬쩍 궁녀들을 향하며 특유의 야릇한 눈웃음을 지어주자, 그녀들은 저도 모르게 감탄사를 터뜨리다 내관의 눈총에 얼른 고개를 폭 숙였다.

그때, 멀리서 백각이 다가왔다. 휘서는 기다렸다는 듯 백각을 맞이하였다.

"어서 와라."

"드릴 말씀이 있습니다, 저하."

낮게 울리는 백각의 목소리에 휘서의 눈매가 살짝 굳어지며 내관에게 눈짓을 주자, 궁녀들과 내관들이 능숙하게 걸음을 멈추었다. 휘서는 백각과 자연스럽게 한두 걸음을 더 걸었다.

"세자빈마마께서 의식을 되찾으셨습니다."

예상했던 대답이지만, 이리 직접 들으니 놀라웠다. 그렇다면 대체 왜 지금까지 영상은 그 사실을 숨기고 있는 것이지? 오늘도 그는 무척이나 이른 시각에 퇴궐을 했다.

"한데?"

백각은 한 번 더 주변을 살폈다. 궁녀들과 내관들만 있을 뿐. 하지만 자꾸만 주변을 경계하는 그의 모습에 휘서는 분명 심상치 않은 일이라는 걸 느낄 수 있었다. 그리고 마침내 백각이 입을 열었다.

"세자빈마마께서 지금 행방불명이십니다."

"……."

"영상의 자제인 민규헌이라는 자가 지금 행방을……."

그 순간, 누군가의 기척에 백각이 입을 다물고서 재빨리 칼을 빼어 드려는 찰나,

"세자 저하."

곱디고운 여인의 목소리. 휘서의 그림자 뒤로 허청이 걸음해 있었다.

백각은 칼자루에서 힘을 뺐다. 하지만 여전히 경계 어린 눈초리로 허청의 어깨 너머를 의심스럽게 바라보았다. 분명 양제마마의 기척은 아니었다. 누군가 다른 이의 기척이었는데.

그때, 허청의 시선이 백각을 향하며 단아한 어조로 속삭였다.

"백각은 잠시 자리를 비켜주겠는가."

부탁하는 듯했지만 명백한 명령. 백각은 하는 수 없이 고개를 숙이며 그 자리에서 물러설 수밖에 없었다.

백각이 사라지고, 어느새 궁녀들과 내관들도 두어 걸음 더 뒤로 멀어져 있었다. 허청은 말없이 휘서를 바라보았고, 휘서는 그런 허청의 모습에 부드러운 어조로 속삭였다.

"이곳까지 무슨 일이오."

그리고 역시나 너무나도 단아한 미소를 지으며 허청이 말을 이었다. 누가 보면 그저 정숙한 부인의 모습으로.

"동궁전 출입을 허하지 않으셔서, 이곳에 계시다는 말에 소첩이 직접 왔지요. 저하께서 요즘 많이 곤하시다기에 걱정이 되어 말입니다."

하지만 서로를 바라보는 시선은 냉담했다. 그저 서로의 속내를 꿰뚫기 위해 빠르게 움직이며, 그렇게 부부 아닌 부부가 마주 서 있었다.

휘서와 허청은 함께 경회루를 걸었다. 못 아래 은은하게 서린 두 사람의 그림자가 그림처럼 새겨지고, 아름다운 선남선녀의 걸음걸이에 궁녀들은 내심 양제마마를 시기하면서도 부러움에 가득 찬 눈빛으로 입술을 씰룩거리고 있었다. 하지만 그러한 풍경과는 다르게 두 사람에게서 흐르는 공기는 그야말로 팽팽했다.

"병판 집안이 꽤 어수선하겠소. 아니지. 병판의 성격상 오히려 평소와 다를 바 없을지도 모르지."

병판이 아끼는 장남이 갑자기 행방불명되었다. 그 때문에 병판의 동태가 심상치 않았다. 누군가 의도적으로 병판의 집안을 노리는 걸지도 모르니까. 일단 그는 좌상의 오른팔이자, 조선의 병권을 좌지우지하는 노론의 숨은 실세가 아니던가. 그 때문에 휘서도 알게 모르게 그 일을 주시하고 있었다.

그녀는 그가 일부러 그 얘기를 꺼냈다는 걸 알기에 눈매가 차갑게 굳어졌지만, 입매는 더더욱 짙은 곡선을 그렸다.

"저와는 상관없는 일입니다."

단아하고 조곤조곤 흘러내리는 목소리. 하나 깊숙이 파고드는 가시에 휘서는 걸음을 멈추었다.

"그래도 그대의 아비이고 오라비의 일이 아니오."

그 누구도 알지 못하는 비밀 하나. 출신도 태생도 미천하다 여겼던 그녀가 사실은 이 나라 병판의 숨겨진 서녀라는 사실. 하지만 절대로 드러나서는 안 되는 비밀이었다. 그녀는 병판에게 크나큰 오점이었으니까. 그렇게 세상에 태어나자마자 없는 계집처럼 자라야만 했으니까.

"제겐 아비도 오라비도 없습니다. 병판 대감께서도 마찬가지일 것입니다."

그는 고개를 돌려 허청의 눈동자를 빤히 바라보았다. 어둠 속에서 특유의 회색빛으로 묘하게 일렁이는 눈동자. 눈빛뿐만 아니라 오똑한 콧날과 반달처럼 휘늘어진 입꼬리와 더불어 지금 흐르는 달빛 아래 너무나도 잘 어울리는 아름다운 여인.

"한 명 있지 않소."

휘서의 목소리가 나른하게 허청을 끌어당겼다.

"그대와 눈동자가 닮은."

처음으로 그녀의 눈동자가 움찔하며 흔들렸지만, 이내 다시금 평정심을 되찾고서 고개를 가로저었다.

"보지 못한 지 오래입니다. 그저 잘살고 있다고 그리 믿을 뿐이지요. 저하께서 기억할 필요가 없는 자입니다."

"그래도 내겐 귀한 사람인데, 가족에 대해서 너무 무심한 것 같아서."

"제게 가족은 없사옵니다. 오직 세자 저하가 저의 전부이십니다. 이리 괜찮은 모습을 보았으니 되었습니다. 제가 괜히 방해를 한 것 같으니, 소첩은 이만 물러가도록 하겠사옵니다."

그렇게 허청은 휘서를 향해 고개를 숙였다. 그러자 휘서의 목소리가 그녀의 발목을 움켜쥐었다.

"당분간은 이리 얼굴 보는 일이 더 힘들어질 것 같소."

"어디 가시는 것이옵니까?"

"곧 정식으로 빈궁을 맞이해야 하는데, 그 예는 갖춰야 하지 않겠소? 그대도 웃전을 모실 준비를 철저히 하도록 하시오. 조신하게, 귀궁에서."

귀궁에서, 조신하게. 이 두 마디에 허청은 파르르 떨리는 입술을 꾹 누르며 고개를 들었다.

"물론이옵니다, 세자 저하. 저도 빈궁마마께서 하루빨리 쾌차하시어 입궐하시길 간절히 바라고 있사옵니다."

그렇게 그녀는 걸음을 뒤로 돌렸다.

허리를 꼿꼿하게 세우며 끝까지 평정심을 유지한 채 사라지는 그녀의 모습에 휘서는 씁쓸함을 머금으며 어느새 옆으로 다가온 백각에게 짧게 속삭였다.

"그녀가 눈치챘을 것이다."

"어찌 그리 빠르게⋯⋯."

"넌 아직 모른다, 얼마나 무섭고 맹랑한 아이인지. 그렇지 않고서야 스스로 몸을 던질 생각을 하는 여인이 얼마나 될까."

유허청. 그녀를 처음 만났던 순간이 떠올랐다. 아무도 모르게 궐을 빠져나가 모란각에 머물고 있었는데, 그녀가 계획적으로 제게 접근해 살려달라며 울부짖었다. 어찌 살려줄까 하였더니, 제 앞에서 스스럼없이 옷을 벗었던 여인.

"대군마마께 저의 모든 것을 바칠 것이옵니다. 하니, 저를 지켜주시옵소서."

눈물이 가득한 회색빛 눈동자가 차갑게 일그러지며 그 속에 온갖 감정이 휘몰아치고 있었다. 그 눈빛에 미혹되어 주변의 반대를 무릅쓰고 정실에 앉혔고, 세자로 봉해진 뒤에는 양제로 세웠다. 물론 그녀는 빈궁을 바라고 있었지만. 훗날 그녀가 병판의 서녀라는 사실을 알게 되고서 깨달았다. 그녀가 제게 온 진짜 이유를. 그리고 진짜 바라고 원하는 것을. 순간 그의 가슴께에 싸한 통증이 일었다. 하지만 이내 고개를 가로젓고서 백각에게 속삭였다.

"해서, 빈궁이 사라졌다고?"

"누군가의 소행이 아니라 무슨 연유인지 스스로 사라진 듯합니다."

"스스로 나갔다? 그것도 이미 간택된 세자빈이?"

"예."

"하하, 하하하하!"

휘서는 감출 수 없는 웃음이 흘러나왔다. 그토록 찾던 영상의 약점을 이렇게 찾게 될 줄이야!

"백각, 넌 지금부터 빈궁을 찾는다. 영상보다 더 먼저, 더 빨리 찾아야 할 것이야."

"예?"

"감히 세자빈이 행동거지를 조심하지 못한 채 스스로 집을 나갔다. 이 같은 사실이 알려지면 어찌 되겠느냐? 영상에게 아주 크나큰 오점이 될 테지. 그러니 내가 먼저 빈궁을 찾아 영상과 거래를 할 것이다. 이 일을 조용히 덮어주겠다고. 그렇게 영상의 약점이 내 손에 들어오는 것이지. 영상을 내 손안에 쥘 수 있게 될 것이야."

그리되면 소론의 세력을 제 발아래 두게 된다. 그토록 찾던 방법이 드디어 아주 확실하게 제 손에 들어오기 일보 직전이었다.

"하니 반드시 찾아라, 반드시!"

"예, 저하."

⁂

휘서와 헤어진 허청은 인적이 드문 곳에서 걸음을 멈추었다. 그녀를 기다리고 있던 진 상궁이 숨소리마저 누른 채 다른 궁녀에게 눈짓을 하자, 살벌한 분위기와 더불어 한 나인이 벌벌 떨면서 허청의 앞에 무릎까지 꿇고서 고개를 조아리며 애원했다.

"마, 마마, 송구하옵니다! 송구하옵니다, 마마!"

허청은 천천히 고개를 돌렸다. 그러곤 바들바들 떨고 있는 나인의 턱을 한 손으로 들어 올리며 눈을 맞췄다. 다 타버린 잿빛의 눈동자가 집어삼킬 듯 매섭게 번뜩였고, 나인은 어쩔 줄 몰라 하며 그저 살려달라고 외쳤다.

"사, 살려주십시오, 마마. 제발, 제발!"

"너 때문에 일을 그르칠 뻔하였다. 내 분명 주의하고 또 주의하라 일렀거늘. 행여나 들켰으면 어쩔 뻔했느냐?"

"그, 그게……. 하오나 다 들었사옵니다! 전부 다 들었사옵니다! 빈궁께서 의식을 되찾으셨다고 했사옵니다!"

턱을 움켜쥐던 그녀의 손끝이 순간 굳어졌다. 결국 그 계집이 깨어난 것인가?

"해서?"

"한데 사라지셨다고, 행방불명이라고…… 그리 들었사옵니다!"

"행방불명?"

"예! 예! 분명 그리 말하였사옵니다! 확실하옵니다!"

그렇구나. 해서 영상이 여식이 깨어났음을 고하지 못한 것이다. 그래서 요즘 그 움직임이 수상했던 것이야.

어느새 잔뜩 굳어졌던 허청의 입꼬리가 곡선을 이루며 환희의 미소가 감돌기 시작했다.

나인은 그런 그녀의 안색을 살피면서 안도의 한숨을 쉬려는 순간, 허청의 손길에 힘이 들어가면서 나인의 목을 사정없이 조르기 시작했다.

"커, 커컥! 마, 마마! 마마! 크크…… 으윽!"

"그런데 듣기 거북하구나. 빈궁이라니. 누가 누구보고 빈궁이라는 것이야!"

"소, 송구하옵…… 크으읍! 으으윽!"

"지금 이 궐에 세자 저하의 곁을 지키는 여인은 나밖에 없다. 나밖에 없단 말이다."

얼굴이 허옇게 질려가며 금방이라도 숨이 넘어갈 듯 눈자위가 뒤집어지려는 찰나 허청은 손을 풀어주었고, 나인은 막힌 숨을 미친 듯이 토해내며 바닥을 기었다.

그녀는 마치 더러운 것을 만졌다는 듯 손을 털어내며 자리에서 일어섰다. 그러곤 진 상궁을 향해 짧게 말했다.

"아무도 모르게 치워 버려."

"예, 마마."

"하아, 하아, 마마, 마마! 살려주시옵소서! 마마! 마마! 지금껏 마마를 위해 성심을 다하였사옵니다! 하니, 마마!"

"그래, 그러니 그 성심을 다해 나를 위해 죽어라."

"마마!"

그리고 잠시 후, 단말마의 비명 소리와 함께 한 나인의 숨소리가 완전히 사라져 버렸다. 허청은 구겨진 치맛자락을 정리하고선 다시금 단아한 미소를 지으며 그 자리를 떠났다.

귀궁에 도착한 허청은 입고 있던 옷을 벗어 던지고선 다시금 새 옷으로 갈아입었다. 다홍빛이 고운 최상급 비단에 옥비녀와 뒤꽂이까지 모두 최상급의 물건들이었다. 하지만 그러한 물건보다 면경에 비친 허청의 미색이 더욱 빼어났다. 길고 가는 손가락이 연신 바쁘게 움직이자, 새하얀 얼굴 위로 생기가 피어나며 붉은 입술이 매혹적으로 휘늘어졌다.

"마마, 진 상궁이옵니다."

잠시 후, 문이 열리면서 진 상궁이 고개를 조아리며 그녀에게로 다가섰다. 하지만 허청은 여전히 면경에서 시선을 떼지 않은 채 입을 열었다.

"뒤처리는?"

"염려 놓으시옵소서."

"저하께서 분명 의심을 하실 것이다. 하나 이리 물증이 없어졌으니 직접 나서진 못하실 테지.”

“이제 어찌하실 것이옵니까?”

“먼저 찾아서 내 앞에 데려와라.”

“죽이시는 것이 아니라요?”

허청은 가락지 몇 개를 뺐다 꽂았다 하면서 느긋한 어조로 말을 이었다.

“내가 먼저 그 계집에게 확인할 것이 있어. 죽이는 것은 그다음이다. 그러니 은밀히 살수를 모아서 저하보다 먼저 그 계집을 찾아내라. 상단에도 빠르게 연락을 취해.”

어느새 그녀의 시선이 진 상궁에게로 향하자, 그녀는 떨리는 숨을 애써 가다듬고서 고개를 끄덕이며 귀궁을 빠져나갔다.

그녀는 홍옥으로 만들어진 가락지를 끼고서 제 얼굴을 천천히 쓰다듬었다.

“예나 지금이나 내겐 너무나도 큰 걸림돌이야. 세자가 바뀌었으니, 당연히 빈궁도 바뀌어야지.”

그녀는 마지막으로 나비 모양 떨잠을 머리 위로 똑바로 꽂아 넣었다. 이는 바로 중전을 뜻하는 것.

“그러니 이 유허청이 가장 높은 하늘을 나는 것이다. 가장 높은 하늘을.”

면경에 비친 그녀의 눈빛이 환희로 젖어가며, 그녀의 손길이 자신의 아랫배를 살짝 스쳐 지나가며 단호하게 속삭였다.

"해서, 그때 이루지 못한 복수를 완성할 것이다."

✳

이른 아침. 꼭두새벽에 일어난 홍은 이부자리를 정리하며 분주하게 움직였다. 잠은 아주 푹 잘 잤다. 발목을 보니 붓기도 많이 가라앉고, 통증도 덜해서 걷는 건 지장 없을 것 같았다. 행여 어제 그 난장판 속에서 잃어버린 것이 없는지 봇짐을 확인하려는 순간, 문이 벌컥 열리면서 사림이 잔뜩 성난 표정으로 홍을 향해 외쳤다.

"뭐냐. 진짜 기어나가려고 한 거냐!"

"예?"

"그래도 꼴에 뒷정리는 하고 말이지!"

그가 오해하고 있다는 걸 깨닫고서 홍은 얼른 짐에서 손을 떼고선 고개를 마구 가로저었다.

"아닙니다! 그냥 뒷정리를 한 것입니다. 기다리려고 했습니다. 평생 다리를 못 쓰게 되면 큰일이지 않습니까!"

"정말이냐?"

"정말입니다!"

"아? 그래? 그럼, 뭐……."

사림은 괜히 머리를 긁적이며 어그적어그적 방 안으로 들어와서는 홍의 발목부터 살폈다.

밤새 내내 신경이 쓰였다. 행여나 덧났을까 봐. 그리고 그냥 갔을까 봐. 대체 왜 이렇게 신경 쓰이는지 곰곰이 생각해 보니, 나잇대가 비슷한 것 같았다. 사내고 계집이고를 떠나서 닮았다, 제 누이동생과. 청이, 그 아이와 말이다.

"많이 나아졌지요? 그러니 너무 신경 쓰지 마십시오."

홍의 목소리에 사림은 퍼뜩 정신을 차리고선 툴툴거리며 가지고 온 약을 발라주었다.

"누가 신경 쓴다는 것이냐! 아주 혼자 김칫국 마시고 앉아 있네."

말은 그렇게 해도 상처에 약을 바르는 손길이 무척이나 조심스러웠다. 너무 조심스러워서 뭔가 간질간질한 느낌에 홍이 참지 못하고 키득거리며 웃음을 터뜨렸다.

"하하핫! 간지럽습니다!"

"사내놈이 그렇게 까르르 웃지 마라. 거기 달려 있는 게 부끄럽지도 않냐?"

사림은 붉어진 얼굴을 감추고서 슬쩍 입을 열었다.

"이름이 뭐냐?"

그러고 보니 서로 이름도 모르고 있었다. 하긴, 그 난리통에 만나서 이렇게까지 이어질 인연이라고 누가 상상이나 했을까?

홍은 잠시 망설였다. 민홍이라고 곧이곧대로 말할 수는 없고,

행여 눈치챌지도 모르니까.

"이름 없냐? 이름?"

"자홍, 자홍입니다."

"자홍? 이름도 뭐 그리 계집애스럽냐."

그런가? 다른 이름을 했어야 했나?

"뭐 하는 놈이냐?"

"그냥 떠도는 그림쟁이입니다."

"그림쟁이? 근데 그런 야산엔 대체 뭐 하러 간 거야?"

"호월산으로 가고 있었습니다. 그곳 절경을 그리고 싶어서."

순간 상처를 동여매던 사람의 손끝이 움찔하더니 이내 잔뜩 성난 표정으로 버럭질을 했다.

"뭐? 호월산!"

물론 조금 놀라긴 했지만, 홍은 이젠 그러려니 하고 있었다. 하룻밤 사이에 이 사내의 성격을 모두 파악해 버린 것이다. 저것이 화를 내는 것처럼 보이지만 사실은 화를 내는 게 아니라 나름대로 걱정의 표현이라는 것을.

"예, 호월산이요."

"하? 이 미친놈. 죽고 싶어서 그러냐? 그 산이 얼마나 험한 산인데 그 꼴로 가겠다고? 그림 하나 그리려다 범새끼한테 물려서 황천길을 먼저 그리게 될지도 모른다! 아니면 근처에 가기도 전에 험악한 놈들을 만나 쥐도 새도 모르게 죽던가."

"저는 죄다 죽는 것으로 결론 나는 것입니까?"

"하면 그 비실비실한 꼴로 살겠나?"

홍은 피식 웃었다. 맞는 말이긴 했으니까. 예전 같았으면 꿈에도 상상하지 못했을 것이다. 이리 남장을 하고 집을 나와 호월산까지 간다는 것을. 하지만.

"하지만 꼭 가고 싶습니다. 저는 이미 한 번 죽었던 적이 있습니다. 해서 죽는 것이 두렵지 않습니다. 죽는 것보다 두려운 것은 또다시 그때처럼 어리석은 일을 반복하는 것. 누군가를 상처 입게 하고, 지켜주지 못하고, 그저 바라보고 울기만 하는 것."

"……."

"한발 나아가는 것을 주저하고 싶지 않습니다. 지금은 제게 호월산에 가는 것이 전부이니, 두려워하지 않으려고 합니다."

비록 누군가와 함께 가겠다는 약조를 지키진 못하게 되었지만, 혼자라도 그곳에 가서 간절히 빌고 싶었다. 나는 이곳에 왔다고. 그러니 너무 염려하지 말라고.

사림은 잠시 멍한 시선으로 고개를 숙인 홍을 바라보았다. 겉으로 보기엔 그리 험한 고생을 한 것 같지는 않아 보이는데, 죽음이라는 말을 너무 처연하게 하고 있었다. 하지만 깊게 묻지 않았다. 각자 누구나 그런 것쯤은 가지고 있는 것이니. 자신도 마찬가지고.

"사림이다."

"예?"

"내 이름, 사림이라고."

"아, 예."

"내가 이 집안 어른에게 의뢰를 받았다. 호월산에서 행방불명된 아들을 찾아달라고. 그러니."

왜 자신이 이런 말을 하는지는 모르겠지만, 사림은 이대로 이 녀석을 혼자 보내고 싶지 않았다. 우연인지 뭔지 목적지마저 같았으니까.

"내가 원래 누구 목숨 구하는 사람이 아니다. 그런 내가 구한 목숨이니, 다른 새끼가 함부로 건드는 꼴 못 본다. 네 목숨은 이제 내 거다. 같이 가자."

홍은 저도 모르게 그의 회색빛 눈동자를 빤히 바라보았다. 어제만 해도 참 무섭다고 생각했는데, 묘한 빛깔에 빨려 들어갈 듯, 굉장히 따뜻하고 예쁜 빛깔이었다. 물론 이런 말을 했다가는 또 버럭 화를 낼 테지만. 그리고 역시나 낯이 익다. 어디서 보았는지 아무리 기억하려고 해도 기억나진 않지만, 어쩐지 그저 그런 연은 아닌 것 같았다.

"왜? 싫어?"

사림은 너무 가까이에서 저를 바라보는 홍의 모습에 순간 쑥스러워 소리를 높이자, 그녀는 저도 모르게 배시시 웃으면서 고개를 가로저었다.

"아닙니다. 어차피 목적지도 같지 않습니까? 왠지 재미난 우연입니다. 아니, 이제 인연이 된 건가?"

인연이라는 말에 사림은 저도 모르게 말문이 탁 막히면서 가슴께가 답답하게 조여왔다. 그는 낯선 감정에 헛기침을 하고서는 자리에서 벌떡 일어섰다.

"그래? 그럼 같이 가는 거다. 넌 이미 대답한 거다. 사내가 한입으로 두말하지 마라!"

그러더니 방을 나가려다 다시 돌아와서는 홍의 짐을 들고서 휙 빠져나가 버렸다. 홍은 그 모습에 참고 있던 웃음을 터뜨렸다.

"이런 말 하면 진짜 화낼 테지만, 참 귀여우시네."

혼자 떠나려고 했지만, 뭐, 동행이 있어도 나쁘진 않겠지. 저쪽도 저쪽 나름의 목적이 있으니까. 하지만 그건 하나 걸렸다. 혹, 저 때문에 위험해지진 않을까. 일단 자신은 정체를 숨겨야 하는 입장이고, 저를 찾기 위해 분명 사람을 풀었을 텐데.

"그렇게 되면 헤어져야겠지. 일단 지금은 동행 안 한다고 하면 더 화낼 것 같으니까."

마치 오라버니가 생긴 것 같았다. 든든한 오라버니가.

"안 나오냐! 뭐가 그리 느려 터졌어! 기어갈래!"

"아, 예! 나갑니다!"

그렇게 홍과 사림은 함께 저택을 빠져나왔다. 정신을 잃었을 때는 몰랐는데 집이 굉장히 컸다. 아무래도 지체 높은 집안 같은데.

"한데 여기가 어느 분의 집입니까?"

"뭐?"

"누군지는 몰라도 일단 인사는 하고 떠나야⋯⋯."

사림은 인사라는 말에 인상을 팍 찡그리고서 홍이의 패랭이 줄을 잡고서 질질 끌어당겼다.

"말 같지도 않은 소리 집어치우고 부지런히 걷기나 해라. 발목 아프진 않지?"

"아, 걸을 만합니다. 한데 어느 방향으로 가는 겁니까?"

"넌 그것도 모르고 호월산으로 가겠다고 그리 난리를 쳤던 거냐?"

"하하! 그냥 물어물어 가려고 했지요."

이렇게 대책 없는 놈이 있다니. 사림은 헛웃음을 짓고서는 서쪽으로 방향을 잡았다.

"일단 서쪽 부두 마을로 가야 한다. 상업이 발달한 곳이니, 그곳에서 필요한 정보도 모으고 여비도 좀 챙기고."

홍은 사림의 걸음을 쫓으며 졸래졸래 걷다가, 아직도 그가 제 짐을 가지고 있는 것을 보고는 아차! 하면서 손을 내밀었다.

"짐 주십시오! 제가 들고 가겠습니다!"

"어?"

사림은 그제야 아직도 녀석의 짐을 들고 있다는 걸 깨닫고서 건네주려다가 아직도 조금 절뚝거리는 발을 보고선 미간을 슬쩍 찡그리며 제 옆구리에 짐을 쑤셔 넣고선 털레털레 걸었다.

"아, 저기!"

"됐다. 다리도 아직 절뚝거리면서. 그래가지고 어느 세월에 도착하겠냐? 해 떨어지기 전까진 가야 하는데. 얼른 걷자, 걸어."

말을 그리 해놓고선 아까보다 훨씬 걸음을 늦추어 걸었고, 홍은 그런 그에게 피해 주지 않기 위해서 부지런히 걸으며 말했다.

"한데 호칭은, 역시 제가 형님이라고 해야겠지요?"

"형님은 무슨 형님이야. 그냥 오라버……."

"오라버?"

"아, 아니다. 형님이지! 암, 형님이고말고! 내가 말했지? 난 나한테 위아래 없는 거 못 참는다고. 무조건 형님이라고 불러라, 형님!"

"예, 형님!"

홍은 기분이 좋은 듯 형님이라 부르며 피식 웃었고, 사람은 속으로 미쳤다고 외치며 벌게진 얼굴을 돌려 버렸다. 저도 모르게 오라버니라고 부르라고 할 뻔했다. 아무리 누이동생과 닮았다고 여긴다 해도, 그래도 사내인데! 오라버니라니! 미친 거 아니야? 하지만 그래도 오라버니라는 말이 어울릴 것…….

"이런 젠장!"

"형님?"

갑자기 걸음을 멈추고선 머리를 쥐어뜯는 모습에 홍이 걱정스러운 눈길로 그와 눈을 마주하자, 사림은 다시금 이상해진 기분에 펄쩍 뛰고서는 홍을 가로질러 달리기 시작했고, 홍은 그런 사림에게 연신 외쳤다.

"형님! 같이 가요, 형님!"

어쩐지 불길한 예감이 들었다. 이 길이 아주 고단할 것 같다는 그런 불길한 예감이!

✳

산 하나를 넘은 담과 무랑은 끝없이 펼쳐진 바다를 끼고 있는 부두 마을에 도착했다. 담은 얼굴을 가린 삿갓을 슬쩍 들고서 탁 트인 바다를 바라보며 엷은 미소를 지었다. 제법 쌀쌀한 바람이 그의 새하얀 도포 자락을 스쳐 지나갔고, 무랑은 걱정스러운 낯빛으로 그의 옆으로 다가왔다.

"바람이 제법 찹니다."

"내 걱정은 마라. 오랜만에 탁 트인 바다를 보니 좋으니까. 그리고 저기서 해야 할 일도 있고."

순간, 담의 눈빛이 매서운 빛을 띠며 입꼬리가 차분하게 가라앉았다. 그는 저곳에서 맹월의 꼬리를 잡을 셈이었다. 무작정 호월산을 헤집고 다닐 수는 없는 일. 그들은 분명 군자금을 위해 불법으로 은밀한 거래를 하고 있을 것이다. 저 마을은 호월산과 가까울뿐더러 바다를 끼고 있어 밀거래가 굉장히 활발하게 이루어지는 곳. 분명 맹월의 자금줄 꼬리를 잡을 수 있을 터.

담은 삿갓을 벗고 갓으로 훤한 얼굴을 비추고선 화려한 부채를 펄렁이며 의미심장하게 속삭였다.

"하면, 오늘은 제대로 술판이나 한번 벌여볼까?"

"크, 오랜만에 배에 기름칠 좀 하겠습니다."

그렇게 무랑과 담은 서쪽 부두 마을로 걸음을 옮겼다.

"에이, 또 졌네, 졌어."

"하하하! 이 양반, 오늘 운수 뒈지게 안 좋수다!"

"그러게 말이오. 이러다 가진 돈 다 날리게 생겼네!"

판돈을 싹쓸이한 사내가 기분 좋게 돈을 끌어 모이며 패를 매만졌고, 그 바로 앞에 화려한 부채를 펄렁이며 능청스럽게 말을 잇고 있는 담이 앉아 있었다. 이곳은 가장 활발한 정보가 오가는 투전판. 담은 여러 사내와 투전을 하면서 벌써 여러 판돈을 잃고 있었다.

"자, 자, 그만 씨불이고 얼른 패나 돌려, 패나!"

"알았다, 알았어!"

다시금 패가 돌아가고, 담은 제가 가진 패를 슬쩍 바라보며 패에 집중하고 있는 이들을 향해 은근슬쩍 입을 열었다.

"한데 생각보다 투전판에 사람이 없소?"

"벌써 시간이 그리되었던가?"

"시간이라니?"

"타지 사람인가 보지? 그렇다면 곧 알게 될 거요."

의미심장한 말에 담이 다시금 조심스럽게 물으려는 순간,

"이보게! 이보게! 지금 시작되었네! 시작되었어! 오늘 물건은 더더욱 진국이라고!"

누군가 흥분을 감추지 못한 목소리로 난리를 피우자 투전판의 사내들이 상기된 표정으로 어딘가로 우르르 몰려가기 시작했다.

"거 보게. 곧 알게 될 거라고 했지?"

"대체 저게 무엇이오?"

그러자 사내는 갑자기 은밀하게 야릇한 미소를 띠며 남세스럽다는 듯 속삭였다.

"춘화야, 춘화(春畵)."

"춘화?"

"그래! 요즘 춘화 거래가 아주 절정이지. 물건도 아주 진국이야. 그만큼 가격이 배는 높아서, 이곳에서 판돈을 벌고 저기서 다 날리는 경우도 허다하긴 하지. 하지만 그만큼 물건이 아주 좋아. 그냥 보고만 있어도 아랫도리가! 흐흠."

"거 시끄럽고, 얼른 패나 보여봐!"

담은 춘화 거래라는 말에 눈빛이 한층 낮아지더니 이내 가지고 있던 패를 붙잡고서 슬쩍 자리에서 일어나려고 하자, 옆에 있던 사내가 험악한 표정으로 그런 그의 손목을 붙잡았다.

"이게 판도 안 끝났는데 어딜 내빼려고!"

"이미 끝난 것 같소."

"뭐?"

담은 부채 너머로 짙은 곡선을 그리며, 가지고 있던 패를 던졌다.

"장땡. 한판 제대로 놀았소."

그러고는 걸려 있던 돈을 싹쓸이하고서는 유유히 판을 빠져나왔고, 뒤에서는 사내들의 욕지거리와 더불어 한탄하는 목소리가 커져 갔다.

그렇게 담은 사내들이 몰려간 거래장으로 달려가기 시작했다. 투전판보다 더욱 은밀한 곳에 숨겨진 그곳에선 온갖 사내들이 바글바글 모여 있었고, 한가운데 행수로 보이는 자가 온갖 화려하고 망측한 춘화들을 보이며 거래를 유도하고 있었다.

담은 부채로 더더욱 얼굴을 가리며, 시선은 춘화가 아닌 거래를 하는 자들을 유심히 살펴보았다.

"도련님."

그때 무랑이 담의 곁으로 다가왔고, 담은 여전히 시선은 다른 곳에 두고서 입만 열었다.

"무슨 정보라도 있었느냐?"

"뭐, 도련님과 같은 정보가 아니겠습니까? 현재 이곳에서 가장 활발하게 이루어지는 거래가 바로 이 춘화라고 합니다."

현재 담과 무랑은 이곳에서 가장 활발하게 혹은 갑자기 대량으로 이루어지고 있는 거래를 찾고 있었다. 그것이 바로 맹월의 자금줄일지도 모르니 말이다. 한데 춘화라니. 그냥 그림도 아니고 말이다.

"자, 자! 300냥 나왔소, 300냥! 더 없소! 이토록 값진 물건은 더 구할 수가 없소! 이 여인의 잘록한 허리선 하며, 풍성한 엉덩이까지!"

행수의 목소리와 더불어 안 그래도 엄청난 액수가 다시금 오르기 시작했다. 고작 춘화 한 장에 값이 너무나도 세기만 했다.

"무슨 춘화 한 장에 돈을 저렇게나."

"춘화가 아니다."

"예?"

무랑이 혀를 내두르는 소리에 담이 짧게 답하며, 마지막으로 그림을 사간 이가 누구에게 그 그림을 건네는지도 유심히 살피고선 비릿한 미소를 지었다.

"그림을 사간 이들이 대부분 이곳에서 뒹구는 자들이 아니다. 높은 양반댁이거나, 심지어 이름 좀 있는 권세가들도 있어. 그런 자들이 이런 곳에서 저런 춘화를 사겠느냐?"

"하면?"

"분명 뭔가가 있다. 아무래도 저 그림의 출처부터 알아봐야겠어."

담은 쥐고 있던 부채를 아래로 내려놓으며 갓을 깊숙이 쓴 채 그 자리를 유유히 빠져나갔다.

〈2권에 계속……〉